十里洋場的亂世情緣

記蔣介石、杜月笙、黃金榮、張嘯林的四位蘇州妻妾

湯雄 著

目次

前言

舊時的上海，總給人以一種風雲變幻、波詭雲譎、燈紅酒綠而又殺機四伏的神祕感與恐怖感，故而中國人稱它為「上海灘」與「十里洋場」，外國人稱它為「冒險家的樂園」。尤其使人記憶猶新的是當年橫行馳騁在這片土地的上的「三大亨」黃金榮、杜月笙、張嘯林，這三個舊上海青紅幫流氓勢力的總代表，在此極盡掌握了十九世紀末到二十世紀三四十年代上海灘的黑白世界。就連聲名顯赫的蔣介石，當年也不得不叩拜黃金榮為「老頭子」，借助這三大亨的淫威與魔力，蟄伏一旦，飛黃騰達。

也是無巧不成書，不知是素稱「園林甲天下」的蘇州距上海近在咫尺之故，還是冥冥之中上蒼的安排，這三個甚囂塵上、狂張一時的「三大亨」所娶納的妻妾乃至女傭，包括蔣介石的第二夫人姚冶誠，竟都是來自姑蘇的女性，而且居然都是來自蘇州城北三十里地的北橋鎮南橋人。也許上蒼不忍湮沒了這四位忍辱負重、飄零一生的苦命紅顏，值此人類邁入新世紀之際，身為相城區文協理事長的筆者，在主編《文化相城報》時，偶然間，從大量來稿中發現了一篇蓋有「蘇州市相城區北橋鎮史志辦公室」公章的稿件，當下，筆者眼前一亮，拍案而起，這篇不滿三千字的題為《舊上海的北橋女性》的歷史資料，正是筆者眾裡尋她千百度、踏破鐵靴無覓處的好史料。多年來，筆者一直在史海鉤沉、搜集採訪著與舊上海灘杜月笙、黃金榮、張嘯林有關的「三大亨」的三個北橋奇女子的故事，這篇小文的出現，正好對我的努力結果作出了有力的佐證，同時進一步鼓舞了筆者撰寫本文的決心與信心。

自古紅顏多薄命，尤其在男尊女卑的舊社會，在「三大亨」羽翼的陰影下，這三位飽受人間滄桑而又不無傳奇色彩奇的女子，幾近埋沒在歷史的塵埃中。為了把她們從中挖掘出來，更為了還以歷史的真面目，筆者踏遍故梓、史海沉浮，通閱了數以百萬字的歷史資料，又歷以數載夜以繼日的青燈黃卷、案牘勞形，終於完成了這部數十萬字的長篇歷史紀實，了卻了久縈心胸的這樁心願。

遺憾的是，文中所提及的四位女性，除杜月笙的原配妻子沈月英生有一子外，餘三位均膝下空空，無有嫡出。更令人扼腕的是，遍搜史海與民間，除卻姚冶誠外，竟再無覓得另外三位的舊照宿影，不能向讀者提供她們當年傾國傾城的絕色美貌。

但是，筆者畢竟完整地把她們從歷史的塵埃中挖掘了出來，而且盡力地把一個個完整的她們重現在世人的面前。也許，通過她們的側影，人們可以進一步直擊那幾個大亨的真面目，對那個已經遠離我們而去的時代有更清晰的認識與瞭解。

第一章　過橋抽板

一九〇二年冬天。上海民國路（今人民路）老北門同孚里七號。

這天傍晚，時年三十四歲的黃金榮從大自鳴鐘法捕房下班回家。剛走進這條舊式弄堂，還沒來到自家亭子間樓下，便聽得樓上傳來一陣陣響亮的嬰兒啼哭聲。黃金榮聞聽，麻臉上即浮上一片煩躁，兩條掃帚眉中擰出一個疙瘩。他一手提著兩聽美國產的奶粉，一手插在褲子袋裡，也不用肩膀去拱，只是提起一腳，「咚」一聲，便把虛掩著的兩扇黑漆大門給踢開了，然後虎著臉，頭也不抬直往亭子間拾級而上。

「啥體啥體？殺形殺狀的，吃錯藥哉？」被樓下的聲響吃了一驚的林桂生從內房探出頭來，衝著男人瞪了一眼，沒好氣的罵道。這時，內房裡的福全哭得更響了。

「喏，奶粉買來了。」黃金榮虎著臉把奶粉扔到八仙桌上，也不接妻子的嘴，自顧自一屁股坐在太師椅上，點上一根雪茄吞雲吐霧了起來。娘姨小心翼翼地陪著笑臉，從八仙桌上拿過奶粉奶瓶，進入了內房。

但過了一會，內房的福全還在哭。黃金榮實在耐不住了，衝著內房裡吼了一嗓門：「奶粉撥伊吃了嘸沒？」

「回老爺話，撥伊吃了。」娘姨來到房門口，恐惶地答道。

「那還哭個屁?!迭個小赤佬，天生窮鬼的命！」黃金榮沒好氣地咕噥道。

「人奶，他要吃人奶！迭種洋牛奶，他不要戳祭（滬語「吃」的意思）。」

內房裡，林桂生也沒有好氣，聲音比黃金榮還要大。

「奶媽呢？那個叫張啥個來著的奶媽呢？」黃金榮橫眉豎目，斜乜著房門。

「今朝伊又勿曾來，說是男人還在發寒熱，來不了哉。」娘姨代林桂生回答。

「放伊娘格屁！」黃金榮拍案而起，面孔上的麻子粒粒漲得通紅，「老子出銅鈿的，她敢勿來?!馬上給我去叫她來！」

「可是，可是老爺，小的勿認得伊的屋裡。」娘姨嚇得頭也不敢抬，聲音像蚊子叫。

「一排飯桶！」黃金榮有火無處撒，一賭氣，「咚咚咚」轉身拂袖而去，下了樓。家裡待不住了，他又要到外頭去花天酒地了。

「格個殺千刀！」房內，林桂生切齒低罵，「都是自己作的孽，啥人叫伊年輕辰光七搭三八搭四，姘頭軋得昏天黑地，現在正兒八經叫他生哉，倒生勿出來哉！」

一邊的娘姨聽了，掩嘴竊笑。

林桂生的話一點也沒有錯，黃金榮年輕辰光，確實與一個叫阿桂姐的有夫之婦軋了幾年的姘頭。當時，阿桂姐有幾分姿色，從沒近過女色的黃金榮一與她勾搭上，兩人就如膠似漆，難分難捨，不知是自己或是馬阿龍（阿桂姐的那個半死不活的癱瘓在床的丈夫），黃金榮竟讓阿桂生了個小孩。後來，隨著黃金榮身分和地位的提高，他對阿桂姐產生了厭膩之心，與此同時，經人介紹，他認識了林桂生。於是，為自己以後的前程計，黃金榮終於咬緊牙關，把縣衙發給他的一張大糞專辦執照改名馬老三（即馬阿龍），無償送給阿桂姐，這才好不容易與她拆了姘。

林桂生倒是黃金榮明媒正娶的原配夫人。

四年前，與阿桂姐拆姘後，三十歲的黃金榮入贅進了林家。

當時，住在一枝春街上的林家，在黑社會裡也是小有名氣的，他們專門販賣女孩，根據女孩的長相分別賣到不同等級的妓院。

近朱者赤，近墨者黑。林桂生從小跟在父親身邊，天長日久，耳濡目染，好的沒學會，壞的倒學到了不少，一般人她都不放在眼裡。

三十歲的人了，尚未婚配。林老闆就桂生這麼一個獨生女兒，他也不捨得女兒離開自己。所以，父女倆商量，有合適的，招贅入府，招個上門女婿。

當時在縣衙裡初露鋒芒的黃金榮二十九歲，長得粗壯結實，高大魁梧，用得上「虎背熊腰」、「濃眉大眼」這兩個詞，橢圓面孔，胖篤篤，就是一臉因小時出天花落下的大麻子，讓人看著有些刺眼。林老闆急於找個上門女婿，所以對大麻子也不介意。

林桂生長得並不怎麼漂亮，而且照一般人看來，她還缺少一種女人的味道。言談舉止之間總帶著點男人的潑辣痛快勁。可是，這一點卻很合黃金榮的口味。

黃金榮野心勃勃，不甘心自己目前在華界擔任捕快的地位，他要尋找一個自己可以依傍的勢力，更要有一個可以商量，可以幫他一把的得力助手。所以，當有人把林桂生介紹到自己面前時，他馬上就與對方一見鍾情了。

實際上，當時林桂生在上海灘上的名氣，要比黃金榮大。林桂生自幼與父親在黑社會裡混，在江湖弟兄中跌打滾爬，對黑道切口、路徑和佈局如數家珍，做父親的見女兒不愛紅裝愛武裝，只好任其自由發展。果然，女兒結婚後，加入了「青幫十姐妹」，成為了聲震半個上海灘的女強人。

所謂的「青幫十姐妹」，便是上海灘上出名的女流氓，她們結拜為異姓姐妹，肆無忌憚地為非作歹。她們的具體情況如下：

青幫十姐妹概況

施金秀，常州人，范開泰之妻，拜女流氓何氏為師傅。善於交際，性格豪爽，手段潑辣，人稱「強盜金秀」，為上海女流氓之首。

金剛鑽阿金，丈夫在三牌要開萬昌珠寶店。拜流氓尤正熙之妻為師，加入青幫。

阿桂姐，南市陸家石橋私娼，後成為妓院鴇母，為黃金榮早年之姘婦。在黃金榮的幫助下，後為糞霸。

林桂生，黃金榮之妻。

洪老五，揚州人，父洪九豹子開私娼妓院，承父業，專從蘇北等地販賣女孩到上海妓院。

小腳阿娥，寧波人，娼妓出身，精拳術，傳為虞洽卿之姘婦。後設妓院。

李寶英，上海人，丈夫陳六甲，為地皮經紀人。加入青幫，專事「仙人跳」、「放白鴿」等勾當。

陳寶姐，上海龍華人，姘夫祝寶山，兩人狼狽為奸。

沈扣珠，蘇北人，到上海幫傭，後為私娼，與姘夫馮子寶合夥拐騙婦女為娼妓，後從事「販豬崽」。

丁寶英，蘇州人，幼學評彈，後嫁珠寶商人童容春。與林桂生關係密切。設賭局害人。據說她後來在眾位姐姐衰老後，自行建立了第二代青幫「十姐妹」。

一八九八年，三十一歲的黃金榮與林桂生在聚寶茶樓舉辦了婚禮。

婚後，黃金榮先是住在林老闆為他們小夫妻倆在一枝春街上租的一個亭子間裡。起先黃金榮倒也沒什麼，可是後來他手中有了一些積蓄後，就開始不安分了。初進林家門時，林桂生與他約法三章：林家無兒，獨女為子，所以今後他們的孩子，要按當地風俗，姓林。當時黃金榮一心想娶桂生為妻，沒有考慮得那麼多。但是隨著日子的推進，黃金榮不服貼了，他想：我黃家也只有我和鳳仙兩姐弟，黃家也只有我一根「香煙」，如果將來我們真的有了孩子，真的讓孩子姓人家的姓，我黃家豈不在我手中斷了後？我黃金榮哪還有臉面面對列祖列宗？所以，當黃金榮後來以「出色的成績」被巡捕房破格提升為高級巡捕，手底下不但有了可供他調遣的十名普通巡捕，而且薪水待遇也比他人高的時候，他背叛林家的念頭更強了，為躲避林家的糾纏，達到自己的目的，他用積蓄在現在的同孚里買下了七號的小樓房（即聚寶茶樓）。直到十七年後，他們一家才從這裡正式遷到八仙橋高包祿路（今龍門路）林家老宅，並改宅名為鈞培里。這是後話。

但遺憾的是，結婚四年，黃金榮夫妻倆總是膝下空空。

不知是林桂生不會呢，還是黃金榮不會，反正，四年了，用黃金榮的話來說，林桂生是「連隻雞蛋也沒有生下來」。

起先，黃金榮對此無所謂，心想反正自己是「倒插門」的，生下的兒子也要姓林家的姓。但自從他想背叛林家、另立門戶、搬遷到同孚里之後，黃金榮這才上了勁。尤其是見到其他同事朋友一個個結了婚，孩子都齊腰高了，他更是寢食無味，心猿意馬，一心想升級當老子，免受他人背後熱嘲冷諷，咒罵「斷子絕孫」。

但是，銅鈿銀子可以去偷搶扒拿地弄進來，唯獨生兒育女的事情，黃金榮卻有力用不上。為此，黃金榮夫婦一合議，決定領養一個兒子，以壯壯門面。

也是天遂人願，就這時，黃金榮剛奉命調到十六鋪沿黃浦東昌渡碼頭地段（法租界與南市交界的地帶）

執勤，一外地來滬的京劇武生演員突然去世，扔下一個無娘的才一個月的兒子，黃金榮見狀，趁暫時還無人知曉，便將這孤兒抱回了家，取名黃鈞培，小名福全。

小福全剛進門那幾天，求子心切的黃金榮對這個養子滿心歡喜，小福全長得眉清目秀，皮膚白皙，不像自己那樣五大三粗。但幾天一過，小福全無休無止的啼哭聲，終於使黃金榮感到煩惱了。他曉得小福全這樣哭，是要吃奶奶，所以托人到「滾地龍」挑了個正在哺乳期的年輕漂亮的產婦，來當小福全的奶媽，說好價細：二角銅鈿一頓，吃一頓，付一頓。

聽介紹人說，這個奶媽也命苦，是蘇州北橋鎮上的南橋頭人，名叫張桂英。去年年底，張桂英大著肚皮跟著男人來到朝天門一帶當苦力，男的當腳力，女的給富人家汰汰弄弄，一家人總算有口粥喝喝。

今年陰曆八月半，張桂英生下一個白白胖胖的女兒，窮夫妻倒也蠻開心，從鄉下請來老娘，讓老娘幫助他們看管孫女兒，好讓他們夫妻倆騰出身體在外頭掙苦銅鈿。現在見有大人家請去當奶媽，而且餵一頓能得二角銅鈿，遠比張桂英給人家汰汰弄弄省力又賺錢。所以張桂英二話沒說，就上了黃金榮的家門。說來也奇，這小福全一聞到張桂英的奶香味，就馬上不哭也不鬧，「吱咕吱咕」飽餐一頓後，一覺能睡到大天亮。黃金榮夫婦看在眼裡，喜在心頭，對這個既年輕漂亮、又奶水充足的奶媽很合意。林桂生一喜之下，當即把一個月的奶鈿提前預付給張桂英。

沒想到借來的媳婦焐不熱腳，從昨天開始，那張桂英就托人帶來口訊，說男人身體不好，這兩天不能脫身再上黃家門，惹得小福全昨天哭了整整一晚上，吵得黃金榮半夜沒睡著。所以，黃金榮一怒之下，就買了美國奶粉回家，想用洋牛奶替代人奶。沒想到這小福全吃了幾天的人奶，居然有了依賴性，一頓聞不到張桂英的奶奶香，就哭得上氣不接下氣，哪怕美國牛奶粉再香甜，他就是一口也不碰，手舞足蹈把奶瓶拍了個東倒西歪。

黃金榮被小福全吵得心煩意亂，一氣之下，就乾脆離開家門，先一個人在外面胡亂吃了頓晚餐，然後回到大自鳴鐘法捕房，去尋張桂英的介紹人程子卿，因為只有程子卿才曉得張桂英住在哪裡。

程子卿是黃金榮的結拜兄弟，是黃金榮一個捕房上班的一個捕頭。程子卿聽說張桂英拿了預付的工鈿不去黃家了，就氣哼哼地直奔朝天門「滾地龍」，想尋到張桂英後興師問罪。沒想到他來到滾地龍一看，只見張桂英的那個用蘆席、爛鉛皮搭成的「家」裡，白布翻捲，麻片飄蕩，張桂英與她的婆婆哭喪著臉，披麻戴孝，正坐在烏黑的棚棚裡嗚咽呢。原來，張桂英的男人在前天一次賣苦力時不慎失足，跌死了！

張桂英要料理男人的後事，難怪這兩天不能再上同孚里七號去餵奶了。

程子卿的心也是肉長的，見狀，他只好改換門庭，另外設法。也是不巧，朝天門一帶的滾地龍裡，再也尋不出第二個奶媽來，住在這裡的都是窮人家，而且都是男光棍居多，他們平時賣苦力所得剛夠自己糊張嘴，誰還再敢輕易生兒育女增添額外吃口呢?!無奈，程子卿就回去如實向大哥黃金榮交了差。

黃金榮一聽倒也情有可原，只得偃旗息鼓。

這天，黃金榮回到家中，卻見桂生已另外物色到一個奶媽，正在娘姨的前引下，進入黃家。黃金榮一見，不由喜上眉梢，心想今天總算可以在家睡個安逸覺了。豈料，令所有人百思不得其解的事情發生了，儘管這個奶媽的奶水十分飽和，但小福全就是不賣這個帳：奶媽的乳頭剛一挨到他的小嘴邊，他就馬上吐了出來，像受了天大的委屈似的「哇啦哇啦」地哭了個傷心。奶媽試了幾次，都宣告失敗，徒喚奈何之餘，她只好快快地空手而歸。眼看一腔歡喜剛湧起，頃刻又變成了無盡的煩惱，耳聽小福全的喉嚨，已哭得嘶啞無聲了。這下，黃金榮再也忍將不住了，一怒之下，自己單槍匹馬，氣衝衝地按圖索驥直奔朝天門。一路上，黃金榮恨恨地想：他娘的該辦的喪事已經辦了，該拿的銅鈿已經提前都拿了，這個姓張的女人倒也是個滑頭，居然想趁機賴帳了不成？沒那麼便宜！

到達朝天門，黃金榮捂著鼻子，打聽問訊，好不容易尋到了張桂英的家。一見，張桂英正坐在家門口餵孩子呢。黃金榮儘量捺住性子，上前開口就問：「喂，儂這個女人，怎麼拿了工鈿就像斷線鷂子似的，再也不來了呀？」

因受丈夫突然去世的打擊，幾天不見，張桂英神情憔悴，人也瘦了一圈，忽聽一個男人粗喉大嗓的發問，抬頭一看，不由又羞又愧又傷心。她在同孚里七號見過黃金榮，曉得是人家男東家打上門來了，所以連忙一邊讓座，一邊傷心地向黃金榮解釋原委。黃金榮早就知情，未加深究，只是迭聲追問道：「廢話少說，你倒是還去不去我家了？」

張桂英眼淚汪汪，用一口糯軟的蘇州話答道：「回東家先生的話，能不能過幾天再去？」

「為什麼？」

「只因為我一氣一傷心，奶水不足，這點奶水不夠兩個小囡吃了。」說著，張桂英低頭注視著懷中的女兒，臉露難色。

這時，張桂英的婆婆聞聲鑽出滾地龍，對著黃金榮又是打躬，又是作揖，哀求東家再寬鬆兩天，等兒媳婦的奶水養養充足，再去東家。

這時，兩邊的滾地龍裡有人聞聲鑽了出來，見狀，大家紛紛圍將上前，異口同聲地幫腔，哀求面前這個捕快再放一馬。黃金榮見眾怒難犯，一時上不好發作，只好忍氣吞聲地作了讓步，答應張桂英過兩天就去他家餵奶，然後頭也不回拂袖而去。

也是窮人自有窮志氣，第二天，張桂英就蓬頭散髮地出現在了同孚里七號。說來也怪，張桂英人還沒有進得房間，那房內的小福全就奇跡般地停止了啼哭，張桂英剛走到他面前，他就手舞足蹈地含淚笑成了一朵花。

一邊的林桂生見狀，驚歎之餘，不由與黃金榮面面相覷，心裡說：看來，小福全是真的離不開這個窮奶媽了！

日子一天天過去，小福全越來越離不開張奶媽了，以致後來張桂英餵完奶離去後，小福全居然因見不到奶媽而躁動不安、哭啼不休。

與此同時，張桂英對這個富家人家的少爺，也產生了一定的感情。

為圖心靜，林桂生便與張桂英商量，請張桂英乾脆住在她家，直到小福全斷奶為止。可是，張桂英甩不下家中的女兒和婆婆，不能答應。

隨著小福全一天天長大懂事，他已不再滿足於奶媽的奶水了，只要張桂英不在身邊，他就會因尋找不到奶媽而哭鬧不休，到後來，他居然發展到了一刻也離不開奶媽的地步。

小福全捲土重來的啼哭聲，使黃金榮重又開始煩躁不安；尤其隨著兩個孩子的日益長大，張桂英的奶水日益顯得捉襟見肘、不夠分配的時候，黃金榮終於誘發了自己那副蛇蠍心腸，一絲殘忍的毒笑，掠過他那張麻臉。

在小福全三個多月的時候，一天，當張桂英剛出門去同孚里不久，一個打扮得花枝招展的女人坐著黃包車，屈駕就尊地來到朝天門的「滾地龍」，輕車熟路地走進了張桂英的家門。

「啊呀婆婆你好啊！」女人一邊對坐在床邊的婆婆親熱地打著招呼，一邊把一隻精緻的小提包放在床頭。

「啊，你是……」婆婆見家中來了稀見的貴客，不由手足無措，一時不知怎麼才好。

「我是你家桂英的小姐妹呀，剛才，桂英姐在路上碰到我，叫我把鳳兒帶到她那裡去。」

「哦，桂英是到大人家去的呀，怎麼……」婆婆自是輕易不肯脫手。

「我曉得——」，女人拉長腔調，打斷了婆婆的話，「她是去那個人家餵奶的，可是，現在防疫站正在免費種牛痘，種牛痘你懂嗎？那就是種了可以防止出天花的。你不曉得，今天免費種牛痘的人可多呢，排隊，排老長老長的隊。桂英姐生怕輪不上，就一邊排隊，一邊叫我來抱鳳兒去種牛痘。你趕快把鳳兒給我吧，只怕晚去了一步，白排隊不算，以後這種機會再也輪不到了呢。」

「哦，哦！」來自蘇州鄉下的婆婆終於聽明白了，種牛痘她聽不懂，但出天花她卻聽得懂的，這是一種可怕的病，一出天花，小囡可是要變麻子的。所以，她連忙從床上抱起鳳兒，來到那女人面前，剛想脫手，又不放心，說聲：「我跟你一起去吧，免得吃力了你大小姐。」

「談不上的，談不上的。我是抱慣小囡的，抱慣小囡的。」那女人一邊說著，一邊從婆婆懷中抱過鳳兒，轉身就往門外走。

「等等，帶幾塊尿布去。」婆婆想了想，轉身從床上疊上幾塊尿布，想帶著尿布一起跟著人家去。但是，當她邁著小腳跟到門口，已經遲了，那輛黃包車已載著那個女人與她的孫女兒，箭一般地消失在塵土滾滾的爛泥路盡頭。

婆婆目瞪口呆，隱隱地感到有種不祥之兆正向自己襲來。

婆婆的第六感覺沒有錯，等到傍晚時分張桂英拖著一雙疲憊的腳步回到家中，她這才知道一樁潑天大禍已經釀成：她們心愛的鳳兒被人家拐走了！

頓時，天塌了，地陷了，呼天搶地中，婆媳倆都急得雙雙昏死了過去……

舊上海，拐騙販賣小孩的案子多如牛毛，但人販子要拐騙的可以說大都是男小孩，男小孩能賣銅鈿，女小孩就算可以賣到堂子裡去，像這樣只有幾個月大的人家也不要：把一個血泡泡似的嬰兒養到能接客，赤膊等衣乾的老鴇與「烏龜」們要付出多大的耐心與多少的金錢呀？所以，婆婆與張桂英做夢也沒想到，現在上海灘上的人販子，居然連幾個月大的女小囡都要拐騙呀！

張桂英與她的婆婆更是做夢也沒有想到，今天拐騙她們鳳兒的壓根不是人販子，而是那個冠冕堂皇的大東家，是那個以維持社會治安為業的法國捕頭黃金榮！

看到這裡，讀者諸君都能猜得到：黃金榮拐騙鳳兒的目的只有一個，那就是為了他的小福全能一人獨享奶媽的全部奶水！令人髮指的是，黃金榮不惜親自化裝成黃包車夫，帶著同黨騙走了小鳳兒後，即把尚在繈褓中的可憐的小生命，低價賣給了一夥人販子！

不過，黃金榮的天良總算沒有泯滅殆盡，那個女人「遺忘」在滾地龍裡的小提包裡，居然還放著三塊銀洋，大概算是黃金榮變相付給張桂英婆媳的小鳳兒的賣身錢吧？

令人痛心的是，銀洋再多，也不能使母子重逢、骨肉團聚了！

一向自誇「只有想不到，沒有做不到」的黃金榮終於如願以償：三天後，接連承受了喪夫失女沉重打擊的張桂英，最終還是踉踉蹌蹌、哭哭啼啼的在黃金榮的威逼下，無可奈何地來到了同孚里七號，而且這一住下，她就再也沒有回去，直到告老還鄉為止。這是後話，暫不展開。

光陰如箭，日月似梭。

一晃，小福全一周歲了，會走路了，但這孩子「吊奶頭」（滬語：不肯斷奶的意思），一天三頓，只吃奶水，不碰粥飯。林桂生只怕兒子因此患上「奶癆」，幾次三番要求桂英為小福全斷奶，可是，張桂英下不了這個手，小福全更是哭天搶地不依不饒。無奈，大家只好等他再長大一些，再斷奶。

歲月的流水，漸漸地沖刷掉蒙在張桂英心上的傷痕，雖說有時更深人靜，側目睡在一邊的小福全，她仍不免要因思念自己的骨肉而黯然神傷，潸然淚下，但懷中有小福全，畢竟可以起到些許替代小鳳兒的作用，使張桂英的一腔母愛，在潛移默化中不知不覺地轉移到小福全身上，從而終於使她漸漸地從悲傷中解脫了出來。

憑心而論，黃府的膳食，極為豐富，尤其為了多多誘育乳汁，張桂英在擔任奶媽期間，吃的要遠比那些娘姨女傭來得強。所以，一年不到，張桂英不但早就恢復了元氣，而且滋養得光鮮水滑，一掃以前貧病給她帶來的憔悴與枯槁，以致有時黃金榮的狐朋狗友來黃府作客，見到張桂英時會禁不住兩眼發直，挪不動腳步。

熟知姑蘇風情的人都知道，自古姑蘇出美女：從春秋時期的西施，到亡明將領吳三桂的寵妾陳圓圓，再到《紅樓夢》中的林黛玉，哪一個不是閉花羞月、沉魚落雁的尤物？但是，作為姑蘇土著的老蘇州倒還有兩句民間俗語更是耳熟能詳，那就是「自古蘇州美女多如雲，真正美女出在冶長涇」。

張桂英出生在蘇州城北三十里外的北橋鎮的南橋頭鎮，這可是一個具有古老而有傳統文化的千年古鎮，那條穿鎮而過的冶長涇河，便是當年孔子的學生公冶長落葬於此而得名。

為什麼說「真正美女出在冶長涇」？冶長涇出了哪些美女？隨著故事的展開將一一列數。

北橋鎮位於蘇州城北三十里地，地處無錫、常熟、吳縣（今蘇州市相城區）三區縣交界，是個以漕湖、鵝真蕩為中心的水網稻田地區。

但在舊社會，那裡可是個靠天吃飯的貧苦之地，有民諺：十年九年澇，人多田地少；吃粥的日腳多，吃飯的機會少；男人跑單幫，女人小囡抱（指當娘姨）……所以，那年月，鎮上在蘇州、上海謀生的人很多。張桂英就是當年跟著男人跑單幫，拖著身孕來到上海謀生的。現在，丈夫死了，女兒沒了，年老的婆婆帶著那三塊銀元含著眼淚回家鄉了。為生存，張桂英不得不留在上海繼續靠幫人家度日。

如果說張桂英在沒進黃家時是一朵被污泥遮掩塗抹的荷花的話，那麼，現在經過好吃好穿一番滋養，她就像一道雨後出現的彩虹，居然放射出異樣奪目的光彩。

如此美女，怎逃得脫黃金榮那雙色眼？

於是，平時一向難得回家的黃金榮，就開始動不動地往家裡跑了，轉著繞著圍著張桂英，有話沒話尋話與桂英講，尤其當張桂英敞開胸懷、露出白得耀眼、鼓得像球的兩個大乳房給小福全餵奶時，黃金榮落在上面的那兩隻眼烏珠，簡直恨不得變成兩把錐子，在上面鑽出兩個孔洞來。

林桂生雖不曾吃過狗肉，但狗的肚腸有幾根她還是一清二楚的，黃金榮放蕩不羈的過去及他那雙色眼，早使她警惕百倍，妒火中燒，要不是她日日夜夜與張桂英待在一起，要不是黃金榮礙於岳父的威勢不敢輕舉妄動，說不定什麼時候他早像餓狼撲食似的掐掉這朵俏荷花了。為此，林桂生心裡打定主意，只等小福全一斷奶，就打發掉張桂英，免得留在家中，早晚惹出一場禍。

黃金榮也是蘇州人，一八六八年農曆十二月初一，他出生在蘇州城中玄妙觀外那條彎彎曲曲的牛角浜巷，其父黃炳泉在蘇州衙門裡當「捕快頭」。所以，有時他仗著林桂生是上海浦東人，對蘇州的風土人情畢竟不熟悉的短處，常當著妻子的面，用純粹的蘇州方言切口，調戲張桂英，弄得桂英臉上紅一陣、白一陣，惹得林桂生心中疑雲更厚，但又像狗咬刺蝟——無處下口。

其實，張桂英也何嘗不想早點逃離這虎狼窩，她心明如鏡，長此以往，自己遲早會變成黃金榮股掌之中的玩物，到那時，黃麻皮的凌辱與林桂生的報復，兩面夾攻，只怕自己只有跳黃浦江的份。所以，隨著小福全的一天天長大，埋藏在桂英心中的這份擔憂也在一天天增長，她常常暗自神傷，考慮著自己的出路。

但是，離開了黃家，又能上哪去呢？回家鄉？顯然不現實，家鄉一貧如洗，田無一分，屋沒一間，只有一個風中殘燭的婆婆，一回去，就餓死！再說自己是一個「尅夫剋女」的孤孀，家鄉的人們肯定視她為「掃帚星」，唯恐躲避也來不及呢！留上海？一想到這三個字，張桂英更是不寒而慄，只怕自己還沒踏出黃家門，那本以販賣女人為強項的黃金榮，就早把她賣給了么二堂子（妓院）了！

更使張桂英難割難捨的是，現在依偎在她懷中的小福全！

一年多的朝夕相處，一年多的乳汁交融，張桂英已與小福全建立了不是母子勝似母子的血肉情，別說小福全現在是片刻離不開了他的嬷嬷娘了，就是她自己，也實在捨不得放下這乖巧玲瓏的福全兒了呀！一年多來，小福全已成了她的第二生命，成了她的一塊心頭肉，她不敢想像小福全在不見她之後的痛苦樣，也不敢想像自己一旦突然與福全分手後的日子怎麼過……

想到這裡，一顆顆淚珠悄然無聲地滴落下來，落在小福全的小臉蛋上。

左思右想，進退兩難，可憐張桂英為此常常寢食不安，神思恍惚。

小福全一歲半的時候，一天，在牌桌上輸了個一塌糊塗、肚皮裡窩著一包氣的林桂生，終於把氣撒向了張桂英：「桂英，你怎麼還不想給福全斷奶呀？你倒說說看，啥辰光給伊斷奶？」

張桂英正在給小福全餵奶。由於孩子大了，所以他是站在嬷嬷娘的面前吃奶的。聽得東家娘娘發問，張桂英的心當即「撲咚撲咚」一陣急跳，她曉得她最擔心的事體終於來到了。

但她還是實話實說：「回夫人話，不是我不想斷，而是小福全實在脫不開嘴……」

「嚼蛆！」林桂生憋在肚皮裡的一包氣，終於尋到了發洩的地方，「砰」一下，手中的白銅水煙筒重重放在了桌上，「儂幾歲？伊幾歲？難道儂真格想叫我兒子染上奶癆呀？」

「勿，勿是，夫人，我嘸沒迭種想法，嘸沒迭種想法的呀！」

「那斷奶，明天就斷奶！啥人家的小官（滬語：男小孩的意思）毛兩歲了還吊奶頭？這不是愛，是害！小人勿吃粥飯勿懂饑飽，難道大人平時一日三頓六箸吃得都是么二三（滬語：指屎（四）的意思）！」

這真是天大的冤枉呀，張桂英憑白無辜受此冤屈，眼淚再也忍不住，撲簌簌地滾落了下來。

她決定明天就給小福全斷奶。

但做過母親的人都知道，給孩子斷奶，是一件難割難捨的事。

嬰兒從離開娘胎起，就一直以母親的乳汁為本，從中吸取大量的營養，而且對母親的乳汁產生了一種強烈的依賴性。所以一旦真正開始斷奶，除了當母親的在感情上要有忍痛割愛的堅強毅力外，孩子也要承受這突如其來的物質上的不習慣。

從沒當過母親的林桂生，怎理解一個當母親此時此刻的心理?!

斷奶不外乎兩種方式。

一種是回避法，即當母親的硬起心腸，躲避開來，用時間來淡化孩子對乳汁的依賴心理，逼著孩子以米麵為主食；二是恐嚇法，即把辣椒醬或橡皮膏、紅藥水之類的東西塗貼在乳頭上，讓孩子一見就嚇得再也不敢吃，漸漸地主動斷奶。

張桂英不忍心用恐嚇法來為小福全斷奶，她決定採取回避法。

殊不料她此決定，正中林桂生的下懷，她就等著借此機會，一下子把張桂英碾出自己家門呢！

明天就要給小福全斷奶了，是夜，張桂英把奶頭塞在小福全嘴中，讓他咕吱咕吱地吃了一個飽，心裡說：福全呀福全，不是嬤嬤娘狠心，而是誰都要輪到這一關的呀。你已一歲半了，應該斷奶了，再不斷，以後只怕反而害了你。

這時，林桂生趿著繡花拖鞋，來到了隔壁奶媽的房中。她準備徹底了斷林家與這奶媽的一切牽絲攀藤了。她把一個沉甸甸的手帕包放到張桂英面前，不無內疚地說道：「桂英，這一年半來，你辛苦了。」

張桂英望著手帕包，不解地問道：「夫人，這是……」

「這裡是十元銀洋鈿，你拿著，出去後可以派派用場的。」

張桂英的臉色「刷」一下白了，她知道真正離開小福全的時候來到了。於是，她低下頭，兩眼中一下子湧滿了惜別的淚水。

林桂生見狀，動了惻隱之心：「桂英，明天斷奶，你就走吧。留在家裡，雖說看不見福全，但聽見福全的哭聲，你仍會難過的。不如乾脆趁此機會一走了之。唉，這也是早晚的事。這十元銀洋鈿，是我平時省吃儉用積下來的，算是你的工鈿，也好算是我送給你的本鈿，你拿著它，在外面擺個小攤頭什麼的，也好度日腳了。以後，有合適的機會，再尋個當家的……」

「夫人，你勿要說了！」不等林桂生嚕嚕索索把話說完，張桂英再也忍不住，嗚咽出了聲。

這一夜，張桂英沒有合眼。她一遍遍地親吻著熟睡中的小福全，淚水點點滴滴灑落在孩子的小臉蛋上。天明時分，她最後一次把奶頭塞在小福全嘴中，把他喂了一個飽，然後趁福全再次甜甜地睡去，這才一狠心，提著小包袱，走出了房間。

「夫人，我走了。」張桂英含著淚，站在林桂生的房門口哽咽道。

林桂生正躺在床上抽鴉片，聞聲，忙欠起身對門外說道：「去吧，外頭碰到啥難處，再來尋我。」

「唔。」張桂英用力咽下眼淚，這才一步三回頭地離開了黃家。

但是，偌大一個上海灘，哪裡才是這個孤孀獨女可靠的歸宿呢？

張桂英站在同孚里七號弄堂口茫然四顧，眼前的世界一片模糊。

最後，她還是硬著頭皮，叫了一輛黃包車，徑直去了西藏路上的八仙橋。她知道，在那裡的滾地龍裡，住著一幫來自家鄉的北橋人。親不親，故鄉人。也許，只有老鄉才能理解自己、收留自己。

第二章　同病相憐

沒有當過母親的、確切點說沒有經歷過為孩子斷奶的女人，是不可能理解孩子在斷奶伊始時的那種痛苦與不忍的。且說在張桂英肝腸寸斷、一步三回頭地離開黃家的第二天，一向以公務繁忙為名而難得回家的黃金榮，就在這天傍晚回了家。

前不久，法租界單獨成立了巡捕房，除了在大自鳴鐘設立了總巡捕房之外，還在小東門、寶昌門（今淮海路、淡水路口）處設立了兩個分房（一九一五年，又在斜橋、寶建路分設兩處分房），由於黃金榮在前不久奉命追捕太湖強盜「黑風」的一案中身先士卒，立下了汗馬功勞，所以，他更加受到了法國主子的青睞。當時上海《申報》上特刊發了這段新聞：

「旋有太湖巨盜搶劫巨案，法捕頭黃金榮先生奉命赴蘇州辦理，躬身往捕，盜首鷙悍難擒，黃捕頭不避艱險，與之捕，盜登屋，黃捕頭亦登屋，躍下時，傷其足，盜泅水，黃泅水，幾滅頂，盜卒被手擒。」

原來，黃金榮在追捕案中左腳受傷，不得已回家養傷來了。

是一輛法捕房的「奧斯汀」把他送回同孚里七號的。

然而，喜氣洋洋的黃金榮一拐一蹺地還沒踏進家門，就被小福全一陣連綿不絕、震耳欲聾的哭聲驅盡了麻臉上的笑容。

小福全哭了兩天一夜，此時喉嚨都已哭得嘶啞了。

「怎麼回事？哭得像屋裡死了人似的！」黃金榮聞聲徑直上樓，笨手笨腳地從娘姨懷中接過小福全。憑良心說，小福全雖說不是嫡出，但黃金榮還是從心底裡歡喜這個白白胖胖、乖乖巧巧的養子的，尤其是當小福全一歲時開口第一聲叫了他「爹爹」，他更是心花怒放。這個一向大大咧咧的馬大哈，從此出差在外，居然也不忘捎點什麼東西給兒子。所以，今天他見兒子忽然大哭大叫煩躁不安，心裡委實有點捨不得。

「回老爺的話，福全斷奶了。」娘姨小心翼翼地回答道。

「好端端的，斷什麼奶？讓他吃就是了，生怕我家吃不起還是怎麼的？」黃金榮哪懂得這種婆婆媽媽的事，開出口來氣吞山河。

「卵也沒捏準，就怪夜壺漏。」林桂生叼著一根香煙走進房門，譏嘲男人，「你想叫福全叼一輩子的奶頭呀？得了奶癆，你開心呀？」

「爹爹，我要姆嬷娘——」小福全見到父親，哭得更委屈了，眼淚鼻涕塗了黃金榮一身。

「那麼，那麼……桂英呢？叫桂英弄他嘛！哭得連弄堂外頭都聽得見了！聽聽，喉嚨也哭啞了。」黃金榮心痛地提議道。

「哼，走了！」林桂生輕描淡寫。

黃金榮一怔，即向桂生發出一串連珠炮：「走了？為什麼走了？上哪去了？」憑良心說，天長日久，黃金榮已像饞貓似的緊緊盯住了張桂英，被她吸引住了，他欲得美女之心非但未滅，而且越發強烈。

這回，他本來就想趁回家養腳傷之際，設法把桂英弄到手的。所以驀然聽得心上人突然走了，當然要發怔。

「伊勿走，福全的奶奶斷得了嗎？」

「那，那她到底上哪去了呢？」黃金榮現在最關心的是張桂英的去向。

「腳在她自己肚皮底下，她要上哪裡，我管得著嗎？」林桂生見黃金榮發急，便連忙緩下口氣討好對方，「不過，她臨走前，我特意給了她十元銀洋鈿的。」

「你！」黃金榮有火發不出，面孔上的麻子粒粒漲紅了，一時張口結舌，不知說什麼才好。

「我怎麼了？我待她錯了嗎？」

「你、你這樣做，福全怎麼辦？哭得這副腔調，讓他哭死你才開心是嗎？」黃金榮終於找到了理由。

「你勿要急，小人斷奶都這樣的，至多哭鬧上個把禮拜，就勿哭了！」林桂生依然輕描淡寫。

「放你娘一百八十個黃狼屁！」黃金榮勃然大怒，終於吼叫了起來，「老子難得回家養傷，你要叫他吵煞我呀？」吼罷，他放下福全，一拐一蹺賭氣下了樓。

林桂生見狀，氣得胸脯一鼓一鼓，她曉得男人這是去尋張桂英了。

花開兩朵，各表一支。

且說張桂英離開黃家，便坐著黃包車來到了八仙橋，在橋下的滾地龍外面，聽到了使她倍感親切的家鄉方言。

一老一少兩個蘇州水鄉的女子，背朝門坐在門外，正在用力地洗著一腳盆一腳盆的被單褥子。

老的是蘇北人，說一口揚州方言。

少的是把「奔走」說成「斜」的北橋家鄉人，從她豐潤圓腴的背影看，至多二十歲模樣。

老的把那少的喚作「阿巧」：「阿巧，天生這兩天好點了嗎？」

「好點了，昨夜裡，他答應我不再去朝陽樓吃茶哉。」

「他又騙你了，朝陽樓不是吃茶的地方。」

「那麼，」阿巧停下手，望著對方問道，「那裡吃什麼的呀？」

一老一少正有一搭沒一搭地說到這裡，張桂英出現在她們的面前。

「太太，你找哪個？」老的抬起一張皺紋密佈的臉，打量著面前裝束像富人家夫人樣子的張桂英，笑著問道。

「我，我想尋我家鄉來的人。」張桂英嘴上回答，兩眼卻落在阿巧的面孔上。

頓時，家鄉方言把她們兩個人之間的距離一下子拉近了。姚阿巧甩甩手上的肥皂沫，捋一捋披散在額上的前劉海，笑著問對方：「聽口音，你也是我伲北橋人？」

「我是北橋冶長涇洋塘村人。我姓張。」張桂英蹲到姚阿巧面前，一條長辮子從胸前滑下來，差點落在腳盆裡，她連忙一甩手，把辮子甩到背後去。

「我是北橋百家堰莊浜村上人，我姓姚。」姚阿巧衝對方一笑，露出一口石榴籽似的白牙齒。

「哦，妹子，你可是莊浜村開南貨店的那個姚小寶家的……」

「我是他囡唔（滬語：女兒）。」話兒越說越對路，不一會兒，姚阿巧與張桂英已稱姐道妹了。

在閒談中，張桂英曉得這個比自己小不了幾歲的姚阿巧，來到上海還不滿半年。兩年多前，姚小寶招了女婿，入贅姚家的是鄰村漕湖畔上方港村的沈家第二個兒子沈天生。沒想到由於當地連續三年水災，四村八路的人能外出謀生的都外出了，姚小寶的南貨店蝕不起本，就關了門。沈天生自從入贅後，就依照當地風俗改姓為姚天生。姚天生也不願年紀輕輕就這樣在家等餓死，所以與妻子阿巧一商量，就雙雙投奔在上海謀生的叔父沈奇祥與沈雲祥來了。

沒想到兩個叔父在上海的日腳也不好過，他們都在上海西藏路八仙橋一帶做「腳力」，主要從事些扛抬挑掮的體力活，例如誰家堂子裡的妓女要出堂會，他們就抬轎子；誰家裡死了人，殯殮等事情他們就承包了下來。姚小寶帶著妻子投奔到上海後，只好自食其力，在叔父們的帶領下，每天到八仙橋上去等生意。姚阿巧則在家中接些富貴人家汰汏縫縫的活計，或代即將出閣的小姐做做女紅，賺些苦銅鈿。

小夫妻倆雖說苦了點，但畢竟多少有點銅鈿賺，所以一天三頓倒也不用愁。沒想到姚天生到了上海，被上海的花花世界染黑了，不知怎的竟跟著幾個上海灘上的白相人，上朝陽樓「吃茶」去了。從此，姚天生再也沒有銅鈿拿回家，而且變得貪吃懶做，像個二流子了。

可憐姚阿巧到現在還不曉得，朝陽樓根本不是吃茶的地方，而是鴉片館！姚天生跟著那幾個白相人上了朝陽樓後，很快就染上了鴉片癮。

老話說，坐吃山乾海要空。姚天生哪經得起朝陽樓上的幾個折騰呀，當時，他就欠下了人家故意放給他的一屁股鴉片債，到最後，不得不淪為賣老婆還債的悲慘地步。這是後來的事情了，現在暫且不多提。

但有一點還是要預先透露給大家的，那就是眼前這個姚阿巧，你別看她現在只不過是一個窮苦人家的苦力女，但後來竟成了一個全國小有名氣的女聞人，她就是令蘇州人至今仍引以為豪的蔣介石第二夫人姚冶誠！

有道是老鄉見老鄉，兩眼淚汪汪。一對同病相憐的天涯淪落人一接話，當時就有了談不完的話。姚阿巧見眼前這個穿戴不俗的張桂英，肚皮裡竟還藏有這麼一本苦水帳，不由陪著對方落下幾顆同情的眼淚。

姚阿巧有心收留同鄉姐妹，但苦於她的滾地龍又狹又窄，再加上到晚上自家的男人要住回來，多有不便，所以，她留桂英草草吃過中飯後，就親自帶領張桂英，去了一個可以留她住宿的地方。

「她們就娘倆個，也是我伲北橋人，是張華村的。娘叫什麼我說不出來，只是一直叫她沈師母的，不過，她女兒的名字我倒曉得，她叫沈月英。嘸事體的辰光，我經常一個人到她們家中白相相的。她們的木房子，是租來的。」一路上，姚阿巧熱情地向張桂英介紹說。

「她家裡的男人呢？」張桂英本能地問道。

「死了。」姚阿巧一邊在前面輕盈地走著，一邊回答。那條拖到半腰下的長辮子，像條活蛇，一下一下敲打著她圓鼓鼓的大屁股，「真作孽，聽說月英的爹爹原來是做生意的，做得蠻好的。月英小時候跟著爹爹姆媽一起到東北哈爾濱做生意。後來，她爹爹在一趟生意中，被人騙走了全部本鈿，只好帶著家小在東北流浪。兩年前，月英的爹爹生了一場大毛病，就死了。嘸辦法，沈師母就帶著囡唔來投奔上海親眷。沒想到上海這麼大，沈師母尋來尋去尋勿著，只好帶著囡唔，在這裡租了一間小木棚，住了下來。好在月英的爹爹死時還留下來一筆銅鈿，所以，她們娘倆個才算在上海有了個落腳之地。不過，她們租的小木棚，比起我們的格種地方來，要好得多了呢！」

姚阿巧熱心又健談，領著張桂英走了約摸一袋煙的辰光，就來到了另一片滾地龍。沈月英家的木棚房在這片用蘆荻、鐵皮搭起來的滾地龍中，確是顯得有點與眾不同，鶴立雞群。

果然，這間木棚房裡，住著一老一少兩個家鄉人！

沈師母見來了家鄉人，自是感到格外親切，當即拉著張桂英在竹榻床沿上坐下，問長問短，問的都是家鄉的人事和風景。

姚阿巧留下張桂英，就急匆匆地打道回府了，家裡還有兩腳盆的被褥等著她洗呢。

「阿姨，吃口水吧。」十二歲的沈月英端來一碗熱氣騰騰的開水，笑吟吟地放到同鄉阿姨的面前。十二歲的小姑娘，就像一朵含苞待放的蓓蕾，長得珠潤鮮滑，一雙大眼睛像她的媽媽，顧盼神飛，好像會說話。張桂英謝過月英，接過開水，抿了一口，甜津津的，是糖水。

她不由歡喜地望著已復又坐在那裡繡花的小月英，脫口而出：「真懂事的小人。」

沈師母眼圈一紅：「沒辦法，伊的爹爹死得早，現在，全靠月英幫襯我，一道做點刺繡，賺點活命銅鈿。」

「勿要急，勿要急，留得青山在，勿怕嘸柴燒。阿姐你好壞有個親骨肉，依傍就在眼前在，勿像我……」觸景生情，張桂英的眼圈也紅了。

張桂英在沈月英家一住，就是兩天。她已和沈家母女商量好，打算把隨身帶來的十塊銀洋做本鈿，她們合夥開個小吃店。這一帶，聚集著五湖四海來的苦力工，一天三頓會有生意的。

第三天，張桂英因心中有了主張，感到往後的日子有奔頭了，不由心裡很高興，所以早早起了床，坐在後窗梳頭洗臉做晨妝。剛斷奶，奶水一時無處排泄，所以這兩天中，兩隻乳房脹得像要裂開了，一汪汪的奶水無可抑制地迸出乳頭，把桂英胸前的衣服總是浸得一片稀濕。為此，桂英索性把一塊毛巾墊在胸前吸奶水。

撐開後窗板，不遠是滔滔東去的蘇州河。春日之晨的蘇州河畔，晨靄初霽，河面上飄散著如煙似氣的晨霧。窮苦而又勤勞的貧民們，已經開始為新的一天的生存而忙活。開早航船的船工的吆喝聲，婆娘們涮洗馬桶的「嘩嘩」聲，還有不知哪家嬰兒的啼哭聲，交匯成了一曲蘇州河獨有的晨曲。

這時，張桂英發現河對岸的「滾地龍」之間，出現了一批穿綢著緞的白相人，他們東家進，西家出，一副緊張忙碌的樣子。定睛看時，岸上高處，居然還站著幾個頭戴藍色的太陽帽，腿上裹著黃布綁腿、身穿藍色嗶嘰制服、手提警棍的華捕（中國巡捕）在指手劃腳。

「沈師母，你看，好像出了什麼事？」張桂英一指河對面。

沈師母瞟了一眼，沒在意：「經常這樣的，又是巡捕房捉人。」

「那些著便衣的呢？」

「是巡捕房臨時請去幫忙的，都不是好東西。」

「大概巡捕房人手勿夠。」

「可能是這樣。」

兩人正隨意交談，忽然木棚門前一黑，旋即有個男人的聲音大聲喊了一句：「張桂英！」

「哎！」出於本能，張桂英信口答應了一聲。

「你叫張桂英？」那個身穿短打的漢子也不顧屋裡都是女眷，竟自說自話地走進屋，直往張桂英面前走來，嚇得正坐在馬桶撒尿的沈月英「哇」的一聲拎著褲子直跳起來。

「你是啥人？」張桂英還懵裡懵懂，不明就裡，以為是隔壁鄰居找她有什麼事，「到外頭去，勿見過這樣自說自話往人家屋裡闖的。」

「桂英！」這時，一邊的沈師母突然叫了一聲，兩眼中閃著驚慌異樣的神色。

張桂英見狀，不由一怔，正這時，門口又站上了兩個陌生的男人，其中是身著捕快衣服的華捕。

「你是黃先生家裡的奶媽張桂英？」來到屋外，那華捕上下打量著張桂英，再次問道。

看到面前突然出現的這副陣勢，張桂英這才感到苗頭不對，一顆心撲通撲通急跳了起來，面色「刷」一下全白了，結結巴巴地不知說什麼好。

「儂勿要怕嘛，」那華捕衝張桂英一笑，「阿拉是黃先生派來的，是來叫儂回同孚里去的。喔唷唷，你藏在這裡，可把我們尋煞哉。」

張桂英當即知道眼前發生了什麼事，但她怎願意再回到那個令她既驚又悲的黃家門呢？所以，她身體一扭，脫口而出：「我勿去哉。」

「儂勿要拎勿清嘛，黃先生器重儂呢，已經派我們弟兄尋遍了半個上海灘了……」

「麻煩儂轉告黃先生黃師母，謝謝伊拉，我真的勿想轉去哉。」

張桂英又急又怕，說著就轉身往木棚裡走。但那幾個漢子怎肯答應，當下從四面圍了上來，把張桂英團團圍在中間。同時，他們七嘴八舌、夾硬帶軟地勸說著，非要張桂英馬上跟他們回同孚里。

張桂英自知再犟下去也沒有用，不由兩眼中湧上了委屈的淚花。她剛好不容易在熱心的姚阿巧的幫助下，找到這麼一個善良純樸的老鄉家，而且已與沈師母母女初步作出了合夥開小吃店的打算，沒想到好夢不長，黃金榮又派人尋來了，一腔令人神往的幢憬，頃刻間化為了泡影，這叫張桂英怎不要委屈得直跺腳。

但黃家的勢力，豈是她一個弱女子能夠抗爭的?!所以，百般無奈中，張桂英只得忍痛向沈月英母女作別。她從身上的銀洋中取出五塊，硬塞給了沈師母，要她們母女仍按她們昨天的商定去開小吃店。

臨出門時，她還不無自信地對沈氏母女說道：「你們先開起來，過一陣，我就會回來的。」

「我們等你轉來。」沈氏母女雙雙倚在家門口，目送著張桂英與那華捕他們消失在大路的盡頭。

第三章　喜新厭舊

姆嬤娘的重新回家，使小福全破啼為笑，歡天喜地。張桂英何嘗不也同樣如此，抱著讓她牽腸掛肚了三天的小福全，更是禁不住百感交集，紅了眼圈。

「姆嬤娘，吃奶，我要吃奶。」小福全三天沒看見奶媽，仍念念不忘著姆嬤娘那甜美無比的乳汁，嘶啞著喉嚨、羞澀著面皮，伸出小手去撩姆嬤娘的衣裳下擺。

幸虧張桂英早有準備，所以小福全撩開姆嬤娘的上衣，看見的是一對交叉貼著橡皮膏的乳房。小福全已一周歲半了，再用辣椒醬塗在奶頭辣退他，已騙不過去了。

「福全，乖，姆嬤娘嗚哇（滬語：痛的意思）呀。」張桂英一臉痛苦狀，還故意倒抽著冷氣，「嗚哇煞哉——」

懂事的小福全不無同情地望著「受傷」的乳房，無可奈何地放下了衣裳。小嘴扁了扁，終久沒有哭出來。

從那以後，小福全開始改用粥飯牛奶當飽，漸漸地就斷了奶。

這天是立夏節，黃金榮回家與家人團聚。像以往那樣，他們一家用過豐盛的晚飯，這才招呼張桂英與其他女傭上餐桌，享用那些殘飯剩羹。

黃金榮一邊剔著牙縫，一邊當著林桂生的面，含沙射影地向張桂英發問道：「桂英，聽說福全斷奶後，儂要走人？」

張桂英信以為真，不由喜上眉梢，用力點點頭：「唔。」

林桂生連忙順水推舟：「蠻好蠻好，反正我早已和儂結過帳了。」

黃金榮乾咳一聲，打斷妻子的插嘴，一語雙關地又向張桂英發問道：「儂看，儂走得了嗎？」

這時，張桂英才聽出了隱藏在黃金榮話中的殺氣，不由心頭一陣顫抖。她曉得黃金榮要她之心不死，不達到目的，他是堅決不會就這樣輕易地放自己逃出這虎狼窩的，所以，她佯裝糊塗，一邊咀嚼，一邊支支吾吾地答道：「老爺，反正，反正少爺已經斷奶了。」

「儂看少爺離得了儂嗎？」黃金榮一聲冷笑，話雖是問張桂英的，但兩眼卻逡巡著一邊的林桂生，「儂叫太太一個人照顧得過來嗎？太太日裡叉麻將，夜裡上戲院，比我還要忙，儂想拿福全就這樣扔給她一個人嗎？」

「我是死是活，勿要儂管！」林桂生徹底明白了黃金榮所說的弦外之音，不由氣哼哼地站起身，狠狠白了張桂英一眼，拂袖回了自己的房間。

黃金榮狡詐地笑了，繼續他對奶媽的「啟發」：「算了，桂英，人生一世，不就圖個安安逸逸，儂在我黃家，有得吃，有得穿，我包儂一世太平無事，勿會給儂吃虧的。小福全從小是儂養大的，小福全離勿開儂，我也不放心把他交給第二個人。儂就死了迭條心吧！」

聽到這裡，張桂英一顆心頓時跌到了冰窟裡，絕望像蛇一樣慢慢地纏緊了她的頭頸，使她感到一陣胸悶氣短，一時無話可答，無法可想。她再也吃不下一口東西了，慢慢地放下碗筷，兩眼怔怔地望著桌面上發呆，心裡反覆向自己提問的只有一個問題：這下可怎麼辦？沈師母她們可是在等著我回去呢，那個小吃店正等著我去一起經營呢！

林桂生再厲害，再潑辣，畢竟還是從心底裡懼怕自己這個男人的。

她曉得自己這個男人心狠手辣，一旦惹翻了他，是什麼手段都使得出來的。現在，既然自己無力把張桂英這根禍苗拔掉，也只好慢慢地伺機行事了。反正，自己這個吃著碗裡、看著鍋裡的色鬼男人，一時還沒有任何把柄被自己捏住，拿他一時沒有辦法。所以，儘管林桂生內心裡恨不得馬上把張桂英逐出黃家門，省得男人整天像餓狗看見肥肉、蒼蠅盯上鹹肉一樣磨拳擦掌，早晚給她鬧出什麼下把戲來，但她一時上還是不敢隨心所欲，由著自己的性子來。只是，從那以後，張桂英在她面前更加不入眼了。

「桂英，我迭個人是最講良心的，上次給你十元銀洋鈿呢，就是和儂結帳的。儂現在再做下去，迭個工鈿怎麼個算法呢？」

「現在人家請的娘姨呀，都是有文化的，啥人像儂，扁擔橫在地上不認一字！唉，看來，我還得再為福全請個斷文識字的先生上門呢，免得我伲福全將來也變成一個開眼瞎子！」

「桂英，勿是我說儂，儂人雖笨，但番斯倒還看得過去，我看，儂還是趁年紀勿大，尋個合適的，養個男女，將來老了也好有個倚傍。」

平時，趁黃金榮不在眼前，林桂生經常對桂英這樣冷嘲熱諷，到後來，她乾脆單刀直入，打開天窗說亮話了。

「勿要，勿要，太太，儂勿要迭能說，我桂英這世人生，跟定太太了。」張桂英面孔漲得像雞冠花。

「儂勿要給我衛生口罩——嘴上一套了。雌貓長大了，也要叫春呢，我不相信儂一個鮮龍活跳的大女人，會不想格種男女之間的事。」

林桂生越說越不像話，說到最後，她開門見山說出了自己醞釀了不知多久的心事，「我看，樓下阿木根倒是勿錯的。」

「勿要，勿要……」張桂英的面孔紅得快要滴血了，下巴抵到了胸脯上。

阿木根是黃金榮家的更夫，三十出頭，人雖長得像根麻花桿，但五官端正，眉清目秀。他的主要工作是天天夜裡在弄前房後按點敲更，白天一有空，就到廚房間幫著劈柴挑水做雜活。黃府上下，沒一個不說阿木根勤勞肯幹又本份。可惜阿木根太窮了，賺到的一點銅鈿，還要拿回家去供養一個寡母老娘，所以，阿木根至今仍是筷子夾骨頭——光棍一條。

「儂是勿要男人呢，還是勿要阿木根迭個男人？」

「都勿要，太太，我都勿要……」

「勿要拿門關得這樣緊嘛！」林桂生有心儘早拔掉這顆眼中釘，所以送佛送西天，強盜發善心了，她拉住張桂英的手，不無親昵地許諾道，「我做大媒，當然是不會給你們吃虧的。只要儂肯跟阿木根，我是要把儂當女兒一樣嫁出去的。到辰光，儂跟阿木根到外頭租間房子，再積點小本鈿，小夫妻開個煙紙店……」

「太太……」林桂生一番話，句句說到了張桂英的心坎裡，她被林桂生一片難得的好心，居然感動得有點眼淚汪汪了，林桂生再為她介紹阿木根，她就再也不拒絕了。

平心而論，張桂英確實看得上阿木根，有道是破簸箕配豁苕帚，她與阿木根，是一根藤上的兩隻苦瓜，可以配一對。尤其阿木根，他並非也是木頭一根，幾年相處，阿木根在看著張桂英的眉目間，有一種只有桂英才看得出來的愛慕與自穢之意。可惜，這種純樸真誠的情意，在那種特定的環境下，作為身無分文的窮人，縱然有此心也不敢付諸於實施呀！所以，現在見林桂生一語中的，擊中要害，張桂英不由心旌飄搖，沉入了甜美的遐想之中去了。

林桂生說幹就幹，以她少有的熱心，特意召來阿木根，再把她的意思向阿木根複述了一遍。阿木根做夢也沒想到天上會掉下餡餅來，激動得一時手足無措，感動得差點跪下直呼太太為親娘！此為餘話，不作展開。

且說黃金榮。

不等腳上傷癒，他就一拐一拐地回了巡捕房。這多年來，尤其是自從他擔任捕頭後，他充分利用包打聽的身分，以簡制繁，以靜制動，逐漸在法租界建立了龐大的明的、暗的、公開的、祕密的網絡，在法租界站穩了腳跟。他的長媳李志清後來回憶說：「想想也是好笑，我們老太爺一輩子不會打槍，絕少出手打人，而且一生一世不會說法國話，但是他卻在法捕房做了三四十年的總探長。職位升到無法再升，法國人還要拉牢他。於是，只好又破規矩，把法國人自家才可以得的榮譽職務讓出來……」李志清的一番話，道出了法國人利用黑社會勢力，亦官亦盜，拓展勢力，形成了一個獨立的勢力範圍的全部祕密。

黃金榮在事業上如日中天，在法租界炙手可熱。

歲月易逝，花容易凋，隨著日子一天天的過去，終日沉湎於鴉片、麻將之中的林桂生，儘管她如何精心保養，但無可奈何地阻擋不了自己的鉛華消褪，本來就相貌平平的她，一過三十歲，就愈發變得黃皮苦面，像一隻脫掉羽毛的癩痢雞。再加上她一向自恃家有勢力，黃金榮又是捏著兩個拳頭入贅她林家的上門女婿，所以黃金榮在她那裡很少得到女人所能給予的溫柔與關切，他對林桂生的厭膩之情，與日俱增。與此同時，他面對好不容易又被他從滾地龍裡找回來的蘇州美女張桂英，那顆不安份的心更加躁動不安了。

有時，張桂英正好端端的抱著小福全呢，他走過去，伸出雙手，嘴裡說著「來，讓爹爹抱抱」，一邊裝著抱孩子，一邊就趁機把手塞進張桂英的懷中，讓自己的肉手掌在桂英豐滿的胸脯間盡情享受一下對方那雙豐乳，把個張桂英，羞得滿臉通紅，坐立不安。為此，後來再當黃金榮伸著雙手向她懷中福全抱去時，她就及時地、主動地抱著福全往前送，讓福全遠遠地離開自己的胸脯，免得再讓黃金榮沾了便宜。

酷暑盛夏，桂英只穿一條單布褲，林桂生用舊遺棄給她穿的洋布褲，把她鼓鼓的後臀包裹得像一隻熟透了的大桃子。黃金榮見了，就兩眼直發光，像做賊似的出現在桂英的身後，裝做逗兒子玩，把桂英連同兒子一起緊緊摟抱在懷中，下面那根硬如木棍棍的玩藝兒，捅得桂英面紅耳赤，躲閃不迭。

更使桂英提心吊膽的是夜晚。自從小福全斷奶後，她就從樓上搬到樓下的耳房裡獨住了。好幾次，黃金榮半夜回家後，躡手躡腳地溜到耳房前，推門移窗，想闖入耳房達到自己最終的目的。幸虧林桂生對此早有防備，並與張桂英暗中約定：一旦有「強盜」闖進耳房，就用那根竹竿猛捅天花板，向住在頂樓上的她發信號，以便她及時採取措施。與此同時，桂英也在每天臨睡前，總要在自己床前擺上一些盆盆罐罐，以提防「盜賊」偷偷溜進屋。

這一切，林桂生看在眼裡，急在心頭，她現在唯一能做到的是，儘快把這朵招蜂惹蝶的鮮花嫁出去，遠遠地離開黃家門。

自從林桂生的親自從中串線搭橋後，原本隔在張桂英與阿木根之間的那層薄薄的窗紙，就徹底捅破了，兩顆純樸善良的心，終於碰撞著發出了愛的火花。窮人雖說沒有買金送銀的條件，但窮人自也有窮人對愛情的表達方式。冬日裡，只要天氣晴朗有太陽，張桂英總要奉命把老爺太太和少爺房間裡的被褥架到天井裡去曬太陽。從樓窗的廊坊上把一棒棉胎架到對面的廊簷下，就是一條膀圓臂粗的漢子一個人，也要用出好大的力氣才能托舉得起來。張桂英一個孤身弱女，哪來這麼大的力氣？她往往只好採取先架竹竿、再搭棉被的辦法，完成這個笨重的工作。但這辦法有危險：張桂英得站在陽臺上、借助手中的叉桿再完成，上半個身子往往盡悉傾側在陽臺外，萬一腳底脫空，那後果就不可設想了。

阿木根見了，每當這時，他就主動出來相幫了。樓上是老爺太太們住的，未經許可像他這樣的男僕是不能擅自上樓的，但阿木根聰明著呢，他自有辦法：他自製了一根長長的、頂端裝有一樹叉的竹叉棒，就站在天井裡，二樓上桂英把沉重的棉胎剛架出陽臺，他就及時在天井裡高舉起叉棒，用力地叉住竹竿，協助陽臺上把竹竿架到對面屋簷下的鐵鉤上。架時這樣，收時也如此。從此，桂英再也無需發愁了，她完全可以事先在樓上陽臺上把該曬的被褥一一掛在竹竿上，再輕輕鬆鬆地把這棒重達百斤、搖搖晃晃的東西送到天井裡。

阿木根有義，桂英更有情。縫補漿洗是女人的強項。阿木根一個人住在黃府裡，衣服髒了，被子破了，粗手笨腳，難以自理。自從這層窗戶紙捅破後，不管桂英看見沒看見，她自會想方設法奪過來，由她來代勞。棉衣補好了，棉絮不再往外鑽，阿木根穿著可以抵禦冬夜的寒風；鞋子塌幫了，桂英專門為他做的新鞋子，可以讓阿木根穿著在巷弄裡大步流星。阿木根是個孝子，黃府分了點什麼好吃的，他自己總是捨不得吃，都要偷偷地帶回家去孝敬老娘。桂英敬重阿木根的好心腸，所以有時她常把自己的一份省下來，或是把林桂生另外給她吃的一些小零食藏起來，然後送給阿木根帶回家。阿木根不忍接受，她就嘴一噘，臉一板，扔下一句「又不是送給你吃的」，轉身就走。

常常把阿木根感激得只會「嘩嘩」直搓雙手。

然而，就這樣一段日趨成熟的姻緣，就這樣一個與世無爭的好人，誰能想到他竟在那麼甜美的時候，突然隨風而去了呢?!

已被同孚里居民所熟悉的梆子聲，忽然有一天夜裡，消失了。

「阿木根呢？他上哪去了？」阿木根住的柴屋裡，人去屋空，而且空得那麼奇怪，連一雙鞋子也沒有留下。好像是席捲而去了。他怎麼會不告而辭，就這樣走了呢？他怎麼敢有如此大的膽量，敢不別而辭呢？

林桂生首先把疑竇的目光，盤桓在張桂英的臉上，她試圖在那上面找到答案。可是，迎接她的是桂英一張更加迷惘、充滿恐慌的神色。

於是，林桂生馬上派人尋到阿木根的家裡去。

可是，帶回來的消息使林桂生也百思不得其解：原來，阿木根的老娘，也在一夜之間與兒子一起消失了。問鄰居，鄰居無從回答，誰也不知情。

阿木根母子突然「失蹤」後的那幾天，張桂英常一個人在那裡怔怔出神，不言也不語，不吃也不喝。

「阿木根不見前，跟你說過什麼沒有？」林桂生向張桂英打探。

可是，張桂英只會茫然地直搖頭，讓兩汪思念與委屈的淚水，慢慢地盈滿兩眼眶。

可惜林桂生只看見了淚水，看不見隱藏在淚水下面的層層疑雲。

旁人不知情，她可是瞎子吃餛飩——心中有數呀！

就在阿木根失蹤的前個晚上，張桂英和阿木根偷偷相聚在她的耳房裡，各自白日裡無法子、平時裡無機會傾吐的心裡話，就像決了堤的洪水似的，在這溫馨隱蔽的小耳房裡一瀉千里。說著說著，老大不小的孤男寡女就動了情，情不自禁中，倆人緊緊地相擁相偎著抱作了一團。

張桂英清清楚楚地記得，就在他們銷魂落魄的時候，突然，一個不速之客，出現在耳房的後窗前，一聲威嚴而又熟悉的咳嗽，當即嚇得她與阿木根差點魂飛魄散。

就在那晚之後的第三天，阿木根就這樣突然神祕地失蹤了！而且連同他的老娘也一起失蹤了！

阿木根究竟上哪去了？他為什麼要如此的絕情寡義、不告而別呢？誰也不必說，張桂英心裡最清楚。

一種巨大的恐懼感，就像一隻無形的魔爪，剎時緊緊扼住了她的頸脖，常使她一想起就不寒而慄。一個無比美麗的夢幻就這樣永遠破滅了？一個給她帶來無限希望的心上人，就這樣突然消失了？張桂英欲哭無淚，欲喊無聲，她只會把緊捏的拳頭狠命塞進自己的嘴巴裡，把一腔撕心裂肺的痛苦用力塞回去。

林桂生似乎也察覺到了什麼，這幾天，她一直指桑罵槐，含沙射影，揚言要再物色一個更年輕的更夫。

可是，她終久嘴硬骨頭酥，沒敢這樣做。因為黃金榮已輕描淡寫地說過了：「都有自鳴鐘了，還打得什麼更？老子掏銅鈿，為同孚里這十幾家人家服務？我才不肯再做這樣的戇大呢！」

阿木根突然失蹤後的沒幾天，張桂英向林桂生請了假，去了趟八仙橋畔的木棚房。

她心明如鏡：只有這裡，才是她今生今世的最可靠的歸宿。

沈月英母子心想事成，她倆就擺在家門前的小吃攤，生意很不錯，尤其早晚，更是吃客盈門，都是住在附近的腳力挑夫與販夫走卒。見到張桂英突然從天而降，沈氏母女倆喜出望外，已長得快和張桂英一樣高的小月英撲上來，第一句話就是：「阿姨，儂啥辰光和阿拉一道來開小店？」

張桂英笑在臉上，喜在心頭，連聲回答：「快了快了，你們等著我就來。」

可是，沈氏母女給她帶來的喜悅與希望，沒幾天，就徹底破滅了。

這天，張桂英外出去為小福全請郎中，摸黑剛回家，郎中還在樓上為小福全把脈開方子呢，她剛走進自己的小耳房，那樁令她最擔心最害怕的事情就發生了。

當時，她摸黑開啟門鎖，剛走進耳房，輕車熟路地扯住電燈線，剛想拉亮電燈，突然，一隻散發著令人作嘔的水煙味的大手，就從黑暗中猛地捂住了她嘴巴，與此同時，另一隻有力的大手抄在她的後腰背上，像老鷹捉小雞似的，把她騰空抱了起來，按在了竹榻上……

當時，突如其來的巨大的恐懼感，一下剝得張桂英魂飛魄散，渾身虛脫，她想喊，無奈喊不出聲，她想反抗，恐懼又震得她只會全身篩糠般顫抖，昏天黑地中，那個滿面七高八低的、噴著一嘴酒氣的「強盜」，就三下五去二，像山一般地整個壓在了她的身上，然後十分熟練地強行突進了她的身體中。

「不……」張桂英終於清醒了過來，她拼命地扭動著身體，從對方的指縫裡吐出一個字。可是，如狼似虎的對方的那張寬厚的大嘴巴，又整個堵住了她的嘴。

情急中，張桂英急中生智，奮力一蹬，踢翻了架在竹榻下的那隻「竹馬」，頓時，「轟隆」一聲巨響，竹床與床上的人一齊轟然倒地。

樓下異常的聲響，終於使樓上的林桂生警覺起來，她喊了一嗓子：「桂英！」

可是，樓下傳來的只是竹榻床異樣的咯吱咯吱的搖晃聲，壓在上面的那強盜，居然不顧一切，瘋也似的做完了他想做了好久好久的事。

「還不快下去看看？」林桂生要照顧病中的小福全，只好怒目向一邊的娘姨厲聲命令道。

「哎。」娘姨得令，戰戰兢兢地下了樓。

可是，等她聞聲來到房門洞開的耳房里拉亮電燈時，一切都已遲了，張桂英披頭散髮、裸露著下身，橫臥在地下，已哭得上氣不接下氣了……

林桂生已從繼而傳來的張桂英的淒厲委屈的哭聲中，頓時明白什麼事情發生了。所以，當她下樓送走郎中，順便來到耳房時，臉色冷若冰霜，她雙臂抱胸，輕蔑地斜乜著地下哭得像淚人似的張桂英，居然從齒縫裡迸出兩個字：「賤貨！」

這兩個字，就像兩把鋒利冰冷的匕首，猛地插進了張桂英已經流血的傷口中，張桂英一怔，旋即乾脆放聲痛哭了起來。哭聲中，分明注滿了難以名狀的巨大的委屈。

「嚎什麼？」林桂生勃然變色，衝著張桂英一聲斷喝，「還怕人家不曉得嗎?!」

張桂英一埋頭，張嘴咬住了被褥，讓哭聲悶在棉絮中。

「看住她！」林桂生向一邊的娘姨使了個眼色，這才拂袖而去。

到底是上海灘上赫赫有名的「青幫十姐妹」之一，林桂生現在只怕的是在自己家中鬧出人命來。

第四章　飛來橫禍

黃金榮是在上班時，林桂生親自趕到大自鳴鐘法捕房，向他興師問罪來的。

那隻埋在林桂生心底的醋罐頭，昨晚徹底打翻了。儘管黃金榮逃竄得快，沒給林桂生留下任何把柄，但洞若觀火的林桂生心明如鏡，知道是誰強暴了張桂英。所以，她來見黃金榮時，面色鐵青，一臉冷笑。

「昨夜上，家裡出事了。」林桂生努力克制著自己胸中熊熊中燒的妒火，儘量平靜地開了口。

「出啥事體了？」黃金榮若無其事地擦著皮靴上的灰塵。

「有強盜闖進我家裡來了！」林桂生的聲音高了一些。

「強盜？有哪個膽大包天的強盜敢闖到我林家來作案？」黃金榮依然不驚不乍，臉上似笑非笑，「都被搶去什麼了？」

「東西倒沒搶掉……」

「東西沒有搶掉，你來幹什麼？」

「但人被搶掉了！」

「誰呀？」

「就是那個蘇州鄉下女人！」

「嘿嘿嘿……」黃金榮齜著一口被煙薰得焦黃的牙齒，淫邪地笑了起來，「莫非這是個採花大盜，專門揀好看的花來搶的，有趣，有趣，嘻嘻嘻……」

「本來，我昨夜就要報到行（當時滬人對巡捕房的簡稱）裡來的，但我顧憐你這張面皮，所以沒有報！」

「儂這個是什麼意思？」黃金榮再也不能裝聾作啞了，手裡停下了動作，「這關我卵事呀！」

「就是關儂這張卵事的！」林桂生一肚皮的怒火再也壓制不住，哇哇地叫了起來，引得窗外的巡捕們探頭伸腦看新鮮。

身為捕頭的黃金榮，在下屬面前畢竟要面子的，所以，他見狀連忙緩下口氣，把手一揮：「好好好，我跟儂轉去，有啥閒話到家再講！」

夫妻倆氣衝衝回到同孚里七號，娘姨即慌慌張張地上來稟告：「老爺太太，桂英姐要走呢！我們好不容易把她攔下來……」

「走？為什麼要走？」黃金榮一邊嚷著，一邊走向耳房。

張桂英滿面淚水，正一手挽著一隻包袱，一邊執著要走，另一個娘姨好歹攔著她，不讓她出門。見到黃金榮，張桂英竟禁不住渾身發抖，連連後退，兩眼中充滿了恐懼與憤怒。

「桂英，儂這是為啥呀？啥人欺侮儂啦？」黃金榮假惺惺地關心道。

「昨日半夜，有人躲在伊的房間裡，困了伊呢！」林桂生氣得直跺腳，兩眼像兩把尖刀似的直剜向男人，「此地是堂堂巡捕頭頭的家呀，居然也有人敢在光天化日下進來無法無天，儂講，儂的面皮放哪裡去？儂應該怎麼辦？」

黃金榮曉得妻子在向他使激將法，所以不慌不忙，冷冷一笑，似問桂生，又像問桂英：「那麼，強盜捉到了沒有？」

「捉到了還來請儂呀？」

「你們當夜也沒有捉到，今朝倒要叫我來捉呀？我又勿是孫悟空，本事這樣大?!」黃金榮生氣了，一轉身，就想奪路而走。

「那麼，看來，只有請桂英走了。」林桂生一聲冷笑。

「為什麼？她又沒有犯法！」黃金榮還不捨得放走桂英，同樣感到這樣做畢竟有點對不起人家。

「犯法是勿曾犯法，不過，留著這樣一個人見人愛的美女胚子在屋裡，早晚還是禍根。」林桂生終於說出了自己心裡的主張，即光明正大地通過黃金榮，趕走林桂生，免得黃金榮為此與她過不去，再鑽天打洞地把張桂英尋回來。

這時，張桂英見狀，更是嗚咽著，執著要奪門而去，但被門口的黃金榮攔住了。

「勿對！勿能這樣做！」黃金榮的一對掃帚眉毛擰成了一條線，「桂英這一走，豈不是向左鄰右舍廣而告之，此地無銀三百兩，說我們林家人欺侮了她，逼得她不得不走人？」

「那，儂看怎麼辦？」林桂生急等下文。

「我黃金榮太湖強盜也捉得牢，勿要說這種小小的芝麻綠豆案了。此事交給我，讓我親自來破獲，這下總可以了吧？」狡猾的黃金榮，施了招緩兵之計。

「可是，我擔心在我林家門裡，以後還會發生這種敗壞門風的醜事來！」林桂生步步緊逼，兩隻眼睛像要剜到黃金榮的心窩裡。

「我保證，從今以後，在我們家中，再也不敢有人欺侮桂英了！」黃金榮被逼無奈吼出這句話後，即凶巴巴地瞪著張桂英，「桂英，儂也勿曾因此身上少了點啥個，這種事，本來沒有啥個大不了。所以，儂也勿要傷心得這副腔調，還是像以前一樣，安安心心地在我們黃，不，是林家待著。我還要警告大家，從現在起，誰也勿準再提起這樁事體，誰敢把這樁事體傳出去，勿要怪我黃金榮六親勿認！」說到這裡，黃金榮用力一拳頭，硬在四仙桌上砸出一個碗口大的洞。

林桂生就等黃金榮來表這個態呢，所以，現在她見目的已經達到，就落下臉，皮笑肉勿笑地對張桂英說道：「桂英，黃先生的話儂也都聽到了。儂嘛也暫時勿要走，等以後再說，好嗎？」

張桂英早被黃金榮那副兇神惡煞的樣子嚇壞了，她曉得，黃金榮這人心狠手辣，他是什麼都做得出來的。現在自己假如真的堅決離開這裡，那麼，黃金榮是要翻臉不認人的。所以，想到這裡，桂生低下頭，只是抽泣，不再說走。

但是，張桂英心中要走的主意，已是鐵定鐵定了的，她只是尋思熬上幾天後，再走人也不遲。

就在張桂英暫時留在黃家再作主張的這段時間裡，八仙橋畔開小吃店的沈氏母女倆，終於引來了一場飛來橫禍。

禍端起因都是時年十五歲的沈月英。

十五歲的少女，一朵蓓蕾初綻的鮮花。沈月英從小跟著爹爹與姆媽在外邊跑碼頭，吃穿不愁，跑的又都是大城市。前幾年，爹爹病死後，她跟姆媽來到上海灘，靠著爹爹留下的一點銅鈿，倒也勿吃到什麼苦頭，幾個大城市住下來，在她身上根本沒有一點蘇州鄉下人的土氣，反而，由於她早年在爹爹的指點下，識了點文墨，所以，小小年紀的沈月英長到十五歲的時候，已出落得光亮照人，在「滾地龍」裡端的是鶴立雞群。姆媽脫給她穿的一些衣服，雖說又舊又不合身，但穿在她身上，硬是腰是腰，胯是胯，每天往小吃攤前一站，連過往的洋車上的乘客，都忍不住要回頭向她多望幾眼。

有道是花香誘蜂蝶，屎臭引蒼蠅。此話不錯。隨著小月英在外拋頭露面的時間一長，當地幾個紈絝子弟便對她動了非份之念，起先，他們成群結黨，隔三差五來到木棚房，用些污言穢語調戲正在家門前做生意的沈月英，到後來，他們見沈氏母女軟弱可欺，就愈發得寸進尺了，整天像蒼蠅見了血似的，圍在小木棚房間陰魂不散，甚至趁沈師母不在眼前，對著小月英動手動腳，在小月英嫩藕般的手臂上乃至她那剝殼熟雞蛋似的面孔上留下了青一塊、紫一團。

身為母親的沈師母，自是殺頭也不忍看自己的寶貝女兒受此欺凌，為求安逸，她寧可停歇了生意，撤了攤，母女倆躲在家中避門不出，試圖躲過這幫惡少闊爺。但是，一對手無縛雞之力的孤女寡母，怎敵得過這幫青頭鬼？整天到晚，不是窗戶被他們砸破了，便是門被他們撞歪了，鬧得沈氏母女倆整天惶惶不可終日，不知這種人不人、鬼不鬼的日子何時是盡頭?!

那天，正當那幫青頭小子想出花樣，又來到小木棚前尋釁滋事時，從八仙橋那邊，來了一個五大三粗、胸前紋著青龍白虎的黑臉大漢，三下五去二，只幾拳頭幾腳，就把那幫小子打跑了。從此，小木棚前重又恢復了寧靜，沈氏母女倆又可以重新出來擺小攤了。那個自稱「魯三爺」的黑大漢拍著胸脯對沈氏母女說，只要有他在，從今誰也不敢再來欺侮她們孤女寡母倆，他要她們只管放心擺攤做生意。沈氏母女見狀，自是對這位從天而降的恩公感恩不盡。

說來魯三爺在八仙橋一帶，確有幾分威信，自從他出現在小木棚前後，別說那幫青皮後生了，就連平時偶而要來這裡吃白食的地痞流氓，也一個個鑒貌辨色，不敢輕舉妄動了，沈氏母女的生意，一天比一天好。更使沈氏母女感恩在心的是，魯三爺完全是無償為她們保駕護航，不但不收她們分文的保護費、地皮費，而且連吃她們一根油條一個大餅，也非要付銅鈿，端的是一個義肝俠膽的武松再世。

但是，天上不會掉餡餅，地下的烏鴉一般黑。魯三爺如此赤心忠良地甘當護花神，自有他的不可告人的目的。終於有一天，一個巧舌如簧的媒婆來到小木棚前，向沈氏母女鼓動了她的長舌頭，原來，她是專來向沈氏母女傳達魯三爺的旨意的：魯三爺看中了秀色可餐的沈月英！

當時，沈氏母女就傻掉了：小月英只有十六歲，可是，那魯三爺的年紀，都可以當月英的爹爹了，更使小月英一聽就嚇得渾身直哆嗦的是，魯三爺那副尊容，活像閻王殿裡的鍾馗樣，三歲的小孩乍一見到他，都能嚇得哇哇哭呢！把小月英這樣的一朵鮮花插在這樣一堆牛糞上，只怕薰也遲早得薰死呀！

小月英明白媒婆的來意後，當場就嚇得直抽泣，還是沈師母冷靜，她婉言拒絕了媒婆的要求，並主動提出願每月孝敬魯三爺多少多少的銅鈿，作為她們母女的謝意。

媒婆碰了一個不軟不硬的釘子，只得怏怏而去。

但是，魯三爺怎肯就此罷手？他見媒婆當不了這個說客，就露出了自己那副流氓的嘴臉來，從此，那幫青皮後生又出現在沈氏母女家門前，吵鬧得比原來更凶了。而那個仗義行俠的魯三爺，卻從此再也沒露面。

無奈，走投無路的沈氏母女，只好三十六計走為上，決定遠離此地，另謀生路。

但是，你要走，有這麼容易嗎?!

那天，沈氏母女向東家退房後，便捲起簡便的一些衣物出了門，豈料，她倆剛出門，便被那幫青皮小子攔住了：兩人手中的包袱被搶走了，前面的道路被堵住了，一個獸性大發的臭小子，竟光天化日撲上前，抱住小月英就是又啃又咬，小月英拼命反抗，竟被幾個小子按在地下，衣服都撕爛了。

沈師母哪受過這般的凌辱，當下像瘋了母獅子似的，撲上前去與那一幫青皮小子拼命。可是，她一個弱女子，哪是那幫精血旺盛、血氣方剛的小子的對手，混戰中，她一怒之下，抓起地下的石塊，把其中一個小子砸得頭破血流，當下兩眼翻白，昏死了過去。

這下，可算是闖下大禍了，當下，沈師母被頭上纏著紅布巾的印度「紅頭阿三」帶走了。小月英呼天搶地沒人理，進無門，退無路，只好硬著頭皮仍住進了小木棚。

小月英也機靈，情急中，她想到了在黃金榮家當奶媽的張桂英阿姨！黃金榮在上海灘上赫赫有名，如果有黃金榮出面，那麼，她們母女就可能有救了。所以，她即草草寫了一張便條，跪求隔壁「滾地龍」的窮鄰居，請她無論如何也要想方設法把便條遞送進同孚里七號，送到她的桂英阿姨手中，請她前來救救她們母女倆。

窮鄰居也仗義，當天下午就把便條送到了同孚里，送到了張桂英的手中。桂英斗大的字不識一個，但從來人嘴中已略知一二，再請識字的帳房向她讀過字條後，她這才意識到了問題的嚴重性：別說砸昏了有錢人家的人了，就說得罪了地方的地痞流氓們，這往後的日子還怎麼過呀？更讓桂英心如油煎的是，如今小月英一個人住在那個小木棚裡，更是凶多吉少呀！

面對飛來的橫禍，此時，張桂英早把個人的恩怨扔一邊去了，她即撲到黃金榮面前，苦苦哀求黃金榮出面救救她的同鄉姐妹。放平時，黃金榮才懶得去管這種毫無好處的閒事呢，但今天，他一則畢竟感到心中有虧於張桂英，二則也想在大家面前表現表現自己的「魔力」，所以，讀了幾遍小月英寫來的字條後，略一躊躇，他便當著張桂英的面，差點把胸前第三粒鈕扣也拍落了下來：「娘個咚采！八仙橋的那幫小子也實在無法無天，孤女寡母的，向她們逞什麼凶?!勿急勿急，看我一個電話，就把他們擺平了！」說著，黃金榮當真拎起電話，接通了印度巡捕房。雖說八仙橋一帶是屬於印度巡捕房管理的，但匪匪相通、官官相護，黃金榮在那裡自也有他的狐朋狗友在當家。

然而，電話接通了，說著說著，黃金榮臉上的麻子卻一粒一粒漲紅了，原來，人家「紅頭阿三」不賣你法國捕頭的帳！原因很簡單，只因為沈師母上午砸昏了的那個小流氓，竟在下午的搶救中，死在了醫院裡，沈師母犯下了人命案！

「娘個瘟逼！」黃金榮摔下了電話筒，不好意思地對著張桂英直搖頭，「桂英，你的那個同鄉婆娘，犯下命案了，那個被她砸昏的小癟三，死在醫院裡了。這下，我可也無能為力了呀！」

「黃先生，黃老爺，我求求儂了，無論如何也要救救她們娘倆個呀！她們這樣做，肯定是一時失手，是被逼出來的呀！」張桂英見狀，急得眼淚嘩嘩直流，竟一頭跪倒在了黃金榮面前，「外頭啥人勿曉得儂黃老爺本事大，連法國人英國人也都賣你的帳，你一定能幫幫我們窮人的！」

張桂英連求帶激一番話，又激起了黃金榮的一腔英雄氣，他用手捋了捋光禿禿的頭頂，咬了咬牙，最後答應道：「娘的，老的救不了，小的我還包得下來！」

「多謝老爺，多謝老爺了……」黃金榮的話提醒了張桂英，她的心揪得更緊了，現在，小月英一個人在小木棚，更不知是死是活呢！

這時，太陽已經快要下山了，黃金榮一不做，二不休，當即一個電話打到巡捕房，叫來了一輛「奧斯汀」，然後帶上張桂英，說聲「前面帶路」，竟只帶了司機和另外一個包打聽，就一揮手驅車直往八仙橋而去了。

這辰光，八仙橋畔的小木棚房前，已亂成了一鍋粥，幾十個當地上海人團團圍著小木棚在起鬨，女的哭，那是被沈師母失手砸死的那個小子的娘親阿姨們；男的吼，口口聲聲要向殺人兇手討還血債，其中不乏唯恐天下不亂的流氓地痞們。可憐小月英哪見過這般陣勢，嚇得緊閉小木門，躲在屋角索索直發抖。

「哐、哐——」，終於，小木門被人們砸開了，幾個潑婆娘瘋也似的衝進小木棚，連抓帶拉，扯住小月英就往外邊拖：「還我兒子來！殺人坯，還我兒子來呀！」

「一命抵一命！叫迭種鄉下人一命抵一命！」

「打煞伊，打煞伊呀——」

純真糯軟的上海話，現在聽來是那麼的可怕與刺耳。

小月英魂飛魄散，被人們拖倒在地下，發出尖厲恐怖的慘叫聲：「救命啊——，快來救命啊——」

一個身穿香雲紗、身上紋青龍的大漢目眥欲裂，一步衝上前，排開眾潑婆娘，張開蒲扇般的大手，掐住小月英纖細的喉嚨，只一把，就把小月英兩腳騰空給提了起來，高高舉過頭。

小月英四肢揮舞，卻是一聲也發不出來了。

「掼煞伊！掼煞伊——」四下裡失去理智的人們，發出一陣歇斯底里的狂叫聲。

說時遲，那時快，「奧斯汀」捲著一陣黃塵，風馳電掣般疾駛而到，一個急剎車，把猝不及防的張桂英的前額，狠狠地撞在前面擋板上。

「砰！」形勢緊急，那個隨從捕快在黃金榮的示意下，對空鳴槍發出警告。

「勿要亂來！誰都勿要亂來啊！」

槍聲乍響，小木棚前的人們頓時安靜了下來，那個大漢也不得不把小月英扔在了地下。

「我們是行裡的！」黃金榮一個箭步跳下汽車，「兇手已被逮捕了，巡捕總房自會發落，你們這樣聚眾鬧事，就勿怕會把事體弄僵嗎？」

黃金榮久經沙場，曉得怎樣面對憤怒的當地人。

「人也死了，再說也嘸沒用場啦，阿拉要伊抵命，要伊抵命呀！」

一個大概是死者的直系親屬嘶啞著嗓子哭喊起來，頓時，一石扔下，重又激起千層浪，四下又泛起一片嘈雜聲。

「月英——」這時，張桂英顧不得額上的疼痛，已連滾帶爬撲進人群，從地下抱起了小月英。沈月英見到張桂英，這才從巨大的恐懼中驚醒過來，不由緊緊抱住張桂英，放聲大哭了起來。

「好啦好啦，」黃金榮高高地站到汽車踏板上，向著人群揮著手，「大人犯法，小人無罪，行裡自會有公論的，大家散去吧，散去吧！」

「勿來事格！勿來事格！」

「嘸沒介便當！嘸沒介便當！」

更有人指著小月英破口大罵：「就是迭個小妖精，害煞了小奎勝！殺死她，殺死她呀！」

人群一陣騷亂，幾個男人湧上前，死死擋在張桂英面前，不讓她們走。那個「香雲紗」更是怒不可遏，一發力，把一大一小兩個女子都掀翻在地下了。

「無法無天！」黃金榮勃然大怒，從腰間拔出手槍，指著那個「香雲紗」厲聲喝斥：「儂哪能？是不是行裡也不相信？也想一道關進去嚐嚐裡面的滋味？」

「一根燒火棍，儂想嚇啥人？今朝阿拉就要叫伊一命抵一命！」

「香雲紗」色厲內荏，手舞足蹈。

在「香雲紗」的帶頭鼓動下，四下的人們又一次躁亂起來，一片呼嘯聲震耳欲聾。

「砰！」隨從來的捕快再次鳴槍示警。

趁著人們一愣怔，捕快大聲吼道：「都勿要勿識相了，阿是你們連我們黃督察長都真的不賣帳嗎？」

一聲「黃督察長」，四下頓時安靜了。

黃督察長就是黃金榮，大名鼎鼎，在上海人中間婦孺皆知。他除了查辦一切偷、搶、綁、騙等匪盜案件外，還上結交官僚政客與軍閥、幫會頭目，中與社會名流、巨賈紳商往來，下制服三教九流、地痞流氓，神通廣大、如雷貫耳哪！

見眾人愣怔，黃金榮即抓住時機，堆上一臉笑容，站在高高的汽車踏板上，衝著眾人點頭笑道：「各位，我就是黃金榮。現在，我奉命把主凶的同案犯帶到行裡去，希望各位配合一下，配合一下。」

眾人見黃金榮真的來到了現場，不由面面相覷，再也不敢多嚕嗦，那個「香雲紗」也忙來了個識時務者為俊傑，放掉了手中的沈月英。張桂英見狀，連忙拉著小月英擠出人群，爬到了汽車上。

就這樣，「奧斯汀」一聲喇叭，在眾目睽睽下揚長而去。

「老爺，謝謝儂了……」張桂英望著兩鼻孔朝天的黃金榮，由衷地表示感謝。

「哼，」黃金榮衝張桂英一擠眼，「小菜一碟。」

「督察長，往哪裡去？」司機回頭請示。

黃金榮想了想：「暫時上我家再說吧。」

「唔。」司機點點頭，「奧斯汀」離開貧民區，駛進了燈火輝煌的鬧市區。

張桂英再次感激地望了望黃金榮，把小月英摟得更緊了。

這時，飽受驚恐的小月英，竟躺在張桂英的懷抱裡，疲倦地睡著了。月光灑在她那張秀美的瓜子臉上，長長的睫毛上，還掛著串串晶瑩的淚花呢。

事到如今，誰又能料想得到，面前這個孱弱柔軟的小姑娘，在不遠的將來，非但除了張桂英要對她俯首稱臣之外，就連黃金榮也要賣她三分帳呢！她的身價與地位，不但遠遠超過了張桂英，而且也不比黃金榮的老婆林桂生遜色多少呢。

人的命運，實在是變幻莫測，誰也不能預料的。

第五章　自毀天容

且說黃金榮仗義相助，從險境中救出沈月英後，見她一時無有去處，乾脆送佛送西天，好人做到底，把小鳥依人一般可愛的沈月英留在了同孚里七號，表面上說是「保護」，實際上卻多了一個端茶點煙的女傭，真是一箭雙雕，做了婊子又立了牌坊。

同孚里七號的黃金榮家，經過主人多年的巧取豪奪、明偷暗搶，已今非昔比，光看那富麗堂皇的擺設與排場，便知其主人在上海灘上的地位與權勢了。

還沒進得黃宅，便給人一種先聲奪人的威勢：同孚里的過街樓下，左右兩邊靠牆放著兩條紅漆長板凳，平時白天裡，這裡總相依坐著五六個身穿窄腰密扣玄色短衫褲的彪形大漢，經過一條丈把闊、足足四五丈長的大弄堂，來到一個寬闊的大天井。天井四周是花瓷砌成的花壇，還停著一輛汽車和兩輛鋼絲包車。天井正中面向弄堂是幢雙層五開間中式樓房。底層中間是三間闊的前客廳，客廳裡地下鋪了大塊棕紋白色的大理石，上面橫樑懸掛著政界要人和社會名流敬贈的紅底金字橫匾，廳中央掛了一幅關公讀春秋的彩色巨畫，畫上的神像和真人一般大小。前面長案上供著半人高的特製的香爐燭臺，終年煙燭繚繞。

關公像左右兩旁排著一連串鑲有錦框的法國領事館和公董局頒發的洋文獎狀。四面靠牆排著紅木椅几，几案上滿放著各大商行送來題刻著的「樂善好施」、「俠義心腸」的大小「銀盾」。在大廳中間，氣派十足地安放著兩張墊著大紅呢氈的紫檀木八仙桌，與十六隻靠椅茶几。桌椅上金線湘繡的圍帔，顯得富麗堂皇。從頂上掛下鍍金的水晶玻璃大吊燈，大白天也閃閃發光。

儘管小月英自出娘胎也從沒到過這般排場豪華的地方，這一切使她如何驚奇豔羨，但由於娘親入獄，至今生死不明，所以她無心欣賞黃公館裡的一切，只是整日躲在桂英阿姨的小耳房裡嚶嚶抽泣，獨自傷心。沈師母畢竟犯下命案，又是印度巡捕總房直接插手，為此，黃金榮心明如鏡：要贖她出行，沒有幾根金條是斷然辦不到的。為了一個窮婦人，黃金榮豈肯為此破費？所以，他一口推託自己無能為力，再不過問此案。只是苦了小月英，整日以淚洗面，徒自傷心擔憂。

林桂生畢竟是女流之輩，心腸軟，尤其最見不得眼淚，見狀，她貓哭老鼠，假意關心同情小月英，初步決定留下小月英。至今為止，黃府上下已眷養了好幾十號人，她也正好身邊缺一個燒煙泡點鴉片的女傭，所以，她把小月英叫到了小客廳裡。

那時，林桂生還沒有專門的鴉片館，她借小客廳為自己解癮排悶之地。小客廳裡，靠牆擺著一張煙榻，上面各嵌明鏡一面，中間擱著一張小巧玲瓏的茶几，煙槍煙燈一應均擺在其上。

「月英見過太太。」沈月英聽得樓上林桂生召喚，急抹乾眼淚，來到小客廳，雙手扶膝，低垂眼瞼，在門檻外聽候吩咐。

「進來，進來。」林桂生向她招招手，無名指上一枚藍鑽石戒，在早晨的陽光下刺得月英一陣眼花。十六歲的小月英，本已長得如剝殼熟雞蛋一般秀色可餐，再加上剛剛傷心哭過，眼睫毛上還掛著星星淚珠，所以，林桂生看去，見她愈發楚楚動人，端的是一朵雨後梨花，頓時愈發生出幾分愛憐之心。

在問過一些諸如年齡家世等話之後，林桂生就拍了拍小月英白膩凝脂一般的手背，委婉地對她說道：「看樣子，你勿是笨的人，我呢，身邊也正好缺一個燒燒煙泡的幫手。我來教你燒煙泡好嗎？」

小月英正為自己在黃公館白吃白住而惶恐不安，聞言，自是欣然點頭應命，並乖巧地答道：「太太，我來了，就聽您的。」

「呵，還蠻會說話呢！」林桂生開心地笑了起來。

當時，林桂生剛開始觸及鴉片，所以，她托人去鄭家木橋菜市街寶裕里的「土行」買回的都是生鴉片，還需要經過多次加工，才能吸食。林桂生先教小月英用小天平配好各份生鴉片的成份數量，然後在炭爐上用小銅勺精心熬煎，其中，除了要掌握火候外，還要多次加水過濾，最後熬成枇杷膏樣，前後要花費四個多小時，一不小心，膏汁滿溢而出，那可是令人心痛的事。林桂生教會小月英熬製鴉片之後，就靜靜地端坐在一邊，看著小月英熬製。其時，林桂生還沒多大的煙癮，所以還不至於眼淚鼻涕一起淌流，她只是關照小月英把剩下的渣子一一收起，說以後有專人上門收購。

小月英順口問了一句：「這些渣子還有啥用？」

林桂生實話相告：「還可以熬了再賣給黃包車夫等窮人喝呢。」

小月英似懂非懂地點點頭，不再打聽。其實，她不曉得，這種用鴉片渣再熬製成的東西，人們一旦吃後，癮性更大，以後的數量與日俱增，原來，此物的毒性，比鴉片還要厲害十倍呢！

蘇州有民諺：七夕巧巧巧，不及繡娘巧。意思很明白，就是指繡花女子的手是世界是最巧的了。有時候，繡一幅蝶穿牡丹的雙面繡，一根頭髮絲粗細的絲線，也要再分劈成六七線呢，這絕不是誇張。所以，林桂生根本沒有動手，只嘴上講了一遍，自幼就學會蘇繡的小月英，就馬上心領神會了，兩隻小手起落間，一罐鴉片膏已熬製好，香噴噴地為桂生點上了。

林桂生眉花眼笑，難得當面誇獎別人的她，竟迭聲稱讚月英心靈手巧，不愧是蘇州來的巧繡娘。這是餘話，不多展開。但從此起，林桂生視小月英為自己最寵愛的女傭，這卻是不爭的事實。

這年的小福全已經長大，七歲了，林桂生請來一個私塾老先生教他識字。

所以，現在張桂英又多了一個接送老先生來去公館的任務。黃金榮為此專門配給桂英一輛鋼絲車（即黃包車），還騰出一個小房間，作為兒子的書房。自從那晚被黃金榮連偷帶搶地強姦之後，張桂英吃下了這個啞巴虧，尤其後來黃金榮俠義相助，幫她從危境中救出小月英後，她更是盡釋前嫌，居然原諒了黃金榮。再說，當時確實誰也沒有當場抓住人家，光憑猜疑總不能下定論的呀。所以，現在張桂英唯一的企望是，但願黃金榮占了這次便宜之後，從此對自己放手鬆口，不再想入非非，輕薄無禮。張桂英心明如鏡，事到如今，她已走投無路：阿木根的突然失蹤，沈氏母子的退路被人斬斷，現在，她只有留在黃家，才是唯一的歸宿。萬一現在再離開黃家，外面等待自己的除了打道回府，回到家鄉之外，再有就是被人強行賣到那些遍佈在上海灘上的煙花青樓中去！家鄉出來的不少的姐妹，聽說大都走投無路，都在那種人鬼不如的地方苟且偷生、生不如死地活著呀！一想到這裡，張桂英不寒而慄。

說到家鄉，張桂英更是不願多想，在北橋鄉下，她只有一個在人家當長工的侄子，父母早亡，其他親戚也沒有，與舉目無親無有差異。

所以，回家鄉後，又靠什麼活命呢？誰又是自己這個年近三十歲的寡婦的終身依靠呢？

自從救回小月英，身邊有了相伴，張桂英心情日益開朗，愈發不想離開黃家了。她暗暗拿定主意：就在黃家度過餘生吧，在這豪門中，吃香喝辣，衣不露體，誰有這福氣來此享受呀？比比那些掙扎在生死線上的窮人們，自己應該知足了。

阿木根的突然失蹤，雖說黃府上下誰都沒有吭聲，但她自己心裡明白：那一定又是黃金榮幹的！八成是他那天在窗外發現了桂英與阿木根的私情後，他惱羞成怒，暗中軟硬兼施，把阿木根母子趕出了黃府。黃金榮嫉恨阿木根，這是必然存在的。而阿木根和張桂英的事，不用問，黃金榮就能一猜個準，那是心懷鬼胎的林桂生耍的花招，她無非是想把張桂英早點嫁給阿木根，好讓黃金榮早點死了那條心！

所以，阿木根的失蹤，也是造成張桂英對自己的前程心灰意懶的一個主要因素。

然而，一切美好的主觀願望，往往是被客觀條件所左右的。張桂英的這個起碼的要求，仍得不到滿足。當她與黃金榮單獨相處的時候，憑著女性特有的敏感，她驚惶地發現，黃金榮繼續霸佔她的心思依然存在！好幾次，黃金榮趁四下沒人，又對她動手動腳，這使張桂英膽戰心驚，惶惶不可終日。她明白，要不是自己終日有小月英相伴左右，說不定什麼時候又會被黃金榮得逞了呢！

七歲的小福全長得眉清目秀，見到他的人無不誇他模樣俊，知道內情的人更是拍馬奉承，說他長得像桂生姐。林桂生聽了，心裡甜滋滋：有道是吃奶像三分，儘管這孩子是領來的，但「領啥像啥」這句上海俗語倒也有幾分道理呢。

小福全開始識字後，張桂英更是全身心投在了他的身上，白天，她負責接送老先生，陪著小福全讀書寫字，她在一邊為他們打扇撥火驅蚊問暖；晚上，有時還要應小福全的撒嬌，陪著小福全睡覺。有了此機會，黃金榮更是儼然以父親的身分，有事沒事往兒子的書房裡鑽，醉翁之意不在酒，盡往桂英身上耍輕薄。苦得張桂英躲也不是、避也不得，吃盡一次次啞巴虧。好在林桂生自從結上十姐妹後，經常動輒往外面跑，家裡的事一時顧不了，這才使家中暫時沒爆發。

那天，張桂英正和小福全躲在書房裡，陪著福全用功，黃金榮突然就回家來了。上了樓，見林桂生不在家，便色膽包天，又嬉皮笑臉地鑽進了書房裡。張桂英一見，嚇得臉都黃了，要想躲出去，卻已遲了，被黃金榮一把抓了個實。

「我又不是老虎，你跑個什麼？福全這一陣又識了幾個字？」

黃金榮假意關心兒子的學業，桂英無法躲避了，只好和他敷衍。沒想到黃金榮兩眼瞪著張桂英，居然獸慾大發，呼吸也急促了起來，他借故支開小福全，待等小福全一出門，他就餓狼撲食般地撲向了張桂英，把她按在了睡榻上。

「不，不，老爺，黃先生，儂放手，儂放手呀……」張桂英又急又臊，拼命掙扎，又不敢聲張，只怕聲音傳出去，傳到了桂生姐的耳朵裡，自己今後的日子就難過了。

「桂英，我想儂，我想儂呀，我快要憋煞了……」黃金榮才不管這一切呢，依然如狼似虎手撕嘴咬。

「黃先生，快快罷手，要讓桂生姐曉得了，可勿得了……」張桂英苦苦哀求，伸直雙手，死死抵住黃金榮，不讓他壓下來。幸虧她一直有防備，裡外的褲子都緊緊纏上了褲子帶，所以黃金榮努力了一番，連外面一條褲子帶也解不開，惹得他急火攻心，嘴裡不乾不淨直罵人。

也是理該桂英有救，正當他倆在書房裡肉搏戰的時候，小福全忽然折了回來，「咚咚咚」，把書房門敲了個山響。黃金榮一聽，以為老婆桂生回來了，剛吊起來的一腔慾火頓時泄了個盡。

門開處，站著丈二和尚般的小福全。

「福全！」蓬頭散髮的桂英顧不及整理一下凌亂的衣衫，頓時如獲救星，撲上前，把福全用力抱在了懷中。

黃金榮慾火褪盡，狠狠瞪了小福全一眼，一語不發奪門而去。

有道是孩子嘴中無假話，當夜，小福全就不顧嬤嬤娘的一再關照，湊在姆媽的耳朵邊，把爹爹「欺侮」嬤嬤娘的事情告訴了林桂生。

林桂生壓住心頭之火，追根尋源：「你爹爹怎麼欺侮嬤嬤娘了？」

「把她壓在床上，用手叉她，還咬她。」

「嬤嬤娘呢？」

「嬤嬤娘就和爹爹對打，但嬤嬤娘力氣小，打勿過爹爹。」

「後來呢？」

「後來幸虧我敲門進去，爹爹才勿再欺侮嬤嬤娘。姆媽，爹爹為啥要欺侮嬤嬤娘呀？」

「我戳她娘個老逼！」林桂生聽到這裡，怒不可遏，罵出了只有粗魯男人才罵得出的髒話。

「姆媽，你可勿要怪嬤嬤娘呀，嬤嬤娘叫我勿要告訴任何人的。她說爹爹勿是欺侮伊，是幫伊量身體，要幫嬤嬤娘做新衣裳。」小福全天真地反而勸開了姆媽。

「對對，他們是在量衣服。」林桂生連忙接過福全的話，將計就計收了場，「好，夜已深了，福全要困覺了，我也要困覺了。」

但是，林桂生怎麼睡得著？兒子無意中透露的祕密，使她壓在心底的妒火再次熊熊地燃燒了起來：看來，麻皮賊心根本勿死呢！那個賤貨色，更是可惡，一塊臭鹹肉，引得麻皮爬上床！還不讓福全告訴我，什麼意思？還不是她也想繼續勾引麻皮，最終達到他們……想到這裡，林桂生牙齒咬得咯咯響，恨不能馬上衝到樓下耳房去，一把揪起張桂英，問個清爽，說個明白，然後叫她捲舖蓋滾蛋。

也正應了那兩句「莫道更深人難眠，隔江也有臥薪人」的古詩，與此同時，樓下耳房裡的張桂英與小月英，也徹夜難眠，在相擁而泣呢。昨天，印租界終於傳來消息：沈師母因犯下命案，鐵證如山，已於昨天午時三刻，在浦東陸家嘴伏法。噩耗傳來，小月英自是肝膽俱裂，痛不欲生。事到如今，木已成舟，張桂英無能為力，只能陪著灑一掬同情之淚，說一番寬慰之話。小月英緊緊依偎在張桂英懷中，不無失態地一再哀求，她說如今自己已成一隻離群孤雁，世上再無任何親人，她要認僅比自己大了十一歲的張桂英為母，好讓自己在未來漫長的人生道路上，有個依傍。張桂英自是答應了小月英的要求，並答應她會盡自己最大的努力，來保護小月英，繼續盡到乾娘的義務。

一夜無話。

翌日天明，由於一晚上沒有好好入睡，所以今晨張桂英兩眼浮腫起了床，剛梳洗打扮走出房門，隔壁林桂生就喊了起來：「桂英，儂過來一趟。」

張桂英心裡不免一陣敲鼓，驀然想起了昨天黃金榮對自己非禮未遂的事情，硬著頭皮走入桂生房中，卻見林桂生一臉笑容，態度和藹。

好一個頗有心計的林桂生，經過半夜盤算，決定採取借刀殺人的手段，儘快除掉眼前這顆禍苗。黃金榮一而再、再而三的邪念一日不滅，她林桂生也就一日不得安寧，說不定在什麼時候，鴉占鵲巢，被這個蘇州鄉下女人奪了位置。自古以來，僕頂主婦的事情，她聽得多了。

「桂英，儂過來。我有要事相托。」林桂生朝桂英招招手，一臉神祕。

「太太，有什麼事情吩咐？」張桂英一顆心稍稍落定，近前洗耳恭聽。

「等會在上午八九點鐘的辰光，儂給我跑一趟虹口金家，拿一包東西轉來。聽好，不要給第二個人曉得。悄悄的去，悄悄的回。明白了嗎？」林桂生在桂英耳邊吹氣如蘭。

張桂英見桂生不但不追究昨天的事，反而把這樣機密的事情重托自己，不由受寵若驚，連連點頭稱是。於是，接來私塾老先生後，她向林桂生問清楚虹口金家的具體地址後，為保密，就另外在弄口租了輛黃包車，然後一上車，就催車夫直奔虹口而去。

金廷蓀，小名阿三，生於一八八四年，祖居浙江寧波城裡鎮明里啞子弄。小時候，他家裡很窮，兄弟五人，他排名老三，所以乳名阿三。他沒上過學，靠父親金殿林在湖橋頭地方擺貨攤過活。

金廷蓀十來歲時，還沒找到正當職業，只幫他父親管管鹹貨攤，做些零星家務。那時，湖橋頭有一家稍有名聲的肉店金德興，店主人是其同族宗親。金廷蓀的父親就靠他的支持在湖橋頭附近開了一家小浴室，以後老四金廷範就在浴室裡工作。

金廷蓀長到十四歲時，因家境並不好轉，感到在寧波沒有出息，就由他父親托人介紹到上海八仙橋一家釘鞋作坊裡當學徒。

到了第二年陰曆年底，依照上海風俗，家家要祝福祭神，做年夜羹飯，飯後金廷蓀照例洗碗抹桌，偶一不慎，把一疊碗盞打得粉碎。師傅聞聲過來一看，大發其火，認為年尾歲頭敲碎碗盞是不吉之兆，對他大罵大打。

金廷蓀受不了，一氣之下從後門逃跑了。可是，他在上海舉目無親，無處可投靠，自己又不願兩手空空回寧波，所以就在馬路上過起了流浪生活。

但金廷蓀為人聰明伶俐，善於應付，慢慢地，通過偷搶扒拿坑蒙拐騙，倒也有了一些積蓄。於是，他開始住進了小客棧。

日子住久了，他發現小客棧主人的女兒張寶林常常起得很晚，那段時間，她的父母都到外面去買東西，家裡只有兩個傭人。於是，在一個早晨，他悄悄地摸進張寶林的閨房，在床上把她強暴了。

張寶林本來對金廷蓀也有幾分意思，就沒向父母張揚，倆人有了第一次後，以後一有機會，就在一起。不久，張寶林的肚皮就大起來了。這時，張寶林才感到害怕了，她唯恐父母知道後，拆散她與金廷蓀的婚姻，所以，情急中，她求到了她早就結識了的朋友林桂生。當時桂生姐還沒結婚，她憑著自己在眾姐妹中的威信，找到張寶林的父母，一番花言巧語，不但說服了他們接納金廷蓀，還共同商定下了結婚的日子。之後，她又親自向黃金榮引薦，介紹金廷蓀拜了黃金榮為「老頭子」，在已是巡捕督察長的黃金榮手下當了個探目。

所以，金廷蓀對桂生姐感恩戴德，念念不忘。

金廷蓀表面上是包打聽，但暗地裡還做著販賣鴉片的生意。這可是巡捕房反對的事，要緝拿查處的。為此，金廷蓀巧借自己身上那套老虎皮的掩護，悄悄地發著大財。為保密，這事連師傅黃金榮都瞞著，只給他最信任的桂生姐曉得。

今天，林桂生特派張桂英去虹口金家去，主要是祕密地取一包鴉片回來的。其實，林桂生心裡最清楚，在她的煙榻櫃裡，藏著滿滿一抽屜鴉片呢，至於她為什麼還要令張桂英再去跑一趟，那是她包藏的一窩禍心在作怪，說白了，她想借刀殺人，害了張桂英，從而徹底拔掉了這根眼中釘！

近日來，各國巡捕房正四出查堵鴉片源頭，一抓到販賣鴉片的中國人，當斬不誤。其實，他們查堵的真正目的，是為了他們自己更好地獨家經營。風聲傳出，桂生姐早已風聞。她現在就是要把張桂英送進這股風聲中，以除後患為快。

可憐一字不識的張桂英，哪知曉裡面還包藏著的殺機呀，哪知曉今天此去凶多吉少呀！

金廷蓀早就接到了桂生姐打來的電話，準備下了一包熟鴉片。等張桂英一到，他就馬上把包得嚴嚴實實的這包鴉片交給了對方。張桂英做夢也不知道裡面包的是鴉片，而且縱然她知道了也不明白它的危險性。所以，接過鴉片後，她連屁股也沒挨一下板凳，就告辭而去，打道回府了。

果不出桂生姐所料，這一天，上海灘上各國巡捕傾巢而出，正四處嗅聞，尋找著販賣鴉片者。一時上，大街小巷，巡捕、包打聽八方遊動，如臨大敵。可憐張桂英哪知道個中原委，不但不把包裹藏藏掩掩，反而就擱在膝蓋上，大大咧咧地招搖過市。巡捕們見了，非但不把她攔下來檢查一番，反而瞪大雙眼看著她在他們的眼皮底下闖了過去。

也是戇人自有戇福，張桂英的這個舉止，反而打消了巡捕們對她手中包裹的猜疑：哪有如此膽大包天不怕死的人，敢把查禁品如此光明正大地拿著獨闖虎穴的？想必這是一個回娘家的傻媳婦。所以，當張桂英一路風塵僕僕、長途跋涉回到同孚里七號，一路上，居然沒有一個巡捕把她攔下檢查盤問，沒遇到一點驚險，只是當她坐在的黃包車上，在經過一個油條攤邊時，恰好那個攤主一失手，把一塊麵團掉在鍋中，濺起了一片油星。當時，飛濺而起的、滾燙滾燙的油星有幾星濺在張桂英那雪白圓潤的手臂上，留下了幾點血泡，燙得張桂英呀呀的直叫喚。

吃中飯時分，張桂英終於風塵僕僕、平安無事地回到了同孚里七號。

當張桂英摟著鴉片包裹出現在林桂生面前時，林桂生驚呆了：她萬萬沒有想到張桂英居然會如此毫毛無損、安然無恙地回了家！各國巡捕傾巢而出緝查鴉片販子的風聲，她早就知道，為避風頭，這一陣來，她暫時停止了從金廷蓀處購買鴉片，免得萬一失手惹出事端，給自己平添麻煩，還惹當時對查禁鴉片的工作還十分「敬業」的黃金榮生氣。其實，讀者明鑒：今天林桂生明知故犯、故意把懵懂不諳深淺的張桂英放出去運輸鴉片，實在是她使出的一條嫁禍於人、借刀殺人的連環毒計呀！她早就設計好了，一旦張桂生落入巡捕手中，到時候她就順水推舟，不但推個一乾二淨、矢口否認，還要趁機來個落井下石，殺人滅口，借機徹底除了這個心腹之患！所以，當林桂生見到汗珠涔涔出現在自己面前的張桂英，聞著這包散發著異香的鴉片時，她怔怔地瞪著張桂英，一時上不知說什麼好。

「太太，還有什麼事要吩咐嗎？」

「啊？」林桂生還在震驚的餘波中，居然沒聽清對方說什麼。

「太太，如果沒有其他事，我就到廚房間去幫忙了。」張桂英完成任務，顧不得抹一把汗水，就轉身下樓而去了。

望著張桂英遠去的背影，林桂生感動得有點眼淚汪汪了。心想：如果這個鄉下女人和麻皮沒有那檔事，那有多好，倒是我一個不可多得的忠實心腹呢。

想到這裡，林桂生情不自禁地衝著張桂英一聲喊：「桂英！」

「太太還有啥事體嗎？」桂英連忙折回。

林桂生上下左右久久地打量著眼前這個已跟著自己有七八年的女傭，實在不相信她竟會有這份勾引黃金榮、然後來奪自己屁股底下這把交椅的野心。那麼，既然她不會也不敢想，為什麼她昨天要騙小福全，說是黃金榮是在為她量體裁衣呢？還要小福全不要告訴任何人呢？為什麼她還不吸取上回的教訓、不主動向我告發黃金榮的非禮、取得我的保護呢？想到這裡，林桂生再也忍不住，冷冷地問道：「桂英，聽說，有人要為儂量體裁衣，做新衣裳？」

張桂英一聽，當即臉上的血色「刷」一下都褪盡了，她明白林桂生一定知道昨天黃金榮欲非禮自己的事情了。所以，委屈與恐懼，頓時使她熱淚盈眶，難過得說不出一句話，只是深深地垂下了眼瞼。

「張桂英，我問儂的話，儂聽到了沒有？」桂生連連進逼。

「太太……」張桂英再也忍不住，「嗚」一聲，雙膝一軟，跪倒在對方面前，「我、我做人難，難做人呀！」

「儂如實講給我聽，我保證不怪儂。」桂生鼓勵道。

「先生他、他昨天大、大概喝了點酒，所以，就在書房裡對我衝、衝動了，我堅決勿答應，我怎麼肯做對不起太太你的事呢？但是，我又怕福全講出去，先生對我生氣，怪我瞎講，我今後難再在儂家裡吃飯，所以，所以我就騙福全了……」張桂英左右為難、吞吞吐吐地說完一切，已委屈得泣不成聲了。

「這張吃著碗裡貪鍋裡的、勿要面皮的臭麻皮！」林桂生聽了，恨得牙根咯咯響。

嚇得張桂英連忙為黃金榮遮掩：「太太，儂千萬勿要發火，先生他昨天，確、確實喝了老酒，喝了好多好多的老酒的……」

「好了好了！」事情弄明白後，林桂生長長吁了口氣，皮笑肉不笑地對張桂英揮揮手，「這樁事體，就到此為止。不過，桂英呀桂英，我還是怪儂的，出了這種事，儂老早就應該當場告訴我的，以後，伊再敢這樣，儂就喊，就叫，就馬上告訴我，我保證不怪儂，曉得伐？」

張桂英哪敢不從，唯唯諾諾，退了下去。

但是，這種像老鼠鑽在風箱裡——兩頭受氣的委屈，還是使張桂英想到就要哭，一個下午，她一個人總是偷偷地抹眼淚，一會兒痛恨黃金榮，一會兒埋怨林桂生，最後，她只怪自己命苦，本是窮人命，偏偏還生了這麼一副富貴相，害得自己連一碗安逸飯也眼看馬上吃不成了。

是夜，才是張桂英和沈月英最舒心的時候，因為她倆總算可以在忙累了一天後，不再被東家差得像陀螺似的團團轉、不必再為多走一步路，說錯一句話而如履薄冰了。

昏黃的電燈光下，小月英打量著張桂英那雙哭腫了的眼泡，不由關切地問道：「寄娘（蘇滬對乾媽的方言稱呼），儂怎麼了？碰著啥個傷心事體了？」

聽得寄女兒問，張桂英這才不得不把憋了一肚皮的冤枉與委屈，盡悉向小月英倒了出來。

然而，當小月英聽說上午林桂生曾派張桂英去虹口金家取鴉片的事情時，月英嚇得面孔都白了：「寄娘，這一陣，外頭捉得正緊呢，抓到販鴉片的，馬上就地正法呢！」

「儂怎麼知道的？」張桂英再沒文化，「就地正法」四字還是聽得懂的，大吃一驚後，向月英追根究底。

月英道：「我是從晚報上看到的。這一陣，晚報上天天登這方面的消息，就昨天，閘北兩個外地來的鴉片煙販子，就被巡捕房捉牢，當場砍了骷髏頭。」

張桂英一聽，也嚇得半天都說不出話來，好一會，她才恨恨地說道：「可是，我弄不懂，林桂生為什麼還要叫我去做這種殺頭的危險事，而且男人不叫去，偏叫我一個女人媽媽去？」

這句話，頓時提醒了小月英，她不由嚇得一下子撲到了桂英的懷抱裡：「寄、寄娘，我在猜想，會不會伊、伊是想在害儂呀？」

「怎、怎麼害我呢？」

「因為我親眼看見，煙榻底下的抽屜裡，還有勿勿少少的鴉片呢，生的熟的，都有，吃幾個月也吃勿完……」

一語點破天機，張桂英頓時如雷擊頂，張口結舌，愣怔在那裡，面色煞白煞白，嘴唇抖得像兩片風中的落葉，好一會，她才撲簌簌地滾下兩顆眼淚，嘶啞地歎道：「這叫我今後怎麼辦？這叫我今後怎麼辦？幸虧今朝我命大，祖宗保佑呀！看來，我早晚要被他們害煞的，連死也勿曉得怎麼死的呢！」

「寄娘，勿要想得那麼多，以後，儂碰著這種事體，我來替儂想辦法，或者我來去！」

可是，這種安慰的話，張桂英一句也聽不進去，她的心中像塞了一團豬毛，亂透了，怎麼也理不出個頭緒來。

夜深了，一邊的小月英已鼾然進入夢鄉，這邊的張桂英可無論如何也闔不上眼。她似乎覺得自己變成了砧墩板上的肉，正面臨著亂刀的劈斬；又似乎看見一個無形的死神，正一步步向自己逼近，隨時奪去自己的性命。

她再次想起了阿木根的突然失蹤，想起了那包沉甸甸的鴉片煙，黑暗中，她好像看見了黃金榮那張令她不寒而慄的麻皮臉，看見了林桂生那副獰笑的嘴臉……

就這樣，張桂英躺在床上昏昏沉沉、迷迷糊糊直胡思亂想到天明。

耳聽弄堂口頭遍雞叫，她才撫摸著白天被人家氽油條的滾油星燙出來的那一片血泡，總算理出個頭緒來，拿定了主意。

一旦拿定主意，張桂英就再也躺不下，頭重腳輕地爬起身，躡手躡腳地摸出了耳房門。

天還沒亮透，一道慘白的晨曦透過窗櫺，射在廚房間的煤爐上。張桂英像以往那樣起了個早，端掉墩在上面的一鍋開水，用捅條撬開了封在上面的煤餅，頓時，被壓抑了一夜的藍色的火苗，旺旺地從煤球縫中竄了出來。

張桂英捅了捅煤爐，又加上幾鏟白煤，於是，火勢更旺了。熊熊的火焰照紅了張桂英的圓面孔，把她一夜沒有安睡所帶來的疲憊與蒼白一掃而光。

鬼使神差中，張桂英把旁邊那鍋昨天氽豬排剩下來的菜油，端上了煤爐。接著，她鼓動風箱，讓爐中的火苗一竄半天高。兇狠的火苗吐著火舌，饞饞地舔著油鍋，不一會，油鍋就沸了，油面上翻起了星星點點的蟹眼泡。

張桂英望著沸騰的油面，幾滴眼淚落在油鍋裡，爆起幾點油星。

「姆媽，爹爹，囡唔對勿起你們了！」張桂英面向東南的家鄉方向，跪了下來，淚如雨下，大跪叩拜。

這時，東天已經大白，夾弄裡傳來了早起人們倒馬桶的聲音。張桂英用銅勺抖抖索索地在一邊的水缸裡舀起半勺水，然後抖抖索索地走到油鍋面前。

此時，油鍋大沸，油面上翻起了雞蛋大的泡泡，咕咚咕咚，一股灼人皮膚的灸熱，逼得頭髮吱吱作響。

張桂英卻把面孔迎向這沸騰的油面，睜眼處，油面上倒映著的自己的面容扭曲得可怕。張桂英死死閉上兩眼，好像不忍卒睹自己的怪模樣。

說時遲，那時快，隨著張桂英一聲嘶心裂肺的慘叫，她把右手裡端著的半勺水，盡悉倒在了油鍋裡。頓時，「嘩——」，一片虎嘯龍吟般的呼嘯聲中，驀然兌入冷水的整個油鍋爆炸了開來，沸騰的油面變成了千萬支鋒利的箭矢，又似化作了千萬根無比尖銳的鋼針，齊齊飛豎直起，一起刺戳向張桂英那緊挨在油鍋上的面孔……

第六章　借梯入室

一九一一年四月二十八日的《民生報》上，刊登了一條題為《捕房解冒探索詐之杜月笙立案請訊》的新聞，說的是有一名叫杜月笙的小青皮，居然膽大包天，竟冒充巡捕房的捕快，在十六鋪一名叫人和客棧的帳房裡以查販運大鴉片為名，行敲詐勒索之實的快訊。

此人不是別人，便是此時此刻跟在黃振億後面的那個又瘦又高、膚色白淨的年輕小夥子，時年二十三歲的杜月笙。

光緒十四年（公元一八八八年）七月十五日，杜月笙出生於上海高橋鎮杜家花園，其父杜文慶，在上海楊樹浦開了一個米行，原可勉強維持生計。誰知偏逢霪雨四十五天，谷米黴爛，以至饑荒嚴重。杜月笙的母親無以為炊，只得抱著襁褓兒步行到二十餘里地的米店。而後，她又懷著大肚皮到紗廠去做工。不久逢霍亂侵襲，生下了一個女兒後就一命嗚呼了。

杜文慶草草料理了喪事，娶張氏扶養杜月笙，這張氏對月笙視為嫡出，愛護備至。光緒十八年，又逢大旱，杜文慶身體已衰弱至極，竟一病去世。張氏又被歹人騙走。

無人扶養的杜月笙，只得哭哭啼啼找到外婆朱老太家去。

杜月笙十五歲那年，一個春光明媚的早晨，他在白髮蒼蒼、纏著小腳的老外婆護送下，身穿著老外婆連夜為他縫補的粗布衣褲，背著一外小包袱，出了東溝慶寧寺，經過八字橋，與老外婆灑淚而別，隻身離開高橋鎮，來到上海十六鋪。然後，他拿著叔叔杜阿慶寫的便條，找到了那裡一個名叫「鴻元盛」的水果行，並在老闆張寶大的收留下，在鴻元盛裡當了一個小夥計。一年之後，因為杜月笙在一次公出的途中，把老闆叫他討回來的欠帳十八塊大洋輸了個精光，被老闆一氣之下，趕出了鴻元盛。

好在他以前一起學生意的師兄此時在不遠處也開了一家「潘源盛」的水果店，看在以前的情份上，師兄收下了他。又過了年把，杜月笙有了點積蓄，就與師兄分了手，自己在十六鋪碼頭一角擺了個水果攤。晚上收攤後，無處宿夜，他就同一些叫花子睡在小客棧的鴿子籠裡，有時也混在鹹亙行裡將就一夜。

杜月笙窮歸窮，但還有一副俠義心腸，在窮兄弟道裡，頗有點名氣。杜月笙為人四海，身邊有幾文錢也喜歡佈施給這夥「癟三」。

「癟三」們很喜歡這個面孔白淨、眉毛彎彎、長著一對招風大耳朵的小老闆，送他一個「萊陽梨」的綽號。由於杜月笙善於精打細算，從不把爛掉的水果扔掉，而是削皮去爛，切塊賤賣或用糖醃漬起來，故又被同行們戲稱為「水果月笙」。

杜月笙十九歲那年，為了加快發財的步子，在顧嘉棠的引薦下，拜了上海灘上的小頭目陳世昌為師，二十三歲那年，為圖進一步「發展」，他又在陳世昌與馬祥生的引薦下，在黃振億的親自陪同下，叩見黃金榮。

這天下午四五點鐘左右，黃振億領著杜月笙，來到同孚里七號。

在弄堂口，過街樓下，兩邊擺著兩條紅漆長凳，凳上分坐著五六名彪形大漢，清一色的黑香雲衫褂褲，袖口捲起三五寸，露出裡面雪白的襯衣，對襟紐扣，束著一條寬厚的銅頭皮帶，一個虎背熊腰，炯炯有神。

「各位老兄，黃老闆在嗎？」黃振億衝在座的行了一個四周禮。

「在，你們找黃老闆幹什麼？」

「我帶來這個小兄弟，想拜訪一下黃老闆。」

「好，進去吧。」

杜月笙曉得那些人都是黃金榮的保鏢，頓時，一種莫名的肅穆感籠罩了他。

黃公館的客廳佈置得中西合璧，富麗堂皇。一套紅木椅連茶几，都墊著大紅呢氊，正中間設著一張紫檀木的八仙桌，上面覆蓋著一張魚蟲花卉的湘繡圍披。客廳兩廂卻是配著紫紅絲絨的沙發，四周牆壁上掛滿了名家字畫、楹聯立軸。一幅王安石的山水畫竟與西洋裸女圖相對，客廳正面牆壁上掛著一幅關公讀春秋的橫幅彩畫。

時年四十三歲的黃金榮給杜月笙的第一印象是：方頭大耳、嘴巴闊長、神情冷漠的大胖子。

「黃老闆，我來給您介紹一個小夥計，這小傢伙願意為您效力。」黃振億恭恭敬敬地向端坐在太師椅上的黃金榮鞠了一躬。

「唔。」黃金榮慢慢抬起目光，落在面前的杜月笙的臉上，見對方長得消瘦修長，不由眉心稍微皺了一皺。

因是馬祥生引薦的，所以黃金榮馬上留下了杜月笙，並把他派到廚房間當雜差。

杜月笙剛進黃公館，由於生得瘦小，一直不被黃金榮所看重，好長一段時間裡，他只是作為廚房雜差被使喚。所以，開始半年中，他一直悶悶不樂，尋思著如何取得黃金榮的歡心與信任，繼而登堂入室。一天，杜月笙和馬祥生在街上閒逛，他便向馬祥生作進一步的瞭解：「師兄，我說，黃老闆在外面那麼威風，怎麼一到家就像變了個人？」

馬祥生哈哈一笑：「黃老闆怕老婆呀。因為黃公館的當家人勿是總探長，而是老闆娘林桂生。」

「林桂生！」杜月笙牢牢記住了這個舉足輕重的名字。

閒談中，他繼續有的放矢地瞭解了一些有關林桂生的愛好、生活習性等。杜月笙為什麼要煞費苦心取得黃金榮的歡心與重用，那是他早在心底立下的宏願：要做上海灘上第二個黃金榮！

要走太太路線，抱著林桂生的粗腿爬上去，首先要有與林桂生接近的機會。可是，沒有。黃公館的家政很封建，老闆娘輕易不與小夥計照面、攀談。所以，杜月笙輕易見不到老闆娘，就是見到了，林桂生也不朝他正眼看一下。

杜月笙本是聰明人，他見林桂生難以接觸，便把眼光落在了那個總不離林桂生左右的麻面娘姨。那麻面娘姨不是別人，便是用油鍋自殘毀容的張桂英。

張桂英為了徹底斷絕黃金榮對自己的邪念，也為了能使自己永遠依傍在林桂生身邊吃口安逸飯，以便保護小月英，所以，面臨如果不走將隨時可能喪失性命的危險境地，她痛而自己毀了自己那張姣好的面容。果然，她的這一超乎常人的堅毅之舉，強烈地震驚了林桂生，引起了桂生姐對她的好感與信任。同時，她這張醜陋的面孔，果然使黃金榮從此退三舍，再也不對她想入非非。

從此，張桂英不但獲得了一個安定可靠的人生歸宿，而且取得了林桂生極大的信任與重用，舉凡林桂生需辦理的要事大事，她都交給了張桂英，就連平時一些機密大事、兒女私事，林桂生也常與張桂英商量切磋。

但是，張桂英的那張麻面，畢竟是令人竊笑與鄙夷的，表面上，所有見到她的人都對她畢恭畢敬，不敢輕慢，但背地裡，人們都對她嗤之以鼻，不屑一顧，「麻婆」長，「麻婆」短，極盡不恭。局外人對此更是當作笑柄傳談，什麼「黃家兩麻皮，一男又一女」，『十個麻子九個刁，十個鬍子九個騷」，當成了山歌唱。

這不，那天，幾個不知深淺的野小子，在張桂英提著菜籃上菜市場買菜時，趁無人干涉，竟編成了山歌嘲笑她：

翻轉石榴皮，
釘鞋踏泥地，
中藥店裡搓丸板，
大雨落在灰堆裡……

張桂英何尚聽不懂這首山歌，一時上，她又羞又惱，又拿這幫野小子無可奈何。一邊的賣菜的與買菜的人們聽見了，一個個掩嘴竊笑。惹得張桂英像狗咬刺蝟——無處下口，只求快點買完菜，早點回府。偏偏那幾個野小子得寸進尺，見大人們也為此竊笑，更加人來瘋了，竟拾起地下的菜幫子與西瓜皮，紛紛揚揚從背後擲向張桂英，可憐張桂英氣得眼淚汪汪，恨得直跺雙腳，仍無濟於事。

這一幕，被已跟在張桂英身後多日的杜月笙盡悉收在眼底。

好一個杜月笙，眼見時機已到，當即跳將出來，上演了一幕英雄救「痳女」的壯劇，但見他劈雷般一聲大吼：「小赤佬！」目眥欲裂撲向那幾個野小子，嚇得他們魂飛魄散，忙作鳥獸四散而去。

但其中那個擲西瓜皮最起勁的小子慢了一步，被杜月笙一把逮了個正著。

「小赤佬，啥人教儂這樣做的？」杜月笙怒目圓睜，把個小子像小雞似的拎空在手裡。

「關儂啥事體？關儂啥事體？」那小子也是強種，身不由己，還鴨死嘴硬，向杜月笙還嘴。杜月笙一時性起，一鬆手，把他狠狠摜在地下。那小子吃痛，哇哇大哭起來。

哭聲驚動了那小子的父母，激起了旁人的不平，當即，四下圍上一群人，七嘴八舌、指手劃腳，紛紛指責杜月笙的不是。杜月笙就等著這麼一幕呢，眼見人越圍越多，他一聲怒吼，奮力一拳，硬是把一塊擱空在那裡當案板的門板砸了個兩截。

「都給我聽著！」別看杜月笙個子瘦長，開出口來卻是聲震瓦宇，他還指著人們，侃侃而道，「誰不是爺親娘愛養大的？誰看見有這樣沒有家教的小人嗎？大家摸著胸口想一想，要是你們的姐妹娘親在外面被人家無端羞辱，你們啥個想法？都是苦出身，都是迫不得已呀！我杜某在這裡向各位打個招呼，以後再不要發生這種下把戲！如若誰再敢這樣沒規沒矩，不管他是大人還是小人，我就叫他像這塊門板一樣！六親不認！」

杜月笙一番吼叫，再加上有人認得他是黃公館裡的打手，所以，當下再也沒有人敢支吾半聲，一個個乖乖地向四下散了。

不遠處的張桂英目睹這一切，感動得眼淚都快要流下來了：這個俠肝義膽的俊俏小夥子，句句說到了自己的心裡去呀！

從此，張桂英就牢牢地記住了杜月笙。

有道是一回生，兩回熟，自從菜市場邂逅後，張桂英就對這個瘦瘦長長的小夥子兩眼看待了。張桂英畢竟不像林桂生那樣深居簡出，她常要下廚房、門廳等處轉轉，所以她與杜月笙見面的機會就相對多了。起先，倆人狹路相逢，張桂英只是向杜月笙報以親切一笑，到後來，她竟主動向杜月笙搭訕說話了。但杜月笙不和怎樣，總是那麼不卑不亢，不冷不熱，見到張桂英，總是那麼微微一躬，嘴裡叫聲「阿姨儂好」，恭敬尊重顯然與眾不同，發自內心。

張桂英愈發從心底裡歡喜這個白面書生了，同時，她也有意尋找著提拔杜月笙的機會。

終於，機會來了。

那是清明節過後的第二天。

清明一過，天氣理當轉暖了，但這一年仍是春雨綿綿，寒意襲人。

昨晚上，老闆娘林桂生搓了一夜的麻將，著了涼，患了重感冒。在平民家，發燒不算回事，可是林桂生信佛信道，非得讓男丁們為她通宵守護不可，說這是這樣可以借男人頭上的陽氣來鎮邪驅魔。於是，在張桂英受命尋找家中的男丁時，她頭一個就想到了杜月笙。

「小杜，黃師母昨夜著了涼，想找人陪陪，衝衝寒氣。我想儂倒蠻合適，就是不曉得儂願意不願意去？」張桂英在廚房間裡找到杜月笙，笑吟吟地問道。

杜月笙都心花怒放了，哪有不願意之理？小白臉漲得通通紅，朝著張桂英深深鞠了一躬，道謝不迭。

就在那一日兩夜的陪伴時，杜月笙頭一次登堂入室，如此近距地接近林桂生，與此同時，還意外地結識了那個專門侍候林桂生抽鴉片的、美色傾城的沈月英。

杜月笙在踏進內樓的小客廳之前，特意來到自己的房間，把自己刻意地打扮了一下：頭髮塗了些生髮油，梳得整齊些；身上換了件藏青色長衫，裡面還穿了件白麻布襯衫。所以，當他上樓進入客廳時，林桂生已面露不耐煩，對這個姍姍來遲的小夥子皺起了眉頭。

「黃太太儂好。」杜月笙由於緊張與興奮，小白臉漲得通紅，連那個筆挺的鼻樑，也掙得有些發紅了，兩隻手一時卻不知往哪裡放，兩隻大眼睛也不知往哪裡看。

「撲嗤」一聲，一邊的沈月英被杜月笙的這副窘樣逗樂了，忍俊不禁，吹了一個大鼻泡，被林桂生狠狠一個白眼，這才好不容易咽下了一肚皮的笑聲。

已有兩個五大三粗的男人坐在客廳裡，三缺一，等著杜月笙上去搓幾盤了。

多年下來，林桂生已培養出了較大的煙癮，從每天的幾次上升為每天十幾次，煙榻旁掛著幾根各式煙槍，還專門培養了沈月英這樣一個巧手為她燒鴉片。現在，沈月英剛把一管煙筒裝滿，遞到林桂生嘴邊，並親自為她點上火。頓時，小客廳裡的煙味更濃更香了。

杜月笙用力吸了吸鼻子，只感到有些頭暈腦漲，當時，他還不會吸鴉片煙，但是，連他自己也不知道，到後來，他竟變成了上海灘上鴉片煙癮最大的、一天要吸二至三兩鴉片的大煙鬼。

林桂生吸足鴉片，又喝了一杯雞湯，吃了兩片麵包後，這才哼哼嘰嘰地坐到麻將臺上，有氣無力地和大家搓麻將。四十歲的林桂生，由於長年生活無定規，再加上鴉片煙的銷蝕，所以儘管她塗指抹粉也無濟於事，就像一個五十歲的老太婆，一顰一笑間，面孔上的皺紋像水面上蕩開的漣漪。

張桂英請來的另外兩個「驅邪避寒」的男人，是三十郎當的壯漢子，他們自作聰明，認為他們此番前來主要是為老闆娘解解厭氣逗逗樂的，所以，一上來，他倆就極盡嘴上功夫，沒話找話、天南海北胡侃一通。杜月笙見狀，故意不吭聲，只是偶爾接接話頭搭搭腔，露出一副小夥子的靦腆相。人家話說過火了，他還忍不住面孔一紅一紅呢。

其實，杜月笙這張嘴唇薄薄的嘴巴呀，才厲害呢，擺了多年水果攤，早練就了一副鐵齒銅牙呢。他不是不說，而是伺機行事，要說得恰到好處才開口。

果然，林桂生很快厭倦了那兩個大漢的無聊閒談，折進紗幔後休息去了。鎮邪驅魔有講究：當事人不能與「陽氣」脫離一室，所以，今晚林桂生就住在小客廳裡，僅以一布作簾，以示男女有別。

這下，那兩個粗坯又露出了他們的粗相來，按規矩，陪夜者，須徹夜不眠，哪怕眼皮再枯澀，再沉重，也要強打精神。偏偏這兩個漢子不知是不懂規矩還是張桂英事先故意沒關照，一到夜半，竟然一個個呵欠連天，瞌睡接連，到後來，竟雙雙趴在麻將桌上鼾然入睡了，時起彼伏的鼾聲，氣得睡在紗幔裡的林桂生暗自直歎氣。

惱怒中，她輕輕掀開紗幔向外張望，這才使她心頭的氣稍稍平息了些許。因為她清楚地看見，唯獨那個遲到的小白臉毫無睡意，腰桿筆挺，兩眼炯炯，始終坐在那裡，一個人玩麻將接龍。

夜更深，人更靜，已是三更了。兩個漢子好像比賽打鼾了，鼾聲此起彼伏，像打雷，惹得睡在紗幔裡的沈月英忍不住又是咳嗽、又是跺腳。但儘管這樣，杜月笙仍堅持著坐在牌桌前，聚精會神地接著龍，直到天明才收手。

其實，並非杜月笙不想瞌睡，三更過後，濃烈的睡意像潮水似的一陣又一陣向他襲去，快使他的兩眼皮張不開了，但他還是起身後，用冷水洗了一把臉，努力驅趕了睡意。他牢牢記著張桂英白天對他單獨關照的悄悄話，同時記住了張桂英對他投之以桃報之以李的回報。

張桂英存心幫助他、答謝他的一片苦心由此可鑒。

第二天白天，杜月笙抓緊時間小寐了一會，又精神抖擻地坐到了樓上的小客廳，仍然夜以繼日地和自己的瞌睡作苦鬥……

在封建意識濃重的舊中國，師娘與徒弟之間是一種介乎母子的親切情誼，這對一個自幼喪親、孤身一人的杜月笙來說，激起此種真情也盡在自然了。人非草木，孰能無情？一直大智若愚的林桂生，終於被杜月笙的這種忠心所感動了，所以後來她就乾脆摒退了其他人，只留下杜月笙一個在身邊。

說巧也是不巧，偏偏這一陣林桂生的病情好得慢，整整延續了一個禮拜。在這個禮拜中，杜月笙付出了常人難以想像到的毅力與刻苦精神，臉也為此整整小了一圈，兩眼都深陷進眉骨中去了。

終於，林桂生大病初愈了。

這天，她躺在床上，遠遠地看見杜月笙仍頑強地坐在窗前陪著她，不由眼眶濕潤了：「月笙！」

「師娘，您有什麼要吩咐我？」杜月笙沙啞著嗓門來到師娘床前。

「給你一個差使。」

「啥個差使？」

「你到老共舞臺走一趟，替我收一筆銅鈿回來。」

黃公館裡的規矩，打雜的不準隨便出門，也不能打聽府裡的事情。

杜月笙雖來了幾個月，但對黃門諸事都不清楚。所以他見師娘終於信任他了，並重用他了，他心裡都笑出聲來了。

杜月笙強忍著興奮與激動，不解地問道：「師娘，啥個銅鈿？」

林桂生覺得面前這個還十分稚嫩的小白臉需要點化點化，好讓他儘快成熟起來，於是破天荒地把一些內情透露給了杜月笙：「月笙啊，我也勿拿儂當外人，有些事體也應該告訴儂了。當初，黃先生從蘇州到上海，依我的主意，先在鄭家橋開個老共舞臺戲館。我們倆事先有個君子協議，凡水果盤子上的進帳，統歸我收，伊勿得過問。此時的戲館都兼營茶館，看客以茶錢代戲價。除了一壺茶，還有幾隻水果盤，盛幾樣蜜棗、瓜子之類的乾果，客人要另外付銅鈿的，而且價鈿也高於市價一倍。一個月，水果盤子的銅鈿要有一二千元的收入呢。到辰光，就由我派親信按盤收帳。」

在說到「親信」兩字時，林桂生特意加重了語氣，說完後，她就一眼不眨地看著對方，靜觀反應。

「我曉得了！」杜月笙本是頭頂一拍腳底動的機靈鬼，他怎還需要老闆娘再多講，所以，他當即一點頭，退了下去。

當天，杜月笙就直奔老共舞臺，找到了水果盤的帳房。

「×先生，老闆娘讓我來收水果盤子鈿。」

「老闆娘叫儂來？」×先生兩眼中盡是疑竇。

「喏，這是賬單。」杜月笙從口袋拿出林桂生臨走時給他的對帳單。

「好，好，馬上就結，馬上就結。」一見帳單，×先生連忙點頭認帳，並令賬房馬上結帳。

賬房三下五去二，結清帳，把銅鈿交給杜月笙。

杜月笙在賬單上畫了押，點清銅鈿，便回府交帳。

也是巧，杜月笙剛興沖沖回到同孚里，在樓梯口劈面碰到了穿戴整齊、正要出門的黃金榮。

黃金榮見杜月笙步履匆匆，不由面色一沉喝問道：「月笙，儂抖五抖六地，上啥地方去了？」

黃金榮的突然出現，嚇得杜月笙渾身起了雞皮疙瘩。他曉得黃門的規矩，當差的犯律，輕則罰打，重則驅出門外。想到這裡，他不由打了一個寒顫。

他強壓住內心的驚恐，垂手肅立在樓梯口，低著頭囁囁嚅嚅地答道：「回先生話，我、我隨便出去走走。」

「一天到晚亂跑啥個名堂？快回去！」黃金榮急於出門，來不及追根究底，只是狠狠瞪了杜月笙一眼，就匆匆下樓而去了。

杜月笙這一驚非同小可，不由長長出了一口氣，直望到黃金榮的身影消失在門外，這才三步併作兩步上了樓，站在了林桂生的房門外。

「師娘……」

「進來吧。」

林桂生剛才早把樓梯口的一番對話聽了個一清二楚，不等杜月笙請示，便招呼杜月笙進房間。

「師娘，這是我照著帳單收來的盤子鈿。」杜月笙從懷中掏出一包銅鈿，放到桌上，等林桂生清點。

林桂生根本沒清點，只是笑吟吟地望著杜月笙問道：「剛才，儂為啥不講是我派儂出的差？」

杜月笙狡黠地一笑，模棱兩可地答道：「這是師娘單獨交給我辦的事，我就單獨對師娘一個人負責。」

「儂就勿怕犯了林門的規矩？勿怕師父發脾氣？」林桂生始終不承認黃門，只承認自家林姓。

「只要做好師娘的事，只要師娘高興，我情願擔風險的。」杜月笙毫不猶豫地答道。

「唔！」林桂生再也熬不住了，面孔上綻開了由衷的笑容，「去吧，今後辦事也這麼做。」

「是！」杜月笙朝林桂生鞠了一躬，這才轉身大步下了樓。

望著機靈的杜月笙，林桂生高興得在房中直轉圈，心想：這小子辦事分得出輕重好壞，又肯擔肩胛，很貼我心，看來，倒是一塊好料子！

從此，林桂生對杜月笙特別信任，她用私房錢在外面放債收利息、索討水果盤子鈿、房鈿什麼的機密事，統統交給杜月笙去辦。為了更好地利用杜月笙，林桂生覺得必須給他一個名正言順的名頭，儘快地把他提拔起來。所以，待林桂生的病情痊癒後，她就把自己大病痊癒全部歸功於杜月笙，每每與朋友、親戚面前講起病前病後，更是添油加醬稱讚杜月笙人品好，懂道理，講義氣。老闆娘的信賴與重用，使杜月笙在黃公館的地位日益得到提升。

但林桂生並非平庸之輩，她機智深沉，工於心計。杜月笙雖給她好感，但並沒有使她放鬆警惕，她明白要物色好真正出色的忠實心腹，還要通過長時期的考驗與察看，方能定局。所以，林桂生給杜月笙的好處僅僅停留在口頭的讚揚上，接連幾個月，杜月笙仍在廚房裡打雜差。

這一切，張桂英看在眼裡，明在心頭。她決定再順水推舟，幫助杜月笙一把。

終於，機會來了。

這天，幾個打手奉命去十六浦碼頭接了一票貨，包了一輛車，運回同孚里。當時，打手們分為兩撥，一撥押著包車先行一步，另一撥則在後面押陣。豈料，押陣的人都已到黃公館了，而前行的貨車卻還沒影子，當下，打手們料事不好，擔心途中出事了，連忙飛奔上樓向林桂生彙報。

林桂生聞報大驚失色，她心裡明白，這貨乃是一麻袋的鴉片，價值一萬大洋哪！而且萬一落到巡捕手中，更是雪上加霜，賠了夫人又折兵呢！

「保鏢！保鏢死哪去了？」林桂生急忙調兵遣將，無奈這天偏偏幾個保鏢都應黃金榮指派，到外面執行任務去了。

眼看天色已向晚，林桂生急得直跺腳。

正這時，張桂英湊在她面前提議了：「太太，不是有月笙在嗎？」

「對，對！」林桂生驀然提醒，不由大喜：我還沒有試試他的身手呢，這下真好是個機會！但轉念一想，又不由面露難色，「可是，桂英，現在家中都是些沒用的小角色，光靠月笙一人頂得住嗎？」

張桂英用力點點頭：「越是這樣，就越能看出一個人的本事來。平時，我看月笙練拳練腳蠻來事的。」

「好！馬上傳月笙！」林桂生一咬牙，拍了板。

轉眼，精神抖擻的杜月笙出現在林桂生的面前：「師娘有何吩咐？」

林桂生如此這般一番吩咐後，又看著瘦骨伶仃的杜月笙，不無擔心地問道：「月笙，要不要再到金家調人幫忙？」

「來不及了。」杜月笙一咬牙，直搖頭。他知道，金家是金廷蓀，遠在虹口呢，「只是……」

「只是個啥？」

「只是不知師娘能不能把儂那把防身手槍借我一用？」

「可以！」林桂生身上總是佩著一把防身用的小手槍，現在聽得杜月笙要借，馬上拿了出來，「儂會用嗎？」

「裝裝門面。」杜月笙難為情地搖搖頭。說罷，他向來人問明了運送鴉片的包車所走的路線，拿了手槍就奔出了黃公館。

弄堂外，有幾輛黃公館的腳踏三輪車，杜月笙跳上一輛，竟大聲命令車夫道：「隨便跑，跑得越快越好，快！」

車夫丈二和尚摸不著頭腦，也只好踏著三輪車漫無目的一陣奔跑。

其實，杜月笙剛坐到車上時，心裡也沒有底：有人敢偷搶黃公館的大煙土，除非不知情，倘若知情者，想必這定是「黑吃黑」，頭寸不會小。法租界是黃金榮的勢力範圍，偷煙的帶著一麻袋鴉片在租界橫衝直撞，豈不是自投羅網？而現在上海城已四門緊閉，偷煙賊又是進不去的。不敢走，進不了，那麼，唯一的退路是走英租界，那裡不是黃金榮的管轄區。想到這裡，杜月笙拿下了主意，於是，他吩咐車夫道：「快，掉轉車頭，往洋涇浜跑！快！」

洋涇浜是法租界與英租界的交界處，浜北歸法租界，浜南屬英租界，越過這條小河浜，再追也沒用了。

這時，夜幕已完全降臨下來了，天空中沒有半點星月，三輪車夫憑著熟悉的地形與路線，一路跌跌撞撞踏去。杜月笙把手槍緊緊地握在手裡，努力睜大雙眼，向前搜索。

果然，在他的前面不遠處，隱隱約約地晃動著一團黑影，正慢吞吞地向前移動。杜月笙定神一望，看見是一輛黃包車。當時，杜月笙心頭滑過一絲喜悅，心想：黑燈瞎火的，車上有燈為什麼不點著？黃包車跑得這麼慢，不是車夫跑不動了，便是車上裝的東西超重了！想到這裡，杜月笙對車夫輕聲說道：「儂給我追上前面那輛黃包車，只要完成任務，我車鈿翻十倍給你！」

「曉得！」重金之下必有勇夫，車夫得令，把三輪車踏得像飛起來。

不一會，三輪車已追上了黃包車。

黃包車上下共有三個人，一個是車夫，一個是坐在車上的押車人，還有一個是跟在車後保護的。三輪車急如流星般地截在黃包車前面，車上車下的人都吃了一驚。

「儂要做啥？」斷後的那漢子一聲喝問。

「停下來再說。」杜月笙一邊大聲回答，一邊跳下三輪車，上前一把抓住了黃包車車桿。

車上的漢子見來者只有一個人，便仗著人多勢眾，冷不防衝著杜月笙的面門就是一拳頭。

杜月笙看得真切，臉一偏，旋即用力一掀車桿，「通」一聲，黃包車被他掀了個底朝天，那漢子壓在車下啊呀啊呀直叫痛。

夜色裡，一道寒光一閃，緊跟在車後的漢子亮出了真傢伙。

杜月笙一個箭步跳將開來，直直舉起手槍：「都勿要亂動，我這把手槍不是吃素的！」

對方不相信，依然悶著頭，一刀迎面劈來。杜月笙走投無路，身體一偏，躲過一刀，即扣動了扳機。

「砰」一聲槍響，掄刀者當即滾倒在地，雙手抱腿，呼天叫地了起來。

趁此機會，杜月笙跳近幾步，用手槍頂住了還趴在地下沒有爬起來的那個傢伙的胸膛：「勿要動，動就叫儂跟伊一樣！」

「我勿動，大哥，我勿動。」地下的傢伙嚇得尿了一褲襠，一股尿臭直刺鼻頭，他沒想到對方真的帶有槍呢！

這時，三輪車夫已點亮了車燈，黃黃的燈光下，地下那個受傷者哎喲哎喲直叫喚。

杜月笙一手按住地下的那個漢子，一手用手槍指著黃包車夫命令道：「儂幫我拿這個赤佬背到車上去！」

黃包車夫哪敢說半個不字，連忙行動。

事到如今，杜月笙心裡更有底了：敢帶著武器押送的，肯定車上有名堂。想到這裡，他急步上前往倒在地下的黃包車上一摸，可不是，車上鼓鼓囊囊裝著大大一麻袋的鴉片呢！

原來，劫煙者僅是兩個地方上的流氓，白天，他們在十六鋪碼頭早就跟上這輛黃包車了，趁車與人兩下分開而行之機，他倆搶在前面，在半路上劫下了這車價格不菲的鴉片。然後，吃透這是黃公館私貨的兩個傢伙，押著黃包車就往洋涇浜跑。他倆總以為這下黃金榮拿此束手無策，沒有辦法了，他倆要發橫財了，但沒想到眼看洋涇浜就在眼前了，竟被黃公館追上來的人攔下了，而且更使他倆大為不服的是，來者竟只有一個人！但事到如今，他們只好乖乖舉起雙手投降了：誰讓對方竟真的有槍呢?!

杜月笙單身劫煙的成功，不但使他終於成為了林桂生的貼身心腹，而且使黃金榮也不得不對他另眼相看，予以了重視。這為杜月笙從此走向飛黃騰達打下了扎實的基礎。

但杜月笙飲水思源：自己能有今天，那個麻面桂英是起到了決定性的作用的！總有一天，他要好好報答人家。

第七章　如願以償

「月笙，我要出去一趟，下午才轉來。屋裡儂給我帶隻眼睛。」

這天，是「十姐妹」聚會日，林桂生要去與姐妹們歡聚一場。臨走時，她特意把杜月笙叫到跟前，鄭重其事地關照道。

這兩年來，杜月笙已以他的忠誠與能幹，深深搏得了老闆娘對他的歡喜與信任，黃府上下，唯有他一個男眷可以自由出入，儼然林桂生一異性心腹。所以，對老闆娘的關照，他已習以為常，不再有受寵若驚之感。但是，當他看到林桂生今天竟然撇下沈月英，帶著她嫌難看的張桂英出門時，機靈透頂的他頓時感到林桂生裡面又有什麼花招了。

「師娘，儂走好。」杜月笙把林桂生送到弄堂口，親自拉開汽車門，用手墊著車門框，看林桂生在車上坐穩，這才關上車門，揮手目送林桂生的汽車駛出弄堂。

杜月笙想著心事，慢慢踱進黃府，踱上二樓，一路上，他分析著林桂生今天這與往不同的舉止後還藏著其他什麼內容：看來，今天林桂生像在故意創造他與沈月英單獨相處的機會呢！

杜月笙的猜測，一點沒錯。

有道是男大當婚，女大當嫁，一晃，沈月英經同鄉張桂英舉保，來到黃府已好多個年頭了。十八歲的姑娘，在當時來說，已是老小姐了，在蘇州鄉下，姑娘十六七歲就嫁人當媽媽，是屢見不鮮的正常事，而一過二十歲還沒有婆家，倒是會令人感到反常的。林桂生明白：女大不中留，總不能把人家一輩子留在自己身邊的，是到了該把沈月英嫁出去的時候了。儘管她實在不捨得沈月英那手熬製煙膏、燒製煙泡的好本事就這樣離自己遠去。

但是，更使林桂生堅定早日把沈月英嫁出黃家門的思想根子，還是出在黃金榮這殺千刀身上。這個色鬼淫棍，別人不清楚，作為他老婆的林桂生，自是比誰都瞭解。不久前，黃金榮又不知從哪個女人身上染了梅毒回家，林桂生氣恨交加，連擰帶掐，不讓他再挨自己的身。

誰知黃金榮不以為恥，反以為榮，竟大言不慚地對妻子說：「同治皇帝是真命天子，日裡坐龍庭，夜裡偷偷嫖妓女。阿拉小老百姓向皇帝學樣，難道犯法嗎？」振振有詞一番話，弄得林桂生又氣又好笑。

與此同時，林桂生本能地覺察到，黃金榮落在沈月英身上的目光，越來越長了，那股色迷迷的神色，恨不能變成一灘爛狗屎，馬上塗在月英的身上去。這叫林桂生驚悚與惶恐，擔憂之心日漸增長。像黃金榮這樣的地位與勢力，放別人，早有三妻四妾了，要不是自己拼命壓著他，也許早就被他踢到一邊去了。現在，又一塊鮮美可口、唾手可得的肥肉就放在眼前，說不定在什麼時候，就被這殺千刀的一口吞了去了！看樣子，沈月英也是個不簡單的女人，她未必就這樣甘心情願地為人家燒一輩子大煙泡，她未必不想攀龍附鳳、過上榮華富貴、呼風喚雨的好日子，再這樣下去，乾柴熱油，不遲早弄假成真才怪呢！所以，林桂生要忍痛割愛，儘早把如花似玉沈月英嫁出去，以盡早斷了黃金榮的這份心。

但是，把沈月英嫁給哪個男人呢？

沒有多想，林桂生很快就想到了身邊的杜月笙。

只有杜月笙，才是她最理想的人選！

這個小白臉本是自己一手物色、培養起來的，屬於自己的心腹；二是他已正當年華，尚無婚配，平日裡，他與沈月英眉目傳情，她也不是沒覺察；三是看勢頭，月笙這小子的將來肯定不會比黃金榮差多少，前途無量著呢。如果自己親自作大媒，把月英像嫁女兒一樣的嫁給杜月笙，那麼，自己的將來無疑又多了一重有力的保證。有道是花無百日紅，人無千般好。誰又能保證林桂生這輩子永遠能夠高枕無憂呢？

不能不佩服林桂生有此先見之明，這一切，果然被她不幸而言中，若干年後，黃金榮果然翻目無情，做了陳世美，逼得林桂生不得不與他另立分灶。這是後話，暫不多敘。

所以，在這種緊迫感下，林桂生今天特意騰出一個空檔，給了杜月笙與沈月英一個好機會。

其實，林桂生不給杜月笙機會，杜月笙也正削尖腦袋在尋找這個機會呢。關於這個粗通文墨的蘇州小娘姨，杜月笙可以說頭一次見面時，就對她有了好感，她的年輕貌美，她的伶俐靈巧，她的知書達禮，當然，更主要的是她在林桂生面前的一席之地，都一次又一次地征服了他那顆狂放不羈的心，他做夢也在想著把沈月英摟在懷中呢！所以，當他懷著心事踏上樓中的客廳，一眼看見沈月英時，他就豁然開朗，立即明白了林桂生的一片苦心了。

月英也不是愚鈍人，見太太破例不把自己帶出去，一個人留在家中，她心中也已略有所悟，所以當杜月笙一步一步走上樓來時，她便按捺不住「撲通撲通」歡跳不休的心兒，兩頰飛紅了起來。說心裡話，她也早就愛上了這個小白臉，在黃公館裡，不管是外貌還是內在本事，還沒有哪個男子比得上杜月笙。一年多的朝夕相見，使她對杜月笙更加瞭解了，她憑直覺就能感到，這個月笙呀，將來一定能夠成大事。

如果自己能有這樣的男人做為終身依靠，那麼，自己的這輩子也不枉過了！所以，耳聽杜月笙一步一步走上樓，她的心也隨著樂開了花。

但姑娘的矜恃，促使她欲擒故縱，她佯裝沒注意到杜月笙上樓，只是一邊低著頭打掃客廳，一邊輕輕地哼著蘇州評彈開篇。

這時，出現在杜月笙面前的只有沈月英。

那纖細盈握的腰身，圓潤飽滿的後臀，修長豐潤的雙腿，還有那隨著她彎腰勞作一跳一彈的那對挺拔的乳房，那條輕盈地在身後搖擺的長辮子……頓時，構成了世界上一幅最美最美的圖畫，看得杜月笙兩眼都直了。

說良心話，杜月笙早在十七歲那年，即他在十六鋪單獨擺水果攤的時候，就真切地接近過女色了，他曾在有了一點積蓄之後，跟著別人逛過玄二堂子，在那個叫「小八仙」的妓女身上，花盡了最後一文銅鈿。但是，那不過是逢場作戲，毫無感情而言。唯在他見到沈月英後，他才知道什麼叫愛情，什麼叫女人，他那懵懂混沌一片的心海中，才有了明確的目標與方向。所以，上樓看見沈月英後，他就身不由己地走了過去，隨著兩手的油然張開，一顆心快跳到嗓門眼了。

然而，就在他展開雙臂撲上前的一剎那間，好像背上生了眼睛似的沈月英竟突然「撲嗤」一笑，像隻靈活的兔子似的跳了開來，遠遠地跳到煙榻對面，佯怒道：「儂要做啥？像賊骨頭喏，要偷東西呀？」嘴上厲害，眉眼裡卻盡是幸福的笑意。

杜月笙的心兒都要陶醉了，小白臉上泛著薄薄的紅暈，兩個招風大耳朵在早晨的陽光下，薄如蟬翼，紅得透明：「我要偷，我是要偷呢……」

「好呀！好呀！」沈月英用笤帚點著對方，努力繃著臉數落道，「果然是一個賊骨頭！」

「我是、我是專門來偷儂的賊骨頭！」

「勿得了，勿得了！看我勿打煞儂，看我勿打煞儂！」沈月英心花怒放，又怕被杜月笙看出歡笑，裝作滿屋尋找打人的傢伙，背轉身去笑得花枝亂顫。

「傢伙不在儂手裡拿著嗎？」杜月笙也笑了，一個箭步跳過去，順勢抱住了那條纖細的腰身，兩片薄嘴唇，同時按上了人家的臉蛋。

「大膽大膽儂大膽……」沈月英面孔漲得通紅，舉起兩個小拳頭，在杜月笙的胸脯上一陣擂鼓。

「月英，儂難道還看勿出來嗎？我愛儂，愛得心都發抖了！」杜月笙一發力，把沈月英緊緊地抱在懷中，用自己的臉頰充滿愛憐地摩挲著對方的臉蛋。

沈月英陶醉了，她幸福地閉上眼睛，手裡的笤帚無聲落地。她盡情地享受著這終於來到的一刻，兩顆喜極而泣的淚珠，悄悄地掛在了她那兩簾長長的眼睫毛上。

一隻貓從樓中間竄過，「咚咚咚」的奔走聲，驚得杜月笙驀然清醒過來。沈月英趁此機會，逃出了他的懷抱。

「月笙儂坐下來，我有話對儂講。」沈月英一指煙榻。

杜月笙乖乖地應命坐下，深情地望著對方。

「月笙，上次儂勿是講過，儂一直胃氣痛？」沈月英把一直牽記在心的關心說了出來。

杜月笙點點頭：「是呀，大概一日三頓無定規，所以有時我要胃氣痛。」

「儂不妨抽一筒鴉片試試？聽說，治胃病，一等呢。」沈月英從牆上取一桿象牙煙槍。

「好呀！」杜月笙眉花眼笑，說心裡話，他早就想抽上一筒鴉片了，幾年來，雖說他還從沒抽過一筒鴉片煙，但整日鑽入他鼻孔裡來的鴉片煙，早已滲入到他的血液中，使他上了癮，「讓我試試。」

於是，沈月英讓杜月笙躺在煙榻上，然後自己輕車熟路地打好煙泡，點上煙燈，又把煙泡裝到象牙煙槍鍋上，這才親昵地依偎到杜月笙身邊。

「來試試吧。」沈月英先以自己的櫻桃小口在煙槍嘴上習慣地舔了舔，這才掉轉槍身，把槍嘴遞到杜月笙嘴邊。

杜月笙幸福地含住象牙煙嘴，卻不抽，只是美滋滋地看著沈月英。

「抽呀？怎麼不抽呀？」沈月英詫異地瞪著對方。

「甜，真甜呀！」杜月笙仍津津有味地品味著象牙煙嘴。

沈月英這才恍然大悟，不由臉一紅，佯裝伸手去奪煙槍：「又要壞了，勿給儂了！」

杜月笙連忙把身子一偏躲過，哈哈一樂，這才美滋滋地抽了起來。一股奇異的香味，隨著一股清煙的咽下去，杜月笙只感到迴腸盪氣，渾身通泰。他剛一張口，沈月英一隻玉手已捧著一把宜興茶壺，把一壺剛沏的新茶碧螺春遞了過來。杜月笙喝了一口，更是異香滿口，心曠神怡。

杜月笙感動得都快眼淚汪汪了，他徐徐放下煙槍，深情地望定沈月英，發誓道：「月英，月笙這輩子非儂不娶！」

此時，沈月英也感動了，胸中波浪起伏，蕩漾著無盡的幸福。但她要比杜月笙冷靜，便低著頭，輕聲提醒對方：「月笙，師娘伊、伊會同意嗎？」

「師娘早就同意了。」杜月笙胸有成竹地說道，「今朝，就是伊特意讓阿拉講講這樁事體的。」

沈月英笑得合不攏嘴，想了想，又提醒對方道：「老話說，天上無雲不下雨，地下無媒不成婚。就算師娘同意，總也要有個人向師娘提一提的呀。」

「對對，我怎麼就沒想到呢！」杜月笙連連拍著腦袋，又側轉臉問沈月英，「可是，月英，請啥人來做我伲的媒人呢？」

「儂看，桂英阿姨行嗎？」沈月英把早就爛熟於心的念頭，全部搬了出來。

「好呀，好呀！就請桂英阿姨了，等一歇，我就去尋伊，請伊吃這十八隻蹄膀！」杜月笙高興得手舞足蹈了。

「那麼，師娘這一頭呢？」沈月英心細如針，再次提醒道，「總歸也要通報一聲的呀。」

「這個……」杜月笙搔搔頭皮，倒一時難住了。

沒想到沈月英來了個死胡同裡趕豬：「咦，剛才儂還勿是說師娘早就同意了嗎？」

「結棍，結棍！」杜月笙走投無路，明白月英是抓住剛他誇下的海口做文章，不由耍開了賴皮，一骨碌爬起身，撲向月英。

月英笑得喘不過氣來，抱住杜月笙在煙榻上滾作了一團……

就這天夜晚，吃過晚飯，杜月笙仍磨磨蹭蹭，沒有回去的意思，在林桂生身邊轉來轉去。

林桂生按住心裡的好笑，假癡假呆地躺在煙榻上問道：「月笙，天色已晏了，儂怎麼還不回去？」

杜月笙十指靈活地一轉眼就削好一隻蘋果，遞到林桂生面前：「師娘，儂吃蘋果。」

「我問儂話呀，儂怎麼給我兜圈子呀？」林桂生接過蘋果，美美地咬了一口。

「師娘，我，有樁心事，早就想跟儂講了。」杜月笙用力咽了一口唾沫，心裡七上八下。憑心而論，他直到如今，還吃不透林桂生對他和月英的事有什麼想法，同意不同意。月英是林桂生一天也不可少的一隻幫手，她會捨得讓他奪去這隻幫手嗎？但是，現在箭在弦上，已到了不得不發的時候了。所以，憋了半天，他終於說出來了。但仍是圓兜圓轉，「師娘，月笙從小死脫爹娘，沒有姆媽，自從來到儂屋裡後，我一直拿儂當作我的嫡親姆媽的……」

「有話就直說，勿要轉彎抹角。我啥辰光勿把儂當自己小人啦？」林桂生倒有點不耐煩了。

「師娘，姆媽，月笙有樁事體要儂為我作主。」

「啥事體？」

「就是，就是我、我看中了月英了……」

「撲嗤！」林桂生終於忍俊不禁，笑出了聲，「我曉得了，儂想從我身邊拿月英搶過去？不過，就算我同意，就是勿曉得月英同意勿同意。」

「同意的，伊同意的。」杜月笙心花怒放，只怕失去這個好不容易得到的機會，連忙急不可耐的說道。

「自說自話，只怕儂這是一廂情願呢！」林桂生依然欲擒故縱。

杜月笙一時不知如何表達才好，只是又急又羞，「嘩嘩」搓著雙手，喃喃說道：「勿相信，姆媽儂問月英。」

「好哇，我來問伊！」林桂生聽到這裡，即提高分貝衝裡房喊道，「月英，儂過來。」

沈月英嚇得面孔都白了，她早躲在房裡把杜月笙與林桂生的一番對話聽了個一清二楚，知道林桂生根本沒有「早就同意」他倆的事情，尤其剛才林桂生一句「就算我同意」，更是使她心驚膽戰，萬一林桂生不肯放手，那麼，一場美夢豈不都成了泡影?!所以，她聽得林桂生喊，連忙戰戰兢兢地應聲來到林桂生面前，彎腰曲背，雙手夾在兩腿中間，抖抖地問道：「太太叫我？」

「勿要裝腔作勢了，剛才儂在房裡勿是都已聽清楚了嗎？現在，應該由儂來回答這個問題了。」林桂生頭也沒抬地說道。

「太太！」沈月英再也堅持不住了，嚇得兩腿一軟，當即跪倒在林桂生面前，「我的心事，儂都曉得。月笙是我心裡的人。」

杜月笙見狀，兩眼也濕潤了，旋即也「撲通」一聲，與沈月英一起雙雙跪倒在林桂生面前：「請姆媽成全我們……」

林桂生流淚了，她是被終於又用心計征服了兩條心而高興、為面前兩個年輕人真摯的愛情而感動、為月英即將離開自己而去而傷感。

她緩緩從煙榻上站起身，伸出雙手，扶起面前的兩個年輕人，哽咽道：「月笙、月英，都起來。其實，我也早有此意了。只是，只是我實在捨不得你們因此而離開我，所以，我一直熬著勿開口。我、我太自私了。」說到這裡，兩行眼淚再也忍不住，汩汩淌下。

「師娘——」杜月笙與沈月英見狀，忍不住雙雙異口同聲地哽咽了開來，「儂放心，月笙和月英，永遠勿會離開儂的……」

這一晚，林桂生與杜月笙、沈月英說了好多好多的話。林桂生拍著胸脯表示：杜月笙與沈月英兩人的婚事，全由她林家包下了，辦喜事的新房、酒席與糖果煙酒，也都由她來出，到最後，她甚至提議選個黃道吉日，先讓黃金榮正式收下杜月笙為徒弟。

杜月笙聽了，感動得一個勁直點頭。

杜月笙自己心裡明白，他自從來到黃公館，和許多人一樣，都叫黃金榮為師父的。但是，他們都沒有遞過帖子，都不能算是正式的徒弟，用青幫的行話來說，充其量是個「倥子」。所以，當他見今天不但得到了一個秀色可餐的美嬌娘，還可以趁勢成為黃金榮的正式徒弟時，他怎不要對林桂生感恩報德、大叩拜謝呢?!

這天夜晚，林桂生被黃金榮折騰了一番後，趁黃金榮愜意之際，又向他吹開了枕邊風：「金榮，儂講杜月笙這小夥子怎樣?」

「是個聰明能幹的人。」

「我也覺得伊將來定會有大出息的，所以，我想，辰光到了，儂應該設香堂、收徒弟了，把月笙也一起收進去，正好九十九個。」

黃金榮一聽，兩眼發光，連連點頭。

黃金榮在聚寶茶樓第一次收門徒，共收了九十九名。為什麼不收一百，單收九十九名呢？因為流氓體系中有個忌諱，收單不收雙。其道理何在？恐怕連黃金榮自己也說不清楚，或許是連他在內，正好是一百個整數的意思吧？

開香堂正式拜師收徒弟，是黃金榮想了好久好久的事情了。自從他披著法國巡捕督察長的外衣，稱霸上海灘以來，已陸續收了九十八個徒弟，但一個也沒有正式行過拜師儀式。為了更好地在上海灘形成自己獨特的勢力，他決定正式設香堂、收徒弟。

「那麼，儂看香堂設在哪裡最合適？」

「聚寶茶樓最合適，只要稍微佈置佈置就行了。」

聚寶茶樓不是哪裡，便是樓下的正客廳。香堂設在自己家中，當然是最合適的了。黃金榮連連點頭。

「啥辰光開呢？」

「再過幾天，就是儂的十一月初一生日，這天最吉利。」

「好，就照儂說的辦，明天就叫阿駱（黃金榮的門徒駱振忠）去操辦。」

「之後，我還想拿月英許配給伊。」

「啥個意思？」

「就是徹底拿伊圈在阿拉身邊的意思嘛。」

「也好，這種事體儂看著辦吧。」

「先拜師，後結婚？」

「當然這樣最順了。」

「那麼，儂這個當師父的打算幫什麼忙呢？」

「要用銅鈿，儂到帳房裡去拿，要面子，就對外頭說是我親自做媒。」

林桂生聽了，點點頭，又搖搖頭。

「這樣還不行嗎？儂還要怎麼樣？」

「我要儂送佛送西天，好人做到底。」

「怎麼個做法？」

「法租界的三隻賭台，儂撥一隻給伊，讓伊自己有個財源。」

黃金榮感到擔心與為難：「伊能撐得起檯面嗎？」

黃金榮說的倒是真心話。所謂賭台，實際上是一家規模宏大、包羅萬象的賭場，開賭場的，都是腰纏百萬、財富驚人的廣東大亨。現在要撥一隻給杜月笙，那就要他負責一片賭場的安全與秩序。而這種所謂的安全，不僅僅是抱抱台腳，保保鏢，免得被人搶砸、偷盜、訛詐，而是要把上自外國衙門、下自強盜癟三、三教九流、四面八方的人全部擺平，兜得轉，捏得攏，使得賭場太平無事，悶頭發財。

林桂生覺得黃金榮的憂慮也並非不無道理，便降低了標準，說：「那麼，先撥一隻賭台，暫時要伊管理，先察看一段辰光，如果白相得轉的話，就撥給伊；如果白相勿轉，再收歸己有，行嗎？」

黃金榮想了想，點頭同意了。

一九一二年農曆十一月一日的早晨，黃金榮早早起了床，養足精神，等待開香堂、收徒弟。九十九個徒弟比他來得還要早，一個個聚在弄堂裡與門廳裡，喝茶抽煙聊天，等待開香堂。

駱振忠已把香堂全部佈置好。

這天，小名堂班早早來到黃府，吹拉彈唱，悠悠揚揚，熱鬧了起來。設置在香堂正中的雲檀長桌上，點燃了一對足有十斤重的舞龍戲珠紅燭，光焰奪目；古銅爐內檀香滿爐，青煙繚繞，香氣四散。雲檀香案的上方，供起了「關聖帝君」的彩畫像，在畫像的兩邊，還貼著這樣一副對聯：

師臥龍，友子龍，龍師龍友；
兄玄德，弟翼德，德兄德弟。

上午十點鐘正，時年四十四歲的黃金榮身穿藍底青花緞袍子，外罩一件壽字團花馬褂，頭戴紅珠瓜皮帽，腳穿雙梁粉底黑直貢呢鞋子，滿面紅光，從樓上下來了。

黃金榮的一班同輩人，都早已坐在香堂正面兩邊太師椅上，見黃金榮下樓，齊齊站起，唱聲諾：「黃先生好！」復又坐下。

按其他幫規，開香堂大典時，凡是「老頭子」（幫主）的同輩好友把兄弟，都得到場捧場，幫語叫做「趕香堂」。趕香堂的人越多，老頭子的面上就越光彩。如果沒有人趕香堂，那就說明老頭子以後可能就要倒霉了。

黃金榮不是青幫中人，沒有同輩，也沒有同門兄弟，只得請了杭州、上海等處的青幫頭子，以及虞洽卿、金廷蘇、曹顯民、陳世昌、李阿三、曹雨田、林康侯、黃廷芳、謝葆生等，還有巡捕房時的新老頭頭腦腦，也一起請來湊熱鬧。一些英法租界裡有名的老闆，為了在生意上靠靠黃金榮這塊流氓牌子，也托人投帖，前來送禮道賀。

只有虞洽卿沒有來，因為他在一八九六年花了四百多兩銀子，向清政府捐了個「道台」的虛銜，所以，作為「政府官員」，是不便出席這樣的場合的。他只是寫了封賀信，送了一塊匾額，算是賀禮。殊不料虞洽卿這是太古板了，他又怎麼能想到，後來，連蔣介石這樣的大官，都向黃金榮投帖子，拜倒在黃金榮的門下呢？

黃金榮下樓時，身後跟著籤子福生、李休堂、曹顯民與妻子林桂生，他們一起來到廳堂的正中央，黃金榮居中入座，其他人分坐兩旁。

眾人坐定後，充當司儀的駱振忠一聲喊：「啟山門——」

隨著喊聲，茶樓的正廳大門打開，恭候在門外的徒弟們一個個手捧紅帖，在引見師的引領下，魚貫進入大廳。他們進入大廳後，先到關公像前的香案前磕了三個響頭，然後到黃金榮面前磕了三個響頭，再到趕香堂人面前也磕了三個響頭，這才一一歸隊。

磕頭完畢，司儀又一聲喊：「開香——」

引見師便一擺手，讓這些徒弟們排成一條龍，站在龍頭的是陳三林，身後跟著的是金九齡、程子卿、馬祥生、丁永昌、魯錦臣、曾九如、朱順林、顧玉書等一大串。

這時，司香的執事把桌子下的包頭香劃開，分給每人一支，拿在手裡。

司儀的駱振忠看到香已分好，便喊了聲：「下跪——」

一串人下跪後，這時，有兩個執事雙手捧了一隻盛滿清水的銅盆，分別從「龍頭」端到「龍尾」，讓每個人嘴不沾盆地喝（倒）一口，這叫做「淨口」。

淨口畢，駱振忠又喊道：「啟問——」

這一喊是提醒黃金榮，可以開口詢問了。一直板著麻臉的黃金榮這才嚴肅地向眾人發問道：「你們是自願入幫，還是有人強迫你們入幫？」

跪在下面的九十九個徒弟聲若洪鐘、齊齊答道：「入幫自心情願。」

「幫規如鐵，違犯幫規，鐵面無私，知道嗎？」

「甘受約束，誓守幫規！」

幾句問話以後，黃金榮從椅子上站起來，兩邊趕香堂的人也跟著站了起來。

黃金榮以老頭子的威嚴向跪在地下的眾徒弟開始訓誨：「如果違反幫規，定須家法從事，你們知道嗎？」

「知道！」

「辦得到嗎？」

「辦得到！」

在眾徒弟答應以後，黃金榮才坐回椅子，下巴頦向駱振忠一抬，駱振忠即亮開嗓門喊道：「收拜帖——」

這時，便有先前端著銅盆子的兩個執事，換上兩只紅漆圓盤，端到了每個徒弟的面前，各徒弟見狀，便雙手將各自手中的紅帖呈出，恭恭敬敬地放在盤子裡。

這紅帖子上面寫著「信守」兩字，翻開第一頁，裡面寫著「敬拜黃金榮老師門下」，左下方寫著「自心情願」四個字。而後是各位徒弟自己的具名：「×××門生謹具」。

因為他們是黃門中的第一批門生，引見師就省略去了，但拜師金卻是分文不能少的，每個徒弟收銀元二十元。黃金榮一下子就收進了兩千兩白花花的銀子，其中有些門徒拜師金加倍，甚至上百元，黃金榮自是另眼相待。

這筆拜師金是送給老頭子做「代代平安」的見面禮的，這些收費，與入幫人的履歷，都在正式儀式前辦妥的，這會兒，盤子裡只放空殼子帖子罷了。

黃金榮看著帖子收完，便向駱振忠又點點頭，駱便又喊道：「發折！」

幾個執事，向跪著的門生每人發了一本小摺子。這種摺子做得很精緻：外面是一隻硬殼套子，三寸半長，一寸半寬。套子裡面裝著折疊好的紙本，拉開來有幾尺長，像摺扇一樣。這紙本上寫著幫規，以及各種「海底」盤答方法。

這「海底」盤答法，如同綠林土匪間的黑話，是幫中最重要的東西，門生們必須祕密珍藏，不可讓幫外人看到。如果遇到什麼要事，便可以利用「海底」問或回答，來幫自己的忙。這是青幫流氓們的「祕密武器」。

發完小摺子，司儀喊了聲「禮成」。

門生們這才如獲大赦，一個個從地下爬將起來，相互道喜。趕香堂的人也拱手向老頭子道賀，賀門徒濟濟，人丁興旺，「碼頭」發達。

開香堂儀式到此算結束，接下來是開宴。酒樓上下擺開了酒席，師徒賓客大吃一頓。

杜月笙拜師的儀式如此隆重，相比之下，他與沈月英的婚事就明顯不如了，這大約與杜、沈兩人的親戚朋友不多有關係。但是，林桂生沒有食言，在她的一手操辦下，杜、沈的新房由她專門在外面租借，新房中的家具、被褥乃至喜酒、喜糖、喜煙等，都由她全部包下了。

畢竟是託名「黃金榮嫁女兒」，嫁的又是開山門大弟子杜月笙，所以，光喜酒，就擺了兩天近百桌。這不在話下。

且說更深人靜，席散人盡，杜月笙擁著新娘子進入洞房。

夜已深了，當杜月笙擁著她在床邊坐下後，沈月英嬌羞地指了指桌上跳躍的喜燭，示意要吹滅了才上床。可是，杜月笙藉口新婚之夜要燈火通亮為名，不同意。然而，當他抱著沈月英躺到床上時，他卻拿出一樣東西，硬是把沈月英活活氣了個雙淚長流。

第八章　誤入淫窩

且說席散人盡，杜月笙擁著新娘子月英，寬衣解帶，雙雙倒在床上。平生第一次被男人如此親昵擁抱接吻，激動與害怕，使沈月英情不自禁輕輕顫抖了起來，她幸福地閉上眼睛，等待那銷魂奪魄的一刻的到來。

豈料，新郎倌停止了動作，爬起身坐了起來，沈月英偷偷睜開眼睛一看，只見杜月笙像變戲法似的手裡拿了一件東西，正朝自己嬉皮笑臉呢。搖曳的燭光下，但見那東西像把鴨嘴錘子，身體長長，頭兒尖尖，通體閃耀著克絡米的銀光。

「儂拿手槍做啥呀？」沈月英誤以為是一把手槍呢。

「嘻嘻，是照妖鏡。」杜月笙淫邪地笑著，趴下身子，把這尖尖的東西直往月英下身插去。

「儂要死哉？」沈月英還以為杜月笙和她尋開心呢，所以本能地一夾兩腿，舉起拳頭對著杜月笙一陣擂。

「勿要動，檢查一下就好了。」杜月笙卻一臉嚴肅。

「檢查？」

「對，檢查檢查。」冰涼的窺鏡插進新娘子的下身，沈月英還稀裡糊塗。彎起上身想看看新郎倌到底幹什麼，但見杜月笙眯起一隻眼睛，藉著帳外射進來的燈光，認真地察看著什麼。

頓時，「轟」一下，沈月英全身像著了火似的燃燒了起來，一種被人侮辱的巨大的委屈感襲來，使她氣憤地「呼」一下直坐起來。

「儂、儂、想勿到儂是這樣看我的呀！」氣憤與委屈，使沈月英渾身發抖，淚如雨下。

「勿要這樣嘛，寶貝！」杜月笙完成任務，見新娘子確實是處女，不由放心地笑了起來，「現在，外面流行的。這叫做大家放心，夫妻今後才能白頭到老。」

「儂、儂，虧儂還說得出口！儂把我當成啥等樣人了？」沈月英怒不可遏，掀被穿衣，就要往床下跳。

杜月笙扔掉窺鏡，眼疾手快撲上前，餓虎撲羊般地把對方撲倒在錦褥上：「勿要怪我，月英，我也沒有辦法，儂在裡向，老頭子又多麼花得來，我擔心儂……」杜月笙不得不說出心裡話。

「嗚——」沈月英終於哭出聲來了，她感到這一切的一切都像是個夢，身上壓著的杜月笙是那麼的陌生，自己的所有感覺傾刻間都蕩然無存了。

沒有顛鸞倒鳳，也沒有激情搖旌，有的只是獸性般的瘋狂與發洩，還有刻骨銘心的恥辱與痛苦。

終於，沈月英找到了發洩的缺口：「儂自家在外頭七搭八搭，當人家勿曉得，還疑神疑鬼拿人家當婊子，儂這種人還有良心嗎？」

杜月笙忙碌了一天，現在達到目的，折騰得精疲力盡，已迷迷糊糊地睡著了。

沈月英見狀，氣更不打一處來，伸手狠狠在杜月笙光光的大腿上掐了一把：「儂是死人啊，為啥勿講閒話？」

杜月笙冷不防吃痛，一時性起，吼了一嗓子：「再煩看我敢不敢打儂喏！」

沈月英更加委屈了，乾脆鑽進被窩裡，嗚嗚咽咽哭了個痛快，心裡怨呀，想，我們窮人就是命苦，就是活該受這種人的欺侮的嗎？

本來應該甜甜蜜蜜的蜜月，被一把窺陰鏡就此攪得陰雲密布，在新郎倌與新娘子之間，頃刻豎起了一道看不見的屏障。

婚後沒幾天，張桂英來新房探望家鄉小乾女。

新房就租在離同孚里不遠處的一個平房裡，倒也有種鬧中取靜的雅韻。

沈月英一見到張桂英，就再也忍不住心中的委屈，一頭栽到寄娘懷中哭出了聲。

「乖囡唔，阿是月笙欺侮儂了？」張桂英馬上想到這個問題。

沈月英嗚咽著點點頭。

「勿要哭，勿要哭，男人都這樣的。」桂英笑著寬解新娘子。

「啥個都這樣呀，儂勿曉得……」於是，沈月英哽咽著把新婚之夜發生的事情，一五一十地告訴了寄娘。

張桂英一聽也愣住了，但旋即她就又勸開了：「算了，算了，啥人叫我伲命苦呢？也許，現在外頭的有銅鈿人家都這樣做的。儂想開點，自己身體要緊。」

接著，張桂英開始向沈月英傳達林桂生的旨意：「月英，老闆娘特意叫我來望望儂，伊說，假如儂在屋裡沒有勁，就到伊那裡去吧，伊說想儂呢。」

「大概是煙泡沒有人燒了吧？」月英破涕為笑，「我也本來想過去了呢。」

「這種生活，我勿曾做過，倒真的一時做勿像呢。」張桂英實話實說。原來，自從月英結婚後，這幾天林桂生的大煙泡與煙膏，都是桂英代勞的。可是，她實在做不像，只好被林桂生逼著來尋沈月英了。

閒談中，張桂英忽然想起了什麼，皺著眉頭告訴沈月英說：「月英，還記得當年領我到你們木房子來的姚阿巧嗎？」

「記得記得，看我，該死，忘記喊她來吃喜酒了。」沈月英悔得直拍大腿。

「我倒記著呢。儂好日（蘇州方言：指結婚之日）前一天，我一個人去了八仙橋，可是，尋到那邊一看，只有姚天生的兩個阿叔在那裡。我問他們阿巧上哪裡去了，兩個大男人居然支支吾吾說不出個子丑寅卯來。我又問姚天生上哪去了，他們也結結巴巴說不出個名堂來。我直磨到天都黑了，還沒等到阿巧夫妻倆回家，沒辦法，我只好一個人轉來了。月英呀，我懷疑阿巧出啥事體了呢！」說到這裡，張桂英的眉頭皺起來了。

「啊呀，寄娘儂怎麼不早說呀！」沈月英一聽，也急了。

「儂在忙喜事，我也勿想讓這種不快活的事告訴儂，所以就沒有響。我想，等儂滿月後，我倆一道去那邊尋阿巧。」

「還要等滿月呀！」月英叫了起來，「明天，明天阿拉就去尋伊去！」

蘇滬有風俗：新婚一月內，新娘子不能串人家門，否則，被串門的人家要倒血霉的。沈月英急欲見小姐妹，哪還等得及滿月？所以，第二天，她就跟著張桂英，專程坐著黃包車，來到八仙橋尋找姚阿巧。

為了不讓人家「觸霉頭」，到了八仙橋，她只遠遠地站在外面，讓張桂英一個人進去打聽問訊。

可是，不一會，桂英還是垂頭喪氣地走了出來。

「阿巧會到哪裡去的呢？總不會被他們賣掉了吧？」一路上，乾母女倆疑雲翻卷，胡亂猜疑。月英更是心直口快，懷疑阿巧會不會已經不在人世了。

其實，阿巧既沒被姚天生賣掉，也沒死掉，現在她正在法租界蒲石路新民里十三號一個亭子間裡，被蔣介石金屋藏嬌養起來了！

自從姚天生染上鴉片毒癮後，小倆口的日子就再也不太平，姚天生沒有銅鈿抽鴉片後，就尋柴劈斧頭，往妻子身上撒氣。有道是夫妻一動手，日後就難收。從此，姚阿巧身上的傷痛沒斷過，姚天生的身體素質更是每況愈下。

眼看家裡吃了上頓沒下頓，姚天生又沒有力氣外出攬活，心情愈發不佳了。真是貧賤夫妻百事哀，夫妻之間就應了那句「大吵三六九、小鬧天天有」的老古話。倆人之間的感情越來越淡薄，到後來就端的是同床異夢、貌合神離了。

姚阿巧不想等著餓死，就去菜場拾菜瓣皮、到人家去倒米泔水，賴以度光陰。

一天，姚阿巧正在菜場裡拾菜瓣皮，迎面碰上了長三堂子的老鴇。

「啊呀，這勿是姚家媳婦嗎？作孽作孽，這樣漂亮的一個女人，唉，真是一朵鮮花插在了牛糞上。」老鴇拉著姚阿巧的手，一陣長歎短吁。

阿巧聽得這種話，如見親人，眼淚「撲簌簌」直往下淌：「×阿姨，我活勿下去了，儂阿有地方介紹我去做做？也好讓我賺點銅鈿，勿至於餓煞。」

「地方麼……」

「我就到儂的店裡去做做吧，隨便讓我做啥，再苦再吃力我也做得來。」阿巧不知老鴇的底細，總以為老鴇穿得珠光寶氣、養得細皮嫩肉，一定是大老闆人家的女當家。

「可惜，我店裡已經滿人了。」

「阿姨，求求儂，另外幫我想想辦法吧。」

「也罷，看儂可憐，我就介紹儂到我另外一個同行開的店裡去做娘姨吧。」

「阿姨，那我要多謝儂哉……」姚阿巧破涕為笑。

當天，姚阿巧就跟著那個老鴇，來到了上海四馬路（今福州路）一條名叫會樂里的小弄堂裡。

這是一個很有氣派的舊宅，石庫門上方，高掛著一塊紫底綠邊嵌金字的橫匾。阿巧自小跟著爹爹學過幾個字，所以勉強認得上面寫著的三個斗大的字——群玉芳，下面寫著「土耳其浴室女子按摩院」幾個楷體字；門牆一邊，寫著「按摩女子浴室五角」等大字；門左，由上而下掛著一串足有十多隻燈籠組成的「招燈」，就像一長串削光的荸薺。

×阿姨領著姚阿巧直向裡面而去。

石庫門裡，是一家客棧的裝置：三層樓房，高大寬敞，一條環形的扶梯，盤旋曲折，像條木龍，直抵樓頂。站在圓形的扶梯下面向上仰望，可以一直看到三樓頂層的天花板與彩色玻璃窗。樓前是幾間嵌著紅綠玻璃的四季廳，廳前左右各有一間廂房，緊倚石庫門而築，像個門房。門房裡的牆壁上，裝著一排電鈴按鈕。電鈴下面分別寫著一排排阿拉伯字。

見得老鴇領著姚阿巧進門來，門房間迎出一個四、五十歲、打扮時髦、濃妝豔抹的貴婦人，一說笑，臉上厚厚的脂粉直往下掉。貴婦人一見到老鴇，便扯開一條公鴨嗓門笑道：「喔唷，×阿姨，哪陣風把你給吹來的呀！稀客，稀客！」

「看看，我給你介紹妹妹來哉。」老鴇上前輕輕拍了對方一掌，然後把姚阿巧往她面前一推，「阿巧，這是×阿姨。」

姚阿巧含羞上前見過×阿姨。那老鴇把姚阿巧交給那×阿姨後，就走了。

×阿姨雙手扶住姚阿巧的肩膀，像欣賞一隻大花瓶，看了上邊看下邊，端詳了左面瞟右面，那雙魚泡眼一刻也沒離開阿巧的身上，直把個阿巧看得渾身上下不自在。

×阿姨自己看了還不說，還與旁邊一個老男人說笑：「怎麼樣？說不上豔蓋群芳，也說得上鶴立雞群吧？」

「話是不錯。」那老男人點點頭，又聳了聳肩，「可惜是山野草雞，只怕難調養。」

「呵，草窩裡能飛出金鳳凰來呢！只要我稍加調教與點撥，還怕草雞不變成搖錢樹？」

「你沒看見，翅膀嫩著呢。」

「嫩？再嫩的翅膀，到了老娘手裡，還不一雙雙變得老硬才怪呢！」

「嘻……」

他們的話，阿巧聽不懂，也沒用心聽，她早讓豪華的房屋裝飾給吸引住了。自打出了娘肚皮，她還是平生第一次到過這樣富麗堂皇的地方呢！阿巧心裡真高興。

可是，沒到晚上，阿巧那些許高興就化作了驚恐與惶悚。

×阿姨關照阿巧，沒有她許可，輕易不得回家。對於×阿姨的這個關照，阿巧沒住心裡去。反正回去也沒好粥好飯吃，與其一天到晚為稻粱謀，倒不如在這種好地方住上一輩子。

但是，一到晚上，這裡發生的一些奇怪的現象，卻使姚阿巧陷入了深深的不安之中。她親眼看見不少濃妝豔抹的小姐與太太，與一夥又一夥來串門的男人們打情罵俏、嘻嘻哈哈、親親熱熱上了樓，走進了緊閉房門的房間裡。

她親耳聽見一陣陣悅耳動聽的絲弦鼓樂聲和女子嬌嬌滴滴的唱戲聲，像和風一般送出了緊閉的房間門。

更使她耳熱心跳的是，當她偶然走過幾個房間時，竟看見一個僅脫剩下條花短褲衩和胸罩的女人，正百般媚態地仰躺在一個黑大漢的大腿上……

貴婦人×阿姨將阿巧單獨安排在樓上一間小巧玲瓏的房間裡，還專門派了個孫姆嬤服侍她。阿巧自出娘胎後還沒受到過人家的專門服侍，沒住過這等漂亮、豪華的房間：三開鏡的梳妝檯，紅木製的半圓桌，一張雕有盤龍戲鳳圖案的擱凳大床，紅綠錦繡，珠光寶氣。那雪白印花的被單，幾乎讓阿巧不敢往下坐。

阿巧心中忐忑不安，她隱隱感到有種不祥的勢頭，正悄悄地逼向她。

她終於從孫姆嬤的嘴中得知，她上當了！

她被那個老鴇賣了！這裡不是什麼好地方，而是妓女院，就是以前常聽說的「堂子」呀！

阿巧驚恐萬狀，嚇得一個人呆如木雞怔怔地坐在那裡，半天沒回過神來。她哭泣著，掙扎著，要離開這個不是人待的地方，可是，孫姆嬤好心好意地告訴她：這裡可是來得去不得的地方，「拿了人家的錢，就得為人家賣身」。

阿巧當下又氣又急又羞又恨，眼前一黑，昏了過去。

就從那天起，老鴇給阿巧換了個藝名——姚怡琴。

她要阿巧跟著那些被稱為「先生」的妓女學唱京戲，學彈琴，學下棋，有意將阿巧侍弄成一隻「金鳳凰」。

她還試著讓阿巧學「接客」。

無奈姚阿巧死也不相從，以命相抵，老鴇這才暫時作罷。

但老鴇認為在阿巧身上花了錢，總不能白養她，所以，老鴇暫撤去了孫姆嬤，讓阿巧去做「小大姐」（舊上海妓院中專門服侍高級妓女的女傭別號），暫時跟一個風騷的「先生」（舊上海妓院中高級妓女的別號），做那先生的梳頭女傭。允許阿巧暫不接客。

然而，阿巧在老鴇的眼裡，正值「黃金時代」，老鴇怎肯輕易放過她？尤其阿巧那豔麗的花容月貌，更是經常使前來妓院的嫖客們心兒癢癢，並已有人多次願出高價，向老鴇要求把阿巧弄到手。

就那一年冬天，老鴇下了毒手，硬把一個粗壯的嫖客，塞進了阿巧的房中。阿巧拼死掙扎，死也不從，並用花瓶打破了嫖客的腦袋。

這下，阿巧可闖下大禍了！

老鴇聞訊惱羞成怒，她召來幾個「死烏龜」（指舊時妓院裡專門雇來護院的打手），一頓毒打，把阿巧打得死去活來。

阿巧淒慘的哭喊聲，驚動了一個特殊的嫖客。

他，就是偶而進「群玉芳」尋花問柳的陳其美。

當時，陳其美剛由日本同盟會派回國，在上海馬霍路德福里一號開辦了一個天保客棧。這天保客棧明為客棧，實為同盟會設在上海的一個聯絡站，是孫中山設立在上海的一個祕密革命機關，專門指導浙、閩、京、津的反清活動。

聯絡站剛成立，活動還不多，陳其美閑得無聊，便一個人來到了這全上海第一流的長三堂子。

陳其美被一個女子淒慘的哭聲所驚動，尋聲趕去一打聽，這才明白是怎麼回事。當陳其美得知姚阿巧的秉性與身世後，不由深為這個倔強不屈的農家少婦所感動，被她這種出污泥而不染的節烈所欽佩。

當下，陳其美找到妓院老鴇，以四根金條給姚阿巧贖了清白身。老鴇見錢眼開，自是拍手叫好，當即答應陳其美的要求，同意從此不再讓姚阿巧學接客，專門從事服待妓女的娘姨。

由於當時陳其美身上政務、軍務太繁重，所以，陳其美暫時仍讓姚阿巧寄養在「群玉芳」內，表示在適當的時候才來把姚阿巧接出院去。老鴇自是一口答應無二話。

姚阿巧這才幸運地得到了一個機會，仍舊當她的小大姐。

她左等右盼地望那好心的陳先生把自己接出「群玉芳」，可是早盼晚望不見影。幾個月，竟變成了幾年那麼長。就在姚阿巧心灰意懶的時候，一天，陳其美突然又出現在「群玉芳」，出現在喜出望外的姚阿巧的面前。終於，姚阿巧在陳其美的俠義相助下，跳出了青樓，帶著一身清白，來到了陳公館。

這時，已將是一九一〇年春節了。

且說日月如梭、光陰似箭，轉眼已到了一九一一年深秋。

蔣志清來日本東京陸軍士官學校求學已是三年了。

這一天，蔣志清忽然接到從上海拍來的一份電報，展開一閱，不由大喜過望。原來，這份電報是他當時初到東京時結識下的同窗好友、他的浙江湖州同鄉陳其美拍來的急電。電報上云：

盼學成速歸，英雄用武之時到也！

頓時，蔣志清壓抑在胸中已達三年的那股熱血洶湧地沸騰了起來。

剛到東京時，蔣志清人生地不熟，幸而結識了當時正在日本同盟會工作的同鄉湖州人陳其美。結識了這個足可以影響他一生的陳其美先生後，蔣志清頓時好比一隻迷路的大雁找到了歸途，心中那種迷惘茫然頓時一掃而去，從而進一步確定了自己今後努力奮鬥的方向。之後，他又在陳其美的引薦下，拜見了當時正在東京組織共和革命的孫中山。孫中山對這位機智而又精明強幹的青年小夥子很為賞識，從此便與他結為了摯友。

不久，陳其美便由孫中山派遣回到了上海，在上海組織聯絡站。

陳其美一去上海就是兩年多，蔣志清孤身一人在東京苦苦求學，但他那顆充滿遠大抱負的靈魂卻怎麼也不肯安份下來，他無時不在等待著從祖國傳來的消息。

一九一一年十月九日，孫中山領導下的武昌起義奏響了凱歌，接著，陳其美承武昌起義的鋒威，在上海組織起義，佔領了民政總長署，並自任滬軍都督。喜訊傳到東京，蔣志清再也坐不穩了。正當他考慮是否要將這學業完成的時候，陳其美的電報飛到了他手裡。於是，蔣志清跳了起來，機不可失，時不再來呀！他認為自己建功立業、一展身手時機終於到了！

蔣志清馬上約同他的同講堂、同寢室、彼此義誼甚篤的張群一起，來到東京同盟會辦事處，要求同盟會發給回國路費。當時，同盟會辦事處的負責人任鴻雋見他倆有志於革命，當下即每人發了三百元路費，同意他倆聯袂回國。

一九一一年底。

十里洋場大上海。

深沉的午夜，初冬的寒風凜冽地席地而起。

喧囂了一天的不夜城，現在終於漸漸地安靜了下來，進入了夢鄉。

忽地，靜謐中傳來一陣急促的哨子聲與奔跑聲，夾雜著陣陣短促的命令：「抓住他！」「別讓他跑了！」

一個瘦長的黑影在這陣陣追趕聲中，貓行鼠竄般穿行於長街小巷中，一轉眼，又消失在了法租界貝勒里路的濃密的法國梧桐樹隙縫間。

轉眼，他又出現在馬霍路德福里一號天寶客棧那森嚴的石庫門前。

他伸手急急地按下了門外那個電鈴按鈕。

「啥人呀？」急促的門鈴聲喚醒了屋內的主人，一個甜糯的吳儂軟語的女人的聲音從門內傳出。

「我，是我，快開門。」黑影操一口濃重的浙江寧波口音，氣喘吁吁地低聲叫道。

「嗒」一聲，黑漆板門上的小窗口打開了，從裡面射出一方昏黃的燈光。

「你是啥人？要尋啥人？」

「我叫蔣志清，來尋陳都督的。你快點開門。」

「蔣志清？」

「對對。」

「你從啥地方來？」

「哎呀！」蔣志清不耐煩了，口氣變得生硬了起來，「從日本來的，你只管開門，開了門再說嘛！」

「你……」裡面的女人還要問什麼，忽然從樓梯上奔下一個男人，二話沒說就命令道：「阿巧，快開門！」

門開了，蔣志清一頭撞進屋內，極度的緊張與長途的奔跑已使他疲憊不堪，險些癱倒在地。

「志清！」身穿睡衣的陳其美喜出望外，上前猛一下抱住蔣志清，「這麼快就回來了？」

「快關燈，後面有人追我。」

話音剛落，門廳間的門燈已被那個機靈的娘姨敏捷地拉滅了。

弄堂口的馬路上滾過一陣大馬靴急速叩擊著路面的奔跑聲。

石庫門裡一片安靜。

蔣志清與陳其美這對師徒就在黑暗中緊緊地擁抱著。

「就你一個人回來？」許久，陳其美才問道。

「不，還有一個，張群。我們一下輪船，就碰到了一班巡捕莫名的追捕。現在也不知他奔散到哪裡去了。」

「唔。我們上樓去慢慢談吧。」陳其美用手勾住蔣志清的肩膀，兩人緩緩地走上樓去。

陳都督的臥室裡，檯燈光線柔和暗淡。師徒久別重逢，他們都很為興奮，打開話匣子，不知不覺便談了個痛快。此時，東方欲曉，已有慘白的晨光透進窗櫺。

那個年近三十的蘇州娘姨端著兩盞參湯，輕手輕腳地走進臥室，把參湯分別放在陳、蔣面前後，又輕輕地退了出去。

蔣志清望著這個蘇州娘姨豐腴的背影，想起了剛才門外受阻的一幕，不由啞然失笑：「都督，你家這娘姨好機靈，剛才把我堵在門外問長問短的，可把我急煞哉！都督有眼力，連個女傭也如此精明。」

比蔣志清年長九歲的陳其美儼然長兄樣，笑著低聲道：「老弟，這年頭用人不慎可是要吃大虧的呀。」

「這個娘姨是哪裡招來的？好像是蘇州人。」

「是蘇州人。她是我兩年前從會樂里群玉芳裡贖出來的。」

「群玉芳？做先生的？」蔣志清未去日本前，曾在上海混過一陣，去過堂子，所以他知道一些上海堂子裡的事。

「不，做小大姐的。」

倆人正說到這裡，那蘇州娘姨剛巧進屋端空盞，陳其美便順口介紹道：「來來，阿巧，認得一下，這位先生是我的學生，名叫蔣志清。以後他來這裡，你要開門的。」說到這裡，陳其美又轉向了蔣志清，「志清，她叫姚怡琴，女兆姚，小名叫阿巧。」

「嗯……」蔣志清望著面前的姚阿巧，微笑著點了點頭。

「蔣先生，日後我倘有得罪之處，還望蔣先生多多照應。」姚阿巧不卑不亢，向蔣志清納了個萬福。

「勿要客氣，勿要客氣。只是以後我再敲門，你就不要再盤問我了。剛才可把我急出了一身汗來。」蔣志清幽默地笑道。

「唔。」姚阿巧也不好意思地笑了笑。

這時，蔣志清才有機會把姚阿巧看清楚了。

真是一個典型的姑蘇美女子！

姚阿巧身高一米五十六七，長得明眸皓齒，眉清目秀，適度的身材，體態豐腴，皮膚白晰，具有一種成熟了的少婦特有的魅力。

就在蔣志清正津津有味地品賞著姚阿巧的同時，姚阿巧也借機用眼梢把蔣志清略微打量了一下。她發現眼前這個至少要比自己小五、六歲的青年小夥子，長得英俊挺拔，清瘦的面孔上，洋溢著一種男子漢所有的剛毅果斷的靈氣，一對直插兩鬢的又黑又濃的劍眉下，那雙微微下陷的單眼皮大眼更是神采奕奕、炯炯有神，絲毫看不出徹夜未眠的痕跡。

姚阿巧的臉蛋莫名其妙地紅了，心頭一陣歡跳。她再無勇氣正視這雙銳利而又深隱情愫的大眼睛，慌忙低頭收拾起空碗盞，出了臥室。

第九章　暗藏玄機

自從蔣介石如願以償得到姚阿巧後，便把姚阿巧金屋藏嬌養了起來。由於蔣介石整天到晚在外奔波，所以家中很快恢復了原來冷冷清清的樣子，姚阿巧整天百無聊賴，無所事事，就像關在籠中的小鳥。於是，她就與左鄰右舍幾個老闆娘混在了一起，並且就在那裡學會了叉麻將。有時，她還跟著那幾個老闆娘一起去戲院子裡坐坐，以此來打發時光。

姚阿巧自小就喜歡家鄉的錫劇、越劇一類地方戲，於是，她三天兩頭出沒在上海的戲院裡。她不但喜歡看、喜歡聽，平時空下來還喜歡哼上幾句。儘管日子過得很悠閒，但是，姚天生總像一團陰影似的籠罩在她的心頭上。因為她與姚天生畢竟還沒有脫離法定的夫妻關係呀，何況這回與蔣志清又是偷偷地苟合在一起的，萬一被姚天生或他兩個叔父得知，這可是不得了的事！所以，姚阿巧一旦空閒下來，總有點心神不定，好像做了什麼虧心事似的。

同時，她在心底裡暗暗怨恨蔣志清，怪他總不把這樁事體徹底解決。是不是姓蔣的想白相相自己呢？萬一以後被他白相了一陣後又甩了，那自己豈不是駝子跌跟斗——兩頭不踏實?!

正當姚阿巧左右為難、百般躊躇之際，一個偶然的機會，竟使她這樁心事迅速得到了解決。

真是一粒芝麻落在了針眼裡，無巧不成書。

那天，姚阿巧與隔壁老闆娘一起去天蟾大舞臺看越劇，在包廂裡，她發現與自己鄰座的一個少婦很眼熟，好像是幾年前因沈師母誤殺青皮小子後失蹤的沈月英。但又不敢上前相認，因為眼前這酷似月英的女人，衣著雍容華貴，而阿巧記憶中的月英卻是個十足的鄉下大姑娘。

其實阿巧沒有認錯人，這少婦不是別人，正是同鄉姐妹沈月英。

當時，姚阿巧注意著沈月英時，沈月英也正在悄悄地打量著她呢。

臺上唱了什麼戲文，這對同鄉小姐妹一句也沒往心裡去。

劇場休息時，滿場的燈都亮了，這時，阿巧面前的沈月英的印象更加清晰了起來。可是沒等阿巧開口發問，沈月英已急不可耐地湊了過來：「奈阿是……」

一聽這口熟悉的家鄉話，阿巧的心頭就「咯登」一下完全亮堂了，她情不自禁地叫了起來：「月英……」

「阿巧姐！」

「月英妹！」

當下，闊別多年的同鄉姐妹巧遇在戲院包廂裡。她倆也顧不得影響四周的觀眾，竟緊緊地擁抱在一起，激動地哭了起來。

三年了！三年久別，一朝重逢，難怪姐妹倆要這麼激動。戲是再也無法看下去了，於是，姐妹倆攜手步出了戲院。

訴不盡的別離情，說不完的姐妹話，通過交談，雙方知道了對方這三年來各自的經歷過程。

月英向阿巧傾吐了自己這幾年的經歷後，又順乎其然地問起了阿巧的經歷。但不問也罷，一問，阿巧的眼淚便再也熬不住，奪眶而出。

姚阿巧把自己這幾年來的坎坷遭遇一一向沈月英和盤托出後，情不自禁地抓住月英的手，焦急地問道：「月英，你看我現在這樣尷尬，該怎麼辦才好呀?!」

沈月英雖說年齡要比阿巧來得小，但她心計要比阿巧來得好，當她聽說阿巧與現在的如意郎君尚未吃過喜酒時，她急了，直通通道：「阿巧，你為什麼不和他吃喜酒？老是這樣下去總不是事體呀！」

阿巧是啞巴吃黃蓮——有苦說不出。

月英想了想，提議道：「格樁事體，讓我來親自與志清說說，是真是假，我要他快點決斷的。」

「不，不能的。妹子你不曉得，志清他也是心有餘而力不足呀，要是他手裡有了銅鈿，他也會主動去尋姚天生了斷這樁事體的。」

「銅鈿沒關係，反正你妹夫手裡有的是銅鈿，只是這樁事體總要蔣志清親自出面才行呀！」說到這裡，沈月英頓了頓，望著姚阿巧問道，「你阿吃得透志清？有了銅鈿，他肯不肯出面了斷姚天生呢？」

姚阿巧聽了這話，不由低下了頭，難為情地說道：「說心裡話，我也吃不透他心裡對我到底是個啥想法。」

「事體可沒有這麼便當！」沈月英一聽就火了，「你的身體都給他了，怕他敢半路上把你甩了？」

「我真怕他起這個壞良心呢。」姚阿巧的聲音更低了，眼淚又湧出了眼眶。

「不要怕！我自會有辦法拿志清逼上梁山的。」

「你有啥個好辦法？」

「嘿嘿……」沈月英得意地笑了，她一把拉過姚阿巧，湊在她耳邊輕聲輕氣、如此這般地說出一個妙計來。當下，直把姚阿巧聽得心花怒放，情不自禁地笑了起來。

轉眼，秋去冬來，已到了一九一二年年底了。

有關刺殺陶成章後引發的風波終於漸漸地平息了下去。

這一天，蔣志清根據陳其美的指示，又悄悄地潛回了上海灘。

當蔣志清突然出現在姚阿巧的面前時，阿巧喜出望外，一頭撲在志清的懷裡，竟情不自禁地抽泣了起來。

真是新婚不如久別，這短短的數月分別，蔣志清與姚阿巧之間的感情更加濃厚了。話也比原來多了。

「志清……」

「不，從現在起，你叫我介石。」

「介石……為什麼？」

蔣介石驕傲地笑了，向姚阿巧說出一番改名的原因來。

原來，蔣介石到了日本後，辦了幾期名叫《軍聲》的雜誌，並以介石為筆名，親自在上面寫了好幾篇文章。他今天作出改名介石的決定，一方面是覺得介石這個名字要比志清來得好，有意義；二方面是為了進一步縮小人們對他的注意，模糊袁世凱死黨的視線。

夫唱婦隨，姚阿巧當然唯命是從。從此，不光是她了，凡熟悉蔣志清的人，也都一致稱蔣志清為蔣介石了。這是後話，不作展開。

蔣介石回到上海，遵照陳都督的指示，先抓緊時間休息上幾天。

姚阿巧表面上與他卿卿我我、親親熱熱，背地裡卻按照沈月英那天的關照，一個公用電話打去同孚里七號，把蔣介石歸來的消息通報給了沈月英，以便月英按計行事。

當時，蔣介石還沒投靠在黃金榮門下，只是久聞其名，未見其人呢。

果然，就在蔣介石回家的第三天，瘦成一把乾柴棒似的大煙鬼姚天生便搖搖擺擺地突然出現在新民里十三號的石庫門裡。

蔣介石正在樓上亭子間裡寫文章。

姚阿巧在樓下廚房間裡做家務。

儘管姚阿巧心裡早就有了準備，但驀地看見自家男人突然光臨，還是吃了一嚇，臉色一下子變得刷白，兩眼瞪得溜圓，一時上不知說什麼才好。

「瘟女人，半年不見，窮爺還以為你死了呢！怎麼？你想甩脫我另投好人家？」姚天生雖然猶如風中殘燭，皮包骨頭，但也許他剛才在哪裡抽足了鴉片，所以蠻有精神，嗓門音也不低。

「我，我勿想看見你，你、你給我走！」姚阿巧步步後退。

「啥？你果然翅膀毛乾了！要甩脫我哉！你張瘟逼！現在我還是你男人，你叫我走？我倒要看看是你叫我走還是我叫你走！」吼著，姚天生伸出雞爪似的大手，上前一把揪住姚阿巧的頭髮，就是一頓拳打腳踢。

「姆媽——」姚阿巧三分痛、七分裝的叫了起來，「快來人呀，救命哎——」

「你阿跟我轉去?!你跟我轉去！你張賣逼貨！轉去了我再好好收拾你！」姚天生也不知哪來這麼大的勁，居然一把將姚阿巧揪翻在地下。

「啥稀啥稀？」樓上的蔣介石聽到樓下的嘈雜聲，不知發生了什麼事，連忙三步兩步跨下樓梯，擋住了憤怒不堪的姚天生，「你是啥人？竟敢到我屋裡來打人?!」

蔣介石一把將姚天生拉開，沒好氣地問道。

「你是啥個名堂？阿是我來尋自家家主婆也不好尋？」姚天生氣喘吁吁，唾沫星子直噴到蔣介石的面孔上。

「你家主婆？」蔣介石還沒回過神來，姚阿巧已從地下爬了起來，一頭撲到蔣介石身邊，直往蔣介石胳肢窩下鑽。

姚天生一看這陣勢，心裡便明白了八九分，於是，他更加火冒三丈，瘋也似的撲上前，去抓姚阿巧：

「好你張瘟逼，果然在外頭軋姘頭，尋著仔野男人哉！看我不刮煞你！」

「娘希匹！」蔣介石一聽「野男人」三字，自尊心受到了大大的傷害，不由氣得太陽穴裡的青筋根根暴綻了起來，一拳向對方雞肋似的當胸打去，「神經病一個！」

說時遲，那時快，就在蔣介石的老拳快要碰到姚天生的胸膛的時候，一邊的姚阿巧眼疾手快，抱住了蔣介石的手臂：「志清，不能，不能打呀。」

「啥稀不能？」蔣介石倒有點吃不準了。

「他、他就是我向你說起的那個姚、姚天生。」

「哦……」蔣介石這才聽明白了，不由恍然大悟，剛才那股無名之火也由此減了一大半，於是，他緩下口氣，對姚天生說道，「有話好好說嘛，何必動這麼大的肝火。」

姚天生氣得跺著腳罵道：「我不跟你說，現在，我只要這張瘟逼跟我轉去！」

「跟你回去？」蔣介石冷冷一笑，鄙夷地上下打量著姚天生，道，「你養得活她？」

「養得活養不活與你無關！你少管閒事！」

「阿巧，你願意跟他回去嗎？」蔣介石扭過臉問一邊的阿巧。

姚阿巧直往蔣介石身後躲：「不，我再也不跟他回去了。」

「你張……」姚天生一聽，又要暴跳起來。

正這時，門外傳進來一個嬌滴滴的女人聲音：「阿巧，阿巧在屋裡嗎？」話音未落，一身珠光寶氣的沈月英便走進了門內。

「月英妹……」姚阿巧如見親人，連忙一頭撲上去，與沈月英抱作一團，嗚咽了起來。

「她是啥人？」蔣介石皺著眉頭問阿巧。

阿巧不無驕傲地在蔣介石耳邊輕輕說道：「伊是黃金榮的乾女兒，我的同鄉小姐妹，上次，我們在包廂裡看戲，巧哉……」

「啥稀？她是……」蔣介石一聽「黃金榮」三字，不由眼睛睜大了，對面前的沈月英刮目相看了起來，連忙陪上笑臉，親自搬凳讓座，只差沒有親自為月英沏茶續水了。

沈月英才不管這些呢，她打量著眼前瘦成一把蘆柴樣的姚天生，也很快「明白」了現在這裡所發生的一切，於是，沈月英上前拉住姚天生的手，笑嘻嘻地好言勸道：「天生，現在木已成舟，看來，阿巧姐是說啥也不肯再跟你回去了。我看，你也不要死心眼了……」說著，沈月英湊在姚天生的耳邊輕輕說了幾句。

姚天生當下火氣消了下來，賭氣道：「也好，我聽你月英的。」

沈月英這才走到蔣介石的面前，帶著幾分欽羡的眼神，把蔣介石上下打量了一番，脫口而出贊道：「喔喲，這位先生果然一表人才，難怪我的阿巧姐要……嘻嘻……」

蔣介石被沈月英幾句好話一說，不由有點不好意思，笑道：「格位阿妹真會說笑話。請請，我們有什麼事體，上樓再說。」

於是，四人先後上了亭子間。

剛坐下，沈月英便來了個開門見山：「蔣先生，我這個人直桶脾氣，有話就要說的。我認為，既然你與阿巧已經分不開了，阿巧與天生哥也再也合不下去了，依我之見，你不如乾脆出幾個銅鈿，把這件事與天生哥了斷拉倒。你看怎麼樣？」

蔣介石聽了，微微笑道：「我沒意見，只是不知對方開多少價？」

姚天生想也沒想，脫口而出：「一萬隻大洋！少一元不行。」

沈月英望望蔣介石：「蔣先生你看呢？」

蔣介石的臉色馬上沉了下來：「我可沒有這麼多的銅鈿。」

姚天生聽了，不由「哼哼」一聲冷笑，諷刺道：「沒有銅鈿還想拐人家的老婆？好笑好笑。戳狗逼還要用脫幾隻大餅鈿呢！」

「娘希匹……」蔣介石哪裡受過這等奚落？不由太陽穴裡青筋又綻了起來。

沈月英連忙狠狠白了姚天生一眼：「天生哥，你算自己會說呀？」接著，她換了副笑臉對蔣介石說道，「蔣先生，鄉下人沒見過世面，你勿要動氣。來來，我跟你說。」說著，她連拖帶拉，把蔣介石拖到門外。

到了門外，沈月英輕聲對蔣介石說：「蔣先生，這樣下去總不是事體。依我之見麼，銅鈿不要緊，反正我家先生是做生意的，手裡有點貨色。這樣，我先替你填上……」

「不行不行，我日後可還不起的呀。」蔣介石要開了賴皮。

沈月英的眉頭皺了皺，但她還是馬上壓下了心頭的不快，笑道：「自家人，講啥格還不還的。這筆銅鈿麼，以後先生發了財，總會還我的。再說這樁事體總要了斷的，要不，姚天生狗急跳牆，向法院上張狀紙，這事體就更麻煩了……」

沈月英這幾句話份量不輕，特別是最後幾句夾著骨頭的話，更是提醒了蔣介石：是呀，要是那個鴉片鬼當真向法院告上一狀，後果真的不可設想呢！想到這裡，蔣介石低下頭，「嘩嘩」直搓雙手，不好意思地笑道：「那麼，只好這樣了，我聽阿妹的。」

沈月英就等你蔣介石這句話呢！她見蔣介石終於同意了，不由笑逐顏開，說聲「就這麼定了」，便折回亭子間裡，又如此這般地對姚天生說了。

姚天生來之前就已與沈月英暗裡商量好了，他知道現在的一切只不過是做戲給姓蔣的一個人看看而已，所以，他二話沒說就答應了下來。

於是，四個人重新坐到亭子間裡來。

蔣介石見自己既不用拿出一分錢，又可以順順當當地把那個鴉片鬼與姚阿巧分開，自是何樂而不為，所以，他一坐到桌子前，就對姚天生不客氣地說道：「看在月英阿妹的面子上，事體就這樣定了。不過，你要寫張字據證明給我，免了以後有什麼後遺症。」

姚天生沒吭聲，望望一邊的公證人沈月英。

沈月英馬上給他拍膽：「天生，蔣先生的話不錯，你應該寫一張紙頭的。喏，一萬隻大洋，我馬上替蔣先生與阿巧先向你代付了。」

說著，沈月英從包裡取出早就準備下了的支票簿，從中撕下一張，交到姚天生的手裡。

姚天生見支票到手，馬上點點頭，對沈月英說：「寫一張就寫一張。」

沈月英見事體一時三刻得到了解決，不由開心地笑了，她讓蔣介石去找個公證人來，事不宜遲，讓雙方馬上把這樁公案私了了。

蔣介石也不含糊，即下樓去隔壁叫來一個名叫王海渭的鄰居做公證人。

待公證人王海渭上得樓來，姚天生的那張退婚書約已經寫好了。

蔣介石接過退婚書約一看，只見上面寫道：

立退婚書姚天生，因為妻嬌養懶惰，難以度日，故而將妾自退婚約。日後見面，與吾無涉。當時三面言明。

此係兩願非逼，恐後無憑，立此退婚書文契為照。

壬子歲十二月二十五日退婚書

姚天生

中：沈月英、王海渭

蔣介石收下退婚書，姚天生卻還不走，怔怔地坐在那裡，呆呆地望著姚阿巧出神。亭子間裡冷場片刻。

沈月英知道姚天生此刻心裡想的是什麼，不由推了推他，笑道：「發什麼呆呀？事體了結了，你還不趕快回家去？」

姚天生這才如夢方醒，長歎一氣站起身來，步履踉蹌下樓而去。

在臨出門時，他回過頭最後望了一眼姚阿巧。這時，屋裡的人都看見他的兩眼紅紅的，兩眸中一片晶瑩……

夜幕又悄悄地降落了下來，亭子間裡又只剩下蔣介石與姚阿巧兩個人了。

姚阿巧深情地凝視著夫君，想到久久擱在心裡的一塊大石頭今天終於落了地，不由心花怒放。她站起身，輕輕走到夫君身邊，一頭扎向蔣介石的懷裡。

殊不料蔣介石卻輕輕地把她推了開來。

「志清你……」

蔣介石抬起兩個手指，輕輕抬住姚阿巧的下顎，嚴肅地說道：「冶誠，你看，我們倆之間是不是也立張憑證呢？」

這個建議，說到了姚阿巧的心坎裡。姚阿巧頓時激動的臉都紅了，道：「好的。只是我寫不來，認不得多少字。」

「這沒關係，我先給你起個草，你依樣劃葫蘆就是。」說著，蔣介石當即提筆鋪紙，刷刷寫下幾行字：

約言：

冶誠自願終身許主君為侍者，此後永不變心。倘背此約，任主君處罰。此證主君惠存

姚冶誠自書永明國元年十二月二十五日

讀者明鑒：這可是一份非同尋常的約定呀！粗看它是一份婚約，但實際上個中卻暗藏玄機，隱含著蔣介石的別有用心呢！其他不說，就說那個「侍」字，一字之間，大有文章。由此可見，蔣介石從那時起，他就另有他心，根本沒把姚阿巧當作自己最親愛的終身伴侶。之前他對姚阿巧所信誓旦旦立下的山誓海盟，都不過是紙上談兵、自欺欺人的花招而已！

可憐斗大的字識不了幾籮筐的姚阿巧沒文化，根本沒能看出個中致命的地方，她只是十分激動地提起筆，當真依樣畫葫蘆，一筆一劃地全文照抄了下來。

那個「民國」的「民」字，蔣介石寫得太潦草了些，姚阿巧看不清，便問夫君：「這是個啥字呀？」

蔣介石心不在焉，只瞟了一眼：「民。」

姚阿巧不好意思再問了，便依聲像形地寫了個「明」字。

這份「婚約」雖寫得字體纖弱，但筆劃清晰，端端正正，這恐怕得歸功於姚阿巧幼時跟隨生父學過半年文化之故。

蔣介石買斷姚阿巧的消息不脛而走，很快，他的好友張靜江、戴季陶乃至陳其美都知道了。於是，在元

旦前那天，張靜江與戴季陶又來到新民里亭子間，纏著蔣介石要喜糖吃。

蔣介石好壞不吭聲。張靜江等便纏住了姚阿巧：「阿巧，幾時請我們吃喜酒呀？我們可饞煞哉！」

姚阿巧幸福地漲紅了臉蛋，把小嘴向一邊的蔣介石努了努：「得問他。」

蔣介石對此早有準備，他故意面露難色，搖搖頭，歎了口氣，還是不作回答。

阿巧吃透了此時夫君的心理活動，便適時地代作回答說：「他呀說不出口呢！其實也不瞞兩位阿哥，他沒有銅鈿辦喜酒呢。」

「哎呀呀，又是為了銅鈿。」財大氣粗的張靜江嚷了起來，「介石呀介石，我不是早就跟你說了？要用銅鈿的地方，你只管對我說。難道你生怕自己將來還不起？說吧，要多少？」

蔣介石壓住心頭的喜悅，故意連連搖著雙手，道：「這怎麼可以呢？這怎麼可以呢？」

「別客氣了，介石。這樣吧，如果你沒時間沒地方辦，我就包下了。時間定在元旦節，地點放在我家，一切都由我先包下來。如何？」

蔣介石這回真心真意地笑了，連忙站起身，向著張靜江抱拳一揖，朗聲道：「靜江兄，小弟來日有出頭之日，一定報答兄長！」

「看看，又說哪裡去了……」

「哈哈……」亭子間裡蕩漾開一片歡樂的笑聲。

一九一三年元旦那天，在環龍路上的張府裡，陳其美、戴季陶等七八個人圍座一席，參加蔣介石與姚阿巧兩人的這個說婚禮不像婚禮、說同居不像同居的歡宴。

宴會雖說舉辦的並不隆重，但對姚阿巧來說，已足夠令她心滿意足了。唯一使她感到失落的是，她好幾次要請沈月英與張桂英來吃喜酒，都被蔣介石擋住了。蔣介石認為不要敲鑼打鼓，上次欠了人家的人情還沒有還，現在再叫人家破費出人情，怎麼也說不過去。

姚阿巧聽了，勉強接受。

其實，阿巧哪裡知道，蔣介石是故意低調處理自己與阿巧的婚事呢，他不想在自己將來前程無量的仕途上，多留下一些令後人恥笑的話柄。

第十章　江湖險惡

人生際遇中，應該說，機會對每個人都是公平的。但是，如何掌握機會、運用機會，從而達到自己的目的，成就一件大事，卻是大有講究的。面對機會，幹事業者通常可分為三種：一種是等待機會者，這種人不是懶惰便是消極，往往機會就在他面前，他也常因不認識或不懂得，與機會失之交臂，甚至，機會已經到了他的手中，他也掌握不住；第二種是尋找機會者，這種人比前者積極主動，也勤奮，一旦機會到了他手中，便死死抓住機會不放，想方設法，利用機會大幹一場，把機會賦予他的潛能發揮得淋漓盡致；第三種人是創造機會者，這種人是推動歷史前進的主要動力，他們面臨困境，會無中生有，沒有機會創造機會，從而在機會中大展身手、遊刃有餘，從中體現自己的人生最大價值，獲得人生的最大成功。

三十歲前的杜月笙，也就是在還沒有創辦三鑫公司之前，他只能算是第二種人。但這已充份顯示出了他的才能。當時，在林桂生的慫恿與力薦下，黃金榮不但收他為悟字輩的開山徒弟，還把法租界的一隻賭台交給杜月笙，由他管理。有道是外行看熱鬧，內行看門道，管理賭台，這可是一樁掂斤量的事體。

上海福熙路（今延安中路）一八一號，當時已是上海灘上著名的大賭窟了，黃金榮自當上法巡捕總房督察長後，就徹底把一八一號掌握在了他的手中。一八一號的前門是公共租界，後門是法租界，萬一公共租界巡捕來捉賭，賭徒可以逃到法租界；如果法租界巡捕來捉賭，賭徒們則可以逃到公共租界。黃金榮兩個租界都吃得開，捉賭與開賭，都在他手中，何況他要靠「捋檯面」「收末會」發財，所以，一八一牢牢地成為了他一個重要的財源地，他必須盡一切能力來保護它，在兩個租界之間周旋應付，當好總賭頭。所以，在特殊保護下的一八一號賭窟，連法國總巡捕房也要眼開眼閉，任其自由生長。一時上，一八一成為了上海人嘴巴中賭窟的代名詞。一提到一八一，賭徒們無不耳熟能詳。

福熙路一八一號環境幽雅，裝飾豪華，在還沒成為三鑫公司同仁俱樂部之前，只要有錢，誰都可以進去賭一把。賭場內的賭博項目有輪盤、搖寶、麻將、撲克等。賭場內供應齊全，服務周到，實行「三白」。所謂三白，就是賭徒凡是先付二百元買了籌碼並已下注開賭後，便可白吃、白喝、白吸。賭場內設有中西餐廳，供應精美菜肴，有酒吧間供應高級名酒，有煙榻供應上等鴉片，這些都任憑賭徒們隨時享用，不收分文。如果乘自備汽車來的，賭場還會付給每個司機四元錢，乘出租車來的，車費則由賭場支付，如帶保鏢侍從的，每人也發給四元飯錢。

賭場如此大方，其實是羊毛出在羊身上，以蠅頭小利誘騙賭徒的大筆錢財。可笑的是當時有些愛占小便宜的闊太太，以為到了一八一號可以不花錢地大吃大喝，連司機的工資也可省卻，何樂不為。於是乘了自備汽車開進去，買了二百元籌碼後，兩個小姐妹串通好賭搖寶，一個押大，一個押小，自以為反正輸贏都是自己人，豈知賭場早在骰子裡灌了鉛，能控制骰子的點數，於是搖寶人連開幾次三粒骰子同點的「寶子」，不管押大押小，統統被賭場吃進，二百元籌碼轉眼間就全部輸光。自作聰明的太太貪小失大，二百元大洋只換得一頓酒菜和司機的小費。

太太們的如此遭遇，在一八一號裡只能算是微不足道的小輸。一擲千金、以致傾家蕩產，賭得丟掉性命的還大有人在。廣西有個軍閥因武裝走私鴉片得了一筆鉅款，他將二十萬元交給太太帶到上海來存銀行，這位太太到上海後未進銀行先入賭場。她在一八一裡先下注幾百元小賭，一會兒就贏了一千多元。她見手氣如此好，便放手大賭，結果二十萬鉅款輸得精光。太太害怕回廣西，就在一八一號煙榻吞服鴉片自盡。

還有一個從外省來上海採購物資的小吏，攜帶一筆公款一頭闖進一八一號想碰碰運氣，一夜間居然贏了幾千元。小吏興奮不已，休息片刻後又賭，卻連賭連輸，數萬元公款化為烏有，他躺在地上嚎啕大哭，賭場的人開恩給了他二十元錢買船票回老家，小吏上船後想到回去無法向上司交差，便一頭扎進了黃浦江。

一八一號開張後，日進斗金，生意興隆，惹得洪幫三合會流氓眼紅，他們派人與黃金榮接洽，要求每月給他們五千元「津貼」，以保賭場太平。黃金榮是何等樣人？他豈肯同意與洪幫分贓！於是，經過幾次血戰後，僥倖取勝。但是，吃了虧的洪幫三合會流氓們能就此善罷干休嗎？

杜月笙就是在這樣的情況下，吃下了黃金榮借給他的一隻賭台的。

一八一是虎穴狼窩，是一把鋒刃上塗著蜜糖的利劍。杜月笙明白，要發橫財，要在上海灘上站住腳，這是他人生中的一次重要機會。為此，他決定抓住這個機會，刀口舔蜜，火中取栗，完成這人生的重要一搏。

但是，一八一號裡的情況他並非不清楚。自從三合會分贓的要求未遂之後，黃金榮向一八一號裡派了心腹顧嘉棠等二十名保鏢，身藏短槍，充當賭場警衛。但是，顧嘉棠他們手中都有賭台，保護自己的賭台都來不及呢，怎可能有閒心關心這個剛出道的小白臉的賭台？何況他們都知道，杜月笙是抱著老闆娘的粗腿、走著夫人路線鑽進賭場裡來的，他們從心底裡看不起杜月笙，所以，他們巴不得杜月笙能在一八一號裡撞了南牆，從此退避三舍、把賭台乖乖地還給他們呢。

為此，面對這塊懸在自己鼻樑上面的、只聞其香、難嘗其味的大肥肉，杜月笙不由感到了煩惱。在那種地方，完全靠得是臂膊粗、拳頭大，靠得是一股殺性！光憑自己這把晾衣架似的身板，是斷斷難以在一八一號裡立足的。

見杜月笙像狼一般在滿屋亂踱，香煙抽得房間裡像著了火，一邊的沈月英不由心痛了起來。前不久，為幫助同鄉姐妹阿巧過上好日子，她已背著男人偷偷地把一萬隻大洋借給了蔣志清，心裡正為此惶惶不安呢，她只怕杜月笙萬一查究起來，自己要吃牌頭。所以，現在見杜月笙為了賺銅鈿而苦惱時，她動了惻隱之心，想：月笙這樣做，畢竟是為了這個家，為了能把日子過得更好一些，自己沒有理由不盡自己最大的努力幫助他。想到這裡，沈月英忽然眼前一亮：「月笙，儂可以請老爺叔幫幫忙嗎？」

不久前她與杜月笙的大喜之日，那個被杜月笙稱做「老爺叔」的杭州黑大漢張嘯林，給月英留下了深刻的印象，他為人四海，出手大方，一出手，就給了沈月英這個「乾侄媳」一千元的見面錢。尤其使沈月英現在一想就想到他的是，張嘯林身強力壯，人高馬大，手下還有一班彪形大漢的弟兄，如果能請張嘯林這個老爺叔出面相助，杜月笙「包檯面」的事情就順利多了呢！

可是，杜月笙想到張嘯林後，又猶豫不決，拿不定主意。因為張嘯林向來看不起黃金榮，對杜月笙投靠在黃金榮的門下更是耿耿於懷，他只怕張嘯林不肯出山相助呢。

其實，張嘯林只比杜月笙大了十一歲，杜月笙稱他為老爺叔，實在不相稱。

一八七七年六月十四日（清光緒三年五月初四），張嘯林出生於杭州寧波慈溪縣一個貧窮木匠的家庭，只因他哭聲嘹亮，聲氣十足，猶如猛虎嘯林，故後由算命先生改小林為嘯林。

然而，就像所有性情中人一樣，張嘯林小時候就是個不肯安份守己讀書的孩子，其父張全海把他送進拱宸橋小學讀私塾，他卻經常與街市上的小混混相處，小小年紀就無師自通學會了偷摸賭打，特別是打架，更是他的強項。張嘯林從小身體就十分強壯，長得虎背熊腰，三五個同齡的小男孩，近不了他的身。更使張全海夫婦傷心的是，才十來歲的兒子小林，愛上了賭博，常把家裡銅鈿偷出去作賭本。唯一使得父母稍有寬慰的是，張嘯林課本學不進，毛筆字卻寫得頗不錯，龍飛鳳舞、鐵劃銀鉤，十分有氣勢，這大概應了那句「字如其人」的老話。所以，後來張嘯林成為上海灘上的「聞人」時，他常以自己的一手好字而自豪，所到名勝古跡，都免不了要展示一番，像杭州靈隱寺等地至今尚存的落款為「張寅」的題額，便是出自他的手。

一八九〇年，張嘯林十三歲。其時江浙天災人禍，疫病流行，百姓衣食無靠，餓殍遍地。張嘯林的父親也在這年因積勞成疾，撒手西歸了。由張嘯林的哥哥張大林接過父業，維持著箍桶店，維持著一家人的生計。與此同時，張嘯林也不得不進了一家機房當學徒。在機房七年裡，張嘯林不務正業，專與流氓地痞為伍，吃喝嫖賭，聚眾鬧事，尋釁打架，使拱宸橋的人一提起他就直搖頭。一八九七年，二十歲的張嘯林離開機房，乾脆成了拱宸橋一霸，舉凡到失宸橋做生意的外地人，都無不受到他的敲詐勒索。不過，張嘯林「兔子不吃窩邊草」，很少欺侮當地人，這也是拱宸橋一帶的人們能原諒他的一個原因。一九〇三年，二十六歲的張嘯林與蘭溪縣的張載陽一起報考進了專為清王朝培養新軍下級的浙江武備學堂。在學校裡，張嘯林雖說文科一塌糊塗，但武課卻表現出色，各種武術件件精通，全學堂比武時成績總是名前茅。為此，在學堂之外，他與杭州的一些官府衙役勾搭上了，幫助他們運送煙土，打「野雞」，騙賭局，恃強凌弱，聚財斂錢，花天酒地。兩年學堂沒畢業，他投奔於杭州衙門領班李休堂的門下。

在李休堂的介紹下，他重返拱宸橋鎮，試圖在那裡謀個鎮官。可是，當時各級政府官員誰也沒理他。張嘯林一氣之下，在拱宸橋南邊開了一家像模像樣的茶館，自己穿著長袍馬褂，端著紫砂茶壺，當上了店老闆。在三教九流彙集的茶館裡，張嘯林憑著他一身武藝，加入了當地的青幫組織。

就這時，在李休堂夫婦的介紹下，張嘯林與李家一個如花似玉的名叫婁麗琴相識並結婚，這便是張嘯林的第一個明媒正娶的夫人。一年多後，張嘯林因見妻子的肚皮總不見大，便與婁麗琴一商量，領了一個孩子為兒子。就在這段時間裡，張嘯林與好友張載陽一起，開始聯合販運大煙。在一次倒賣大煙的過程中，張嘯林馬失前蹄，妻離子散，隻身逃往了杭州，並拜嘉興的老流氓田觀林為師，殺錢彪、火拼田長勝，最後「黑吃黑」，席捲了師父田觀林積蓄了一輩子錢財，複又闖入杭州城。一夜之間，張嘯林成了杭州黑道上的「一隻鼎」。在這幾年中，其妻婁麗琴助他立下了汗馬功勞。在張嘯林稱霸杭州時，他曾救過上海來的小流氓杜月笙，倆人結為莫逆之交。就在那次生死之交中，杜月笙主動稱僅比自己大了十一歲的張嘯林為「老爺叔」。

一九一二年，三十五歲的張嘯林因在杭州血案累累，命案在身，無法立足，所以帶著妻麗琴，跟著來自上海英租界的著名流氓季雲卿，一起去了上海。前不久，季雲卿親自來杭州欲邀請越劇名角去上海演出，通過陳效歧，張嘯林結識了季雲卿，倆人一見如故，不幾天，便結成了莫逆之交。

然而，張嘯林跟著季雲卿到上海後，才發現一切並不如他事先想像的那麼好，季雲卿並沒有要收他當奴僕的意思，而是讓張嘯林自己在外面租間房子住下，然後自己忙自己的去了。這使張嘯林感到十分失望。

三天中，張嘯林跑遍了上海市內的武館、賭場和妓院，企圖找一份事幹幹，糊糊嘴。可一無所獲。眼看就要淪為上海灘上的乞丐了，張嘯林只好咬咬牙齒再去找季雲卿。

差點把張嘯林給忘了的季雲卿，這才想起給張嘯林在五馬路滿庭芳一帶的賭台和戲院打了個差事，吃一份俸祿。季雲卿讓張嘯林去找五馬路一一〇號的永洋賭場的老闆。在那裡，張嘯林雖仍為「頂腳」（指賭場最小的管理人員），但在季雲卿的庇護下，誰也不敢支使他，而且吃了份長生俸祿，每月支領三十塊銀洋。

但不甘寂寞的張嘯林，得隴望蜀，又來到妓院，勾搭上了蘭香閣的老鴇。為了能再在妓院當「門頭」，再多得一份俸祿，張嘯林不惜為老鴇做「鴨子」（男妓），在蘭香閣吃了一份每月二十元大洋的俸祿，沒多久，又因他表現出色，再加十元，變成三十元。從此，張嘯林每月可得六十元俸祿的高薪，樂得他如魚得水，樂不思蜀。在妓院裡，他又販賣假春藥，牟取暴利，使自己的錢財很快積蓄了起來。

一年半載後，張嘯林又不滿足了，他又提著一份厚禮，叩拜了同鄉餘姚人、時為「新新舞臺」與「樓外樓」兩個遊藝場（即大世界的前身）的總經理黃楚九。之後，他又在黃楚九的引薦下，拜青幫「大」字輩的樊瑾丞為師。

很快，張嘯林自恃身材魁梧、臂粗力大與兇狠毒辣，在地盤上巧取豪奪、詐財騙錢，被門徒們捧為「張大帥」，他亦自比奉系軍閥張作霖。許多欲求得保護的商人紛紛找他尋求保護。張嘯林坐收厚利，錢莊存款日見增長。

這時，張嘯林手下已有數十個弟兄，而且個個粗壯有力，殺人不眨眼，形成了青幫中引人注目的一支力量。而這時的杜月笙尚在抱林桂生的粗腿呢。

前不久，杜月笙在大喜之日前，特意找到「老爺叔」，並興奮地告訴張嘯林：「老爺叔，我遇到黃金榮了。」

張嘯林卻不屑一顧：「黃金榮，那二頭巡捕，我有時也能遇到他，怎麼啦？」

「我投到他的門下，成了黃公館的人了！」

「什麼？你成了黃公館的人？」張嘯林又驚又生氣，他討厭杜月笙背叛了他。

「而且，黃金榮親自做媒，把他的寄女兒嫁給了我。」杜月笙得意地說著，向張嘯林遞上一張大紅燙金的請柬，「老爺叔，小侄結婚，務必請您大駕光臨。」

張嘯林捏著這張印有「黃府」字樣的特製請柬，這才相信杜月笙真的進了黃公館，臉上不由露出了妒嫉的神情。但他想了想，最後還是收下了請柬。

杜月笙看出張嘯林的妒嫉之情，所以沒過多指望張嘯林到時能參加他的婚禮。但是，到了那天喜宴開席的時候，張嘯林卻真的來了，還帶來了幾個弟兄，送上了一筆禮，這讓杜月笙樂壞了。張嘯林酒量不小，在婚宴上開懷暢飲，露出一副江湖豪爽俠義氣，給第一次見面的「侄媳婦」沈月英留下了深刻的印象。當時，沈月英就想：這個老爺叔，今後是他們夫妻用得著的人。

現在，杜月笙舉棋不定的是，張嘯林肯不肯屈駕來幫助他整治賭台？

但是，沈月英不這樣認為，她說：「月笙，我看這個杭州人直爽又義氣，他肯幫忙的。你應該去試試。拎些禮物，借回謝他上次吃喜酒為名，請他出來。」

月英的建議有道理，一籌莫展的杜月笙想了想，同意了。

他即包上一個厚厚的紅包，去找了張嘯林。

「老爺叔，儂是長輩，能出席我的婚禮已是給我好大的面子了。怎麼還能讓儂破費呢？這點薄金，就算我對您的孝敬吧。」杜月笙到底會說話，把退紅包這樣一件令人尷尬的事情，巧妙的解決了。

張嘯林見杜月笙進了黃公館後，仍對自己如此尊重有加，不由喜上眉頭，完全忘卻了杜月笙離經叛道的不是，哈哈笑著，收下了杜月笙的孝敬。

「老爺叔，我可能要發財了。」繞了半天的圈子，杜月笙皺著眉頭、若有所思地說道。

張嘯林聽不懂：「啥個叫可能要發財？可是你老頭子要挑你上山？」

「老爺叔英明，一猜就著。老頭子確實要我在一八一裡包隻檯子。」

「你吃不光了是不是？想找我來幫忙了是不是？」張嘯林一聽，就又猜了個準。他是這把刀山上滾過來的人，曉得別說一八一了，就是一般普通的賭場裡包檯子，也要藝高膽大、心狠手辣才吃得住呢！就憑你豆芽菜一根似的杜月笙，能包得下才是奇跡呢！但是，為了掙面子，杜月笙是絕對不肯去求黃金榮的。

杜月笙望著張嘯林的兩眼中，露出了焦渴的神色：「老爺叔，還是你最瞭解我月笙呀！」

「我何尚不想幫你，但是，不巧的是……」張嘯林轉著兩眼珠想藉口，「我這批弟兄最近正忙著呢，我自己身體也不怎麼好……」

杜月笙一聽，就馬上聽出了張嘯林的話外之音，連忙表態：「老爺叔，這趟生意，我不想賺，只求讓老頭子就此相信我。所以，這次賺到的銅鈿，我本來就準備全部孝敬你和弟兄們的，有道是皇帝也不差餓兵呢……」

「看你月笙，三句不離銅鈿，你把我當啥人了？我倆畢竟有過生死之交，我總不見得袖手旁觀看冷鋪吧？」張嘯林聽得入耳，但表面上還要裝出一副豪爽俠義的樣子，不耐煩地打斷了杜月笙的話，接著話頭一轉，「你準備幾時去接檯子？」

「我準備明天就去接。」

「那好，你就去接吧，這樁事體，我有數了。」

雖說張嘯林沒有具體說出他到底願意不願意幫助、什麼時候幫助，但杜月笙已完全聽懂了他的潛臺詞。所以，杜月笙高興得嘴巴也合不攏了。

果然，不出杜月笙所料，他來到一八一上班、接過〇四號賭台的第三天，幾個洪幫三合會派來的流氓就開始來砸檯子了。這幾個流氓都是上海本土人，一個個化裝成相互之間並不認識的賭棍的樣子，在賭到一半的時候，就隨便找了一個理由，在賭台前吵鬧了起來。

杜月笙自是要上前好言勸阻。

不料，這幾個流氓當即把矛頭轉向了他，藉口〇四號賭台觸黴頭，檯子底下有暗機關，偷了他們的賭資，非要杜月笙把二百元基本賭資全部退還給他們。杜月笙自是不答應。於是，幾個身高力大的三合會流氓就二話沒說，掄圓巴掌與拳頭，打向了杜月笙。

杜月笙雖說會幾下拳腳，但雙手難敵四手，只是一邊招架，一邊大聲高叫：「你們勿要來裝榫頭（滬語切口：設圈套、栽贓陷害人），你們勿要來裝榫頭！」他之所以大聲叫喊，目的是引起場裡的顧嘉棠等保鏢的注意，及時過來救場。

可惜，儘管顧嘉棠他們有二十個保鏢，而且身上都藏有小手槍，但是，就因為杜月笙揎了牌頭、分了他們的檯子而心懷怨懟，所以他們一個個只是裝聾作啞，連看都不朝〇四號台方向看一眼。三合會的幾個流氓見狀更加有恃無恐，一聲呼嘯，竟真的翻了檯子，把杜月笙按在了地下。

杜月笙見狀，忍不住在心裡叫了聲「苦哇」，閉上眼睛，躺在地下等死了。

就在這關鍵的時刻，突然，「呼啦啦」從後門口箭一般衝進來五六個彪形大漢，吼著「抓牢他們」撲上前，便向那幾個流氓撲了過去。

這幾個流氓見勢頭不妙，居然齊齊從身上抽下「鳳凰劍」，「錚錚」抖開，向著來人就掃了過去。

「鳳凰劍」是一把薄如蟬翼、寬約兩指、長達一米許的純鋼劍，平時不用時，持劍者用來作腰帶，誰也發現不了；但一旦用上時，由於此劍吹毛斷發、削鐵如泥、極其鋒利，所以，自有它特有的威力，用得好，既能當鞭又能當刀，銳不可擋。

頓時，一片呼嘯聲中，幾把鳳凰劍硬是在賭場裡捲起了幾團冷冷的寒風。一個漢子猝不及防，四根手指被齊齊削去還不知道。

「砰！」押陣在後的張嘯林橫眉豎目，率先開槍，放翻了那個行凶的傢伙。另兩個見狀不妙，急忙把手中的鳳凰劍卷成兩把風輪樣，呼嘯著向前門衝去。

但也遲了，前門口，張嘯林早布下弟兄，又一聲槍響，把那兩個傢伙震在了原地。這時，一邊的顧嘉棠他們見狀，才不得不裝作剛發現似的衝了上來，手擒繩縛，把這幾個流氓捆了個結結實實。

「老爺叔！」杜月笙從地下一骨碌爬將起來，望著及時趕到的張嘯林，感動得不知說什麼好。

顧嘉棠裝模作樣的走上前，用手槍指住張嘯林：「對不起，出血案了，你得一起留下來。」

「他是我的老爺叔，是來救我的！你不能捉他們！」杜月笙連忙站出來作證。

顧嘉棠無奈地搖搖頭：「小兄弟，這是沒有辦法的，等會行裡過來巡捕，是要雙方當事人為證的。」說著，他就上前要繳張嘯林手中的槍。

張嘯林的眼睛裡都噴出火星來了，衝著顧嘉棠破口大罵：「乳臭未乾的混帳小子，叫你們老頭子出來，就說我張嘯林在此，他不就是巡捕頭子嗎？讓他來抓我！」

顧嘉棠一聽「張嘯林」三字，不由人也矮了三分，哪還敢輕舉妄動，站在那裡直看杜月笙，似乎還不相信這是真的。

杜月笙衝他鄙夷一笑：「這是真的！我可不敢瞎說的。」說到這裡，杜月笙臉色一沉，一指那幾個三合會的流氓，「還不把他們捆起來？」

顧嘉棠等人還在猶豫，張嘯林的弟兄已一擁而上，把那幾個流氓捆得成了幾隻粽子，拖著就往賭場門外走。

顧嘉棠急上前拉住張嘯林：「兄弟，你要把他們帶到哪裡去？他們可是染上血案了呀……」

「血案？」張嘯林一聲冷笑，「馬上就是命案了！」喝罷，他衝弟兄們一揮手，「全部給我拖到吳淞江邊去種荷花！」

幾個流氓嚇得大聲求饒，但已晚了，張嘯林手下的弟兄已一個個堵住了他們的嘴巴，在他們的背後插上了一根根扁擔，把他們的雙腳塞在了一隻小口甏中，然後直挺挺地拖出後門，摜在了停在那裡的遮蓬卡車上。

「種荷花」並不是青幫首先獨創的，而是從太湖強盜那裡學來的，當事人用這種方法捆上後，就成了一根動彈不得的樁子，然後，只要把他往湖中或江中心豎直一扔，就活活地插到湖（江）底淹死了。後來，張嘯林抓住上海總工會委員長、共產黨員汪壽華後，就用這個毒辣而又殘忍的手段，殺害了他。

顧嘉棠眼見自己擋不住張嘯林，有心想向黃金榮稟報，但又怕黃金榮反過來責怪自己失職，所以，他只好眼睜睜地看著張嘯林他們拖著那幾個三合會流氓揚長而去。此案，直到後來，黃金榮才從他人那裡得知。

張嘯林此舉，有力地維護了杜月笙在賭場的威信與地位，不但從此不再有任何流氓地痞前去一八一尋釁滋事，就連顧嘉棠也不得不立即改變他對杜月笙的態度，因為他怎麼也沒有想到，這個抱著林桂生粗腿上去的杜月笙，真是來者不善、善者不來呢，在他的身後，居然還有如此強悍兇狠的張嘯林！

杜月笙初次「包檯面」，就大獲成功，一個月做了其他檯面一個半月的營業額。這下，林桂生就有了說話的本錢，愈發認定杜月笙是塊好料子。不過，除了沈月英之外，再沒第二人知道，杜月笙第一個月包檯面，非但分文沒賺到，反而貼了血本，因為他把第一個月的淨收入，一半交給了黃金榮，一半都孝敬了張嘯林。

但是，杜月笙自己心裡明白，真正要感謝的還是妻子沈月英，要不是月英那天鼓勵他請張嘯林出來做後盾，說不定他在那次三合會流氓的滋事中，就此倒下再也爬不起來了呢！

果然，杜月笙的出色表現與林桂生的枕邊長風，終於使黃金榮對這個寄女婿開始刮目相看了。第二天，黃金榮反把杜月笙找去，簡單地談了幾句後，便任命他全盤接下一八一賭場的日常管理，並把顧嘉棠等二十人的短槍保鏢全部委託他代管。當時，杜月笙的驚喜可想而知。

杜月笙走馬上任，使得曾一度想刁難他的顧嘉棠惶恐不安，認為自己遲早會受到杜總管的打擊報復。不料杜月笙寬宏大量，不但不計前嫌，反而有事還與他勤加商量，月底發紅包也比以前還多。為此，顧嘉棠從心底佩服杜月笙的為人氣度，腳踏實地地跟著杜月笙幹了。

但杜月笙還是對這個差點使他一命歸西的顧嘉棠心存防備的，他心中還是念念不忘他的老爺叔張嘯林。他決心非把張嘯林拉到自己一條船上不可。但張嘯林寧為雞嘴、不為牛後的秉性他是知道的，所以他打算攻心為上，用智慧巧取張嘯林，讓他乖乖地站到他的身邊來。

也是天遂人願，沒多久，一件突然發生的事件給了杜月笙一個極好的機會。

那天，黃金榮把杜月笙召去，同往的還有金廷蓀。

金廷蓀進黃公館，比杜月昇早。當時，黃金榮已是法租界巡捕督察長，他看到金廷蓀是個「三光碼子」，辦事精明幹練，就提拔他做了探目（包打聽），成為他的得意門生。包打聽即是偵探，其職務是在租界裡調查偷竊盜劫等案情，這個工作沒有黑道上的流氓勢力是辦不成的，所以金廷蓀實際上是集黑白兩道勢力於一身。人們對他畏懼如鬼神。

這回，金廷蓀吃了英租界流氓范開泰的大虧。

范開泰諢名叫「烏木開泰」，管轄四馬路一帶的地盤。他的「事業」有煙（鴉片）、賭（賭場與賭攤）、娼（堂子、花艇與野雞）三大項，其中煙與賭的兩項進帳最大。前不久，金廷蓀轄區內五六十家商店的「保護費」，被烏木開泰一夥人全部搶先收去。金廷蓀大怒，帶著一幫弟兄去討債，在北站外邊被烏木開泰的弟兄們截住，雙方一場混戰。結果，金廷蓀的人馬敵不過烏木開泰，死傷好幾個。

無奈，金廷蓀只得向老頭子哭訴來了。

當時，黃金榮發財的渠道主要是兩條，一是招商局金利源碼頭的杭州阿發，一即是與法租界毗連的十六鋪一帶的金廷蓀。凡這兩塊地盤上的鴉片提貨裝運，全由他倆獨享，黃金榮為他們撐腰，坐地分贓。

如果別人去提貨裝運，黃金榮所在的法捕房就要派出探捕，嚴加緝捕，歸案法辦。現在，英租界上的烏爾開泰搶走了金廷蓀的生意，無疑斷了黃金榮一條財路，這麻臉大亨豈能坐視不管？

「兩個小赤佬也敢跟我鬥，翻天了！那賣烏木的，我早就看不順眼，現在，一個未除，又來一個，還是癟三，伊叫啥個名字？」

「叫張嘯林，浙江佬。手下有一幫人，殺性十足。」金廷蓀答道。

「儂手下的人呢？就是吃乾飯的嗎？他們就沒有一點殺性嗎？」黃金榮不滿地反詰金廷蓀。

金廷蓀滿面羞愧，無言以對，只一個勁地把眼色拋向一邊的杜月笙。

杜月笙的最大長處是會利用人，籠絡人心。見狀，何況他與張嘯林親如叔侄的關係，金廷蓀並非不知道。為此，見金廷蓀向自己救援，他自是心領神會。

「師傅，那烏木開泰純屬流氓，什麼事情都敢做。廷蓀兄畢竟是捕房中人，行事多有顧慮，搶去的保護費，我們再想辦法奪過來就是。」

「對對，師傅，不如讓月笙和我一起去處理這事，儂就勿要費心了。」金廷蓀連忙接過杜月笙的話頭。

「那也好，你們放手去辦，一定要好好治治那賣烏木的！」黃金榮一錘定音。

杜月笙從黃公館裡一出來，沒顧上與金廷蓀多說話，就直奔弄堂口，跳上一輛黃包車，直往東昌渡駛去。他要面見張嘯林，刻不容緩。

張嘯林正與弟兄在家飲酒作樂，彈冠相慶，杜月笙到後，連忙把張嘯林單獨叫到外面，嚴肅地開口就說：「老爺叔，黃金榮準備對儂下手了！」

張嘯林大吃一驚：「從何說起？」

「上次儂幫烏木開泰搶了金廷蓀，得罪了黃金榮。金是黃的心腹，他做的生意，都有黃金榮的一份。」

張嘯林如夢方醒，不由急得皺起了眉頭：「那我怎麼辦？月笙，儂得幫我！」

杜月笙當然能幫張嘯林，連忙湊在張嘯林耳朵邊，如此這般一番密語。

第二天傍晚，黃金榮與杜月笙正在他的巡捕房裡玩麻將，金廷蓀又匆匆來報，說有兩箱鴉片又被烏木開泰的人截住，雙方現在正在混戰。黃金榮一聽，氣得把麻將牌就往桌上一摔：「在哪裡接的火？」

「在北站外邊。」

「快傳我的話，叫阿祥親自去，多帶點人，給這只豬羅看看顏色！踏平後，統統捉來抽筋剝皮！」黃金榮顧不得責怪金廷蓀，連忙吩咐杜月笙傳令下去。

杜月笙立即跳起身來，拉著金廷蓀就奔了出去。

上海北火車站，在一九〇三年以前，稱淞滬鐵路站，設在寶山路的東側，即今老北站的東面。一九〇三年七月由於中英開發滬寧鐵路（上海至南京）的需要，一九〇四年起，車站便由寶山路的東側跨過馬路，遷到西側，一九〇九年滬杭鐵路通車前建成。當時的北站是一座五層大樓，頂上有個大鐘。底層是售票處與候車室。負責火車站的是黃金榮的門生馬祥生的隊伍。馬祥生正肩負保衛「商州會館」的要職，兵強馬壯。

傍晚七點半左右，馬祥生帶領一幫打手已在金廷蓀的指點下，來到北站南天門外的天目路，這時，烏木那批人馬尚在與金廷蓀的手下人對峙著。馬祥生的生力軍一到，雙方即在天目路與寶山路交叉處毆鬥了起來。

雙方在馬路上打得難解難分時，一個三十來歲的操浙江口音的人闖進巡捕房裡，衝著黃金榮喊道：「黃督察，你上了烏木開泰的當了！他搶鴉片是幌子，衝商州會館是真……」

「啊！」黃金榮一聽不由直跳起來，一邊大叫「不好，上當了」，一邊衝著手下喊道，「金九齡，快帶人去救商州會館，其他人帶上家夥，跟我走！」

當黃金榮身先士卒帶人衝到商州會館，那裡已被烏木的人砸得一塌糊塗，幾個妖豔俏麗的女莊主，衣衫撕破，被打得蓬頭垢面，縮在角落裡；兩個守門的大漢，氣息奄奄，倒在地上。許多夥計一個個鼻青臉腫，動彈不得。幸虧那個浙江人通風報信得早，黃金榮趕得及時，三樓上的那只保險櫃來不及砸開，裡面的現金與珠寶沒有損失。

黃金榮跺腳大發了一通火之後，驀地想起了剛才那個報信的浙江人。他忙叫金九齡想法子去找這個有功之臣。

這時，杜月笙與金廷蓀也打敗了烏木開泰的那幫小嘍羅，奪回兩箱鴉片得勝而歸了，但他們想不到的是他們都被烏木開泰當猴耍了。

金九齡是法國巡捕房有名的包打聽，不出一天，他便把這個通風報信的浙江人查了個水落石出，這人非為別人，正是他的冤家對頭張嘯林！

黃金榮一聽，不由心生疑竇：搶也是他，報信也是他，這張嘯林到底在玩什麼花招？杜月笙見狀，即順水推舟，建議把張嘯林抓來是問。

此時，張嘯林正等著黃金榮來抓他呢，這本是杜月笙的一箭雙雕之計：既能擺脫烏木開泰，又能進入黃公館。所以，張嘯林被「抓」到黃公館後，既拜倒在了黃金榮的面前，又與杜月笙坐到了一條板凳上。而黃金榮在得知張嘯林與浙江省省長張載陽、督軍盧永祥等關係密切的情況後，更是拉住張嘯林不鬆手了。

事到如今，上海三大亨的雛形已經形成。

且說當杜月笙籠絡實力，在一八一完全站住腳跟時，沈月英已有八個月的身孕了。杜月笙撫摸著妻子一天比一天隆起的大肚皮，聆聽著妻子肚皮裡傳來的胎音，對妻子更是恩愛有加了。

與杜月笙相比，黃金榮就是啞巴吃黃連——有苦說不出了。因為他與林桂生、張桂英最清楚，他的小福全畢竟是人家的種。究竟是自己不會播種呢？還是林桂生這片土地不育芽？黃金榮對此總覺得是塊心病。但小福全畢竟是他親手抱回家來的，是從一個血泡泡養成這樣大的，所以在小福全十一歲才讀初小一年級的時候，他仿效浦東中學的樣子，在離自己辦的共舞臺不遠的八仙橋地方創辦了一所小學，取名「金榮小學」，由他的門生流氓律師金立人當校長。他這樣做，無非是為自己樹碑立傳，以示他也有「積德行善」之舉。浦東中學的大門內，迎面矗立著該校的創建人楊斯盛的銅像，那是一九〇八年楊斯盛逝世後，由袁世凱、黎元洪領銜捐款兩千元建立的，而黃金榮卻沒人來領銜為他捐款建立他自己的銅像。

就在「金榮小學」正式建成開學的那一年，林桂生因見小福全都十一歲了，仍長得像根黃豆芽，臉色蒼白，動輒就要生病請郎中。於是，她聽信算命先生的胡謅，為了給兒子增加「陽氣」，特意領養了一個名叫李志清的小丫頭。李志清的父親李祥慶，蘇州人，是黃金榮的同輩兄弟和同事，也在法租界巡捕房擔任探目。家裡女兒眾多，樂得讓小女兒找座靠山倚倚。所以高興地親自把女兒送到了黃家門上。李志清長得細皮白肉水靈靈的，又聰明伶俐，嘴巴又甜。林桂生與黃金榮見了，自是歡愛。

這女孩長到十四五歲的時候，已出落成標緻的大姑娘了。黃金榮望著這朵含苞待放的花蕾，有時兩眼中露出了貪婪的目光。這當即又引起了林桂生的警覺。為避免禍事發生，她乾脆把養女配給了兒子小福全。

這年冬天，沈月英生下了一個大胖兒子，這下可把杜家上下都樂壞了！杜月笙為此大擺宴席，整整折騰了一個禮拜。他為這個眉目酷似他的兒子取名為杜維藩。

黃金榮參加了杜維藩的滿月喜宴。在喜宴上，黃金榮提出要認杜維藩為寄兒子，杜月笙夫婦自是一口答應。

但是，比他小了二十歲整的杜月笙，現在也有自己的親骨肉了，黃金榮怎咽得下這口氣？他擔心自己的萬貫家財日後沒人繼承，到頭來弄了個一場空。所以，這年冬天的一個晚上，黃金榮招來兩個門生，在同孚里家中密談。這兩人一個是「醫學專家」黃振川，另一個是「算命專家」孟祿久。黃金榮把兩人召來後，便把自己到現在還沒有兒子的苦衷，向門生們一一傾訴，要求他倆為他出出點子。

黃振川要黃金榮去醫院檢查一下，弄清原因再對症下藥；孟祿久則「丁卯年庚寅日戌時生，虎兔相逢犬得利，二分山林一平陽」地掐了半天後，建議黃金榮另外再找妻妾接種。

可是，這兩個建議黃金榮一個也不感興趣：到醫院檢查，丟人現眼不說，萬一查出來確是自己不會生，那今後就別在上海灘上神氣活現了；至於另外找妻妾接種，黃金榮可是早就想到了，但是，他怕桂生姐，因為林桂生是絕不會同意他這樣做的，如果他真敢這樣做，那麼桂生不和自己拼命才怪呢！

這也不行，那也不是，黃金榮左思右想，竟想出了個只有他才想得出來的「好辦法」：找幾家合適的妓院，包下幾個能生孩子的妓女，自己每天陪一位妓女睡覺，一個月後，如果妓女懷孕了，那就證明自己是沒有問題的。到那時，再把懷孩子的妓女接入家門，讓她生下孩子再說。

黃金榮想到這裡，當即立竿見影，付諸了行動。

第十一章　好景不長

沈月英生下兒子，最高興的人除了她和杜月笙之外，恐怕就是張桂英了！月英是自己的同鄉人，是稱自己為寄娘的，更是她張桂英當年親自冒著危險、從滾地龍裡救出來、並帶到黃公館裡來的，如果沒有桂英寄娘，恐怕現在沈月英的屍骨也不知在哪裡呢！所以，杜維藩滿一周歲的那天，張桂英與沈月英一商量，準備把姚阿巧請來杜公館，三個姐妹好好聚一聚。

這時，蔣介石剛把家遷入法租界貝勒里（今黃陂南路）的一幢小洋房裡，家裡已裝上了電話。為隱蔽身分，蔣介石在電話局申請開戶時，用的是他那個鮮為人知的小名「阿偉」。

一九一六年，是蔣介石人生道路上的一個比較重大的轉折點。五月十八日下午三時許，蔣介石的恩師密友、上海都督陳其美，在薩坡塞路（今上海淡水路）十四號寓所內，被兩個突然闖入的袁世凱派來的刺客，殺害在寓所中。可憐這個曾經指揮革命黨人在外白渡橋上鎮壓了袁世凱的走狗鄭汝成的英雄，如今仍倒在了袁世凱的槍口下，時年僅三十九歲。

蔣介石一下子失去了他在政界的唯一靠山，不由喪魂落魄，為自身安全考慮，他不得不暫時收斂行蹤，深居簡出，為此，他在經濟上也開始拮据。他只好另辟門路，尋找庇護者，開始與張靜江、戴季陶、陳果夫等人關係密切起來，並結拜為兄弟，蔣介石跟隨他們參加了上海證券交易所的活動。

與此同時，為安全計，他把家悄悄地搬離了新民里，遷到了貝勒里，離同孚里更近了。

當張桂英一路打聽問訊找到貝勒里，見到姚阿巧時，不由大吃了一驚，只見一年沒見的阿巧，竟不聲不響地也做了姆媽，懷裡居然抱著一個周歲左右的小男孩：「阿、阿巧妹子，儂、儂哪能做姆媽了也勿告訴我這個當阿姐的呀？」

姚阿巧不好意思地笑了：「真有這樣的好事體，我還勿第一個告訴儂呀？這個小人，是伊的。」

「阿偉的嗎？」

姚阿巧點點頭，神情更加尷尬了，低下頭說道：「是伊和別人養的。」

「啥人？」

「日本人。是伊在日本讀書辰光，與一個日本姑娘養的。我只不過做了個現成姆媽。」

「原來是這樣。」張桂英弄明白後，不由關切地拍了拍阿巧的肚皮問道，「那麼，儂自己怎麼回事？還勿見它大起來。」

阿巧面孔一紅，聲如蚊吶：「大概是我勿會。」

張桂英同情地點點頭。阿巧與姚天生結婚這麼多年，沒有懷上孩子，現在，她與蔣介石又一起住了近兩年，仍沒懷上孩子，看來，是阿巧勿會懷孩子呢。想到這裡，張桂英不由一聲歎息：「阿巧，我倆都是苦命人。只有月英最福氣。」

「聽說月英做姆媽哉？還是個大胖兒子呢？」

「我就是為此事來尋儂的。月英講了，明朝是小藩藩的周歲生日，伊要我們姐妹三個到她家裡去聚聚呢。」

「好呀，我正想念伊呢！」阿巧拍手笑了起來。

自從杜月笙當上大眾俱樂部的總管之後，他的錢包一下子鼓了起來，再加上喜得兒子，更是有財有勢有兒子，認為自己人生的第一步成功了。所以，杜月笙乾脆以四千元一月的高價租金，租下了一八一號，一邊繼續做賭場，一邊做住宅。一八一號原是太湖洞庭山席氏在福熙路上的一套占地二十四畝的花園洋房，兩扇烏黑的大鐵門，朝福熙路矗立著，門邊掛著一塊銅牌，上書「大總會」三字。

這天，張桂英領著姚阿巧，姚阿巧抱著小緯國，三人來到了「大總會」。月英早就抱著小藩藩，迎候在大門口了。三姐妹一見，自是一番甜酸苦辣。月英領著姐妹們進了院子，轉過假山式的照壁，眼前出現了一座花園，竹木扶疏，亭台掩映，剛灑過水的一條柏油路穿過竹木，一塊淺綠色的草坪躺在眼前。草坪後邊聳立著一幢三層大洋房，顯得很具異國風情，十分壯觀。進大樓門，在水磨地面上，伏著一群吊睛白額的「大蟲」，那是「吃角子老虎」。樓下一個寬大如操場的大廳裡，擺滿了賭台，呼盧喝雉之間，煙霧繚繞，鬼哭狼嚎，間雜著鶯鶯燕燕的女人撒嬌聲。賭與嫖、煙總是揉合著的，賭徒們賭乏了，就上樓去嫖女人，抽大煙，用「福壽膏」來提神補力。所以這三樓上還佈置著大煙榻、按摩間（實際上是妓館）、典當櫃。

杜月笙正躺在一個包間裡的煙榻上等大煙抽呢，他胳膊下面墊著軟緞面枕頭，旁邊蹲著一個十八九歲的姑娘正在調土打煙泡。見月英領著桂英、阿巧進來，他連忙站起身打了個招呼。月英把姚阿巧與杜月笙相互作了介紹。杜月笙這時忙著過把煙癮，所以並沒有把這個妻子的同鄉小姐妹姚阿巧放在心裡，甚至連她懷裡抱著的小緯國也沒顧得看幾眼。

這時，小姑娘已把煙燈抿亮了，從一個藍緞子包裡取出一支湘妃竹做的名貴煙槍，裝好煙泡，遞到了杜月笙面前。這時的杜月笙，已不是當年在黃公館裡淺嘗輒止的小煙客了，而是「寧可一天不吃飯，不能一刻沒有煙」的大煙鬼。

杜月笙一生講究場面、體面、情面，杜公館內排場闊綽，僕傭成群，開支浩大。到後來，他有保鏢十餘人，其中四人是貼身侍衛，另有守門警察六人，夜班衛隊四人，後弄巡哨兩人。廚房有蘇幫、揚幫、本幫、京幫廚師十餘人，平時每天開飯十多桌。汽車間有七輛汽車，杜月笙自己用兩輛，四個妻妾每人一輛，還有一輛是公館的備用車，司機也有十餘人。此外，杜公館還有女傭人、男雜工四十餘人，由杜月笙寡居的表姐管理。杜月笙自己還有四個秘書，三個專門替他燒鴉片膏的人。其中一個名叫郁詠馥，原在十六鋪擺水果攤，身上刺花，據說他燒鴉片膏技術最好，杜月笙就專門把他挑到了自己的身邊。

杜月笙鼎盛時，杜公館每天來客都有百餘人，除了他的親信、門徒外，還有黨、政軍大員，工商界名流等，楊度、史量才、章士釗、黃炎培、顧鼇等人都是杜公館的座上客。張學良、于鳳至夫婦來上海時，杜月笙曾盛情款待。張學良當時沉湎於毒品，精神不振，杜月笙還為他策劃治療。杜月笙出道前拜的第一個「老頭子」陳世昌，在杜月笙發跡後由杜供養，不再招收門徒。他平時很少到杜公館來，有一次，陳的兒子搞金融投機虧本，陳帶著兒子來杜公館借二萬五千元，杜月笙一口答應，第二天就派人將錢送去，但五天後陳的兒子又將這筆錢蝕光，陳世昌再次登門向杜月笙借了兩萬元，但從此再也沒有來過杜公館。

在當時上海黃、杜、張「三大亨」中，杜月笙以出手闊綽而聞名，抗戰前蔣介石提倡「航空救國」，他就買了一架法製教練機送給上海飛行社，後來有個叫孫桐崗的人從法國學航空後回國，杜月笙又買了一架飛機送給他。一人連送兩架飛機，這在當時是罕見的，成了報紙上的特大新聞。

對一些軍政界的頭面人物，杜月笙常以汽車、小老婆作禮物贈送，以致上海不少公館的汽車，都是杜送的。他與巡捕房的中西兩探長關係密切，每逢年節都要給這些探長們送上一筆一二千元的厚禮。他聘楊度、章士釗等人為名譽秘書，每人每月送五百元。凡到杜公館來上門求助的一般人，杜也時常給予一點施捨：先讓公館的管家和帳房盤問清情況，後發給來人一張卡，憑卡可以到指定的錢莊領幾塊錢，或到菜市街的協成祥衣店領一件棉衣。一些卸任的官員離滬前到杜公館辭行，杜月笙總要送上三五千甚至上萬元。

每逢春節，杜公館要花一大筆錢發「壓歲錢」。每年農曆十二月二十四日，通商銀行就替杜公館準備好數千只紅包，每只紅包裡放二塊錢，這是送給侍役和巡捕的；另備二百只四開金幣，這是送給朋友和門徒的；還有五十只純金幣，是送給乾兒子、乾孫子的。正月初一從早晨起，杜公館就門庭若市，來拜年的人絡繹不絕，徒子徒孫要向杜下跪磕頭，其餘的人有的鞠躬行禮，有的打躬作揖，然後給每人發「壓歲錢」。來得最多的是巡捕，有時四五十人成群結隊一起來，到了門口齊聲高喊「向杜先生恭喜來了」，杜公館的人就出來叫他們在門外站好隊，點齊人數，每人發一只紅包，巡捕們拿到紅包後，又齊聲高呼「謝謝杜先生」，便一哄而散。還有一些小流氓，新年裡也結伴到杜公館來拜年。這些人也在大門外領到一只紅包後被打發走。這樣的紅包，杜公館每年春節總要發掉二三千只。而杜公館每年的「壓歲錢」則要花掉幾萬元。

當然，上述則是杜月笙後來的事了。

現在，月英領著桂英與阿巧三人進入了杜家的客廳。

客廳裡的氣派更是與眾不同，客廳很大，進了屋門，迎面是一幅中堂，上面畫的是一隻威風凜凜的老虎，蹲踞在山林之間，傲視天下蒼生，地下鋪著腥紅地毯。靠東牆一對墨綠色的法國進口沙發，而中間卻放著一個雕花的標準的中國傳統式的茶几，几面上一支泛著黃光的鍍金大煙槍。西牆靠的是一支巨大的黑色皮革沙發。緊挨著沙發的是一個高約三尺的日本造大鐘。這一切似乎已不倫不類，而與之最不相襯的是正對中堂的一張寬大的八仙方桌，兩側各一隻紫檀木太師椅。

這一系列陳設，既讓人看到了中國傳統的精粹，又看到了西洋和東洋的現時代文明。稱得上是中西合璧了。

可惜，桂英、阿巧都是斗大的字不識一籮筐的女人，儘管她們現在穿戴早已脫離了蘇州鄉下女人的風韻，但她們畢竟看不懂杜公館內在擺設的缺憾，只是一個勁地嘖嘖稱道。姚阿巧更是贊不絕口，說她還從沒見過這樣發財的人家，就連當年陳其美的家裡，也遠遠比不上杜公館；月英是「小老鼠跳進白米囤」，福氣太好了。一邊的月英聽了，禁不住更加洋洋自得。

杜月笙過足煙癮，踱進客廳，專門來看曾對他人生起到重要作用的張桂英：「桂英阿姨，長遠勿看見儂哉，真牽記儂呀。我一直叫月英喊儂來白相相。」說著，兩手按在張桂英肩頭，不讓她站來起施禮。

張桂英不無欣賞地看著杜月笙，由衷地讚歎道：「杜先生，儂現在是越做越大了。」

「這位是……」杜月笙把目光轉向了一邊的姚阿巧，向月英發問道。

「這位是我的同鄉阿姐，就是我經常要跟儂提起的阿巧。」沈月英嗔了對方一眼，似乎嗔怪杜月笙忘性大，還特別提了一句，「現在人家是團長夫人呢。」

「團長？敢問姐夫在哪裡高升？」杜月笙對「團長」兩字感興趣。

「伊叫蔣志清，老早做過團長的。」姚阿巧自慚形穢地低聲答道。

「蔣志清？是不是就是阿偉？」杜月笙若有所悟。

「對對，熟悉伊的人，都叫伊阿偉的。」阿巧連忙補充道。

「哦，想起來了，想起來了，伊原來是陳都督手下的一個團長，浙江寧波人，對嗎？」杜月笙恍然大悟，卻並不驚奇。

「對對，他家是溪口人。」

「好，好，有空叫伊來我家坐坐。」杜月笙隨口敷衍著，又用手摸了摸阿巧懷中抱著的小緯國的頭頂，「這小囡是阿姐的兒子吧？」

姚阿巧羞澀地點點頭：「伊叫建鎬，大名叫蔣緯國。」

「蔣緯國。唔，好名字，好名字。」杜月笙依然信口敷衍著。

然而，此時此刻的杜月笙，做夢也想不到，不遠的將來，這蔣氏父子將是如何聲名大振，成為中國的一代統治者。

小藩藩的出生，使沈月英成為了杜家的有功之臣。看得出，月英在杜家的地位一下子高了許多，說話的聲音與語調，也與以往截然不同，閒聊中，她半是撒嬌半是命令地對杜月笙說道：「喂，月笙，自從我離開蘇州後，還從沒回過家鄉呢。現在藩藩斷奶了，儂應該抽個辰光，陪我回趟娘家門了呀！」

杜月笙望了望妻子：「儂娘家還有啥人？」

「兩個娘舅表弟兄。」

「叫他們到上海來嘛，北橋多少遠，一天路程呢。」杜月笙不以為然地建議道。

「自說自話。」月英生氣了，「他們來與我們去，意思大不一樣呢。有道是，女兒不斷娘家路，我總是不回娘家，家鄉的人會怎麼想？不背後怪我勢利才怪呢！再說，現在我有儂這樣的男人陪著轉去，也好為我娘家，為沈家撐撐場面呢。」

杜月笙聽了覺得有理，就點點頭，答應了下來：「好的，我就幫儂撐撐場面去。」

然而，說者無心，聽者有意，他們夫妻倆的一番對話，一邊的張桂英與姚阿巧聽了，心裡不是滋味，因為她倆都做不到「撐撐場面」的事情。作為遠離家鄉多年的人，誰不想有朝一日衣錦榮歸、光宗耀祖呀！

關於這個問題，張桂英是早已心如死灰了，自從那年她為生存自毀容顏後，她就再也不想了，只求平平安安、有吃有穿、一個人過一生也就心滿意足了，倒是一邊的姚阿巧，她嘴上不說，心裡卻暗暗上了勁。她想：阿偉不管是肚才還是外貌，都不比眼前的杜月笙差多少，而且還是東洋留學轉來的留學生呢！只是現在陳都督死了，他一時上沒有了靠山，發不了格。什麼時候，也讓阿偉發發格，超過杜月笙呢？也讓自己像月英一樣，人前人後直得起腰桿子？

所以，當她後來聽說杜月笙之所以有今天，完全是靠著拜了一個名叫黃金榮的老頭才發達起來的事情後，她就不無興奮地向張桂英悄悄問道：「桂英，儂勿是就在黃公館裡做嗎？我曉得，黃太太跟你是小姐妹呢！」

「小姐妹談不上，但我倆要好是真的。伊也拿我當自家人，有些私房話都告訴我的呢。當年我看月笙人好，年輕，蠻可憐的，所以，我就暗中幫了伊一把……」

「那麼，桂英姐，啥個辰光儂也幫幫我的阿偉呢？」姚阿巧一聽高興得連忙接過了話頭。

「我也在這樣想，只是怕儂動氣，所以沒有說。在他們夫妻倆面前，我說的話有時他們也聽聽的。再說，阿偉人勿錯，蠻精明的，攙得上。」張桂英一口答應。

姚阿巧見桂英姐願意幫助她與蔣介石，開心得面孔都紅了。

然而，姚阿巧又怎麼能想到，她這邊牽腸掛肚地想著夫貴妻榮，那邊的蔣介石後來卻見異思遷、喜新厭舊、並會最終一腳把她踢開了呢?!

其實，桂英姐的話雖這麼說，自己心裡也有一壺倒不出的苦水呢。

這苦水倒不是來自黃金榮與林桂生，而是來自她從小一把尿、一把屎拉扯長大的小福全。

小福全長到十六歲，按理說已進入發育階段，身體素質應該是不錯的，可是，不知是什麼原因，十六歲的他仍是病懨懨的，長得像根蘆柴棒，三天兩日請郎中，家裡中藥罐從沒洗清過。為此，黃金榮夫婦特意為他娶了李志清，想借此加加陽氣，充充喜。可是，不結婚也罷，一結婚，這黃鈞培的身體更是每況愈下，面色蠟黃，氣喘吁吁，這麼大的人了，還在「金榮小學」讀小學四年級。

使張桂英感到傷心的是，隨著年齡的增長，黃鈞培竟莫名其妙地愛上面子，自己爹爹有一臉麻子，姆嬤娘也有一臉麻子，居然成為了那些刁鑽促狹的同學嘴中的話柄，成為了同學們嘲笑挖苦黃鈞培的笑料。老師上畫圖課，在黑板上畫了一幅日出圖，黑板上代表太陽光芒的星星點點還沒畫結束，底下的同學們就哄堂大笑，老師回頭看，所有同學都在看著黃鈞培呢！而黃鈞培一張面孔紅得就像雞冠花。平日裡，幾個對黃金榮父子看不慣的同學，就把麻皮當成山歌唱，含沙射影地故意惹氣黃鈞培，什麼「麻子麻，偷枇杷，枇杷樹上一條蛇，嚇得麻子顛倒爬」，什麼「十個鬍子九個騷，十個麻子九個刁」，什麼「龍養龍，鳳養鳳，麻皮的兒子一面孔洞」，羞得黃鈞培人前人後抬不起頭，氣得黃鈞培恨不能拿把手槍把那些同學給斃了。他回家向爹老子哭訴後，黃金榮有火發不出，曾以「學風不正」為名，多次狠狠批評了校長，並責成校長藉口開除了幾個學生。

從小學一年級到現在，一天四次上下學，平時都是張桂英親自用黃包車接送的，黃鈞培上學時，她送到校門口，黃鈞培放學時，她就早早帶著黃包車，候在校門口。就為此，黃鈞培感到大丟面子了，讓一個同樣面孔上佈滿麻子的姆嬷娘來校門口拋頭露面，這與當著千人百眼的面扇他的耳光有什麼兩樣？所以，有一天，黃鈞培終於向姆嬷娘開了口：「姆嬷娘，從明朝起，儂勿要再來接送我了，我自己會上學堂的。」

張桂英感到不理解：「福全，從學堂到家中，有一長段路呢，儂要走吃力的。」

「沒關係，我不怕走路。」

「勿來事的，儂爹娘勿叫我停，我還是要來接送儂的。」

「姆嬷娘，怎麼我跟儂說話，儂也勿聽了呀？我叫儂勿要接送，就勿要接送嘛！」黃鈞培推碗拍筷，衝著奶媽發起了少爺脾氣。

張桂英愣住了，百思不得其解，嘟噥道：「這事，這事我看還是要先問一問儂爹娘的。我可勿敢自說自話，出了啥事體，我可擔當不起的。」

當天，張桂英就把黃鈞培拒絕自己接送的事情告訴了林桂生。

林桂生也感到奇怪：「這小人，有福不享，卻要自己走，啥個道理？」便尋到兒子，問個長短，「福全，儂為啥勿要姆嬤娘接送呀？」

「麻子，就因為她面孔上有麻子！」黃鈞培頭也不抬回答道。

林桂生明白了，但躲在門外的桂英也聽清楚了，當下，她委屈得眼淚汪汪，什麼話也說不出來。這十多年來，她一直把黃鈞培作為自己唯一最可靠的倚仗，心想只要把黃鈞培侍候好了，她這輩子也就勿愁沒有飯吃了。但是，她沒想到小人大了心也大，這麼快，他就如此翻目無情，討嫌上我這個把他從血泡泡弄大的奶媽了呢？往後，叫我還靠誰來養老送終呢？鈞培還會像小時候常說的「以後儂老了，我會養儂的」話，還會兌現嗎？

然而，令張桂英更加傷心欲絕的事情，還在後面呢！

一九一九年，十七歲的黃鈞培終因癆病發作，醫治無效，早早離開了人世。

黃金榮夫婦白白辛苦了十幾年，自是痛苦傷心。人死不能複生，任誰也沒有回天之力，黃金榮只得以大辦喪事來彌補心中的悲哀與遺憾。

當然，小福全的猝然長逝，最傷心最痛苦的還是張桂英，她辛辛苦苦營建了十七年的希望，她在這世界上唯一最親的親人，一下子都沒有了，這叫她怎不要感到天塌地陷了一般?!

在料理小福全的後事時，人們翻出了他生前一本日記。

黃金榮親自結結巴巴地把兒子全部的日記都看了一遍，他邊看邊流淚，還讓秘書把其中幾篇讀給張桂英聽。

張桂英怎麼也沒有想到，這幾篇日記，記的竟是小福全對他姆嬤娘要說而沒來得及說的心裡話！

……今天，我叫姆嬤娘不要再來接送我了，她一定不明白。可是，我也沒有辦法，誰讓那些沒家教的總是用她的麻子來取笑我呢？我是要面子的，我不肯再被他們譏笑挖苦。

今天，姆嬤娘不開心了一天，看見我，就低下了頭。

我猜姆嬤娘肯定是曉得我為什麼不要她接送我的原因了。我想等我長大後，再把裡面的道理講給她聽，再請她原諒我。

今天，姆嬤娘說很想到蘇州老家走走，只是沒人肯陪她。我很想陪她一起到蘇州去，去看看姆嬤娘的老家鄉下是怎麼一個樣子，好讓她開心開心。可是，我沒有說，我只怕到時候我又不想去了，說了也沒有用。我陪姆嬤娘到蘇州去，人家還是會朝（嘲）笑她面孔上的事體的。

張桂英不等秘書讀完這幾篇日記，早已萬箭穿心，哭倒在椅子上了。原來，小福全他並不討厭我的面相的呀，他是沒有辦法呀！可是，小福全你為什麼不說出來呢？還有，你為什麼當時不說願意陪我一起回北橋去走走的呢？你小小年紀，心裡就壓著這麼多的苦水，你太可憐了，你比我姆嬤娘還要可憐呀！

黃金榮中年喪子，打擊不小，剛辦完小福全的喪事，他就把位處漕河涇的黃家原老宅，稍加整修，搬回去了。為紀念小福全，黃金榮還特意給黃宅起了個「鈞培里」的名字，在石庫門楣上，刻上了這三個大字。

就在這段時間裡，一個人住在貝勒路上的蔣介石，在與戴季陶去長三堂子冶游時，認識了新歡陳潔如，並相處得熱火朝天、如膠似漆，尋思著把陳潔如贖出青樓了。也就在這時候，因姚阿巧耐不住寂寞，整天沉湎於麻將中，不問家事，終於使本來就想另尋新歡的蔣介石對她更加不滿意了，這從蔣介石當時的一段日記中可見一斑：

近日冶誠嗜賭而不待我疾，且出言悖謬，行動乖違，心甚忿恨之。

姚阿巧的明顯變化，使蔣介石對她失去了好感與興趣，最後終於促使蔣介石作出了「出妻」之舉。所以說，蔣介石後來拼命追求陳潔如，這裡面不排除姚阿巧嗜賭所造成的原因。

一九二一年四月，廣州宣佈成立國民政府，孫中山被選為非常大總統。

一九二一年五月二十日，蔣介石忽然接到一份電報。展開一看，他不由喜出望外，感到自己東山再起、重振旗鼓的時候到了！原來，孫中山要請蔣介石速赴廣州，共商國家大事呢！

於是，一個在他心中醞釀已久的計劃終於形成了。

他終於趁此機會，將他早已厭煩了的姚阿巧打發回了溪口老家。

蔣介石在溪口老家僅小住了兩天，便於一個清朗的早晨，挨個向母親等人作別，然後背上行囊，大步走出了溪口鎮。

姚阿巧抱著小緯國，倚在門邊，她目送著夫君矯健筆直的背影漸漸遠去，不知不覺中，兩眼湧起的淚水，模糊了她的雙眼。

一種隱隱的哀戀別情，悄悄地漫進了阿巧的心田裡，與蔣介石結合整十年了，她早已把自己的一腔情絲、把自己一生的命運，都交托給了蔣介石了。

蔣介石走了，她把一腔的情愛，都傾注在了小緯國身上。

蔣介石臨走前，特意為小緯國請了一名家庭女教師陳志堅，從此，陳志堅與姚阿巧母子朝夕相伴住在了一起。她聽從蔣介石臨走時的吩咐，一門心思地把教授文化的精力放到了小緯國身上，順便也教姚阿巧認字學文化。但姚阿巧畢竟年紀大了，身邊又有小緯國分散精力，所以她認得的字並不多，只能勉強誦讀一些普通的經文。

好在姚阿巧現在沒有了叉麻將的「搭子」，不能整天到晚癡迷在麻將牌上了。她似乎一下子看破了紅塵，內心世界變得更加淡泊，所以，現在她一空下來就念經拜佛，祈求佛祖保佑她後半生平平安安。

第十二章　大亨上當

一九二一年十二月，蔣介石悄悄離開上海，去了廣東。次年四月下旬，蔣介石從廣東回上海，曾又拜見黃金榮，但仍不敢拋頭露面，隨即啟程前往寧波。後來，他到湖州去探訪戴季陶，敘說交易所裡所遇到的種種痛苦時，還心有餘悸。不久，蔣介石接到孫中山從廣州發來的急電，去穗參加護法活動。時孫中山正面臨著陳炯明的叛軍圍攻，在永豐艦上苦苦堅持。蔣介石與孫中山在危難中並肩戰鬥四十天，從此獲得孫中山的信任，從而平步青雲。此為餘話。

話說杜月笙倒也守信，自從那天沈月英提出要他陪著她一起回蘇州北橋鄉下「衣錦榮歸」的要求後，不久，隨著沈月英的一再要求，他終於同意親勞大駕，滿足夫人的要求。沈月英大喜過望，即電話通知張桂英，請桂英陪她一起同行。無奈張桂英因顧慮自己已面目全非，再加上鄉下已只剩一個侄兒，無多大掛牽，所以直言相告，予以了謝絕。這時，姚阿巧正帶著蔣緯國在溪口，自是更不能通知她也一併同行了。所以，擇了春日裡的一個明媚之日，沈月英抱著嬌兒藩藩，在杜月笙的親自陪伴下，坐上了開往蘇州的火車。

畢竟是聞人出行，不同一般，所以在這次行動中，杜月笙足足帶了一支十人組成的短槍隊，還帶上了一個專門服侍藩藩的娘姨，一個專門燒製大煙的郁詠馥，包下了一節車廂，真可謂浩浩蕩蕩，聲勢非凡。

說起杜府裡專門燒製大煙泡的人，還有一個，那就是前不久杜月笙剛收入的萬墨林。

那天，杜月笙從公司回來，下人回說來了兩位客人，杜月笙猜不出是誰，走進客廳，看見一個鄉下老太太和一個半大的男孩子正坐在裡面。那老太太穿著一件還算乾淨的青布對襟大褂，一雙小腳上穿著藍布做的布鞋子。那個小夥子則穿著一身像杜月笙剛離開家鄉時穿著的衣裳。原來，家鄉高橋的窮親戚萬老太已帶著小兒子在此恭候多時了。杜月笙心裡掠過一片陰影，舊親故友給他帶來了以往痛苦的回憶，他極力要抹掉自己潦倒無依，被人唾罵、被人厭惡的這些難過的童年的回憶。所以，當時杜月笙克制著從內心湧上來的厭煩，勉強打起笑容上前打招呼：「原來是姑媽來了。」

萬老太是杜月笙的堂姑媽，她這回來，自是攀貴附勢來的。所以她忙把身邊的小男子推到杜月笙面前，嘮嘮叨叨地說道：「月笙，現在你真有出息了，姑媽為你高興。這是你的小表弟墨林。墨林，還不快叫阿哥呀？」

萬墨林拘束地上前向杜月笙鞠了一躬：「阿哥！」

「月笙呀，你不知道，你走了以後，高橋還是那個樣子，只是越過越窮了。我們家的幾房親戚雖然還守著幾畝薄田，但日子不好過啊，你在家裡的那幾間祖屋，都被你大伯給賣啦。他知道你現在做大生意，也不會爭那幾間房，就擅自作了主。你堂嫂她女人家，見識淺，就硬是要爭這賣得的錢有她一份子，怎麼說呢？你當初說要賣那祖屋，是她給攔下來的……」

杜月笙越聽越不耐煩，於是望著萬墨林打斷了姑媽的話頭：「姑媽，我怎麼從來沒見過這麼一個表弟呢？」

「是呀是呀，當時你走的時候，他還沒出生呢。」

「墨林現在在哪裡做工？」

「他在十六鋪當銅匠，沒出息，今天把他帶來，你這個當表兄的也好提拔提拔，讓他也賺幾個。」

「多大了？」

「不小了，十九了。」萬老太太抿抿乾癟的嘴唇，又接著說道：「家裡數他最小，你的其他幾個表兄弟都已成家立業了，我也不為他們操這個心。就這麼一個老拖兒子，我想把他交給你。」

杜月笙想了一下，覺得妻子沈月英身邊正好缺一個燒大煙泡的人，於是爽快地答應了：「好吧，墨林，過來我看看。」

一直站在旁邊沒有吱聲的萬墨林聽到杜月笙叫他，連忙規規矩矩地走到他面前，杜月笙這才得以細細地打量他。但見萬墨林穿著破舊的短衫褲，腦袋很大，身體也較結實，面孔上流露著一臉恭順的神情。於是，一種莫名的情緒，使杜月笙想起了自己當年進黃公館時的情景。

他望著寒酸的萬墨林不由油然生出一種同病相憐的感覺。

「跟我來。」杜月笙向萬墨林招了招手，讓萬老太太先在客廳裡等著，自己在前領著萬墨林上了二樓。

他們走進一間佈置華貴的臥室，裡面掛著錦緞的帳幔，擺著古色古香的桌椅和高級的沙發。在靠裡牆的一張湘妃竹榻上，躺著一位瘦骨伶仃的少奶奶。一層薄薄的煙霧遮住了這位少奶奶的面孔。萬墨林不敢細看，急忙低下頭。他估計，這就是母親說的表嫂沈月英了。

果然，杜月笙在煙榻前站住後，把萬墨林帶到沈月英面前，說道：「月英，他叫萬墨林，是我鄉下的表弟。以後在你身邊當差吧。」

沈月英衝著萬墨林露出淡淡的笑容，點點頭，然後自顧自地用象牙籤沾著煙膏往煙斗裡塞。塞滿後，又銜起煙槍吸了起來。

萬墨林不知應當如何稱呼這位表嫂，因為他想起了兩年前自己和杜月笙的堂兄杜金龍的女兒訂了親，論輩份，杜月笙又成了他的叔岳父。所以，他想了想後，就乖巧地喊了聲：「嬸娘。」

沈月英似乎沒聽見，煙斗裡的紅光一閃一閃，發出了吱哩吱哩的響聲。杜月笙把萬墨林領到沈月英面前後，就揮了揮手，就算定下了。

萬墨林剛到沈月英身邊時，只是打打雜，提提水、燒燒煙泡。萬墨林為人憨厚，做事勤奮，沒多久，就得到了沈月英的信任。接著，沈月英專門讓他為自己燒煙泡，不再打雜了。

當時，沈月英的煙癮還沒那麼大，她把萬墨林留下後，又在杜月笙耳邊吹了幾次枕邊風，肚皮裡有點墨水的萬墨林，就很快被杜月笙提拔為了杜公館的總管。但是，沈月英做夢也沒有想到，後來，就是這個得到她恩寵與提拔的萬墨林，竟差點奪了她的命。這是後話，暫不展開。

因是黎明發車，所以車到蘇州，尚是上午八九點鐘。杜月笙一行一下車，即直奔距蘇州火車站僅數百步路的平門輪船站。這時，早有蘇州流氓幫會雇下的小火輪，等候在輪船碼頭。所以，當杜月笙一行順水路抵達三十里外的北橋南橋鎮時，才剛過午飯。

為衣錦榮歸，今天沈月英特意換上最好的旗袍，戴上了最高級的飾物，黃金頸鏈、翡翠手鐲、鑽石戒指，再加上兩枚銀光閃閃的髮夾，端得是珠光寶氣，喜氣洋洋。穿著一雙義大利產的女工高跟皮鞋，三十多歲的人顯得更年輕了。

杜月笙陪伴在夫人身邊，穿一身絳紫色的長衫，外套一件墨黑色的織綿緞的馬褂，頭髮梳得溜滑，還戴著一幅茶色的金絲邊太陽眼鏡。

他們的身後，跟著懷抱藩藩的娘姨與身背裝有煙槍煙具錦盒的郁詠馥，前面四個短打保鏢開路，後面擔任護衛的六個敞胸挺腹的大漢更是虎視眈眈，一律腰插雙槍，威風凜凜。一路走來，這陣勢，頓時轟動了整個南橋鎮人，大呼小叫湧出家門，爭看新鮮。有人認得沈月英，遠遠向她打著招呼。月英春風滿面，不管認識還是不認識，一律笑臉相迎，點頭招呼。

從南橋鎮船碼頭到沈月英老家張華村木橋頭，有三里多路，不巧的是，因昨日剛下雨，這條只有兩人寬的泥土路上顯得泥濘不堪，杜月笙等一班人本是大城市長大，哪走過這般鄉間小路，一個個東倒西歪，像北方人在扭秧歌。偏偏杜月笙的煙癮又上來了，哈欠連連，便不由得怨懟了起來，不住嘴地問一邊的月英：「還有多少路？」

沈月英只好陪著笑臉敷衍：「快了快了，快要到了。」

說是快要到了，殊不見眼前已橫著一條二十來米寬的冶長涇河！

而且要命的是，過此河全憑一般破舊的自助小擺渡船。杜月笙一看，不由大呼此行冤枉。

「夫人，怎麼過去呀？」連前面開路的四個保鏢都傻眼了。

但見這船飄泊在河邊，船上繫著兩根手腕粗的爛草繩，一端繫在此岸，一端聯在彼岸，整艘船上連根篙子也沒有。好在沈月英從小用慣了這船，所以咧嘴一笑，率先跳下渡船，然後抓住船頭那根草繩，往懷裡拉扯。

渡船在草繩的牽引下，徐徐向彼岸前進。

原來，這兩根草繩竟是用來過河的唯一動力來源！這班都市的公子老爺，一個個看得目瞪口呆。

「就照這樣擺過河去。船小，三四個人一趟，保準沒有問題。」沈月英做了示範，回到岸邊，如此這般傳教。

杜月笙哭笑不得，只會連連搖頭。

於是，一班人分為幾班，依樣畫葫蘆，小心翼翼地過了冶長涇。

「啥個窮鄉下！」過了岸，杜月笙嘴裡還在嘟噥，「連座橋也沒有的。」

「鄉下窮呀。」沈月英被家鄉一成不變的貧窮而深深歎息，忽然，她想起了什麼，「月笙，你幫我家鄉在這裡造一座橋吧，這裡通往無錫蕩口，一天來來往往的大人小人多著呢！你造了橋，大家都會謝你的，都會記住你的。人家走到橋上，就會說，這是我伲木橋頭村月英的補台（蘇語：女婿的俗稱）造的……」

杜月笙被妻子一連串的話逗得忍俊不禁。造這樣一座橋，能用得掉多少銀子？對杜月笙來說，不過是牯牛身上拔根毛。但是，這次下鄉，已使他的腦袋都也大了，說不定這次他下來，是他的第一次，也是最後一次呢。所以，想到這裡，杜月笙故意賭氣地答道：「勿造勿造，關我啥事體？我今後可是再也勿想再來這種鄉下受罪了。」

「哦喲，看你，一口一聲鄉下鄉下，既然鄉下什麼都不入你眼，那你為啥要討我做家主婆呀？再說，你在上海做了那麼多的好事，一年不知要施捨掉那麼多的銀子，你就不肯看在我的面上，為我施捨一點點嗎？」沈月英生氣了，嘟起了小嘴，自顧一人在前面走了個快。

其實，杜月笙嘴上這麼說，心裡可是早就同意妻子的要求了，所以到了木橋頭村月英的表弟傅方林家裡後，他就當著大家的面，關照郁詠馥記下這件事，一回上海，就撥款子到鄉里，叫鄉里在這裡造一座橋。

沈月英一聽，開心得嘴巴也合不攏了。

果然，當年秋天，趁冶長涇河進入枯水季節，北橋鄉偽鄉長就收到了杜月笙專門派人送下來的一百元銀洋，在冶長涇河上造了一座拱形石板橋。偽鄉長給此橋起名為「太平橋」。直到如今，其中靠東的那座太平橋，還與後來人家造的兩座石橋一起，分別騎跨在冶長涇河上呢。

卻說沈月英的表弟傅方林見表姐一行突然自天而降，光臨他那兩間茅草房，當時驚喜交加，眼淚都差點落了下來。

傅方林二十三四歲模樣，長得一表人才，雖說穿著一身千補百納的破衣服，面孔被陽光長年照射曬得黑黝黝、亮光光，但絲毫遮掩不住從他那眉宇間流露出來的英俊氣，端莊的五官，高挑的身材，個子也不比杜月笙低三分。見得貴客臨門，他一時手足無措，跑到外面衝著田野裡大呼小喊：

「月華——，快轉來，來客人了！」喊音剛落，就旋風般地滿屋四轉，掏雞窩，捉鴨子，滿抱著雞蛋鴨蛋就要煮水浦蛋犒勞客人。但被杜月笙擋住了。

「勿要忙，我們坐一歇，就要回蘇州的。」傅家家徒四壁，連張像樣的凳子也沒有，杜月笙怎可能在這裡住夜呢？

為不讓傅方林瞎張羅，杜月笙將就著在一隻甏上坐下，一邊抽鴉片，一邊與傅方林搭訕。閒談中，他知道傅方林只因為家境貧困，所以至今還沒成家立業呢。

正說了沒幾句，傅月華連蹦帶跳、拖著一雙泥腳跑到了茅屋門前，一看見表姐沈月英，就蹲在地下「嗚」一聲哭了起來。哭得沈月英的兩眼圈也紅了。

傅月華是傅方林最小最小的妹子，這年只有十四歲，儘管也是穿著破衣爛衫，但長得比表姐還要漂亮，兩隻大眼睛像會說話。

杜月笙饒有興致地打量著傅月華，問妻子：「伊怎麼和她兄長相差了這麼大一段年紀？」

沈月英就告訴他，說是娘舅舅媽一共生有四個孩子，當中兩個因為貧病交加，不幸都早早夭折了。所以，這對兄妹間相差了這麼大一段年紀。

杜月笙鴉片癮過足，就想動身離開這個窮地方了。豈料他話還沒出口，月華就又「嗚」一聲撲了上來，緊緊抱住表姐，說什麼也不讓她們走。眼見表姐妹剛見面就要分手，沈月英自也很難過，含著眼淚打開小提包，準備給他們兄妹留下一筆現鈔什麼的。正這時，杜月笙忽然開口了：「月英，儂身邊勿是正好缺一個貼心人嗎？我看這小妹倒可以……」

「對對！」一語提醒了沈月英，她連忙拉住表妹問道，「月華，你阿肯跟我到上海去？」

傅月華一聽，高興得面孔都漲紅了，連連點頭：「阿姐，我肯的，我肯的。」

沈月英見表妹願意跟她走，便徵求表弟的意見。沒想到表弟不等她問話，就笑著對沈月英說道：「去吧，讓月華去吃口好飯吧，在鄉下，糟也要把她糟煞了。」

分手的時候很快到了，傅方林為妹子整理了一個簡單的包袱，把表姐、表姐夫一行送到河邊，一路上，他向妹子月華千叮萬囑，一句話，到上海後，要聽阿姐姐夫的話，最好能讀點書，識幾個字，勿要像他那樣做開眼瞎。月華眼淚汪汪，直點頭。自長這麼大，她還從來沒有和阿哥分開過，現在乍一分開，難免要難過。

月華最後一批上擺渡船，站在岸邊，望著阿哥躊躇了又猶豫，最後終於忍不住哇一聲哭了起來。傅家父母死的時候，傅月華才三、四歲，是阿哥既當爹、又當媽地一手把妹子拉扯大，兄妹感情不一般呢！

傅方林見狀，強作歡顏刮著小妹的鼻子嗔怪道：「看你看你，鄉下人就是不出行，到上海有多好？人家想去也去不了呢，姐夫家裡都是汽車洋房，開心也來不及呀！」說著，傅方林連抱帶扶，把傅月華送到擺渡船上。

但是，船到對岸，傅月華哭得更響了，一步三回頭，抬起兩隻手背左右開弓直揩眼淚。邊哭，嘴裡還邊說：「阿哥苦，嘸沒銅鈿討翠花，年頭上，翠花就嫁到蕩口去了。阿哥哭了一夜天呢……」

小人嘴裡吐真話，幾句話，說得在場的人們心裡都酸酸的，大家不禁回過頭，向對岸望去。

對岸，傅方林還站在那棵大楊樹下，舉著手，向這裡揮搖呢。沈月英一行都走出老遠了，他還扶著樹身，癡癡地向這裡眺望。

一路上，杜月笙始終沒有吱一聲，這時，他卻忽然站住腳，對著妻子開口問道：「月英，叫伊一道去，伊會肯嗎？」

沈月英和傅月華一聽，一時上簡直不相信各自的耳朵，愣怔了一會，才高興地抱在一起跳了起來：

「肯，肯，他肯定肯的！」

傅月華更是高興得要發瘋了，連奔帶跳跑到河岸邊，撕破嗓子似的衝著對岸的傅方林拼命大叫了起來：

「阿哥——一道到上海去，我伲一道到上海去囉——」

但是，傅方林兄妹又怎麼想得到，上海並不是他們想像得那麼好，在那個花花世界裡，到處佈滿了荊棘與陷阱，充斥著爾虞我詐與勾心鬥角，還不如他們鄉下來得安逸呢。鄉下儘管窮，缺吃少穿，但鄉下太平安逸，至少用不到整天提心吊膽地過日子。更使傅月華做夢也想不到的是，她在上海出現後，竟會成為人家手中的一件禮物與工具，從而改寫了那個三大亨之一的張嘯林的命運呢！

時年四十多歲的張嘯林，雖說已娶了一妻一妾，身邊有了一子一女稱他為阿爸，但是，張嘯林心裡最清楚，那兩個孩子都是其妻婁麗琴領來遮遮面子、自我安慰的。也許正應了那句「有子沒有財，有財沒有子」的俗語，又也許年輕時的私生活太荒唐放縱了，所以，他與黃金榮一樣，都沒有真正屬於自己的親骨肉。為此，黃金榮不服貼，曾自作聰明：找幾家合適的妓院，包下幾個能生孩子的妓女，自己每天陪一位妓女睡覺，一個月後，如果妓女懷孕了，證明自己是沒有問題的。到那時，不管桂生如何，先把懷了他的種的妓女接過門，讓她生下孩子再說。

然而遺憾的是，三十天下來，黃金榮被每晚必睡一個妓女的目標耗盡了全部精力，整得自己步履蹣跚、食宿不香，結果是三個妓女依然沒有一個懷上孕。於是，黃金榮這才徹底相信自己確實是「死蟲」，這輩子沒有福氣再為他們黃家傳宗接代了。

現在，張嘯林也犯了這個與黃金榮同樣的錯誤。

張嘯林二十七八歲那年，在師傅李休堂家裡，看到了一個如花似玉、名叫婁麗琴的絕色女子，從而發誓一定要把婁麗琴娶到手，以結束自己整天一到夜晚就在外到處尋花眠柳的「打野雞」生活。婁麗琴也是浙江慈溪人，是李休堂老婆乾姐姐的女兒。李休堂去合肥後，他老婆便把婁麗琴接到杭州來作伴。她還受乾姐姐之托，給這女子在杭州找個婆家落戶杭州。

婁麗琴的父親原來也是慈溪縣城的富商，仗著財勢，不斷娶妻納妾。幾個女人同住一個院內，爭風吃醋，打得不可開交。爭不到的，難免有外心，於是，富商戴了兩頂「綠帽子」。

婁麗琴的母親是這個富商的第二個老婆，長得很有姿色，但不討丈夫的歡心。一次外出散心的時候，遇見一個偷香竊玉的浪子，她被浪子連騙帶哄，在一個旅館裡行了男女越軌之事。

之後，這女人情感如火，竟然夜不歸宿，對丈夫和女兒謊稱賭局散場晚，歸家不便，借宿附近朋友家。去與那浪子幽會。

這事終於被婁麗琴的父親知道了，他妒火中燒，醋意大發，心想這賤人竟然幹出了這等不要臉的事。所以決定把她逐出家門。

他想出了一條毒計解恨。

一天，婁麗琴的母親從外面回來，富商告訴她，她母親病危，讓她趕快回家探視。這女人信以為真，急著回家，丈夫隨手將一封信交給她，說是自己無空探望丈母娘，寫下問候之語，轉遞丈母娘。

富商臨走的時候，叮囑妻子把女兒婁麗琴也帶上。

母女倆雙雙回到娘家後，見家中老母無半點病容，這女人感到奇怪，想起丈夫那封信，忙拆開一看，這才知道中了丈夫的陰謀。原來這是一封休書，丈夫不僅休了她，而且連女兒婁麗琴也給一腳踢了出來。

在那個毫無法律保障的年代，一紙休書，是當時中國人延續了世世代代的「離婚判決書」，而且這原告與法官都是丈夫一個人說了算。

作為妻子，除了忍氣吞聲把眼淚往自己肚裡咽之外，再也無法扭轉這定局。覆水不能再收，婆家是無法再回去了，而娘家人還蒙在鼓裡，道出真相，又羞於啟齒。婁麗琴的母親左思右想，決定還回到縣城，找那浪子。

母女倆回到縣城後，浪子見她們身無分文，無好處可撈，人又已徐娘半老，還拖了一個齊桌沿高的小女孩，便不再理睬。可悲的是這女人痛哭一場後，不得不與那浪子恩斷情絕。

婁麗琴的母親還算是堅強的女人，她賣掉了身上所有的飾品和一些衣服，租了一間房，帶著女兒獨自過起日子來。

婁麗琴那年十二歲。

在這種環境下長大的婁麗琴除了自身的美貌外，為人待事方面與一般女子也不同，她的身上有小家碧玉的溫柔，大家閨秀的大方，同時也有風塵女子的世故和潑辣。

初見張嘯林，婁麗琴壓根兒沒把他與自己聯繫起來，只當他是同鄉，便和他自然地說說話，搭搭訕。也不知是怎麼的，婁麗琴越自然，張嘯林的心就越慌，後來，不論婁麗琴說什麼，張嘯林只能回答「是」或「對」。

怕一個女人，這在張嘯林還是頭一次。回到茶館，細細琢磨原因後，他終於發現可能是自己太在乎她了，所以怕她。「這麼說，不就是緣分了嗎！」張嘯林頓時豁然開朗。

於是，張嘯林準備向婁麗琴發起猛攻。一想到自己怎麼向這個女人求婚，這女人又假裝不允挑逗自己，他激動得心頭直發顫。

出乎張嘯林意外的是，他只轟了幾炮，婁麗琴便倒在了他的床上，這使張嘯林不由生出一種遺憾之情。

當婁麗琴用纖巧的手一件件脫去自己的衣服後，張嘯林的遺憾便一掃而光了，他看到躺在他床上的不是女人，簡直是一尊玉佛：那瓜子臉如桃花般的豔麗，櫻桃小嘴微微張開，露出幾絲白牙；兩片鼻翼因激動一歙一鼓開合著；一雙大眼睛凝望著他，充滿了饑渴與企盼。

第一次與婁麗琴做愛，張嘯林表現得很溫柔、體貼，給了這女人極大的快樂。看著睡在身邊的張嘯林，婁麗琴決定嫁給他。

第三天，張嘯林與婁麗琴在拱宸橋的家裡結了婚。婁麗琴成了他的原配夫人。

但是，婚後張嘯林舉家遷進上海後的這十幾年中，婁麗琴的肚子始終沒有大起來。儘管這時婁麗琴已先後領養一男一女兩個孩子，大兒子張法堯已十幾歲了。

張嘯林少年時讀過《論語》與《孟子》，至今還記得《孟子・離婁上》中的那句「不孝有三，無後為大」，為此，他順其自然地想到了納妾。但是，要納誰呢？

張嘯林很快想到了秀英。

秀英也姓張，是五馬路「滿庭芳」書寓裡一個名妓。這女人長得特別，她是一個黑皮，人稱「紫膛」。這種膚色，放一般男人是不感興趣的，但張嘯林卻被這種膚色激起了強烈的性慾，尤其是她那高挑的身材和婀娜多姿的走路的樣子，使張嘯林更對她情有獨鍾了，認定這樣的女人，肯定會為他懷孕生子。所以，經過反復盤算思量，張嘯林決定娶張秀英為妾。他在夜間枕邊上，將這個決定告訴了婁麗琴，只怕婁麗琴反對，所以一上來就振振有詞地說道：「娶個黑黢黢的婆子，襯托你的白皙水嫩，她只管生孩子，不沾你的上風，這下你可以放心了吧！」

「要我放什麼心？我是擔心你的身子，你忘了戲文裡唱的了嗎？青樓女子，玉體魔王；柳眉刀，星眼劍，絳唇槍，殺盡男人不知防！」婁麗琴早有思想準備。

「這個你放心，我心裡有數，兩夜一趟。」

「她也姓張，不是說同姓不通婚嗎？」

「她是江蘇無錫人，我是浙江慈溪人，天各一方，五百年前也許是一家，如今這些老古話，管他娘！」

妻子委婉地規勸，丈夫強詞奪理辯答。事情就這麼定了。只是有一點，丈夫聽了妻子的話，不再張燈結綵，也不大辦酒席，只是到老城隍廟陳鐵口那裡擇了個好日期，一頂小轎就把張秀英從「滿庭芳」裡悄悄地抬進了家門。不過，那洞房卻裝飾得花團錦簇，富麗堂皇，張秀英的首飾衣著，名貴講究華麗。這一切費用，包括向青樓納的贖金，沒幾十根金條是拿不下的。

但是，張嘯林太一廂情願了，張秀英從良後兩年裡，依然連蛋也沒生下一個！張嘯林大失所望，惱恨不已。這時，連婁麗琴也為他急了。於是，張嘯林決定再從青樓中精心物色一個沒「開苞」的黃花閨女，哪怕老鴇開價再高，也要贖到手，他不相信自己張家到他這輩就斷了香火！

張嘯林就是在杜月笙夫婦從蘇州帶回傅方林、傅月華兄妹的時候，再次有的放矢地問鼎「滿庭芳」。這時候，黃金榮親手籌建，杜月笙、張嘯林、范回春等三人合股參與的「三鑫公司」已經開張，銀子滾滾而來，張嘯林等三股東每月可以各得數萬元不等的分贓，不愁囊中羞澀了。

滿庭芳是當時上海灘上最高級的妓院，每個女子賣入妓院，老鴇首先要對她們進行嚴格的職業「培訓」。

培訓的科目有三，一為技藝，二是嫵媚之術，三乃待人接物的應酬功夫。

所謂技藝，就是讓妓女學琵琶，學跳舞，學歌唱。妓院老鴇自己會的就親自傳授，一板一眼，一招一式，一字一腔，都容不得半點馬虎；不會的就到外面請來專家上門傳藝，每月約三元學費。光緒年間的上海書寓妓女都能彈一手好琵琶，能唱昆曲，京劇和小曲。所謂嫵媚，就是訓練妓女的音容笑貌。民國前妓院「錄取」妓女後，一律要她們纏足，那時社會風尚是推崇三寸金蓮。女子再美，只要生著一雙大腳，入妓院後只能充當娘姨大姐，為妓女服務。妓院還要訓練妓女的姿勢和言笑，而對眼神尤為看重。對此「課程」，老鴇一般都親自講習，手把手地教。妓女走路時雙腳不能離得太開，要款款而行；坐時最忌身體僵直，姿勢要稍傾斜，給客人一種「紅粉知己」的感覺。

鴇母命令每個妓女在鏡子前練習，妓女還要把鏡子中的自己當作「客人」訓練眼神。眼光要講究傳情，要回首一笑百媚生，要讓人看了忘不掉。所謂應酬功夫，就是訓練制服「客人」的真本領。嫖客粗魯倔強的，要以如水柔情克之；嫖客懦弱膽怯的，要以柔中有則之術克之；遇見驕傲自負的嫖客多美言，碰到落泊失意的嫖客要多多「慧眼識英雄」。一言以蔽之，應酬功夫的要旨在於使嫖客一見鍾情，依依不捨，心甘情願地一擲千金無吝嗇。這應酬功夫還有一項，即由鴇母請富有經驗的老妓來教授修飾打扮和床上功夫。

在「培訓」期間，有妓女「學習」不認真的，老鴇就要給她點顏色看看，用針刺，甚至倒掛起來用鞭子抽打。

妓女滿頭翡翠，倚門賣笑，可她們的遭遇是很悲慘的。妓女接客沒有達到「指標」，執行客人不周到，例假期間不肯接客，都要遭到鴇母的不給飯吃、罰跪、關黑房等各種處罰。有一種刑罰，先把妓女捆在床上，把長著利爪的貓放進妓女的褲檔裡，再紮緊褲腰褲腳，用棍子抽打那隻貓。貓痛得便用利爪亂抓妓女的腿，妓女疼痛難忍，大聲慘嚎。儘管工部局頒佈法律規定，不準虐待妓女。可鴇母卻租了妓院隔壁的房子，照樣對妓女施刑。

政客商人打麻將，設酒宴都喜歡請高等妓女來唱曲助興，侑酒陪席。上海高等妓女出局極忙，每個晚上，一個妓女少則二十多局，多則三四十局，局局都要唱曲、飲酒和劃拳，妓女再疲勞，也得強打精神，每晚不到雞叫三遍就別想休息。

三四等的野雞院、煙花間的妓女，每天晚上必留一個客人，其他時候則來者不拒，少的三四人，多的幾十人，一刻不停地供人蹂躪。

例假期的妓女運氣好的最多休息一兩天，絕大多數照常接客。妓女鬧血崩，有五、六個月身孕或產後未及滿月，也得接客。有些未滿十四歲的幼女也被迫接客，一番摧殘後，連路也走不動。

一些妓院的鴇母十分心狠，不管颳風下雨，一年到頭威逼妓女到馬路上去接客，即使妓女生病也不管。

一些當紅妓女的日子還是過得不錯的，她們年輕貌美，技藝過人，終日賓客不斷。鴇母對這些妓女採取另一種手段，免費讓她們吸鴉片，還美其名曰地說是「提提精神」。紅妓女有了煙癮後，鴇母就再不免費供應鴉片了。紅妓女欲罷不能，只能將私房錢全部用來買鴉片吸。這樣，這些紅妓女就永遠不能自己攢錢贖身，也不能從良嫁人了：誰敢娶一個煙鬼回家？有些紅妓女一心一意攢錢要從良，鴇母則軟硬兼施地阻撓；如果阻撓不住，則對嫖客漫天要價，意在嚇退嫖客。

妓女死後，無人收屍，鴇母令人將她們的屍體用蘆席一捲，拋於野外亂墳，讓野狗來齧咬，最後只剩一片白骨。

滿庭芳的老鴇見張嘯林再次光顧妓院，摸清他的要求後，就向他推薦了一個名叫徐小雲的妓女，並告訴張嘯林，她是剛進妓院的，還從沒開過「苞」。

張嘯林怎麼相信，哪個鴇母不這麼說？又有哪個妓女肯承認自己已經失過身？這回，張嘯林學乖了，在與鴇母談妥價格後，並不先付錢，而是要先身體力行試過真假後，才肯下決定。鴇母也不是白癡，儘管張嘯林現在在上海灘上可算是有頭有面、有財有勢的大亨了，說出來的話不會賴，但她還是不放心，好說歹說，先讓張嘯林交了十根金條的押金，才把張嘯林送進了徐小雲的房間裡。

徐小雲正倚在床前嚶嚶哭泣呢，見得身高馬大的張嘯林進得房來，不由嚇得直往床後躲。老鴇見狀，一聲厲喝：「小雲，別不識抬舉，進得這裡來的女人，人人都要過這一關的。今天，就是你與這位大亨的紅燭之夜，伺候得人家滿意了，你也就走上大運了！懂嗎？」

可是，小雲依然可憐巴巴地望著張嘯林渾身顫抖。

張嘯林見狀，已對面前這個土氣未脫的蘇州姑娘有了百分之五十的相信，只有這種沒有經過世面的「新雞」，才會這樣畏懼與恐慌。

「去吧。這是個原生貨呢，專等大亨來開苞。」老鴇衝張嘯林擠眉弄眼。

「是嗎？」張嘯林故意欲擒故縱，「我看她是一隻熟透了桃子，能養到今天？」

「是啊，是熟透了的，不過，我一直珍藏著，上次黃師父來，我也不讓她露面。不相信，等會兒你自己看，不見紅，分文不要。」老鴇說完，就關上房門走了。

老鴇前腳剛出門，張嘯林就再也忍不住，如狼似虎地向徐小雲撲了上去，三下五去二，把徐小雲剝得像剛出生的嬰兒一般，然後，他從枕下抽出一塊雪白的絲綢，墊在徐小雲的身體下面。

徐小雲在張嘯林的身底下無力扭動著，慘叫著，不一會，便被張嘯林得逞了。張嘯林急爬起身一看，但見絲綢上殷殷一片鮮紅，不由滿意地笑了。

自古以來，唯一對一個新娘子的貞節檢驗是首夜見紅沒見紅，見紅者，自然是處女；不見紅，新郎倌完全有權用一紙休書了結這場短暫的婚姻。可惜張嘯林在這方面遠不如杜月笙精明與「領市面」，他依然按照老的傳統方式來檢驗。

張嘯林心滿意足，當即找到老鴇，辦了贖身徐小雲的手續。然後以整整四十根金條的代價，把徐小雲贖出了「滿庭芳」。

然而，張嘯林做夢也沒有知道，他上當了！

徐小雲早已不是黃花閨女。

那麼，絲綢上的鮮血從何而來的呢？

徐小雲清楚，那老鴇也清楚。

此乃妓院慣用的伎倆：事先把一泡新鮮的雞血包裹在糯米紙中，夾在下身，然後在房事的激動中，任其破碎，讓雞血灑出來，染在絲綢上，以此來欺騙衝動中的嫖客。張嘯林急於求成，居然信以為真。

等到張嘯林覺察上當，為時已遲。一年過去了，徐小雲的肚皮根本沒有一點動靜。

事後，他才知道，凡是妓女一進堂子，老鴇就會馬上把一種藥水給她們喝。而妓女們一旦喝了這種特製的藥水，這輩子是不會再生育了。

第十三章 爭風吃醋

黃金榮一手籌辦的「三鑫公司」，生意興隆，其利潤如黃浦江的潮水一般滾滾而來，黃金榮的勢力也逐步蓋過了英租界。

其實，三鑫公司是主要做鴉片生意的，它的出現，流氓幫會勢力與軍閥合作販毒，進一步促進了毒品的氾濫，到二〇年代中期，中國的吸毒人數已從十九世紀的二百多萬人，發展到了八千萬人，從而恥辱地成為了世界上最大的毒品消費國。在整個過程中，三鑫公司扮演了一個重要的角色。

鴉片所帶來的巨額利潤，使黃金榮集團與殖民者和地方軍閥的聯繫大大加強，其政治能量空前增長；不僅如此，而且還使黃金榮集團的經濟實力遠遠超過了他們有前輩和同行，勢力日益膨脹。由此，黃金榮集團成為上海乃至中國最為龐大、最有勢力的近代城市幫會組織。而且，在黃金榮集團內部，因杜月笙的周密部署，張嘯林的對外聯絡，一裡一外，兩人地位迅速提高，到二〇年代初期，由創辦三鑫公司的黃金榮一人獨尊，金廷蓀、杜月笙、張嘯林等為第二階梯，而逐漸形成黃、張、杜三大亨的新格局。當然，這是後話。

且說坐得乾餉的黃金榮樂不可支，為了表示對杜、張兩人的感謝，犒賞他們的忠心，他與老婆林桂生一商量，從自己的紅利中抽出一筆錢，在華格臬路（今甯海西路）造了兩幢樓房，都是三間三進，前一進為中式二層石庫門樓房，後一進為西式三間三層樓洋房，前面一幢二一二號送給張嘯林，後一幢二一六號送給杜月笙，作為兩人的公館。

從此，杜月笙與張嘯林，就成了雞犬之聲相聞的鄰居了。

那林桂生是個見不得別人比自己好的女人，眼見婁麗琴、張秀英、徐小雲和沈月英都隨著丈夫住進了豪華的洋房，自己豈甘落後，她交給杜月笙一箱銀元，拜託杜月笙在鈞培里和源成里買下數十幢石庫門房產，前者裝修一番正式作為公寓，後者出租牟取利潤，尤其鈞培里的黃公館，其豪華程度遠遠大於那兩個徒弟的房子。

至此，上海灘上黃、張、杜三大亨的格局完全形成了。

且說傅氏兄妹自從被杜月笙帶到上海後，就開始了他們在杜公館的生活。傅方林大字不識一個，被杜月笙安排在後門值更班中，帶著那四個警衛兼更夫，分班值勤。因是有功之臣杜太太的表弟，所以，雖說新來乍到，他的月薪就和那四位一樣多；傅方林從一個一文莫名的窮農民，一下子跳到這等地位，自是心花怒放，對表姐感恩不盡。

傅月華也不錯，沈月英乾脆把她放在了自己的身邊，教會她燒熬大煙後，專門做表姐的「煙槍手」。傅月華心靈手巧年紀輕，很快學會了一套熬製煙膏、燒製煙泡的技術，其本事，不差沈月英當年。

倒是張桂英苦了，黃鈞培的猝然離去，她在黃家的唯一的靠山倒了，再加上她一臉的麻子，很快受到了林桂生的輕視與壓制，被下逐到廚房間，當了一個洗菜淘米燒火點爐的廚師幫工。好在張桂英對自己的一生早已心灰意冷，只求能吃飽穿暖就可以，所以她表面上倒也無有怨言，只是整天沉默寡言，像從黃公館裡消失了一般。

就這時，黃金榮惹上一樁驚心動魄的官司。

年過五十的黃金榮淫心不滅，居然在外拈花惹草，惹上了一樁風流案。

這話得從「大世界」榮記舞臺說起。

在法租界的愛多亞路與西藏路口，矗立著一座乳白色扇形的四層高樓，樓頂中央豎起塔形尖頂，示威地直刺蒼穹。高樓底層，面迎十字路口，敞開石柱大門。大門之上，炫耀地俯懸著鑲有五彩燈泡的巨幅招牌——大世界。

大門兩旁的石牆上，貼滿五光十色的廣告，有「小囡」牌香煙，中法藥房名牌藥「百齡劑」、「艾羅補腦汁」，還有「戒煙丸」和「人造自來血」。大世界貼鄰是通霄營業的「日夜銀行」，門口站著兩個廣告員，身穿畫著鈔票和銀元的奇異服裝，聲嘶力竭地叫喊著。

大世界周圍開設了各種商店：菜館、布莊、百貨店和糖果鋪。這些店家的前面擺滿了小吃攤，附近小馬路還有煙館、賭場和妓院。那些店鋪門口，各處發出燦爛奪目的燈光，彷彿眾星拱月，把這上海灘上最大的遊樂場點綴成一座繁華宏麗的迷宮，吸引過往行人，吞噬成千上萬遊客。遊客經過收票處，每人憑票贈送「小囡」牌香煙一包。然後經過兩邊排著「哈哈鏡」的大走廊，來到備有「空中飛船」的大場地。人們坐在飛船上，在空中盤旋，飄飄欲仙。再抬頭四望，只見場地的上空，架著雙層回廊式的水泥天橋。曲曲彎彎的橋身，通往大樓各層，層層有兩三個演戲的場子。每一層樓面和室外的亭台、假山前，都有古色古香、牌樓似的華麗裝置，並署有奇趣雅致的美名：「飛閣流月」、「鶴亭聽曲」、「瀛海探奇」、「層樓遠眺」等等，它們被稱為「大世界十景」。從「十景」裡傳出各戲班的鑼鼓聲，琴弦聲和高唱低吟聲。整個大世界充溢著熱鬧和喧囂，使人們感到身入繁華和庸俗的「仙境」。

大世界原是二十年代上海灘出名的西藥大王黃楚九創辦的，一九三一年五月，黃金榮憑藉他的勢力，以七十萬元抵押價，從債權團手中盤下大世界。之前，他可只有一個位處鄭家木橋南塊的共舞臺，最早稱共和哈京戲院。當時的劇場，舞臺是方形的，觀眾廳內，前部設有方桌，桌後及兩旁有座椅；後部則置條凳，讓觀眾站著看戲。

一九二四年黃金榮為擴充共舞臺的場地，使用流氓手段，以兩擔米的價格做搬家費，令共舞臺旁邊的居民、金陵中路五金雜貨店店主葉慶祥在十五天內搬走。擴建後的共舞臺為三層，建築面積三千七百四十三平方米，設有座位一千〇九十五個，既可演戲，又可放電影。黃金榮鼓勵京劇男女演員同台演出，一時名角雲集，如荀慧生、尚小雲、楊小樓及活武松蓋叫天、梅蘭芳等都在這個舞臺演出過。

酷愛京劇的黃金榮在這個舞臺上，擁有兩名全國頂尖的紅角名伶，一位是秦腔文武花旦筱金鈴，還有一位就是露蘭春。

露蘭春生於一八九八年，湖北漢口人，自幼喪父，不知姓名，後由養父張師（江蘇揚州人）收養，師從名伶李吉瑞、小達子學京劇，取藝名露蘭春。

這一年露蘭春從武漢來上海，正二十出頭，長得唇紅齒白，婷婷玉立，光豔照人，尤其她才藝出眾，一口地道的京腔令滬上的戲迷們傾倒。

露蘭春因初出茅廬，北京很少有人邀她演出，這次上海共舞臺戲院之所以肯請她來演出，是為了少出包銀。露蘭春隨同幾個配角和琴師來到上海後，為了在這裡創牌子，也不計較包銀多少。

這露蘭春雖是坤角，但學的卻是余派的鬚生戲，如《搜孤救孤》、《文昭關》、《捉放曹》、《失空折》等，都是她的拿手劇目。更兼她風華正茂，眉清目秀，面不敷粉而自白，唇不點朱而自紅，兩目脈脈含情，給人一種俊俏颯爽之氣。

露蘭春到了上海，在按目的陪同下拜過闊佬和流氓，又在報上登了廣告，頭三天的打炮戲居然賣得滿座。

露蘭春頭三天賣得滿座，戲院裡生意興隆，財運亨通，老闆黃金榮自然非常高興，免不了要擺酒設宴，祝她一舉成名。聽到老闆擺筵請客，露蘭春自要應邀赴宴。

誰知這次黃金榮設宴請客，不懷好意，因為那天他看到露蘭春長得體態輕盈，面貌生得清秀俊俏，早已心猿意馬，難以自製。又打聽到露蘭春隨身只有一個老媽子和一個年老的跟包，便認為這隻孤鶯兒是隨手可擒的。於是就以請客為誘餌，把露蘭春引上鉤。

在宴席上，黃金榮已饞涎欲滴，當著露蘭春的面露出一副色鬼淫棍相。同桌吃酒的陪客們，原都是黃金榮的心腹，一個個鑒貌辨色，不要黃金榮再說下文，早已心領神會，無不竭力地替老頭子拉馬牽韁，整鞍挂蹬。

露蘭春雖潔身自好，怎抵得住這幫老吃老做的流氓們軟磨硬纏，為了在上海灘這片遍地是金的全國最大的大碼頭上演下去，她只好委屈求全。黃金榮當夜就如願以償得了手。

為了長期霸佔露蘭春，黃金榮將露蘭春安頓在戲院上一個密室住下。此後，黃金榮便天天到共舞臺去親自為露蘭春捧場，這使得露蘭春在上海灘更是大紅大紫、身價陡漲。

卻說這黃金榮怕老婆，也是有名，林桂生把黃金榮看管得特別緊，既不準他在外面和女人廝混，又不許他每日超時晚歸。如發現形跡可疑，必像提審囚犯一般，盤根究底，問個水落石出。

黃金榮既想偷「雞」，也自有他的妙招，到巡捕房裡寫了一紙假的公文，蓋上一個印章，說他要到外地去偵探案子，多少天不能回家。

騙過老婆後，他便天天泡在露蘭春身邊。

但是，世上沒有不透風的牆，何況林桂生也不是耳塞眼蒙的女人，所以，很快她就探得了黃金榮與露蘭春的把戲。

林桂生獲悉後，氣得七竅生煙，有心想直奔共舞臺直接找黃金榮算帳，又恐一人力量不足，於是，靈機一動，她當即想到了她的青幫「十姐妹」。

不多一會，「十姐妹」接訊先後到來，一聽桂生姐要捉姦懲淫，一個個磨拳擦掌。大阿姐「強盜金繡」雖已年近花甲，但依然殺氣十足，精神抖擻。

這時，張桂英尚未被林桂生完全冷落，她還可以在林桂生身邊自由來去。這天，張桂英見「十姐妹」一個個相繼而來，之後又一個個磨拳擦掌，殺氣騰騰，便存了條心，趁上樓為「十姐妹」端茶送水，留了隻耳朵。當下，她便聽到了「十姐妹」準備前往共舞臺捉姦的消息。

自從小福全不幸早逝，林桂生撒屎不出怨馬桶，把一肚皮冤枉之氣，盡悉撒在張桂英頭上，她認為都是這個麻皮桂英天生一副克夫克子的苦命，把她同樣視為將來希望的長子給克死了，所以，經常指桑罵槐，含沙射影，再不給桂英好面色看。到後來，她不但把朝夕相處了近二十年的張桂英發落到廚房，還把她的年薪克扣到最低檔次。

張桂英儘管嘴裡不說，但心裡畢竟百般不是滋味，大喊冤枉。在北橋，她還有一個務農的侄子，從結婚娶媳婦到生兒育女，全靠她這個上海娘娘平時的接濟。張家唯有這一條根，桂英自是全力以赴，把所有希望寄託了第二、第三代的張家傳人身上。現在，林桂生這樣一來，無疑只給了她一份剛夠糊嘴的苦錢，使她再不能像原來那樣給予侄兒一家鼎力相助。所以，張桂英從林桂生身上，愈發感受到了人情淡薄，心中痛恨林桂生全不念舊情，過河拆橋，反目無情。

偏偏黃金榮在這方面要遠比林桂生重感情，逢年過節，總不忘叫張桂英與他們共桌用餐，吃上一頓團圓飯；桂英下廚房幫廚，他還特意叫虞洽卿吩咐廚房，不要給桂英做重活。兩相比較，張桂英便愈發判明了黑白是非，知道了誰好誰壞，認為黃金榮畢竟男子漢大丈夫，是江湖上人，懂交情，講義氣，是她將來的靠山。為此，耳聞「十姐妹」要大鬧共舞臺、給黃金榮難堪時，情急中，她靈機一動，就在弄口的公用電話上，偷偷地給黃金榮打了一個電話，通風報訊。

就這時，林桂生已統率眾姐妹，前呼後擁，分乘兩輛汽車，風馳電掣般地開到共舞臺，跳下汽車，直奔後臺密室，前去活捉露蘭春。

誰知進得門去，舉目四望，樓上樓下卻是人去屋空，連個人影也沒有見到，氣得林桂生直跳腳拍手大罵山門。

可是，走得了和尚走不了廟，捉不著臭蟲打草苫。林桂生等姐妹怒不可遏之際，就把舞臺內外的佈景道具砸了個稀巴爛，總算出了一口心頭的惡氣，這才揚長而去。

當晚，黃金榮硬著頭皮、憋著一肚皮氣回得家來，豈料，尚未走進入大煙室，林桂生就直竄下樓，臉色鐵青，披頭散髮，一頭撞在黃金榮的懷裡，連罵帶哭，抓咬踢掐，要與黃金榮拼命。

黃金榮雖然懼怕桂生，但事到如今，憋了一肚皮的氣再也壓不住了，揚手就是兩個大頭耳光，打得林桂生在原地轉了兩個圈。

這下，這馬蜂窩可算是徹底捅大了！

自從他們結為夫妻以來，彼此雖曾有吵鬧，但每次總是以林桂生占著上風、黃金榮讓為結局。今天林桂生挨著黃金榮的耳光，還是她出娘胎來的第一次呢！於是，她咆哮著跳起身來，像母老虎下山似的再次撲向黃金榮，與黃金榮扭成了一團。

林桂生與黃金榮打得難解難分，在場的男僕女傭見狀誰也不敢上前相勸，眼看黃金榮把林桂生按在地下，掄起拳頭就要往桂生的身上砸去時，說時遲，那時快，張桂英恰到好處挺身而出，死死抱住了黃金榮的胳膊。

「老爺住手，老爺住手！有話好好說，有話好好說！」張桂英整個人都吊在黃金榮那台柱般粗的胳膊上了。

「打煞了她再說！」黃金榮嘴裡兇狠，但手裡卻軟了下來。

「不能的，不能的。」張桂英連忙護住桂生，「相罵無好話，相打無好拳，不破衣衫便壞肉。打壞了太太，你最倒霉！」

這時，眾人見狀這才一起湧上前來，做現成好人，你拖我拉，把這對年過半百的夫妻拉扯開來。林桂生吃了這個大虧，更不肯就此罷休，上得樓後，仍是連哭帶嚎，把几架上擺的檀木架大時鐘、花瓶和細瓷大羅漢等砸了個支離破碎，狼藉滿地。眼見都已深更半夜了，林桂生還在又哭又鬧。又是張桂英，兩個電話打到華格臬路杜、張兩個公館，召來了杜月笙與張嘯林。她清楚，事到如今，只有這兩個黃金榮的高徒能勸得開這對寶貨。

果然，杜、張兩人聞訊趕來後，一通「師娘」亂叫，林桂生這才漸漸平息心頭怒火。但她抓住杜月笙不放，非要他從中作保，保證黃金榮不再對露蘭春有二心。杜月笙當即拍著胸脯，一口答應。

這場戰爭，直到凌晨二時左右才落下帷幕。

其實，杜月笙嘴上這麼相勸，自己心裡與黃金榮想的如出一轍，就在那一陣裡，他喜新厭舊，也早在外面找上了一個相好了呢！

過了沒幾天，杜月笙聽到露蘭春被黃金榮藏在了英租界的爵祿飯店，黃金榮仍對她藕斷絲連，常常到飯店與露蘭春相會，杜月笙便在心裡尋思：如若這樣下去，自己言而無信不說，那個生性潑辣的林桂生遲早要鬧出什麼人命來。

於是，杜月笙一邊勸黃金榮放手，一方面又單獨來到爵祿飯店，面見露蘭春，勸露蘭春為自己身家性命計，儘快收場，離開上海，離開「十姐妹」。

露蘭春聽了，急白赤臉地答道：「誰願留在上海，我早想回北京去了，怎奈他說什麼不和我結賬，我沒錢，怎麼回去呢？」

杜月笙知道這是黃金榮留人的把戲，便一邊說著「這事好辦」，一邊從身邊取出一疊鈔票，交給露蘭春道：「這些鈔票你先拿去，希望你趕快離開上海。」

露蘭春接過鈔票，連聲道謝，表示她馬上離開上海。

但是，一個星期後，杜月笙得知露蘭春還沒有離開上海，而是另租了一個地方，與黃金榮廝混，不但如此，居然還在共舞臺上演戲，他知道，露蘭春這回是真的惹禍上身了。

其實，杜月笙猜得不錯，但也不全對，因為禍事是惹出來了，但卻不是從兇悍的桂生姐身上引發的。

露蘭春唱紅上海灘後，不但引來了許多戲迷，還吸引了一些特殊的觀眾。其中有個到共舞臺看了幾場戲後，便被花容月貌、美色傾城的露蘭春勾去了魂魄，從那天起，只要有露蘭春登場，他每場必到，捧場、獻花，到後臺約請吃飯，簡直到了日思夜想的程度。

這個人叫盧筱嘉。

時任浙江省督軍盧永祥的寶貝兒子。

一九一五年，袁世凱親信、上海鎮守使鄭汝成被陳其美在外渡橋炸死，上海落入了軍閥盧永祥的手中。一九一九年，盧永祥升任浙江督軍，派其部將何豐林接替淞滬護軍使。

那時候，上海名義上受江蘇督軍齊燮元的管轄，實際上，上海淞滬護軍使何豐林則事事聽命於浙江督軍盧永祥。所以，上海實質上成了盧永祥的勢力範圍。

第一次直奉戰爭以後，直系軍閥戰勝了皖系與奉系，控制了北京政府，直系首領曹錕、吳佩孚掌握了中央政府大權。

皖系的段祺瑞、奉系的張作霖暗中聯絡在廣州的孫中山先生，成立孫、段、張三方聯盟。居間聯絡的，都派了自己的公子孫科、張學良、段宏業、再加上當時皖系唯一的實力派盧永祥的兒子盧筱嘉，時人稱他們四人為「四大公子」。

這盧筱嘉年二十有二，長在上海，尋花問柳，過著一擲千金的花花公子的生活。他在上海橫衝直撞，如花似玉的上海姑娘，不知被他糟蹋了多少。

這天晚上，盧筱嘉只帶領著兩名保鏢，來到共舞臺看戲。

那晚上演的劇目是連台佈景戲《天河配》，飾織女的坤伶正是露蘭春。

當時上海演出佈景戲，經常靠噱頭來激發觀眾的興趣，老闆為了賺錢，還常令坤伶用色情動作來吸引觀眾，把京劇的傳統藝術早就付諸東流了。

這天在演出《天河配》時，也摻和了一些胡編亂造的織女在天河中洗澡的戲。這群織女由大世界遊樂場的梅花歌舞團舞女來出演。

露蘭春扮演的「織女」，身穿胸前僅掩兩乳的紅綢肚兜，下身僅穿一條月白色絹絲三角褲，露著兩條肥白修長的大腿，在舞臺燈光佈景的襯托下，突胸叉腿、東歪西扭、媚笑可人。

台下的盧筱嘉看到這裡，興致大發，竟縱身坐在椅背上，一邊拍手，一邊衝著臺上狂吼亂叫：「再脫，再脫！脫光為止呀！」

頓時，場內秩序大亂，觀眾的注意力都吸引到了他的身上。

劇場稽查人員出來阻止，誰知道這個盧筱嘉不但不聽勸阻，反而破口大罵：「入你奶奶的，敢來管老子，瞎了你們的狗眼珠！」

這些稽查人員都是黃金榮的門徒，看到盧筱嘉來勢不凡，估計他有點來頭，不好得罪，便好心勸阻，未加措施，終於使秩序平靜了下來，戲依然得以演出下去。

但是，盧筱嘉已被飾演織女的露蘭春深深吸引住了，當天演出時，他一擲千金，連向臺上送了三個價值千元一個的大花藍。

此時，後臺的黃金榮已得門徒的報告，當他聽說有一闊少在演出時如此無禮時，他當時沒在意，只是隨口說了一句：「以後再發現有搗亂的，給我轟出去就是。」

但是，自那天以後，每逢露蘭春演出，盧筱嘉每場必到，而且每場必送一個大花藍給露蘭春。稽查人員見盧筱嘉只送花籃，不再搗亂，自是狗咬刺蝟——無處下口。

然而黃金榮知道後，不由大為動怒，認為這外來小子太不識相，竟敢把腦筋動到他的頭上，於是，他特意警告露蘭春：以後，只要是姓盧的小子再送花籃來，一律當場扔出去，他約請的飯局，也一概堅決拒絕。同時，他告誡稽查人員，嚴加防範，不準盧公子跨進後臺半步。

這還不算，在那以後，黃金榮親自場場坐鎮，嚴密監視盧筱嘉的一舉一動。

盧筱嘉對此一概不知。

但是，由於這一陣因為林桂生吃醋，露蘭春沒有登臺演出，盧筱嘉忍不住了，這天，他在報上又看到「露蘭春主演《落馬湖》」的廣告後，自是興沖沖早早地趕到了共舞臺。

戲還沒開場，盧筱嘉仍只帶了兩個保鏢，早早地坐到了包廂裡。

不一會，舞臺上鑼鼓喧天，幕布拉開了。

可是，由於露蘭春這兩天東躲西藏，被搞得頭昏腦漲，全身無力，所以在前面兩場中沒有露面。盧筱嘉見狀，不由急不可捺，看到別人上場，不是喝倒彩，便是乾脆直呼「露蘭春」，把個遠遠監視著他的黃金榮先已挑起了一肚皮火。

過了一會兒，露蘭春扮演的黃天霸終於上場了。

「三尺雕翎箭，開弓人馬翻，殺敵逞英豪，英雄出少年。我乃金鏢黃天霸……」

隨著鑼鼓的點子，露蘭春從「出將」門上場，甩了一下水袖，移步台中亮相，她想把腰上的垂帶踢上肩頭，可是終因乏力，踢了三次都沒成功。

「呵——！呵——！好功夫，好功夫！」盧筱嘉幸災樂禍，大聲喝起了倒彩。

在場的觀眾大都知道這裡是什麼地方，所以誰也沒吱聲，只有盧筱嘉不識相，一個人的聲音特別刺耳。

露蘭春循聲望去，見又是那個輕狂驕傲的白面少年，只得連連向他拋去媚眼，以示請求對方多多包涵：今天我身體不適著呢。

而底下的盧筱嘉見狀，以為露蘭春在向他瞥白眼，不賣他的帳，所以惱羞成怒之際，把倒彩喝得更響了：「呵！呵——！坍台啦，坍台啦——！」

狂叫的外地口音，回旋在劇場裡。

坐在包廂特座上的黃金榮，再也忍不住了：「他媽的，想不到在上海灘上，竟然也有人敢在我黃金榮的頭上拉屎！怎麼拉的，老子就叫他怎麼吃掉！」一邊罵罵咧咧地站起來，一邊向四下的稽查與保鏢一揮手。

門徒們早已磨拳擦掌、怒不可耐，見老闆發令，便齊聲呼嘯，從四面一湧而上。盧筱嘉的兩個保鏢見狀護衛主子，哪是他們的對手，當下，兩個保鏢被打翻在地，盧筱嘉也挨了狠命的幾拳頭。盧筱嘉勃然大怒，欲從腰間拔出手槍，但已遲了，眾打手東扯西拉，早把他當作皮球一般，踢來打去，滾翻在地。不一會，盧筱嘉身上的西裝全被撕碎，臉上和身上被打得鮮血直流，連腰間的那桿手槍，也不知被誰奪了去。

兩個保鏢好不容易拼命上前，架起主子，就跌跌撞撞地衝出了戲院，把半死不活的主子放到汽車上。

汽車一溜煙絕塵而去。

敞篷車上，盧筱嘉艱難地從車上支起身子，衝著共舞臺戲院大門聲嘶力竭地吼道：「黃麻皮，你等著——」

事到如今，黃金榮還不知他碰到了哪個敵手。

吃了大虧的盧筱嘉，連夜驅車直奔杭州，向老子盧永祥哭訴。盧永祥不明就裡，當場大發雷霆：「這個黃麻皮，不過是法國人的一條狗，我的兒子再不行，也輪不到你來打。我倒要看一看你這麻皮到底有多少能耐！」

罵著，盧永祥馬上命令鄭秘書代替自己急擬了一份電報稿，發向了上海淞滬護軍使何豐林。

軍令如山，何豐林拾到雞毛當令箭，只管執行上峰的命令。

過了兩天，共舞臺正上演《槍斃閻瑞生》。

這是根據一件轟動一時的社會新聞——閻瑞生誘騙殺害妓女黃蓮英的真人真事改編的，露蘭春在戲中飾演妓女黃蓮英，她唱的「蓮英驚夢」最動人，當時還灌了唱片，在留聲機裡播放，在上海灘上風靡一時。

戲正唱到高潮，黃蓮英上場一句搖板，贏得了滿堂彩。端坐在東花樓包廂裡的黃金榮看得津津有味，恨不得戲馬上結束，他好又把露蘭春擁在懷裡、壓在身底下。

突然，包廂門外傳來一陣異樣的聲音，黃金榮還沒反應過來，一群身穿便衣的彪形大漢便出現在他的四周，左右兩個大漢，兩把鐵鉗似的大手，死死抓住了他的左右兩條胳膊。

黃金榮一愣，知道遇上麻煩了，連忙伸起兩腳，猛力朝前面的矮牆上蹬去，要想垂死掙扎，但已遲了，一支冷冰冰、硬梆梆的槍口，已戳在了他的光光的後腦勺上了。

「麻皮，你再掙扎，立即叫你上西天！」

隨著話音，一條大漢上前，掄圓了大巴掌，十幾記大頭耳光，打得黃金榮眼前金星四濺，昏頭轉向。與此同時，又有兩條大漢拳打腳踢，把他按在了地下。

黃金榮武藝再高強，也架不住這近距離的肉搏戰，只好死豬般地躺在地下直喘氣。

包廂裡的打鬥聲，驚動了黃金榮的一大群保鏢、警衛與稽查，他們蜂湧上前，要想救駕，但無奈對方幾支手槍都抵著黃金榮呢。其中一個大漢大喊道：「誰敢輕舉妄動，立馬叫他腦袋開花了再說！」

「別，別亂來。」黃金榮急忙傳下命令，與此同時，他問對方，「你們是何許人物？」

「說來嚇你一跳，我們是淞滬護軍何豐林派來的！」

「我與他前世沒仇，今日無怨，他憑什麼這樣劫我？」黃金榮在被這幫漢子簇擁著拉出共舞臺劇場時，還不明白。

可是，彪形大漢沒和他多嚕嗦，一拉出劇場門，就推上了一輛軍用卡車。這時，黃金榮看見劇院門前停著好幾輛軍車呢。

他一顆心稍稍放下了些，回頭對手足無措的保鏢們嚷道：「大家勿要怕，事體一弄清，我也不會罷休的。」

幾輛軍車帶上他，直往龍華方向而去。

租界以外的滬南地界，當時是軍閥的世界，流氓地痞也要受軍警控制。何豐林的司令部，就設在龍華。這一點，黃金榮心知肚明。

保鏢、警衛、稽查等百把個人，一個個面面相覷，眼睜睜地看著他們的老闆被「丘八」劫去了。很快有人分析出來了：老闆被綁架，很可能與昨天那個外地小子被打有關係。

黃金榮被何豐林兵痞抓去的消息，當夜就傳到了林桂生的耳朵裡。畢竟是夫妻，夫貴妻榮，一榮俱榮，一損俱損，林桂生不能袖手旁觀。

她連夜電話通知了杜月笙與張嘯林，讓他們趕快想辦法救出黃金榮。

張嘯林馬上找到了虞洽卿，請這個道勝銀行的買辦、黃金榮的得意大門生出面，去向何豐林說情。

但是，何豐林不賣虞洽卿的賬，虞洽卿無功而返。

時間一天天過去，黃金榮仍被扣押著沒放出來。

林桂生更急了，再次召來杜月笙與張嘯林，商量緊急對策。

三人商量完畢，決定分頭行動：張嘯林前往杭州，去向盧永祥當面求情；杜月笙親自去見何豐林，當面懇求放人；林桂生則去找何豐林的老娘何老太太，迂回作戰。

總之，不救出黃金榮，他們在眾流氓的面前也不好交代，會被他們指為不仗義，日後威信有損失。

女人自有女人的辦法，林桂生拿出女流氓的手段，她知道何老太太信佛，每天拜菩薩，所以拿出一尊金觀音，又將一尊竹根羅漢拿來，再加上幾根金條，逕直坐著汽車去龍華拜會何老太太。

何老太太一見如此重禮，心花怒放，當即一口答應親自向兒子求情，請他放人。可惜，何豐林的回答是：黃金榮的命可以保下來，但要放人，需要盧永祥親自批準。

張嘯林一聽，即馬上動身前往杭州。

張嘯林馬不停蹄直奔杭州後，並沒馬上去找盧永祥，而是逕奔浙江省省府，去叩見張載陽。

浙江省省長張載陽，是張嘯林舊日一起投考武備軍校的同學，可以說，他們是一對落難「武生」。尤其是三鑫公司開張後，老同學舊誼重續，有過一段交往：當時，為了沿途販運鴉片的安全，張嘯林曾拜訪了時為省長的張載陽與浙江督軍盧永祥、就共同組成三鑫公司鴉片運輸事宜達成協議。三鑫公司每年付張載陽、盧永祥銀元若干，但他們必須確保沿途運送鴉片的安全。當時，張嘯林還額外答應盧永祥在莫干山造幢別墅以避暑。

三鑫公司開張後，張嘯林即兌現前言，真的在莫干山給盧永祥造了一座別墅。公司運作一周年，張嘯林向張載陽與盧永祥按約定送去了白花花的銀洋。

就這樣，在張載陽及另兩個時為浙江督軍的同窗周鳳歧、夏超等三人的聯合作保下，再加上盧老太太向兒子的親自求情，盧永祥終於答應釋放黃金榮。

黃金榮自從出道後，在上海灘上還從沒吃過這樣的癟，將近十天中，他住的是臭蟲四溢的監獄，吃的是豬食般的粗菜糙米飯，人也整整消瘦了一圈。尤其是為取得盧永祥的進一步寬恕，張嘯林、杜月笙還不得不答應由他們上海三大亨聯合出資一千萬，幫助張載陽、盧永祥在杭州開一個名叫「聚豐貿易公司」的煙土行，作為贖出黃金榮的交換條件。

黃金榮這才得以釋放，在兩個高徒的接應下，回到上海。

為了報答兩個高徒的救命之恩，黃金榮本想用金錢作為報答。但由於黃金榮一則為人吝嗇，二則這次為救他已憑空支出了整整一千萬元，家中存款不多了。所以，黃金榮居然以自己退格降位的辦法，即把杜月笙、張嘯林兩人以前拜他為師時投的帖子退還他們兩人，另外換一張義結金蘭的結拜兄弟的帖子。杜月笙與張嘯林見狀，也就半推半就接受了下來。

從此，黃、杜、張三人即稱兄道弟，由師徒關係變成了兄弟關係。

此為餘話。

且說黃金榮遭此重創後，自覺面子大跌。為了儘量挽救自己在黑道上的威信，他乾脆決定：哪裡跌倒在哪裡站起來，不把露蘭春娶到手誓不為人！

黃金榮的這個決定，當然受到了林桂生的強烈反對，她總以為黃金榮吃了這趟虧之後，要勒馬收韁，歸歸心了，不說從此收斂尋花問柳的行徑，至少也應該徹底放棄露蘭春了。可是，林桂生萬沒想到這次重創，反而推波助瀾，成為了促成黃金榮與露蘭春弄假成真的動力！當下，林桂生尋死覓活，大吵大鬧，對前來勸她放一馬的杜月笙表示：露蘭春進門，她就走人，離開黃金榮！

豈料，黃金榮這回是烏龜吞鉛絲——鐵了心，面對林桂生的要挾不但無動於衷，反而表示：露蘭春我是討定了，她要走就走吧。

哪知露蘭春知道了，也開出了條件：黃金榮要正式納她為妾，需答應她兩個條件：一，她要接管桂生姐的大權，從保險箱鑰匙到黃金榮家裡的一切浮財與家產；二，她得坐龍鳳花轎，正式嫁入黃家門。

黃金榮居然一口答應。

林桂生見狀，心灰意懶，知道覆水難收，她是再也收不回黃金榮的心了。所以，她不得不將計就計，順坡下驢，準備向黃金榮索要了五萬元銀洋後，徹底與黃金榮分手。

黃金榮自也沒有二話，當即取出幾張地契抵押給銀行，取出了這筆林桂生的分手費與贍養費。

真是淒淒慘慘戚戚，可憐林桂生白白與黃金榮做了半世夫妻，到五十歲左右依然孤苦伶仃一個人捲舖蓋離開黃家門。林桂生動身前，含著眼淚把張桂英叫到跟前，徵求她的意見：「桂英，我們老姐妹一場，現在，我要走了，借住到金廷蓀家裡去，你是我的人，一個人留在這裡，看那張婊子的面孔，總不是回事，還是跟我一起走，將來我們老姐妹之間也有個相互照應。好嗎？」

張桂英聽了，想了想，回答對方說：「太太，這事讓我想一想，再答覆儂，好嗎？」

事到如今，林桂生再也擺不出主人太太的面孔，只好同意桂英的這個起碼的要求。

張桂英見林桂生給自己時間考慮，即馬上找到沈月英，與她商量。

在上海灘，她只有月英這個乾女兒才是她唯一的知心人。

沈月英頗有心計，她經常從寄娘的嘴裡，聽到林桂生如何輕視她，尤其是黃鈞培逝世後，林桂生更是視她為「掃帚星」、發落到廚房當雜役，而黃金榮畢竟俠義、依然一如既往地對待張桂英的諸多事情，所以，沉吟半晌後，她即拿起電話，親自給黃金榮打了一個電話，徵求黃金榮的意見。

今日的沈月英，已不是昨日那個給他們燒鴉片煙的鄉下小丫頭了，而是那個與他平起平坐、稱兄道弟的杜月笙夫人了，所以，聽得沈月英親自打電話來徵求自己意見，他當即拍著胸脯表示：「叫桂英勿要跟伊走，留在我家，有我黃金榮在，就有她的粥飯吃，保證今後為她養老送終！」

沈月英討得黃金榮口風，即如實轉告了張桂英，建議她以留在黃家為上策。張桂英本也有留在黃家的想法，這下，更堅定了她的初衷，決定不跟林桂生一起去寄人籬下。

可憐林桂生山窮水盡，只好影形單隻地一個人離開了黃家，住到了金廷蓀的家中，與金的失寵的大老婆為伴，之後，她又在摩西路買了一幢樓房，一個人單獨另住了開來。從此，林桂生再不與黃金榮相見，也不許有人再在她的面前提起黃金榮的名字，她對背信棄義的黃金榮恨之入骨。

據記載，直到一九八一年春，林桂生才在上海逝世。

第十四章　將計就計

有道是，富貴思淫慾。此乃幾千年老祖宗們總結出來的一條不成文的規律，一點不錯。

杜月笙在勸黃金榮不要被一時快活迷了心竅、拋棄了結髮桂生姐的同時，自己卻早就在外拈花惹草，迷上了一個名叫陳幗英的美麗姑娘。陳幗英出身於一個小商販之家，在她老父所開的小商店屢受地痞流氓敲詐幾近關閉的時候，迫不得已，托親靠友，輾轉找到了杜月笙，請他出現調停。杜月笙看在所托之人的面上，只在陳幗英父親開的小商店裡坐了半個鐘點，一句話也沒說，就把這事擺平了。從此，那幫地痞流氓再也不來找麻煩，不來收分文「保護費」了。初涉人世的陳幗英生平頭一次開了眼界，沒想到連警察、巡捕也管不了的、對她一家來說無異於天塌下來的大事，竟被這個相貌平平杜老闆只坐了半個鐘點就化災為福了，不由對杜月笙佩服得五體投地。

也是無巧不成書，在此事之後沒幾天，一次，陳幗英陪父親幾個生意場上的朋友到一八一號遊樂場消遣，無意中碰上了杜月笙。

早對陳幗英的美色動心的杜月笙特地破例熱情接待了陳幗英一行，不但免了她們的一切消費費用，還親自陪著陳幗英把一八一號裡裡外外、上上下下參觀了一遍，留她們吃了一頓豐盛的晚餐。就這樣，一來二去，陳幗英心底裡對這個慷慨瀟灑的杜老闆的好感更濃了。

杜月笙欲娶陳幗英為妾的念頭，是在一剎那間決定的。

當天，杜月笙在陪著陳幗英一行走下高高的假山時，恰一陣大風吹來，把走在最後的陳幗英的衣裙給不客氣地吹了起來，露出了她裡面雪白的大腿與一條粉紅色的三角褲。當時，陳幗英又驚又羞，情不自禁地「媽呀」叫了起來，連忙彎腰伸手去按衣裙，一張面孔羞得通通紅。杜月笙目擊這一切，頓時，姑娘的靦腆與羞澀，激起了他心中一腔強烈的愛慕之情，直覺中，他認定這位陳小姐純情又幼稚，無比可愛。所以，第二天，他就特意差人上了陳家門，向陳父提親去了。

當時，陳父實在難以接受這樁媒，一則杜月笙時年四十多，比他女兒大了二十多歲；二則杜月笙雖說家有萬貫，是上海灘上赫赫有名的大亨，尋花問柳、三妻四妾是平常事，他只怕寶貝女兒到了杜家門要吃虧。豈料，早對杜月笙有好感的女兒卻不以為然，居然羞羞答答地點了點頭。

迫於杜月笙的威勢，為求得今後的安定，陳幗英父母只好忍痛割愛，張開眼睛吃老鼠藥，同意了這門親事。

杜月笙要起二心再娶妾，除了他那「食色性本也」的本性外，其中也有沈月英自己一份不自愛、瞎驕傲的責任。月英自從生下杜維藩，首先為杜家接上「香火」後，自以為為杜家立了大功，從此再無以往那樣的謹慎與謙虛，在家中，頤指氣使，任何人都不放在眼裡，有時候，連杜月笙的話她也敢頂撞幾句。更使杜月笙看不順眼又勸不聽的是，不知什麼時候，沈月英竟嚴重染上了鴉片癮，一有空，就鑽在煙榻上「吱吱」地吸大煙。鴉片實在是害人的東西，幾年下來，好端端一個花容月貌的風韻少婦，竟被鴉片煙摧殘得面黃肌瘦，整個一個老煙婆。要不是看在寶貝兒子小藩藩的份上，杜月笙從心底裡不想再踏進月英的房間呢。所以，杜月笙一連幾個月不碰妻子一指頭的事，在沈月英看來也是家常便飯了。

好在有鴉片煙支撐著肉體與靈魂，再加上表妹傅月華的到來畢竟使她有了說話解悶的人，所以，沈月英倒也沒有完全麻木不仁、自暴自棄。

杜月笙不比黃金榮，他有涵養，城府深，知道怎麼把新歡平平安安地娶進門。他先暗中指使他新任的杜府管家、他的表弟萬墨林，向沈月英含沙射影地透露些許他在外面有新歡的風聲，見沈月英居然對此無多大反感，便親自出馬了。

大銅床掛著淡紫色的羅紗帳，一半收起，用金鉤扣勾住，一半垂下，正好遮住裡面橫臥的女主人，使外面看不到她的臉，只隱隱約約看到煙燈在帳子裡一閃一閃，發出吱卜吱卜的抽吸聲。風華正茂的傅月華正坐在煙榻一邊，在精心地為表姐調製煙泡。來到杜府一年多，傅月華已完全洗掉了鄉下帶來的那股土氣味，舉手投足與談吐說話中，都已完全滲入了大上海富人家所特有的矜恃與嬌氣，一口「阿拉阿拉」更是說得地地道道。

見得久未見面的表姐夫忽然進房門，月華銜姐夫甜甜一笑，便知趣地退出了房間。

「月英，這雲煙的味道不錯吧？」杜月笙兜起了圈子。

「儂也來兩口吧。」沈月英很難得老公有這種體貼的溫情，心裡樂滋滋的，把煙槍遞了過去。

「月英，有樁事體，我要和儂商量一下。」杜月笙嘴裡銜著象牙長煙筒，慢慢地來到沈月英面前，坐在煙榻上。

「說吧，我聽著呢。」沈月英噴著濃濃的煙霧，心不在焉地欠了欠身體，那琥珀煙嘴又塞回了自己的嘴裡。

「儂是曉得的，我們杜家就我一根苗，家父過世前，一再關照我，要我在我這輩子裡，儘量使我杜家人丁興旺。本來，我想再跟儂生個一男二女的，但我看儂自生下小藩藩後，身體骨一直很虛弱，人也一日比一日瘦。所以，我也不忍心再讓儂大肚皮。再者，家裡也應該再有一個幫手了。想來想去，我打算再討一房……」

杜月笙往下還說了什麼，沈月英一句也沒聽清，她的頭腦裡「轟」一下一聲爆炸，與她的面色一起一下子變得一樣慘白。前不久，萬墨林說風說雨的一番提醒，想不到現在真變成了鐵打的事實，她一時上實在不知怎麼辦才好。

老話說：女人三件寶，一哭二鬧三上吊。但沈月英不是那種人，她性格柔順，有主見，尤其她對自己能從一個「滾地龍」的洗衣女，走到今天這麼一個闊太太的地步已十分滿足了，所以，眼淚在兩眼眶裡轉悠了半天，終於沒有滾落下來。

久久，她如牛負重般地一聲長歎，頹喪地癱倒在煙榻上：這樣的事遲早要發生，有銅鈿有地位的人討個三房四妾是正常的，光靠自己一個手無縛雞之力的弱女子，怎擋得住這一切？還是識時務為俊傑，省得落個跟林桂生一樣的下場吧！想到這裡，沈月英顫抖地拾起煙槍，頭也不抬地對杜月笙說了一句話：「儂有本事，儂就討吧。我跟小藩藩兩個人也能過下去的。」

杜月笙吃透沈月英會同意，但沒想到她同意得如此爽快，不由心頭掠過一絲疚愧，因為當時他與沈月英如膠似漆時，他畢竟對天發誓、山誓海盟過：這輩子只討月英一個人、再不另愛。所以，杜月笙苦苦一笑後，又不免對著妻子山誓海盟了一番。不過，他這回的諾言換了一個角度：「月英，儂放心，不管我討二房三房，反正我是要憑良心做事體的，在杜家門，儂永遠是正房，隨便啥人也勿要想取代儂的地位。以後，家裡的事，依然由儂說了算。」

沈月英聽也不要聽，把臉扭向一邊，拼命地吸著早已空了的煙槍，把兩腮吸得癟成了兩個坑。

杜月笙歎口氣，轉身慢慢地走出了房間。

老公前腳剛出門，沈月英的眼淚就再也忍不住，決堤一般淌了下來。

沒有幾天，便是八月中秋節。杜月笙沒有大張旗鼓，就把陳幗英娶進了家門。擺酒那天，沈月英依然平靜如水，像沒事人一般，倒是傅月華打抱不平，推託身體欠佳，連招待客人、端茶送水也不肯下去幫一下忙。表姐嗔怪她小孩子氣，傅月華竟借題發揮，拔高聲音喊了一嗓門：「沒出息，真沒出息！要是我，殺了我的頭，也勿肯做人家的小房的！」

傅月華是故意喊給樓下的新人聽的，但沈月英急壞了，連忙捂住了她的嘴，急聲提醒她道：「儂是想給我惹事生非呀？」

杜月笙在迎新棄舊的同時，那邊的黃金榮，也迎進了頭牌花旦露蘭春。

露蘭春進門第二天，黃金榮就把張桂英叫到新房裡，笑咪咪地吩咐道：「桂英，以後，儂就照應蘭春吧。」

張桂英端詳著果然貌若天仙的露蘭春，連忙上前施了個萬福：「以後還多托夫人關照呢。」

「大家關照，大家關照。」露蘭春嘴上這麼說，心裡卻怨怨地嘀咕：這個麻皮，怎麼也把一個麻婆放到我身邊呢？以後叫我怎麼帶得出去？

礙於初次見面，露蘭春沒有發作，但是沒有幾天，她就開始對桂英施開了手腳。

露蘭春新來乍到，黃府裡舉目無親，她吃不準張桂英與黃金榮有什麼關係。但光憑兩張麻臉來猜臆，便估計他們不是兄妹便是親戚，所以，她一上來就對張桂英有著深深的敵意，暗中時時提防著，並想著法子，找著碴子，要把這個很可能是麻皮漢派來的特務麻皮婆從自己身邊弄走，另外從家鄉物色一個漂亮能幹的女傭來。

「桂英，桂英——」張桂英剛「噔噔噔」走下梯梯，樓上的露蘭春就哇哇地叫了起來。

張桂英只好返身上樓，氣喘吁吁地來到新貴面前：「夫、夫人，有啥吩咐？」

「我的那件珠羅紗旗袍呢？」

「在這裡。」張桂英一聽夫人要旗袍，就連忙拉開櫥門去拿。可是，把林立的百把件衣服都翻遍了，都沒找到她要的東西。張桂英急出一腦門子汗，「怎麼尋勿著了呢？昨天出門轉來，我就掛在這裡的呀。」

張桂英像陀螺似的滿屋轉了一圈後，這才找到珠羅紗旗袍，原來，它在門後的衣架上好好地掛著呢。

當張桂英把旗袍遞到露蘭春手裡，露蘭春那張漂亮的面孔上，已佈滿了十分的不滿意：「桂英，你今年多大了？」

「回夫人的話，我今年四十七歲。」

「哦——」露蘭春若有所悟，陰陽怪氣、拖腔拉調地冷笑道，「怪勿得，原來人年紀一大，忘性也跟著大了。」

張桂英無話可說，低著頭走開了：這事只能怪自己，誰讓自己把東西放忘了呢？看來，以後切記要注意，這個新貴疙瘩著呢！

但是，自從張桂英發現自己忘性大之後，竟一發不可收，丟三拉四的事情經常發生，惹得露蘭春大為不滿。

一次，「大京班」高玉昆帶著愛徒筱玉樓來到共舞臺演出。

筱玉樓與露蘭春，是早就相識的同行師兄妹，雖說他們拜的師傅不是一個人，但畢竟是唱京劇的同行，所以稱為師兄妹也在理中。筱玉樓跟著師傅一到上海，就主動登門拜訪露蘭春，向這位如今聲震梨園的大亨心愛送上了一筆厚禮，請師妹露蘭春對他在上海的演出多多關照與提攜，並邀請露蘭春出席明天在大三元舉辦的新聞發佈會，捧捧場，好讓他們的演出順風順水。

露蘭春收下厚禮，又念同行兄妹之舊誼，一口答應。

露蘭春與筱玉樓的約定，張桂英並沒聽到。但是，第二天偏偏露蘭春自己忘了，直到下午五點鐘，筱玉樓打來電話，催師妹前去參加宴會時，露蘭春這才驀然想起這件事，急急忙忙更換晚禮服時，她居然移花接木，把這次失誤的責任全推在了張桂英頭上：「張桂英呀張桂英，你是存心要出我洋相呀！昨天我關照你到辰光提前提醒我一句，可是你就是不提醒，現在，我出洋相了，你總該開心了吧？」

桂英被這一頓莫名其妙的責怪冤枉得面孔都紅了，連忙低聲分辯道：「夫人，你昨天沒有關照我，我也勿曉得今朝要出席宴會呀。」

「還嘴強！」露蘭春一邊梳妝打扮，一邊惡聲惡氣地挖苦張桂英，「你有健忘症，自己心裡最清楚，難道你想把健忘症也傳染到我的身上來？明明自己忘記了，還頂嘴！」

張桂英哪再敢還嘴，只好眼淚汪汪地咽下了這口冤枉氣，連忙跟在新貴的後面，出了鈞培里。

到了大三元，露蘭春依然當著筱玉樓等人的面，把遲到的責任一股腦兒推到了張桂英身上。張桂英有苦說不出，氣得憋了一肚皮氣。

終於使露蘭春向張桂英提出換人的警告，是那次黃金榮出席三鑫公司成立一周年慶賀會。

那天，黃金榮一天泡在三鑫公司沒回家，只是在中午時分打了個電話給露蘭春，命令露蘭春出席下午五點的慶祝宴會，到辰光，還要在宴會上唱上一曲以助興。露蘭春擱下電話，當時還罵了一句什麼。

電話是露蘭春一個人接的，電話是誰打來的，裡面又說了些什麼內容，張桂英當然一無所知。

但是，當露蘭春又像那樣，在六點都過去了才接到黃金榮的催促電話後，才「突然」想起這件事。於是，她又像上次那樣，把一桶髒水全潑到了張桂英的身上。

張桂英忍氣吞聲，還是跟著露蘭春去了三鑫公司。

黃金榮是火爆脾氣，怎容得下露蘭春壞他的面子，所以一見到露蘭春蹣跚來遲，就當著千人百眼的面責怪開了露蘭春：「蘭春，你是不是身價高了架子也大了，怎麼要我三請四邀才給面子？」

哪知道露蘭春從鼻子裡哼了一聲，竟一指身邊的張桂英還嘴道：「為什麼遲到，你問她吧！」

「桂英，怎麼回事？」草包黃金榮不顧場合，又衝桂英一瞪眼。

此時此刻的張桂英，實在是啞巴吃黃蓮——有苦說不出，如實說吧，露蘭春定會大發雷霆，弄不好拂袖而去。支吾了一會，她只好含淚點點頭，又咽下了這口冤枉氣。

好在黃金榮也是吃白米、講道理的，對露蘭春以一句「我可只是關照你一個人的」，就不再追究下去了。但露蘭春卻因此失理不讓人，把這場無中生有的風波推到了極致，盯著黃金榮敲釘鑽腳：「金榮，長期以往，總不是回事。你得看著為我作主的。」

張桂英怎聽不懂她的話外之音，不由心裡「咯噔」了一下，腳下一虛浮，差點沒站穩。

不過，露蘭春無中生有的栽贓，還是提醒了張桂英，她心想：新貴既然敢當面無中生有向我潑髒水，目的很清楚，是存心把我從她身邊碾走，那麼，以往我的一次次「健忘」現象，難道就不可以也是她的栽贓嗎？

想到這裡，張桂英心裡有底了，於是，她決定將計就計，反試一下露蘭春，看一看她究竟是不是真的在陷害自己。同時，自己更要處處留神、步步謹慎，時時注意著露蘭春的新花招，看看自己是否真的因年紀大了，患上了健忘症。

露蘭春有個習慣，即空下來喜歡聽聽留聲機。一疊唱片是她從戲班子裡帶來的，其中梅蘭芳的一套「梅派專輯」是她百聽不厭、天天要聽的。

一天上午，張桂英在整理房間裡，發現其中有兩張梅蘭芳的唱片擱在了床頭的花几上，塞在了一堆晚報下面。這兩張唱片可是露蘭春昨天才聽的，而且每次欣賞時，從加唱片到搖動發條、放針頭，事無巨細，都是她一個人完成的，怎麼今天躺在了這裡來呢？是露蘭春無意放錯了呢，還是她故意又在栽贓了？

張桂英沒吱聲，且看事態發展。

上午十點鐘左右，是露蘭春按例要欣賞唱片的時候，吃完燕窩粥，她走到了留聲機前面。這時，張桂英沒有走遠，就躲在走廊裡，隔著半開半掩的門板縫，偷偷地向裡屋張望呢。

果然不出所料，張桂英清楚地看到，露蘭春走到留聲機前，連那只唱片盒碰都沒碰一下，就衝著房門外大聲叫了起來：「桂英，桂英你過來！」

張桂英聞聲在走廊裡來回小跑了十幾步，這才裝作慌慌張張的樣子，來到露蘭春面前：「夫人，有、有事嗎？」

「那兩張唱片呢？就是那梅派的兩張唱片，你又給我放哪裡去了？」露蘭春故作煩惱地皺著眉，大聲喝問道。

果然是那兩張唱片！

事到如今，張桂英豁然開朗，心明如鏡，她儘量壓住心頭直竄的怒火，默默地走到花几前，輕車熟路地一下子就從那堆晚報下面，抽出了那兩張唱片，然後，她又一語不發地帶著微笑，把唱片放到了露蘭春的面前。

這時，她發現露蘭春的一張粉臉漲得通通紅，瞪著她的雙眸中，流露出了惶惑不安的神色。但露蘭春畢竟是露蘭春，她豈能在你一個下人面前露怯？所以，她很快鎮靜了下來，強詞奪理地對張桂英嚷道：「桂英，你這樣下去，可不要怪我心腸狠呀！」

這一語雙關的警告，張桂英怎麼聽不懂，但是，她依然默默地朝露蘭春點點頭，什麼也沒說。

疑團已經解開，癥結已經找到，露蘭春故意無中生有的目的也很明確，但怎麼躲避露蘭春的步步緊逼，不被她藉故逐回到廚房去呢？張桂英苦苦思索著，尋找著辦法。

第十五章　剛烈少女

且說蔣介石狐假虎威，藉著黃金榮的老虎皮，賴掉了巨債、還白白籌集到一筆赴廣東的經費後，即告別上海，攜帶著陳潔如，登輪赴穗，來到廣州。臨行那天，戴季陶、瘸腿富翁張靜江都來為他倆送行。在輪船碼頭，蔣介石特意讓陳潔如身穿旗袍站在他的身邊，倆人合影作了留念。

就這時，姚阿巧因在溪口與毛福梅實在相處不下去了，便攜帶著蔣緯國，回到了上海，仍租住在原來那個老房東家中。也就這時候，為求得政治上的更加穩定，蔣介石追上了孫中山的小姨子宋美齡。

歷盡坎坷，過五關，斬六將，蔣介石與宋美齡的姻緣總算成功了。

一九二七年十二月一日，由蔡元培證婚的婚禮，終於正式在上海戈登路的大華飯店舉行了。

這是上海迄今為止最盛大的一次婚禮，當時竟有千餘人參加了喜慶宴席。

結婚那天，上海《申報》刊登了兩則「啟事」，一是蔣宋聯姻；一是蔣介石的離婚聲明。聲明中有「毛氏髮妻，早經仳離；姚陳二妾，本無契約」之句，實為一段不打自招的妙文！

據說這段文字出自蔣介石的文膽陳布雷之手筆……

結婚儀式後，蔣介石在兩百名侍衛的保護下，到莫干山青幫控制下的寺廟中去度了蜜月。

蔣介石與宋美齡結婚的消息，立即傳遍了上海灘，各大小報紙爭先恐後報道著這轟動全國的新聞，黃金榮自也不是聾子盲人。

但是，蔣介石來到上海，操辦如此大的喜事，何以不通知我黃金榮呢？黃金榮為此悶悶不樂，心裡胡思亂想。

早在當年三月二十二日的《順天時報》上就已得知，現在的蔣介石已不是當年那個弓著兩個肩胛、托親拜友求到黃金榮門上來的小癟三了，而是堂堂的北伐軍總司令、黃浦軍校的校長，而且這次討的又是大總統孫中山的小姨子宋美齡，真可謂呼風喚雨、今非昔比了呀！莫非他一富臉就闊，真的忘了他的這個上海「老頭子」了嗎？

當夜，黃金榮便把杜月笙、張嘯林等人叫到了鈞培里，共同分析研究這個奇怪的問題。這天，黃金榮理了個板寸頭，青青的頭皮在短發間忽隱忽現，顯得精神十足。

還是虞洽卿聰明，一下子就分析出了蔣介石何以不驚動黃、杜、張黑道爺叔的原因：「阿偉不想驚動我們，一定是宋美齡不同意，宋家門一直正經得要命，認為我們是斜路子，社會上的遊民閑幫，不想因此而跌了她這次婚姻的面子。」

一語提醒了黃金榮，他不由啼笑皆非：「神氣個什麼卵，還不是給人家做小房，也不知是第幾房了呢。」

張嘯林也譏嘲道：「看來，這個阿偉也是個怕老婆！」

「哈哈哈……」眾人一陣大笑。

正這時，忽然電話鈴響，黃金榮接過電話一聽，不由眉飛色舞：「是阿偉的秘書打來，阿偉的秘書打來的，阿偉馬上就到，馬上就到了呢！」

頓時，大家振奮起來。

黃金榮哈哈大笑：「阿偉這小子終於出息了，而且畢竟沒有忘記我。你們看看，我當初就說阿偉這小子勿會錯的，怎麼樣？」

「大哥，人家現在可是北伐軍總司令了。」杜月笙提醒道。
「對對，今非昔比，蔣總司令要來，我們應該送他一些見面禮。」
「應該，應該。」
「送什麼好呢？現在，他可勿會缺銅鈿了。」黃金榮馬上想到了天下通行的硬通貨。
「我看，大家湊湊，送他十幾根金條吧。」一邊的露蘭春插嘴道。
「儂看呢？」黃金榮望望杜月笙。
張嘯林自恃肚皮裡有點墨水，接嘴道：「金條情意太輕，要送就送一隻純金的大匾，上面蓋有『功高蓋世』四個大字，再送給他。」
「好，好！那就送金匾吧！」黃金榮擊案叫好。
「這樣不好吧？」杜月笙卻另有想法。
「怎麼？難道一樣也勿送嗎？」黃金榮大惑不解。
「當官的不打送禮的，古今都是一樣。禮肯定要送，只是送什麼，怎麼送，這很有講究。送得好，人家心花怒放；送得不好，就好比馬屁拍到馬腳上去了，好處得勿到，反而被踢得昏頭昏腦。」
「那麼，到底送什麼好呢？」眾人一齊催問道。
「現在蔣總司令已不是幾年前落難的阿偉了，送幾根金條，不倫不類，又拿不出手。送金匾吧，也不行，那樣顯得過於招搖，像是跟誰鬥富一樣。」
「啊呀，這也不是，那也不行，那你看到底送什麼好呢？人家可是馬上就到了呢！」黃金榮急了。
「我問大家，現在總司令最重要的是什麼？」杜月笙環顧著大家。
「面子。」張嘯林脫口而出。

「對，面子。」

「面子重要，但送什麼最貼切呢？」

「我們就送他面子。」

「這面子又怎麼送？」

「當年，阿偉離開上海灘前，不是向大哥投過門生帖子的嗎？現在，你趁此機會退還給他，就是最大的面子！」

「對！」黃金榮一拍大腿，「我怎麼沒有想到呢？人家現在是堂堂北伐軍總司令，將來說不定當總統呢，總不能動不動就拜我呀！」

其實，退帖子的這一招，去年黃金榮落難被救後，就向杜月笙、張嘯林用過了，不過，退了之後，又換成了結拜弟兄的金蘭帖。

「向阿偉怎麼個退法呢？」黃金榮索性問到底了。

「你說呢？」

「我想，是不是這樣，」黃金榮說，「等會他來了，敷衍幾句後，就把帖子退還給他算了。」

「不行不行。」杜月笙連連搖手，「當場退，阿偉會很尷尬的。我聽說當時他來投帖時，是虞洽卿領來的，所以我看，解鈴還得繫鈴人，等一會退帖時，你就先把帖子交給虞洽卿，要他轉交阿偉就是了。」

「好，準定這樣，等一會，就由虞兄退帖子。」黃金榮朝虞洽卿最後拍了板。

說時遲，那時快，眾人剛商量停當，正準備派人到一枝春街去迎接蔣介石時，門外傳來一陣汽車喇叭響，蔣介石已帶了足足一個排的全副武裝的士兵，從一枝春街經過愛多亞路，進入了八仙橋鈞培里的黃公館。

正是冬日下午三時左右，也是八仙橋一帶人群簇擁的時候，蔣介石的大駕光臨，使黃金榮興奮得直搓雙手，就連所有法租界的巡捕也早接到命令，一看到蔣介石的車隊逶迤而到，便紛紛立正敬禮。

身穿黃呢軍裝的蔣介石跨下黑色的轎車，畢恭畢敬地向著迎上前來的黃金榮敬了一個軍禮，親切地問候道：「先生身體可好？」

「托總司令的福，很好，很好。」

蔣介石接著一一與站在黃金榮身邊的杜月笙、張嘯林、虞洽卿拱手致禮。眾人擁著蔣介石，走進黃公館客廳入座。

等大家坐定，獻完茶後，不等蔣介石開口，黃金榮便激動得拱手奉承道：「總司令光臨寒舍，蓬華生輝，我黃金榮不勝榮幸之至。剛才，總司令叫我先生，這實在不敢當，老早的那段關係已經過去了，那張紅帖我已交給虞先生送還。」

蔣介石微笑著，搖搖頭說：「先生總是先生，過去承黃先生、虞先生幫忙的大恩，介石沒齒難忘呀。」說著，蔣介石從懷裡取出一只黃燦燦的金掛表，雙手送到黃金榮面前：「這是我送給黃先生的紀念品，聊表心意。」

黃金榮雙手接過，自是喜不自勝，道謝不迭。以後，他就將這只金表當作鎮宅之寶，每逢喜慶大事，總要在眾人面前拿出來炫耀一番，以顯示自己與蔣介石的特殊關係。

大家閒聊了一會，這時，外面進來個衛兵，遞給蔣介石一份電報。

蔣介石打開看了看，就站起來說：「軍務在身，不能久留。介石這就告辭了，改日請先生到司令部來，日後我們再見。」

蔣介石從黃宅告辭出來，隨即把司令部從艦上移駐龍華，於是，千年冷落的龍華小鎮，在這一年的冬天突然熱鬧了起來。

第二年春天，陳幗英為杜月笙生下她的第一個、杜月笙的第二個兒子，杜月笙喜上眉梢，給二子取名杜維垣。

緊鄰相住的張嘯林見了，心裡更是百般不是滋味：他媽的，五十一歲了，雖說身邊有幾個與自己一般高的子女，但一個也是不自己的種子！什麼時候，自己也抱上一個自己的親骨血呢?!

在杜家喝杜維垣的滿月酒時，杜月笙敏感地覺察到了張嘯林心中的這個夙願。於是，他臉上滑過一絲不為人注意的微笑。

因為他還發現張嘯林那雙色迷迷的目光，總是始終不離左右地纏在正在一邊忙碌的傅月華的身上。

本來，面對這位奪了沈月英地位的二房，沈月英表姐妹倆對她沒有好面色，但是，隨著時間一長，她們發現陳幗英也是一個不幸的女人，而且是個純真樸實的城市女子，她沒有一點富家子女的嬌狂輕放，也沒有一點太太夫人的盛氣凌人，平時裡只要有空閒，就洗洗涮涮忙個不停，就連懷著身孕後也一刻閑不停。對待先進山門為大的沈月英乃至傅月華，也一口一聲「阿姐妹子」，平時相處在一起，更是無話不談。於是，原本積壓在沈月英與傅月華心中的誤會與怨懟，便漸漸地隨著她們的理解一起煙消雲散了。

所以，當陳幗英順產生下杜維垣後，她倆主動幫陳幗英料理家務，還特地在杜家舉辦滿月酒時，跑前跑後、迎來送往，忙個不亦樂乎。

十八的姑娘一朵花，同樣來自蘇州水鄉冶長涇的傅月華，比花還要美麗。先天的秀氣再加上後天的調養，使她出落得光彩奪目，鶴立雞群，就連坐在席間的露蘭春與她相比，也明顯遜色了幾許。更使人怦然心動的是，傅月華的秀氣與纖細，就連一向心氣傲的婁麗琴見了，也忍不住把目光不停地纏在她身上。

不知什麼時候，杜月笙坐到了張嘯林的身邊，借與張嘯林碰杯之際，不懷好意地湊在他的耳邊輕聲說道：「我想最後再喊儂一聲老爺叔。伊可是原生貨呢！」

「你講什麼？」張嘯林正心馳神往地逗留在眼前的傅月華身上，居然沒有聽見杜月笙的調侃。等到杜月笙在他耳邊說了第二遍後，他才驚喜地用力碰了下杜月笙伸在面前的酒杯。

但他仍詐癡不癲地追問道：「為什麼說要最後喊我一聲老爺叔？」

「哈哈……」杜月笙開心地笑了起來，「如果儂真的做了我的妹夫後，還想占我的便宜，叫我喊儂老爺叔嗎？」

話說得再明白也不過了，張嘯林心花怒放，兩眼逡巡著傅月華，由衷地向杜月笙翹起了大拇指：「知我者，月笙也。」

「不過，儂可勿要像東洋人轉世一樣，對我有什麼懷疑呀！」

「你，這是什麼意思？」

「我雖不是鑽在儂肚皮裡的蛔蟲，但儂肚皮裡有幾根肚腸，我還是一清二楚的。」

「啊呀，你就直說吧。」

「直說就直說，實話告訴儂，我杜月笙做人最硬氣的是，兔子勿吃窩邊草。」說到這句話時，杜月笙壓低聲音，故意望了望同桌的黃金榮。

張嘯林仰首放聲大笑：「你這賊坯，整個以小人之心，度君子之腹哪！對你月笙，我還信不過呀?!」

「哈哈……」

「嘻嘻……」

兩個一丘之貉的狂笑聲，惹得黃金榮直追問：「笑啥笑啥，你們兩個笑啥個名堂？」

說實話，隨著高鄰家的這個丫頭一天天長大，張嘯林早對她垂涎三尺了，他何尚不想把這朵含苞欲放的花蕾採摘到手？只是礙於杜月笙的面子，他不敢奪人所愛，所以只好把這股邪念死死地壓在肚皮裡。

張嘯林之所以看中傅月華，除了月華的絕色美貌外，還有一個讀者都已知道的原因，那就是他認定傅月華才是貨真價實的「原生貨」，弄不好，真可以為他生下個一男半女來呢！所以，現在他見杜月笙主動把這塊肥肉送到他嘴邊，他怎不要心花怒放、放聲大笑呢?!

其實，杜月笙不但甘願把如此可人的尤物送給張嘯林，而且還不惜親自保大媒，他也自有他的難以告人的目的。礙於近二十年前那個救命之恩，見到張嘯林，他總要稱其為「老爺叔」，心裡彆扭得快要哭出來了呢。別說張嘯林僅比他大了十一歲，也別說他們倆家毗鄰而依，朝夕相見，只說杜月笙心裡的目標遠大著呢，他要獨霸上海灘，成為首屈一指的老大，已不是夢想，要是自己在不久的將來真有那麼一天，見到這個張嘯林再稱他老爺叔，那叫自己的面子、身分、地位等都往哪裡擺？叫自己在社交場合上還怎麼做人？再有，張嘯林這廝生性貪婪，六親不認，好似一匹無人調教的烈馬，弄不好，以後在生意場上會砸了他杜月笙的鍋。所以，他也一直想給這匹野馬上只嘴籠頭，然後牽在自己手裡，以後讓他多少聽一聽他的調遣與指揮。

出於這種種心事，所以，杜月笙將計就計，趁此機會成熟之際，自告奮勇向張嘯林表示願保這個大媒。

但是，杜月笙這是一廂情願呢，他剛把這個想法通報給沈月英聽，沈月英就一反以往的溫馴坐了起來，衝著杜月笙低聲嚷了起來：「月笙，我任何事體都答應儂，只是這樁事體我堅決勿答應！月華才十八歲，而姓張的卻已黃土埋到半胸脯了，做她的阿爹也足夠了，把她嫁給他，還不是一朵鮮花插在牛糞上嗎？我勿同意，堅決勿同意！」

「月英！」杜月笙料想妻子會反對，所以不慌不忙地鼓動如簧唇舌開導道，「月華已老大不小了，也到了出閣的辰光了。給儂說實話吧，本來，留在家裡，是我想讓你們姐妹倆親上加親的……」

「勿要儂個面皮，虧儂說得出口來的！」月英一聽就聽出了杜月笙此話中包含著的威脅成份，不由氣得面孔都漲紅了。

「儂勿要發火嘛！」杜月笙皮笑肉不笑，白了妻子一眼，「我跟儂打開天窗說亮話吧，張嘯林現在在上海灘上，不管家財還是勢力，都可以和我碰七平八，月華嫁過去，肯定這輩子有享不完的榮華富貴。再有一點特別重要，儂也曉得的，張嘯林討了三個大小老婆，一個也勿曾為他生過小人，幾個小人，都是領來的野種！要是我們月華能給他生下一個真正的種來，那麼，張家的半房家財，就等於到了你們姐妹倆的手中……」

「我勿稀奇，月華也勿會稀奇的。銅鈿銀子，生不帶來，死不帶去，我們女人媽媽要這麼多幹什麼？」

「話是勿錯。但人往高處走，水往低處流，我杜月笙本事再大，總也不能保儂一世的。萬一當中發生什麼意外……」

「啥個意外？儂勿要觸啥霉頭好不好？」

「譬如，萬一儂甩掉我了，儂往下再靠啥人去？倒不如讓月華在外面抱根粗腿，以後萬一儂無依無靠時，也好有人收留儂。」杜月笙也不管沈月英的面色在陡變，一口氣把自己想說的話都說完了，然後靜靜地觀看妻子的面色。

果然，杜月笙這番軟中帶硬的話，重重地擊中了沈月英的心，她怎麼聽不懂呢？這個狼心狗肺所說的話，就是他正話反說的威脅呀！

他話中的意思就是：如果儂勿答應這樁事體，我可以叫儂馬上離開杜家門！

杜月笙的這一招太毒辣了，自從杜月笙娶了陳幗英後，沈月英最擔心受怕的就是這麼一天，萬一杜月笙真的把自己像桂生姐一樣逐出家門後，叫自己今後的日子還怎麼過？他是肯定勿會讓我把小藩藩一起帶著走的呀！

想到這裡，沈月英進退兩難，委屈得撲在枕頭上，嗚咽了起來。

「好了好了，」杜月笙站起來，拍了拍妻子瘦削的肩膀，「這樁事體，就到此為止，明天，儂抽個時辰，給月華說一說，也好讓她有個思想準備。」說完，杜月笙順勢拉開被頭，躺到了妻子的身邊。

為了動員妻子出來說服傅月華，兩年多沒有碰過妻子的杜月笙，今天破例睡在了沈月英的身邊來，還強打精神與妻子重溫了一次以往的繾綣，充分流露出了他的流氓本色。

可惜沈月英儘管對此久違之事如饑似渴，但因為杜月笙突然向她下達了這個違心至極的任務，今晚她一點興趣也沒有，躺在那裡，像個任人擺佈的木偶。

迫於杜月笙的淫威，沈月英猶豫了幾天，最後還是在杜月笙的一再催促下，不得不硬起頭皮向傅月華說了。

「什麼？」傅月華幾乎不相信自己的耳朵，懷疑表姐在發寒熱，「表姐，儂講啥個？」

「杜月笙這賊流氓，要把儂配、配給隔壁的張、張嘯林呢！」沈月英頭也不敢抬，看也不敢看，面孔因痛苦而扭曲得像絞麵棒。

「天爺爺！」傅月華如雷擊頂，一聲慘叫，愣怔在那裡。

頓時，那個中等身材，方頭大耳，長著一對狡詐的環豹眼、顴高頰陷、頸子特別長、在清瘦中露出了凶相的張嘯林，就像出現在她面前、猙獰地淫笑著向她撲去。

「不——」月華又一聲慘叫，「殺脫我頭我也勿肯的，殺脫我頭我也勿肯的呀——」接著，她瘋也似的死死抓住表姐的雙肩，一陣拼命搖撼，「你勿能答應的，勿能答應的！」

「妹子，這勿是我能做得到的呀……」沈月英再也忍不住心頭的痛苦與淒哀，嗚咽了起來。

這一夜，姐妹倆誰也沒有合眼，她倆哭一陣，說一陣，罵一陣，整整折騰了一晚上，到天明，她倆的眼睛都紅腫了。最後，沈月英再次提醒傅月華：「月華，姓杜的可是殺人不眨眼的呀！我擔心呀！」

傅月華踉踉蹌蹌站起來，牙齒在下唇上壓出一排血痕印：「阿姐，我還是那句話，就是殺了我的骷髏頭，我也不會肯的。」

第三天，傅月華就失蹤了。

此時的沈月英已深陷鴉片毒渦，不可自拔，杜月笙的無情拋棄，使她身心麻木，心灰意懶，她只有靠毒品來麻醉自己的精神與意志，才能打發這漫漫的人生之路。每天一早睜開眼睛，抽吸一筒鴉片以提神解癮已是她一天中的第一件大事。

「月華，月華！」放平時，月華早已梳洗完畢，並燒制好鴉片煙泡，恭候在床邊了。可是，今天早過了時間，月華還沒人影，沈月英哈欠連連，涕淚雙流，實在打熬不住，就尋找了起來。

可是，喊了一陣，無人應聲，隱隱中，沈月英覺得苗頭不對，只好強打精神爬起床，草草梳洗一番後，坐在客廳裡把管家萬墨林召到面前：「墨林，月華這丫頭上哪去了？」

萬墨林感到奇怪：「我沒讓她幹什麼去呀？會不會病了？」

「你去樓下她房間裡看看。這兩天，她有心事呢。」

可是，萬墨林下去一看，就驚慌失措地回來稟報說：「太太，月華不在，門鎖著，我隔著窗戶向裡一看，發現床上的被子也沒動，好像昨晚上沒睡在家裡。」

沈月英警覺起來了：「不會的吧？她不可能到蘇州鄉下去的吧？就算要回去，事先總也得跟我說一聲吧！」說著，沈月英親自下樓察看。

沈月英有表妹房間門上的鑰匙，所以她輕而易舉地打開房門，進了房間。果然，房間裡一切如常，什麼也沒動，就連梳妝檯前的雪花膏、刨花水等梳洗用具，都完好地放在原地。這下，沈月英愈發奇怪了，這小丫頭，能上哪裡去呢？

她打算等一下再說，也許月華上街買什麼東西去了。

可是，這一等，就是整整一天，直到黃昏，月華還沒影子。沈月英找來傅方林，向他打探月華的去向：「方林，月華上哪去了，對儂講過沒有？」

方林也是一頭霧水：「沒有呀。她只是在昨天下午三點多鐘，到我後門值班室來了一次，給我送來幾雙她新縫製的襪子，還有一雙她新做布鞋。其他什麼也沒說呀！」

沈月英聽到這裡，覺得情況越發異常了，便再次打開月華的房間，和方林仔細地尋找著一切與月華突然失蹤有關的蛛絲馬跡。

這不尋找也罷，一尋找，沈月英與傅方林都傻眼了：當他們撬開月華的藤箱進行檢查時，發現這只唯一能存放月華所有私房錢的箱子裡，空空如也，就連月英以前送給她的幾件金銀首飾，也一起不翼而飛了！

事情重大，沈月英心急火燎，不敢怠慢，急忙找到杜月笙：「月笙，月華不見了！」

杜月笙吃了一驚：「什麼時候不見的？」

「就今天早上不見的，也許，昨天晚上就沒住在家裡。」

杜月笙狠狠瞪了妻子一眼：「那儂吃乾飯來了？這幾天，她有心事，儂又不是不清楚。」

沈月英有口難辯，急得快要哭了：「什麼時候了，還怪三怪四呀，儂倒是快點想想辦法，派人尋一尋呀。這小丫頭獨幅心思，我最清楚了，這兩天，她天天哭……」

「少嚕嗦！」杜月笙拍案而起，氣得面孔都歪了，「天生一班窮人的命，放著陽關道不走，偏要走獨木橋！尋勿著伊，你們統統一起給我滾蛋！」

一邊的傅方林聽了，不禁打了一個寒顫。

「墨林！」杜月笙吼著，向萬墨林下達了命令，「儂馬上通知下去，分兩路通知，顧嘉棠一路跑車站碼頭，不要被這小丫頭離開上海城；另一路儂親自帶隊，分別去尋尚武和尤阿根，不要被他們糊裡糊塗地摘了桑葉！」

「摘桑葉」是舊上海黑社會的一種一本萬利、喪盡天良的買賣，這就是人口販賣。當時江湖黑話中對販賣男孩的叫做「搬石頭」，對販賣女孩的叫做「摘桑葉」。「搬石頭」的頭目，是虹口捕房刑事股探長尚武，此人身在青紅兩幫，自己收有徒弟兩千餘人，憑藉捕房刑事股探長職權和幫會門徒的勢力，並與吳淞路潮州三合會流亡互相勾結，拐騙大批男孩，運往廣東等地販賣。因為當時廣東有一種風俗，一些有錢的華僑及富商、地主等大戶人家，除了自己生的兒子外，還要領著一兩個男孩作養子，並對養子進行同樣的教育和培養，將來孩子長大成年後，看誰的能力強，便將家產事業交給誰繼承。由於這個原因，廣東一帶對男孩的「需求量」很大，這就為尚武等歹徒提供了一條「財路」，他們手中的「活貨」，大多運到廣東販賣。尚武由於罪惡昭彰，解放後被人民政府鎮壓。

「摘桑葉」的頭目主要有兩個，在公共租界是老閘房刑事股探長尤阿根，在法租界是法捕房刑事科長外勤股督察長任文禎。尤阿根原是一個混跡街頭的小流氓，參加幫會組織幹起了販賣人口的勾當，用不義之財行賄鋪路，進入巡捕房當巡捕，後又被擢升為探長。尤阿根有徒弟五千餘人，他們販賣人口的主要對象是少女，將拐騙到的女孩賣給妓院獲取暴利，其中姿色好的賣給四馬路會樂里的「長三堂子」，容貌差的則賣給低等妓院充當「野雞」。任文禎是「杜月笙」的學生，他也有徒弟一千餘人，他們將女孩大多賣給諸家橋、東新橋一帶的二等妓院「么二堂子」。任還和大流氓顧竹軒的徒弟王興高勾結，販賣蘇北籍青年婦女，將這些婦女賣給專門接待外國水兵的低等妓院充當「鹹水妹」。任文禎販賣人口的後臺是法捕房刑事科長范郎打，這個法國人是巴黎警察局便衣警探出身，來華後娶了個廣東女人作妻子，此人綽號「藥罐頭」，見錢眼開。任文禎肆無忌禪地販賣人口，他不但眼開眼閉，還暗中明中幫了不少忙，為此撈取了一大把錢財。

除了國內人口販賣勾當外，舊上海還有一種國際人口販賣活動。當時的中國，由於經濟凋敝，民不聊生，不少人被迫背井離鄉，出國謀生，人口販子乘機大幹販賣男女青年出國的勾當。

上個世紀三十年代初，南美巴拉圭、烏拉圭等國開墾荒地需要大批國外勞工，上海潮州三合會的流氓便與廣東汕頭等地流氓相互勾結，以高薪、安家費等為誘餌，在汕頭等地誘騙大批青壯年充當出國勞工，當這些不明真相的人上當受騙簽字畫押後，人口販子便將他們塞進密封的船艙，像運豬仔般地將他們運往國外。不少勞工在長途航行中因缺氧窒息而死，而人口販子卻發了大財。當時勞工的一切費用都是由巴、烏兩國政府負擔，人口販子每送出一個勞工，就可以得到一百美元的酬金。據統計，光從一九三〇年到一九三六年，上海的潮州三合會流氓和廣東汕頭流氓就共販賣了五萬多名勞工，獲利五百萬美元。

這就是所謂的「販豬仔」。

舊上海專門幹國際人口販賣活動的，還有一個杜月笙的門徒陳鶴鳴，他勾結浙江青田縣政府，買通了上海南市警察總局護照股及法國、義大利兩國郵船的買辦，誘騙青田一帶青年男女農民，將他們販賣到法國、葡萄牙等國。陳鶴鳴等人向每個出國的青田人收取五百元的旅費，上船後卻不買船票，將人藏在貨艙內偷運到法國馬賽港，然後乘火車到葡萄牙首都里斯本，由中國使館中與人口販子勾結的不肖之徒簽發赴法旅遊證。這些青田人可在法國居住三個月。青田人再回到法國後，男的用青田石代人刻圖章，女的經過色情動作訓練，表演小腳舞，兼賣中國古裝春宮畫。三個月期滿後，青田人再回里斯本，每人向中國使館多付一千五百法郎，名叫「樹上開花」。當時中國政府因財政拮据，經常拖欠使館經費，該使館竟以此項收入維持開支。後來，在法國的一些日本記者將青田女跳小腳舞拍成照片，刊登在雜誌上污辱中國。上海《申報》發表文章，對這種有損國格的行為予以猛烈抨擊，陳鶴鳴等人的罪惡行徑終於暴露。迫於社會輿論的壓力，南市警察局將陳逮捕，一九三六年，陳鶴鳴被上海第二特區地方法院判處五年徒刑。至此，向法、葡等國販運青田人的活動才告停止。這就是所謂的「國際護照販」。

扯遠了。

但當時上海灘上一片販賣人口的狂潮，確實令人談虎色變。

那麼，傅月華究竟到哪裡去了呢？她有沒有落到人販子的手中呢？

第十六章　走投無路

就在杜府中因傅月華突然失蹤而亂成一團的時候。傅月華正坐在一艘小木船上，泛波在三萬六千頃的太湖上呢。

殘酷的人生驟變，兒戲般的指鹿為馬，可怖的流氓大亨，令人恥笑的小妾，這一切，終於使不甘屈辱的傅月華作出了出逃之舉。為不連累表姐與阿哥，陡增不必要的麻煩，所以她誰也沒有吱聲，偷偷地鑽進了蘇州河邊一艘常來上海販賣楊梅、枇杷的農家小船，漏夜離開了上海。農家小船上是一對憨厚老實的西山島果農夫婦，傅月華常從她們船上購買水果、蔬菜，所以面熟。這次，她借回蘇州探望親戚為名，請他們帶她前往西山。

望著船艙外碧波萬頃的太湖山水，隨著西山島的越來越近，她的心情也與眼前的滔滔湖水一樣，茫然不知所以：哪裡才是自己能賴以棲身的地方呢？哪裡才是真正能夠躲避那幫豺狼的安全之地呢？然而，當小航船把傅月華帶到島上，當她看著掩映在綠蔭叢中的黃牆黑瓦，她終於豁然開朗了。

此時，天色已經向晚，傅月華告辭了果農夫婦，挽著一隻包裹，就毅然走向了那片淨土之地。

這是一隻不小的庵，座落在一片修竹掩映的山凹裡，破敗的庵門楣上寫著「曇花庵」三字。傅月華懷著忐忑的心情，輕輕開庵門，走進庭院。藉著落日的餘暉環顧四方，見庵堂中香燭繚繞，佛座正中供著送子觀音、童男童女等神像；兩側十幾間廂房，成凹字形環抱著庭院與正殿。抬頭觀天，但見庵四周茂林修竹，深蔭蔽日，天空僅剩方桌大一塊空間。側耳聽時，但聽庵外晚鳥歸林，山風颯爽，如若凝神屏息，還能聽見潺潺的山溪流淌之聲。曇花庵的幽雅與靜謐，與繁噪喧囂的大都市相比，實在是天壤之別，端的是一個人間仙境。沐浴著一陣陣檀香的清香，傅月華頓時心曠神怡，心裡有說不出的歡喜與莫名的感動。

「施主，天色向晚，小庵要發心（指關庵門、做佛事）了。」一身披海青僧服比丘尼不知什麼時候來到傅月華面前，雙手合十，吟吟一笑，鶯聲燕語地輕輕說道。

沈月英平時偶而也燒香拜佛，所以傅月華平時耳濡目染學得些許佛門規矩，所以月華見了連忙又是彎腰又是作揖，露出了怯慌之態。

「小、小師傅，我是來、來做尼、尼姑的……」傅月華心慌意亂，顧不得措詞斟酌，便直言不諱。

小尼姑淡淡一笑：「小庵已多年沒有開山門了，還請施主多多原諒。」

傅月華隱隱聽得懂小尼姑話中之意思，自是急上眉梢：「小師傅，我是從上海專程趕來的，就是為當尼姑來的，萬望小師傅開恩，收下我吧。」

小尼姑面露難色：「施主如若投宿，小庵倒有凡舍一借，只是出家剃度，小尼是不能作主的……」

傅月華與小尼姑正在庭院中說話，庵堂裡已聞聲走出一老年尼姑，她一邊撥弄著胸前的佛珠，一邊笑不露齒地輕聲問道：「凡心與誰說話？」

被稱作凡心的尼姑忙向傅月華深深一揖，說聲「這是我們當家師傅智如」，接著，她轉向智如，寥寥幾語，便把傅月華的來意向師傅作了稟報。

智如這才抬起兩眼，把面前的傅月華一番打量，然後側過身體說道：「請施主來裡間說話吧。」說罷，智如便率先穿過庵堂，進入側房。

傅月華急輕輕跟進。

智如讓傅月華在側室裡坐下後，來了個開門見山，「佛門青燈黃卷、清心寡慾，可非一般俗人所能享受，貧尼敢問施主何以脫離紅塵？」

智如不尋根追究也罷，一問，傅月華當即紅了眼圈，把自己的來歷與身世一一向智如和盤托出。說到最後，她竟傷心地嗚咽了起來。

智如心靜止水，聽完傅月華的敘述後，只是神態安詳地說道：「施主既已來之，則暫作安之。不妨先進晚齋，在此空門借宿一晚，明天再作道理。」

傅月華聽得「暫作」兩字，依然心頭懸空，但好歹今晚有了個安身之處，便也不再與智如師傅多作糾纏，連忙欠身叩謝智如。

這一夜，傅月華就住在了曇花庵中專供信女留宿的邊房之中。齋飯素菜雖清湯寡水，邊房竹榻雖簡陋破舊，但脫離了豺狼虎豹的追縛，傅月華已感到了極大的幸福與安逸，她願意就這樣平平安安地度過自己的一輩子。奔波了一天一夜，月華早已身心兩疲，所以倒在榻上，不久便已進入了夢鄉。

翌日清晨醒來，庵堂裡已是一片木魚篤篤，誦經嗡嗡，智如與她的弟子們已經在做早課了。眼見功課做畢，智如退進後房，她才提起包袱，來到後房門口請安。經智如同意，方進入後房。

「師傅，月華出家，是誠心誠意的，這些身外之物，送庵裡添些香燭吧。」說罷，月華打開包袱，取出一些平時月英表姐送她的金銀細軟，雙手擺著，恭恭敬敬地呈到智如面前。

智如微微搖頭，輕輕說道：「多謝施主施捨，只是出家一事事關重大，切不可一時意氣用事呀。」

傅月華見智如有鬆口的現象，不由一陣激動，「撲通」一聲，跪倒在智如面前：「師傅，請收下我吧，我已經想定了的。」

「敢問施主出家究竟為了什麼？」智如示意月華把金銀細軟投進庵堂中的功德箱中後，又忽然問道。

傅月華想也沒想，脫口而出：「我實在害怕那些惡人，一輩子不再嫁人。我聽說進了佛門，就可以脫離這些苦惱了。所以，我堅決要求出家。」

智如搖搖頭，循循善誘道：「施主只說對了一半，脫離紅塵、投身佛門，當是了生死來的。」

「對對，師傅，月華願意把一生獻給佛門，到死也不後悔！」

「阿彌陀佛。」智如的臉上終於露出了滿意的微笑，「施主可曾認字？」

傅月華答：「粗通文墨。」

「可識經書？」

「這個，經書上的字是認得的，只是經書上說的話，一時弄不太懂。」傅月華如實答道。

「好吧。」智如站起身來，「從今開始，施主便是皈依佛門的居士，你先把經書好好誦讀，三年後，再由貧尼決定是否剃度。」說罷，智如從室內拿出一本由蘇州市佛教協會統一頒發的《三寶皈依證》，然後親持狼毫，在內頁上恭恭正正地寫下了如下一行蠅頭小楷：

> 茲有信女傅月華，現年一十九歲，係上海市華格臬路××號人氏，發心皈依佛法僧三寶，為取法名了緣。從今以後，應遵三寶教誡，斷惡修善，信願念佛，發弘誓願，自行化他，盡未嘗來際，永不退轉。謹依律制授受三皈，合給此書為證。
>
> 授皈依師智如（章）
>
> 佛曆××××年×月××日
>
> 公元××××年×月××日
>
> 右給三寶皈依弟子法名了緣收執

「多謝師傅，多謝師傅……」傅月華看見智如終於答應收她下來，不由讓喜歡與激動的淚水淌了一臉，虔誠地接過了智如遞過來的皈依證。

是夜，就著燭光，月華虔誠地逐句拜讀《皈依證》上的文字：

正授三皈分六：

（一請聖與師大眾同念）

香花迎，香花請，弟子某甲一心奉請盡虛空。遍法界，十方常住佛法僧三寶，三請三拜二懺悔：

往昔所造諸惡業，皆由無始貪嗔癡，從身語意之所生，一切我今皆懺悔。

三正授三皈：

盡形壽皈依佛，盡形壽皈依法，盡形壽皈依僧。皈依佛竟，皈依法竟，皈依僧竟。

三結四發願：

眾生無邊誓願度，煩惱無盡誓願斷，法門無量誓願學，佛道無上誓願成。

五顯功德利益：

灌頂經雲受三皈者，常有三十六神，與其無量眷屬，守護其人，令其安樂。校量功德經雲，若三千大千世界，滿中如來，如稻麻竹葦，若人四事供養其福雖多，不如有人，以清淨心皈依三寶所得功德。

六回向：

受皈依功德殊勝行，無邊勝福皆回向，普願沉溺諸眾生，速往無量光佛剎。

……

燭光跳躍，傅月華費勁地辨認著證書上的每一個字，由於她只是來到杜府後，才跟著表姐認識了一些字，所以一路讀來，只是一知半解。

夜已深了，月華毫無睡意，一個嶄新的環境，一場揪心的風波，使她感到新鮮與刺激。掩上證書，側耳聆聽著庵外竹林的搖曳聲，靜夜裡，這颯爽的聲音似乎更響了。

忽然，從庭院裡傳來一陣輕微的沙沙聲，像有人在碎步行走，凝神細聽，卻又消失了。不一會，沙沙的聲音似乎轉到邊房前的走廊中來了，「咕咚」一聲，擺在走廊裡的一只花盆落在地下。

「外面……是誰呀？」傅月華壯起膽子喊了一聲。

可是，外面什麼回應也沒有，連沙沙的腳步聲都沒有了。

這下，傅月華感到害怕了，她彷彿感到自己置身於平時常聽說過的「聊齋」中神出鬼沒的境地，昏暗中，似乎正有各種種樣的狐仙鬼怪在向自己獰笑著飄來。

她再也坐不下去了，拖過一張四仙桌，死死地抵在房門後面，然後抖抖索索地一頭鑽進被窩，連蠟燭也不敢吹滅。

恐怖像潮水一樣向月華捲來，她怎麼也不敢睡著，隔著被子，搜索著外面任何一點可疑的聲音。可是，外面除了風搖竹木的聲音外，再也沒有任何令人可怕的動靜了。

兩天一夜的奔波，使疲倦至極的傅月華再也抵抗不住睡意的侵襲，她開始朦朦朧朧地進入夢鄉。但心卻不敢睡著，始終醒著。

迷糊中，忽然，那沙沙的聲音又出現了，這次是出現在頭頂的屋面上，「咯叭」，一塊瓦片被壓碎，清晰的聲響撥得月華那根脆弱的神經差點斷裂。她死死用被子捲住自己，情不自禁地哆嗦了起來。

還好，屋頂上的異響終於再沒響起，傅月華那顆狂跳的心兒這才漸漸回復了正常。孤島荒山，山貓黃鼬什麼的多的是，也許是這些害人的小東西趁著夜幕，在到處亂跑亂竄呢。

想到這裡，傅月華這才略有所悟，精神放鬆，複又被睡意慢慢所征服。

就這樣，傅月華如願以償，披上一身海青，以居士的身分，在曇花庵裡住了下來。一天後，她便與凡心熟稔了。閒談中，凡心告訴傅月華：在正式剃度前，一般居士都要經過三年潛心修煉，才能持師傅手書，前往蘇州木瀆靈岩山上的江南最大的淨土道場靈岩寺，接受宗師的剃度。不過，功德特別超群的，也可破格提前一到二年，但一年的修煉卻是必不可少的功課。月華聽了，信心百倍，決心爭取在一年後就上靈岩寺。

說來也奇，當時寺廟庵院出家的僧人尼姑，不外乎兩種人物，一種識文斷字，通曉今古，滿腹經綸，更有的甚至熟悉洋文，能與外國信徒對話；還有一種則是一字不識，沒有文化，師傅教授的經文，只能憑死記硬背，囫圇吞棗。而且後者居多。曇花庵裡有師徒五人，除了師傅智如略懂文墨之外，餘四人均是文盲，全靠平時師傅口傳舌授，誦經念佛。所以，傅月華的粗通文墨，使師傅不由心中竊喜，尤其見她還能手持狼毫、抄寫經文、記錄善男信女施捨錢物的功德簿時，智如更是喜上心頭，把一些破爛得幾乎不能翻閱的經書交給月華，要她另行抄寫，以免失傳。傅月華見狀，自是心中竊喜，認為自己真正剃度受戒，絕對用不了三年那麼長的時間。

然而，好夢不長，就在傅月華進入曇花庵的第三天早晨，師傅智如突然勃然變色，對傅月華說道：「施主，你凡心未盡，孽債深重，小庵已無法接納你了。明天，你即可離去，回歸紅塵。」

傅月華大吃一驚，急忙跪倒在師傅面前問道：「師傅，了緣一心皈依三寶，您為什麼要趕我走呀？」

智如眉峰緊鎖，臉色蒼白：「施主，實非貧尼言而無信，而是你凡塵險凶，小庵留不得你呀！待等你洗淨塵世的前孽，再皈依佛門也不遲。」

「不！不能這樣呀！」傅月華自知此出佛門，再無投身之處，好端端的一個歸宿，現在竟然只高興了幾天，便都化作了泡影，不由驚恐萬狀，傷心不已，伏在智如腳下嚎啕大哭了起來。遺憾的是，任她痛哭哀求，智如師傅只是緊閉雙眼，再也不發一言。

凡心輕輕上前，把傅月華的包袱交在她的手中。

傅月華無可奈何，只好抽泣著接過包袱，跟在凡心身後，趔趄走出庵門。

凡心見月華淚流不止，傷心不絕，出得庵門仍倚在門邊哀哀哭泣，不由動了惻隱之心，湊在傅月華耳邊，輕聲道出直令月華感到石破天驚般的真相：

「施主，可記得昨日白天幾個來庵中進香的男女施主？他們是你主家從上海派來的人，非要趕你出庵，要不，他們非但要把小庵夷為平地，還要全部超度我們。所以，師傅她……」

聽完這番話，傅月華這才如夢方醒。頓時，急火攻心，不由癱坐在地下。

她萬萬沒有想到，杜月笙還算是她的表姐夫呢，竟如此心狠手辣、說一不二，連她這麼一個手無縛雞之力的弱小女子也不肯放過，非要把她往那姓張的殺坯家裡送，而且還追到了山野僻壤來，他不是人，不是人呀！

在杜家待了這麼多年，杜月笙的為人她還是清楚的，她知道杜月笙為了達到目的，是什麼事都幹得出來的。為了不連累智如她們，傅月華在庵前痛哭地一場後，一步三回頭地離開了曇花庵。

但是，茫茫人海，再往哪裡去呢？難道偌大的一個世界，竟真的沒有我傅月華的立足之地了嗎？沒有活路了嗎？傅月華哭無淚，喊無聲，一路漫無目的地向前走去。

幼稚的傅月華怎麼也想不通，自己出逃才三天，杜月笙何以這樣神通廣大，這麼快就尋到自己的去向了呢？這事，可是別說表姐了，就是阿哥也根本不知道呀！

其實，傅月華怎測得到老奸巨滑的杜月笙的心底呢？自從那天沈月英向杜月笙如實彙報了傅月華的態度後，杜月笙就在暗中作了佈置，命令萬墨林嚴密監視傅月華，嚴防傅月華這小丫頭滑腳溜走，並對傅月華萬一出逃後，他們應該採取什麼樣的對策等都一一作了未雨綢繆的佈置。

杜月笙的猜測果然得到了應驗，所以，當那天傍晚傅月華偷偷溜出杜府，潛入蘇州河邊那個蘇州西山果農的船上後，杜月笙一方面假作十分焦急與生氣的樣子，當著沈月英與傅方林的面調兵遣將，四出尋找傅月華，一方面他早在暗中命令萬墨林開始了跟蹤行動。傅月華乘坐的小航船還沒起錨，萬墨林就早已派出兩個得力的打手，另雇一條小船，始終在後面緊緊地跟蹤著傅月華，並從上海一直跟到了蘇州，跟到了太湖。

那天夜裡傅月華所聽到的可疑的聲響，就是這兩個打手弄出來的。打手們為進一步弄清傅月華的真實去向，趁著月黑風高，翻牆越壁，潛入曇花庵，並登上平頂邊房，掀開瓦片，來了個眼見為實後，這才悄悄撤離。

第二天，這兩個打手便喬裝香客，進入曇花庵，直接找到了智如師傅，軟硬兼施，威逼智如立即趕走傅月華。智如禁不住這樣的恐嚇，為保人庵平安，她不得不忍痛割愛，向傅月華下了逐客令。

閒話少說，且說傅月華離曇花庵後，一時上茫然四顧，走投無路，心焦如焚。

太湖是全國五大淡水湖之一，總面積達兩千四百平方公里，號稱三萬六千頃；七十二峰點綴其間，如黛似翠，出沒煙波。西山島則是這群島中最大的一個湖島，它東西長十五公里，南北寬十一公里，面積為八十二平方公里，居然與香港的面積一樣大小。千百年以來，島上人出入全靠舟楫，交通十分不便。

傅月華在西山島上舉目無親，她一個如花似玉的大姑娘，能上哪裡去呢？幸虧一頭青絲尚未剃去，要不，人們還會以為她是出來化緣的尼姑，更不會收留她呢。

想到收留兩字，月華急中生智，驀然想到了那天帶她離開上海的蔡姓夫妻。對呀，何不投奔他們去呢？

乾脆如實向他們吐露真情，取得他們的同情與幫助，就在這個風景如畫、有山有水的花果魚米之鄉，當個果農或漁民吧，如此，也比回到上海那個吃人的虎狼穴要強得多呀！

前天分手時，她記住了蔡姓夫婦在西山島上的家庭住址，聽說那是一個叫石公山的地方，至於他們具體住在石公山哪個村落，蔡大叔曾不無自豪地對她說：到了石公山，只要一問蔡小九住在哪裡，任何石公山人都會領她去的。

想到這裡，傅月華豁然開朗，抹乾眼淚，挽起包袱，就一路打聽問訊，直往石公山而去。

石公山位於西山島東南隅，東西長約兩百二十米，南北寬為三百五十米，方圓兩里許。此山雖不高，但岩石奇秀，滿山松柏，鬱鬱蔥蔥；三面環水，斗突湖中，恰似「白銀盤中一青螺」。更讓人歎為觀止的是，石公山周圍的湖濱中，到處都是奇石怪岩。可惜傅月華沒文化，根本不知道石公山這些怪石奇岩的出典。原來，聞名天下的太湖石，就主要出產在這裡，所謂「石有聚族，太湖為甲」。宋代佞臣朱勔的「花石綱」，弄得民怨沸騰，據說也取自石公山和附近的謝姑山，並留下聯雲障一處遺跡。千百年來，各地園林堆疊假山，大都到這裡來採石。

蔡小九果然沒有說大話，傅月華走了足足幾個鐘點，來到石公山後，一打聽，果然當即就找到了蔡小九的家。蔡小九原來是這裡的果農兼漁家呢，兩間平頂瓦屋就座落在倚山傍水的山腳下，四處遍植橘樹，蔚然成林。正是花開時節，滿樹碎銀碾玉，馥郁氤氳。

「啊呀呀，你怎麼會來的？你怎麼會來的？」淳樸的山裡人見到如自天而降的上海有錢人家的丫頭，不由又驚又喜，開門見山，「你尋到你的親眷沒有？是不是想跟我們的船回上海去？」

「我……」傅月華見到蔡小九夫妻，如見久別的親人，不由心頭一酸，眼眶發紅，沒開口說話，眼淚就索落索落地落了下來。事到如今，傅月華不得不向蔡小九夫妻如實相告，以求得他們的幫助。

蔡小九夫妻都是膽小怕事的人，一聽，不由面色都變了：「啊呀呀，小丫頭呀小丫頭，格樁事體真是粘手的，杜老闆可是個跺一腳，上海灘也要抖三抖的角色，現在，人家已追到這裡，連庵堂也不敢收留你，我們再收留你，只怕日腳從此不太平呀！」

「蔡大哥，蔡大嫂，你們無論如何也要想想辦法救救我呀！我現在實在是沒有路可走了呀……」傅月華走投無路，竟一頭跪倒在人家夫妻面前，聲淚俱下。

蔡氏夫妻面面相覷了一陣，最後，不得不硬起頭皮說道：「小丫頭，今朝天色已晏了，你就暫時在我家住上一晚，等明天，你就想辦法回上海去吧。再不回去，杜老闆真的發起火來，日腳更難過了。」

事到如今，只好如此了。傅月華哽咽著點點頭，勉強答應了下來。

由於一天下來粒米未進，月華餓壞了，狼吞虎嚥扒了一碗飯後，當晚住在了蔡小九家。

蔡家也不寬敞，一間小屋裡堆滿了農具、漁具與柴草，只有一間才是住人的。當晚，月華與蔡小九妻子、孩子同睡一屋，蔡小九就只好到鄰家借宿去了。這晚因有蔡小九妻兒作伴睡在一起，所以傅月華有了一種安全感，心裡很踏實，沒多久，她就鼾然入睡了。

也不知睡了多久，忽然，傅月華被睡在旁邊的蔡小九妻子的大聲叫喊驚醒了。

「啥人？外頭啥人？」

與此同時，外邊傳來一陣豬羊雞鴨們異常的怪叫聲與掙扎聲，在這靜夜裡，格外悚心。

「捉賊呀，快來捉賊呀！」蔡小九妻子急跳起來，從床後抄起一根門栓，連外面的衣褲也來不及穿，就只穿了條短褲衩與一件小花背心，打開房門，跳到了外間的小客堂裡。

可是，外面畜牲們的怪叫聲仍在繼續，可憐蔡小九妻子光站在外屋原地跳腳破口大罵，就是不敢拉開屋門衝出去捉賊。當家的男人不在家，黑燈瞎火一個女人衝出去，豈不是白白送死？

好在不多一會，外面的聲音平息了，一切都恢復了平靜。蔡小九妻子沮喪地回到房中，對嚇得縮在床角的傅月華說道：「完了，完了，我家養的兩隻豬玀和十幾隻雞鴨畜牲，看樣子都被賊坯偷去了。」

傅月華見狀，不無疚愧地說道：「大嫂，勿要急，都是我住在了這裡，害得大哥不在家，要不，賊坯是不敢這樣做的。我出來時帶了一些銅鈿，明天我會賠給你們的。」

蔡小九妻子一聲苦笑：「賠啥個呀，但願賊壞手下留情，勿要全部偷走就上上大吉了。」說完，扔了門栓，複又鑽到床上。

是夜無話。

卻說第二天一清早，天還濛濛亮，屋外就傳來了蔡小九殺豬般的嚎叫聲：「勿好哉，勿好哉，我家的畜牲都被人家弄煞哉！」

蔡小九與傅月華聞聲急開門出屋，可不是，但見屋外院子裡，到處都是血跡，兩隻百把斤重的豬與十幾隻雞鴨，都不知被誰殺死了，屍橫一地。那些雞鴨更是死得慘，一隻隻居然被人硬是扭斷了脖子咽的氣。

「哪個絕子絕孫的做的？有種的給我站出來！」蔡小九還一時沒有回過神來，跳到屋外對著空無一人的橘林破口大罵。蔡小九妻子連忙上前對他說了幾句話，他才頓時如泄了氣的皮球似的沒有了聲音。

「小丫頭，你看，他們殺過來了是不是？」蔡小九垂頭喪氣地對傅月華說道。

目睹這一切，傅月華心明如鏡，她知道這肯定都是杜月笙派來的狗腿子們所幹的，是他們對蔡家夫妻的恐嚇與警告！如果真是賊骨頭，他們決不會做出這種損人不利己的傻事來的。這時，她心中已經絕望了，天呀，這個短壽促命的杜月笙，他要把我傅月華逼到什麼地步才罷休呀?!

傅月華重重歎著氣，取出幾個銀元，放到蔡小九夫妻面前，然後挽起包袱，向這對憨厚老實的農民夫妻鞠了一躬，就流著眼淚離開了蔡家。

「小丫頭，你一路上自己當心呀！」

「月華，還是趕快回上海去吧！聽話——」

蔡小九夫妻望著傅月華的背影，憂心忡忡地叮囑著。

彎彎曲曲的山道上，傅月華繼續漫無目的向前走去，她神思恍惚，萬念俱灰，臉上無聲地淌著淚水：回上海？這是絕對不可能的事！姓杜的逼我回上海，就是要把我嫁給張嘯林！我怎麼能嫁給這樣一個人做小老婆呢？姓張的做我的阿爹也足夠了，讓我去給這樣一個殺坯做小老婆，我這一輩子，不被人家在背地裡笑死才怪呢！更使月華一想起就不寒而慄的是，張嘯林那五大三粗、橫闊豎大的身板，那副整天殺氣騰騰的強盜樣子，自己這樣一個柔弱的小女子落到他手中，遲早會被他蹂躪而死！

前無去路，後不能退，現在看來，只有應了自己先初那句發過的毒誓了！爹爹，姆媽，女兒不孝呀，女兒這是沒有辦法呀！讓方林阿哥以後再來為你們修墳立碑吧，我還是和你們在一起最省心，最安全，最太平呀！

傅月華望著茫茫的太湖水，慢慢跪下來，朝著蘇州城的方向，衝冥冥中的爹娘叩了幾個響頭，然後沿著長長的坡岸，一步步走向齊腰深的太湖中。

湖水一浪一浪地湧上來，一個浪頭打來，不會水性的傅月華嗆了一口水，頓時，湖水通過鼻腔，嗆得她劇烈地咳嗽了起來。水齊頸脖了，一汪更洶湧的湖水湧來，淹得傅月華呼吸窒息，兩眼酸痛。月華張開嘴巴想喊叫什麼，可是，又一波浪頭無情地撲來，直沖入她的嘴巴裡，灌進她的肺腑間，頓時，月華眼前金星四濺，胸悶氣急，天旋地轉，一股血腥味直竄喉嚨。

「姆媽呀——」傅月華沒想到死也這麼難，她真不知道那些溺水自殺的人是怎麼下得了這麼大的狠心，受得了這麼痛苦的折磨的，就在她雙腿一軟沉沒湖中的一剎那，本能中，她死死抓住了湖中的幾株蘆葦，才沒使自己倒下去。

傅月華被溺水自殺前的痛苦嚇壞了，她只好放棄這種痛苦的自殺方式，嗚咽著折回湖岸。她無助地坐在岸邊，尋思著哪種既無痛苦又能自殺的方式。

「姆媽呀——」傅月華坐在湖岸邊放聲大哭。

哭夠了，她久久地凝望著身邊那棵大柳樹，打量著那根橫斜旁逸的樹枝，然後從包袱裡取出一條綢圍巾，搖搖晃晃地走到了柳樹下。

但是，傅月華根本不懂得上吊自殺的原理，她把紗巾繫在樹枝上後，卻無論如何不知道怎麼把自己吊上去，頸脖都伸進紗巾圈中了，因兩腳還站在地下，好一會過去了睜開淚眼一看，自己還沒有死掉。

傅月華傷心地又哇哇地放聲大哭了起來。

你在哭，旁邊卻有人在笑呢！

恍惚中，傅月華分明聽得似乎有人在身邊笑，「嗤嗤嗤——」確實有人在笑呢！傅月華本能地循聲一看，只見不遠的土坡下，兩個身穿短打的漢子正掩著嘴，笑得在地下直打滾呢！

這兩個身穿短打的漢子不是別人，便是杜月笙派來跟蹤傅月華的。臨行前，萬墨林有關照：不許硬上，只準軟逼，要死死盯住傅月華，想盡辦法不讓她在外面有立足生存之地，然後叫她自己乖乖地打道回府。這兩個流氓自是心領神會，別說上峰有言在先了，就憑傅月英是大太太的表妹的身分，他們也斷然不敢亂來，何況這丫頭說不定今後真的做了張嘯林的第四房太太，現在惹惱了她，將來自己也沒有好果子吃！所以，兩個流氓打定主意，以決不損傷傅月華一根汗毛為宗旨，明趕暗驅地逼傅月華放棄出逃之舉，乖乖地跟他們回上海，讓他們圓滿完成任務，領一筆賞。所以，這幾天中，他們一直用心跟著傅月華，絲毫不敢懈怠。剛才，就算傅月華真的上吊成功，他們自也會及時搶救的。

現在，他們見傅月華不但連自殺的勇氣也沒有，而且連如何自殺也不懂得，不由再也憋不住，笑得在地上打起滾來。

「月華，還是跟我們回上海吧！」見時機成熟，兩個流氓嬉皮笑臉地圍了上來，好言相勸。

「是呀是呀，放著好好的日腳不過，一個人出來擔驚受怕，什麼犯得著？還是跟我們回去吧！」

「不要，我不回去！」傅月華一見兩個杜月笙派來的流氓，心裡的氣更不打一處來，都是他們，逼得自己走投無路，連佛門清靜之地也難以容身。

「還是跟我們回去為好，你不知道你這一走，還要害苦人家呢！」

「我勿會害人的，我死了，就一了百了，誰都害不到！」傅月華又氣又悲，欲奪路而走，但那兩個流氓豈肯讓路，連忙拉住對方，繼續施展攻心計。

「月華，其他事情我們都不說，只說你這一走所留下的後遺症好不好？」

「我是我，我的事與任何人無關！」

「話是不錯，但你可曾想到，你這一走，給你表姐與阿哥留下了多大的麻煩？」

「她們……」這一點，月華確實沒有想到，不由一時怔在了那裡。

「就在你自說自話出來的那天，大老闆因實在不捨得你離開，所以一氣之下，就把你阿哥從值班室裡撤下來了，大老闆說了，如果你真的不肯回去，真的白養了你這麼幾年，那麼，大老闆就要把你阿哥和大太太索性一起趕回蘇州鄉下去了！」

「他、他不是人！」聽到這裡，傅月華又氣又急，跌坐在地下，嗚咽了起來。

「算了算了，你就聽我們的話，看在你表姐與阿哥的份上，跟我們回上海去吧。有什麼事，再回去和大老闆商量商量，他好壞是你的嫡親姐夫，總不會叫你張開眼睛吃老鼠藥的！」

此時，傅月華心亂如麻，一籌莫展。因為自己的出走，表姐與阿哥要受此牽連，卻是自己萬萬沒有想到的，自己如果真的不再回上海，豈不害了他們嗎？杜月笙不是人，他是什麼事情也做得出來的呀！何不乾脆先回上海，讓表姐和阿哥不跟著受累，然後自己找到杜月笙，當面鑼、對面鼓地與杜月笙好好地談一下，說不定，他會放棄初衷呢！

想到這裡，傅月華心焦如焚，一咬牙，站了起來：「走，我跟你們回去後再說！」

「對呀！這才是識時務為俊傑呀！」兩個流氓高興得跳了起來。

第十七章　舊情似熾

就在杜府因傅月華抗婚出逃而到處尋人的時候，黃府裡也正悄悄地進行著一場不動聲色的較量。

四月初的上海灘，吹拂著迎面不寒的楊柳風。

鈞培里的黃府大宅裡，露蘭春正懶散地依在銅桿床上，百無聊賴地信手翻閱著幾本電影畫報。這多年來，黃金榮已利用各種手段積得非常可觀的財富，光從家中的陳設來看，就已可見一斑。

概括而言，主要有三類東西。

第一類是家具，僅紅木家具就有十幾套，其中還有正宗的明式全套擺設。

第二類是瓷器，每個廳室都有不少的瓷器做裝飾，如宋代的定、磁、鈞、汝，明清官窯的青花、粉彩、五彩等，杯、瓶、缸、罐，琳琅滿目，應有盡有。黃金榮雖不太懂其藝術價值，但也覺得十分好看，是隨時而升降的浮動資產，因此，空下來，他時常把玩。

第三類是書畫，黃家花園的每個廳堂，四壁都掛滿了字畫。不說宋明，光近代名家的作品，就可以開個展覽會。如任伯年的人物掛屏、吳昌碩和蔡元培的對聯、錢慧安的南極中堂、何紹基的字屏、李鴻章的對聯、劉春霖的壽字屏條、王一亭的黃金榮像、翁同和與張一麐的槐蔭堂匾額、慈禧太后的福字，還有徐世昌、陳銘樞、胡漢民、于右任等給黃金榮的題詞題畫，都是頗為珍貴的。

其中那幅王一亭畫的黃金榮像，張桂英特別愛看。倒不是喜歡黃金榮，而是佩服王一亭畫得像，畫上的黃金榮十分傳神，濃眉大眼、闊嘴短鼻，一副敦厚慈祥的樣子，就連臉上幾粒麻子，也恰到好處地畫了出來。為此，張桂英經常面對畫像出神，想自己一輩子就因為臉上的這些傷心的缺憾，所以沒照過一張像，不知什麼時候也讓這個姓王的畫家給自己畫上一張，也把臉上的麻子隱去，還自己本來的真面目。人生一世，連子孫也沒留下一個，留張畫像給後人，還是起碼的。

一天，黃金榮見張桂英又對著自己的畫像怔怔出神了，不由酸溜溜地調侃道：「桂英，看來，儂還是蠻喜歡我的嘛。」

張桂英肚皮裡罵了他一聲「自作多情」，嘴巴上卻只好奉承：「是的。」

「儂喜歡，就送給儂。」

張桂英又隨口敷衍了一聲：「好的。」

「唉！」黃金榮故作一聲歎息，「當年，人家蠻好看中儂，儂拿足架子，不理不睬。其實，當時儂答應我了，我這個大活人都送給儂，總比一張紙片要好看得多呢！」

張桂英聽了哭笑不得。

但是，黃金榮對張桂英的好感與信任，卻使張桂英心裡得到了很大的慰藉，她明白，只要黃金榮在，就不怕任何人能夠欺侮自己了。

自己吃辛吃苦到今朝這麼一天，還不是為了能夠安安逸逸、舒舒服服地過上後半生？在這裡，吃香喝辣、穿綢戴銀，可是自己從小就嚮往的好日子呀！

可是，現在這種好日子也有點搖搖欲墜了。

自從她發現露蘭春明裡暗裡收拾自己之後，她心裡一直忐忑不安，只怕黃金榮受不了他的心肝寶貝的挑唆，信以為真，把自己從樓上重又支回樓下廚房間。到那時，自己大半人生的努力，一切都白費了。

張桂英的擔心並非是多餘的，就在那幾天裡，露蘭春加快了在黃金榮面前驅趕張桂英的步伐。

自從娶進露蘭春後，原來十有八九夜不歸宿的黃金榮，變得天天準時回家睡覺了。這天，黃金榮稍微回家晚了點，露蘭春已獨自坐在房間裡聽留聲機了。

這天的露蘭春格外迷人，因剛洗過澡，所以粉臉透紅、目蕩流波，發如烏雲盤頂，腰似柳枝輕搖，細挑身材，胸乳豐滿，上著粉紅夾襖，下飄翠綠綢裙，兩隻白嫩如春筍的光腳拖一雙繡花拖鞋，滿面春風，笑迎黃金榮。

「怎麼今天這麼晚才回來？」

「行裡有點事，下班晏了點。」黃金榮在外喝了酒，打著酒嗝，舌頭也有點腫，酒性使他渾身慾火中燒，他一邊脫鞋禦帽更衣，一邊來不及似的斜乜著醉眼，把露蘭春上下好一番打量。燈下的露蘭春，更是別有一番神韻：眼如秋水蕩波，左右流盼含情；彎眉如勾，似遠山吐黛；芳口如櫻，無脂自紅；披肩卷髮如流雲，飄飄多少春夢。真是閉月羞花貌，沉魚落雁姿；斜眸視人，嫣笑奪魂；香軟軟依若無骨，情媚媚攙之無力。

黃金榮來不及把外衣掛上衣架，就如牛喘息著，一頭撲了過來。

豈料露蘭春把身一閃，黃金榮撲了個空。

黃金榮以為露蘭春又在與自己開玩笑，便嘴裡「寶貝心肝」地亂叫喚一氣，再次撲將上去。但是，又被露蘭春一隻香手按住了厚嘴唇。

「儂怎麼了？」黃金榮大惑不解，「又來月經了？」

露蘭春佯怒地打了黃金榮一下：「嚼啥個蛆？」

「那儂這是存心撩我性旺！」

「儂慢點好嗎？我有話要對儂講，講了再做也來得及。」

「啥事體儂就快講嘛。」黃金榮慾火升騰，急不可耐。這尤物總是這樣，在關鍵時刻來一記殺手鐧，逼黃金榮就範。

「我要換人。」

「換啥人？」

「麻……哦，是張桂英。」

「她惹儂動氣了？」

「那倒不是，而是她年紀大了。」

黃金榮最聽不得「年紀大」三字，儘管露蘭春現在指的是張桂英，所以，同病相憐之下，他皺起眉頭說道：「老點啥？做阿媽的，越老越持重，做事體越穩當細心嘛。」

「儂勿曉得，她做事體，總是丟三拉四的。上次大三元吃酒，就差點被她耽擱了辰光呢。」

「上次，是我沒有關照她的。」

「可我關照她的呀。」

「這說明儂自己心裡沒有重視我的話。」

「儂怎麼了？」露蘭春見一上來就碰了一個不軟不硬的釘子，便撒起嬌來了，「儂到底同意勿同意？換一個阿媽子也這樣難呀？」

「儂要換啥人？」

「換一個我自己家鄉的女傭人，她叫……」

「好了好了。」黃金榮已有點猜到露蘭春的心思了，她是以為桂英是他黃金榮的心腹，安插在她身邊的另一隻眼睛，所以渾身不舒服，要想法換掉桂英，「這一陣，家裡開銷大，有點緊，再進人，不在當口上。還是過一程，再說吧。」

「不要，不要嘛！」露蘭春捲緊衣服，繃起面孔，不依不饒，「這麼一點點小事，儂也要推三托四不答應，儂心裡根本沒有我。」

「好好好，我的心肝！」黃金榮的下身已經硬得快頂破短褲了，「我同意了，這下總滿意了嗎？」

「這樣才像話呢！」露蘭春見目的達到，這才轉嗔為喜，向黃金榮摟了過來。

不料黃金榮達到目的、滾到一邊後，面對露蘭春的敲釘鑽腳，又變卦了：「這事便當，這事便當，儂再將就幾天，等我把桂英安排好再調換人。」

「什麼？好哇，儂戳著哉，愜意哉，就拔出卵來不認帳了，是嗎？」露蘭春感到上當，不由惱羞成怒，上前去掐黃金榮，可惜黃金榮早已爛癱如泥，呼呼睡成死豬一般了。

自從張桂英覺察露蘭春要排擠自己之後，她愈發謹慎小心地行事了，只怕又有什麼不慎，被露蘭春抓到把柄，逐下小樓。也是老天有眼，打抱不平，正當張桂英提心吊膽、如履薄冰的時候，一個偶然的機會，使她心中的這塊石頭徹底放了下來。

機會來自在黃金榮去蘇州辦案的那幾天裡。

確切地說，這機會來自露蘭春那水性楊花的心眼裡。

原來，露蘭春還沒到共舞臺露面的時候，她就有了一個心心相印的情郎哥哥，這個情郎哥哥家有萬貫，正當年少，法國留學歸來，肚皮裡都是墨水，尤其他長得面紅齒白、英俊瀟灑、一表人才，往那一站，端的是玉樹臨風，風度翩翩，就連唱猴戲的筱玉樓，也比他遜色不少。原來他不是別人，就是上海灘上當時有名的顏料大王薛寶潤的兒子薛恒薛公子。

孰料天有不測風雲，世事如棋常變，就在露蘭春把終身的希望全部寄託在這個薛公子的身上，並準備與薛公子雙雙攜手步入婚姻的殿堂時，橫刺裡殺出個不可一世的黃金榮，硬是生生從薛公子手中奪走了頭牌花旦露蘭春！

可憐薛寶潤的權勢與地位，與黃金榮不可同日而語，他本來就看著這班流氓惡棍的面色過日子，只要他們平時少敲詐他一點就恨不得跪在人家面前叫親爹爹了，哪還有半點膽量與黃金榮虎口奪食？爭奪人家惡霸的心中所愛？儘管薛公子見心愛的人被一個年過半百的大亨奪去而痛苦得尋死覓活，恨不能親自抄起斧頭衝到黃金榮面前，把這個惡貫滿盈的淫棍碎屍萬段，但終禁不住父母親的苦苦哀求，這才不敢把雞蛋往石頭上碰。然而，薛公子從此心如死灰，賭氣不再談情說愛。但他的一顆馴驁不羈的年輕躁動的心，始終沒有離開令他丟魂失魄過的露美人。

露蘭春同樣如此，她被迫無奈「嫁」給黃金榮後，也是無一日不思念此君呢，她天天在心裡念叨著薛公子，就連與黃金榮作愛時，也不得不把壓在上面的那個麻面老男人比作可意的薛公子，才能勉強完成這一次次的顛鳳倒鸞。她無時無刻不痛恨著黃金榮那老牛嚼嫩草、快刀削水梨般的摧殘，總幻想著有一天脫離這茫茫苦海，還自己一個自由自在的身體與思想。所以，暗地裡，她常與薛公子冒著風險，暗渡陳倉，通過電話線，傾訴各自對對方的強烈的思念之心與愛戀之情。

黃金榮去蘇州辦案，而且這一去沒個三天五日不能回來，這消息不啻一筒上好的純香鴉片，頓時勾起了露蘭春的色膽淫意。她太想念薛公子了，尤其當她聽說薛恒為了她，發誓這輩子再也不談情說愛、不娶妻生子的傳聞後，她更是內疚羞愧，感動不已，責怪自己當時頂不住強壓，沒有勇氣跟著薛公子一起遠走高飛，私奔一旦。所以，現在她見令她作嘔的黃金榮去了蘇州出差，便忍不住心猿意馬，立即一個電話，接通了薛公子，與薛公子私下約定，準備鴛夢重溫，再敘舊情。

薛公子接到心上人的電話，心花怒放，只恨這天的太陽總是高懸不落，硬是撩得他心急如焚。為了這次天賜的良機，更為了不走漏丁點風聲，露蘭春為這次幽會絞了番腦汁，最後定在了遠離鈞培里的白萊尼蒙馬浪路（現名馬當路）上的都城大飯店，並提前預訂下了五樓上的五〇一房間。

現在，黃府裡只有露蘭春一個正房夫人，少奶奶要上哪裡除了黃金榮敢問個去向之外，整個黃府上下誰也不敢吱聲，何況露蘭春這回私約幽會之前，早已放出風來，推託自己要回一趟老家，處理一些家務瑣事，兩天後才歸。所以，當時張桂英也落得眼前清靜，任由少奶奶來去。

且不說露蘭春獨自一人、天馬行空般地「回鄉探親」之後，來到都城飯店與薛公子如何鬼混，只說正在蘇州出差的黃金榮自作多情，趁夜晚空閒下來之時，一個電話直接打到家中自己的新房，想找新歡肉麻上幾句。這可是露蘭春智者千慮、難免一失之處，她急於幽會，居然沒想到黃金榮會「電話查崗」。所以，電話鈴響了一陣，自是無人接應。

蘇州的黃金榮急了，一般情況下，露蘭春是晚上不出門的，今天她忽然不在家裡，莫非是去共舞臺一解戲癮了不成？於是，黃金榮擱了家裡的電話，又一個電話打到了共舞臺。

共舞臺的老闆是黃金榮的門生，接到黃金榮的來電，自是實話實說，回之露蘭春沒有去他那裡。這下，黃金榮心中就頃刻升起了疑雲，心想，露蘭春會上哪去呢？

黃金榮放心不下，再一個電話打到家中，尋找露蘭春。

也是露蘭春命該不絕，第二遍電話鈴響起來時，張桂英正好上樓。聽得電話鈴響，即上前抓起電話。

黃金榮見終於有人接電話了，不分青紅皂白，先迫不及待送去一炮：「喂，儂上啥地方去了？叫我尋得儂好苦！」

「老爺，我是桂英呀。」張桂英聽出是黃金榮的聲音，連忙聲明。

「是桂英呀，怎麼剛才打了一通電話沒人接呢？」

「啊，回老爺話，剛才樓上沒有人，我正在樓下忙著，所以沒有人接電話。」

「蘭春呢？蘭春怎麼不接電話？」黃金榮的高喉大嗓，震得張桂英不得不把話筒拿遠一點。

面對黃金榮的追問，張桂英正要如實回答，突然間，她靈機一動，心頭一跳，腦海裡掠過一陣閃電：今天下午三點左右，露蘭春妝扮一新，一個人出門去了。臨出門時，她只對張桂英說是回老家跑一趟，兩天才歸。其他再沒說什麼。自從露蘭春嫁到黃家後，依仗著女兒的權勢，她的養父張師把全家遷回了老家揚州。當時，張桂英落得清閒，也沒在意，只是問了一句要不要自己陪太太同往。但當即被露蘭春一臉輕蔑地拒絕了。她曉得露蘭春一直嫌厭自己這張麻面不討人喜歡，所以儘量不把自己帶出去拋頭露面，以免丟了她的面子。但是，事後張桂英靜靜一想，又覺得不太對勁：既然露蘭春是回老家揚州探親，那麼何以不帶隨從同往，以裝威風？二為什麼只挽了一隻小巧的手包，其他什麼東西也沒帶，回家探親，就捏著兩隻空拳頭，也太不合人情；三是為什麼她早不走、晚不走，偏偏選在黃金榮不在家的時候走人呢？還有，既是探親，為何不用黃府的包車，而要到外面叫「差頭」（滬語方言：指出租車的意思）呢？

種種疑問，現在一一串起，頓時在張桂英心中圈成了一個偌大的問號，她驀然覺得露蘭春這次探親，大有疑問。

既然我張桂英都能生出猜疑，再把這情況如實告訴黃金榮，就不怕黃金榮不會想到其他上去嗎？黃金榮一旦生疑，那問題可就麻煩了，本來就是狐狸心眼的黃金榮在疑竇叢生之際，說不定會親自前往揚州丈人丈母家，來個眼見為實呢！萬一露蘭春根本不是回家探親，而是去了其他地方，那露蘭春以後在黃家的日子可就難過了！

電閃念轉想到這裡，張桂英靈機一動，支吾答道：「老爺，少奶奶她呀，咳咳……」

「桂英儂怎麼了？說呀？她是在汰浴還是在吹頭髮？在忙什麼呀？」黃金榮不耐煩了，急著追問。

黃金榮這一追問，頓時提醒了張桂英，她連忙順水推舟答道：「少奶奶在樓下汰浴呢。」

「哦！」黃金榮鬆了口氣，「這個人汰浴總是沒有一兩個鐘點不出浴的，比宋美齡用牛奶汰得還要仔細。」

張桂英笑著和調道：「是的是的……老爺還有什麼事情要吩咐嗎？」

「沒有了。我就是牽記她。明朝，我再來電話吧。」說到這裡，黃金榮這才擱下電話。

張桂英擱下電話，才為自己剛才幫著露蘭春說謊而後怕：明明露蘭春不在家，我為什麼要幫她打馬虎眼呢？我還不是與人為善，只怕露蘭春露了馬腳，今後吃不了，兜著走嗎？現在，我說了謊話了，騙了黃金榮了，萬一黃金榮今後知道了，他還會相信我的話嗎？更主要的是，黃金榮從此不相信我之後，我張桂英的日子就真的要難過了，黃金榮肯定不會再來保護我，讓我在黃家過好日子了！想到這裡，張桂英不寒而慄，後悔得直搓雙手，心想：現在，事體已經弄僵，不管露蘭春真的去了揚州還是假的去了揚州，反正，我的錯誤已經鑄成，黃金榮一旦知道會從此不相信我，而露蘭春本來正要排擠我，我這樣做，更是俏媚眼做給了瞎子看，頂著石臼做戲——吃力不討好！

定下神來，再一想，張桂英更加後怕了：剛才黃金榮在電話裡說，明天他還要打電話來，總不見得明天我再用汰浴兩字來搪塞他吧？哪怕黃金榮是嘴上無毛的小夥子，也不會再相信我的回答了。萬一他執著非要露蘭春聽電話，豈不是西洋鏡全部拆穿了嗎？想到這裡，張桂英更加坐立不安了。

她決定等露蘭春明天一回家，就立即把這告訴她，讓她與自己統一口徑，免得這事節外生枝，小事鬧成大事，弄假成真。但是，露蘭春要是不同意我的一片好心，不同意我為她如此打掩護，那麼，我張桂英更是駝子跌跟斗——兩頭不著實了！

經過一番考慮，張桂英決定翌日馬上與露蘭春聯繫一下，請她主動給蘇州的黃金榮去個電話，免得到時候黃金榮再來電話「查崗」，自己難以自圓其說。尤其關鍵的是，她心裡也有一個小九九，就是她迫切想知道露蘭春究竟去沒去揚州探親？她有沒有向她撒了謊！

好在那時的電話，都是磁石共振式的，須通過地方上的郵局總機才能接轉的，張桂英說幹就幹，趁樓上只有自己一個人，拿起話筒，撥通了上海郵局的總機：「喂，我要接一隻揚州的露老闆家裡。」

因為上海灘大亨黃金榮的關係，揚州親家露老闆也是雞犬升天，其名氣在揚州如雷貫耳，所以，揚州郵局總機馬上客氣地請她等一下，很快地接通了揚州城裡露老闆家裡的電話。

電話接通後，裡面傳來的是一口濃重的江北口音：「你找哪個？」

「我是上海黃府，我是張桂英。」

「哦，你是桂英呀，我是蘭春的媽媽，你怎麼有空打電話來呀？」

張桂英眉頭一皺，計上心頭：「哦，是露媽媽呀，是這麼一回事，上次，太太叫我找一個她年輕時繡的煙荷包，我找來找去沒找到。我就估計太太會不會把這東西擱在娘家了，所以，我現在特地打電話來問一下。」

張桂英是個聰明機靈人，她知道，萬一露蘭春根本沒回家，那麼，她如果直通通地找露蘭春，肯定會引起她家中父母的恐慌。所以，她機智地轉了一個彎。

果然，對面的露媽媽上當了：「這個蘭春哪，那個煙荷包呀，搬了幾次家，早就不知扔到哪塊去了。還惦記著它幹什麼，又不值錢的。」

「可是，太太逼著要我找呀，還罵我是我把它弄丟的呢！」張桂英沒找到露蘭春的下落，依然與對方繞圈子。

「這個死丫頭，怎麼東西找不到了就怪三怪四呢，你叫她聽電話，我來跟她說。」

「不用了，不用了。」聽到這裡，張桂英笑逐顏開，連忙說道，「現在，太太已經原諒我了，太太已經原諒我了。」

「那你叫她聽電話。」

「她正在忙著寫字呢，沒有時間接呢。露媽媽，再見啦！」說完，張桂英就擱下了電話。

擱下電話，一種莫名的喜悅就湧滿了她的心頭！她終於探明白，原來，露蘭春確實在對她撒謊呢！她根本沒有去揚州探親，上午從上海坐火車到揚州，最多半天時間也到了，可是，現在都傍晚七點多鐘了，還沒到揚州，她肯定去了另外的地方了！

那麼，她去哪裡去了呢？她又為什麼要撒謊呢？

張桂英把這新發現的疑問與白天的一串疑問串起來，心裡就有了八九分明白。

還在黃金榮想方法霸佔露蘭春時，張桂英就在廚房裡有所風聞，聽說露蘭春早有心上人，那人是顏料大王薛老闆的公子薛恒。當時，她只是聽聽而已，從沒往心裡去。現在露蘭春突然虛晃一槍不知去向，頓時勾起了她強烈的懷疑，她估計露蘭春八成是趁黃金榮不在家的時候，偷偷地與那薛公子幽會去了！

那麼，他們又是在哪裡幽會呢？

是薛公子家？還是在共舞臺？或是乾脆在某個旅館酒店？

現在，張桂英更要急於尋到露蘭春了，因為明天黃金榮肯定還要打電話來「查崗」的。

但是，偌大的一個大上海，旅館酒店多如牛毛，他們貓在哪裡偷情開心呢？

張桂英一時一籌莫展，無從下手。

搖船搖到岸邊，送佛送到西天。既然自已暗中幫助了露蘭春，那麼就乾脆幫到底吧！黃金榮本不是好東西，她對黃金榮沒有好感，而對露蘭春倒寄予了些許同情與憐憫。正直與善良，使張桂英決定把這個掩護打到底，不管露蘭春她以後會對自己怎麼樣看法。

然而，張桂英還沒有拿出尋到露蘭春的辦法來，第二天傍晚，黃金榮的電話倒又打進家來了。

「老爺，我是桂英呀。」這回，張桂英不等黃金榮問話，就主動開了口。

「桂英，叫蘭春聽電話。」黃金榮單刀直入。

「老爺，少奶奶真在發脾氣呢，誰也不理。」張桂英把盤算了一天的話，小心翼翼地回答道。

「發什麼小姐脾氣？難道我的電話都不接嗎？」黃金榮在電話線那端沒好氣地說道，「儂叫她聽電話。」

「可是，可是老爺，她在生儂的氣呢。」張桂英的心都快跳出喉嚨口了。

「生我的吊氣？我有什麼氣可以給她受的？」黃金榮大惑不解。

「這個，嘿嘿，這個嘛，老爺，我也不清楚。少奶奶就是不肯接儂的電話呢。」

「莫名其妙！我倒關心她，沒想到熱面孔貼上冷屁股！算了算了，反正我明天就要回來了，明天我回家，看我不好好收拾她！」黃金榮在電話裡淫邪地笑了起來。說著，黃金榮就「咯搭」一聲擱下了電話筒。

張桂英這才如釋重負，長長鬆了口氣。

豈料，她這口氣剛鬆出，旋即又憋在了胸口處，她驚惶地發現，不知什麼時候，露蘭春已出現在她身後，並冷笑著朝她直瞪眼呢！

「太太，儂、儂回來了？」張桂英一時張口結舌，不知說什麼好。

「剛才，你在冒誰的名？向誰在假傳聖旨？」露蘭春早在躡手躡腳上樓時，把張桂英與黃金榮的一番對話聽了個一清二楚。所以，她認為自己終於抓到了張桂英的把柄了，不由氣得胸脯一鼓一鼓。

這時，張桂英已經冷靜下來了，她微笑著望著露蘭春，輕聲答道：「回少奶奶的話，剛才，我是和老爺通電話呢。」

「老爺？」

「對，是老爺，而且昨天這個時候，他就打過電話來向你問安了。」張桂英依然不卑不亢。

「你就這麼回答的？」露蘭春還沒意識到問題的嚴重性，依然臉若冰霜。

「是的，我就這麼回答的。昨天，我回答老爺是，您正在汰浴，所以沒有接。今天的回答，您已經全部聽清楚了。」

「大膽！」露蘭春見張桂英非但沒有一點恐惶的意思，反而如此理直氣壯，不由勃然大怒，「你、你一個老媽子，竟敢冒充我！這還了得？這還了得！」

「可是，少奶奶，您為什麼不問問我為什麼要假傳聖旨的原因呢？」

「我?!」張桂英一句問話，終於使露蘭春略有所悟，愣怔在那裡，聲音低了八度，「什麼原因？」

「我只怕老爺對我的如實回答信以為真，當真向揚州的老爺老太太去電話，找你聽電話呀！」

「這……」聽到這裡，露蘭春這才恍然大悟，不由嚇得面色都白了。說話聽聲，鑼鼓聽音，事到如今，她這才意識到問題的嚴重性，意識到張桂英的聰明與能幹，因為自己畢竟是做賊心虛呀！

「昨天，我放下老爺的電話，就向揚州您的貴府去了電話。」張桂生注意到了對方臉色的陡變，就乾脆把話全部抖了出來，「當然，為不讓老爺老太太因為您並沒有回家而著急，所以，我找了個藉口，在老太太嘴中探知您確實沒有去揚州後，就放下了電話。為此，今天我在老爺再次來電尋你聽電話時，我就推託您正在生氣，不肯接他的電話。我更清楚，萬一老爺知道你失蹤的真實情況後，他不知要急得怎麼樣子呢，所以我……」

事到如今，露蘭春完全明白了。頓時，一種難言的感激與疚愧，使她不知說什麼好，她只是激動地一下子抱住面前這個機智善變的女傭，張口結舌地連聲說道：「謝謝儂，謝謝儂了，桂英……」

從此，露蘭春再也不提趕走張桂英的要求了，相反，她對張桂英寄予了極大的信任與好感，不知不覺中，把張桂英當成了自己的心腹。

以致後來她還不無羞愧地對張桂英透底說：「桂英姐，當時，我還真以為儂是他派在我身邊的奸細呢！」

張桂英用她的善良與機智，取得了新貴的信任與歡愛，久懸在她心頭的一塊石頭，也由此徹底落了地。

但是，新的憂慮也隨之而來，因為她擔心露蘭春與薛公子的事，總有一天會東窗事發，到那時，只怕鬧出天大的人命事情來。要知道黃金榮可是心狠手辣、殺人不眨眼的呀！

第十八章　難逃虎口

傅月華毫毛未損的歸來，使沈月英如釋重負，不由抱著表妹涕淚交加，見面第一句話就是：「月華，你再不回來，我和你阿哥就要有吃不完的苦頭了呢！」對於月華在外幾天如何個遭遇，怎麼瘦了那麼一圈，則隻字不提。月華知道她說的「苦頭」是什麼，也不吱聲，只是一個勁地流著委屈的淚水。

不等表妹把凳子坐熱，沈月英就把管家萬墨林叫到面前，迫不及待地吩咐道：「墨林，還不快去把方林叫回來？」

萬墨林笑道：「月華一踏進家門，我就派人去找方林了呢，夫人你只管放心。」

月華感到奇怪：「方林到哪裡去了？」

「還不都是因為你，他一怒之下，把方林弄到碼頭上當苦力去了。你再不回來，我也要被他趕回鄉下去了呢！他這個人，有什麼做不出來！」

傅月華聽了，心裡不無內疚，她沒想到自己的一時衝動，竟給表姐與阿哥帶來這麼大的麻煩，幸虧自己沒有死成，要是真的死了，杜月笙真不知要把她們怎麼個處置呢！

果然，當傅方林兄妹重新見面的時候，傅月華幾乎認不得自己阿哥了，幾天不見，碼頭上繁重而又原始的體力勞動，已把在杜府滋養得細皮白肉的阿哥，折磨得判若兩人，身上的衣服上，乾涸的汗水在上面結下了一片白色的鹽花，皮膚被陽光曬得黝黑黝黑，頭髮乾枯蓬鬆，整個一個碼頭裝卸工人。

方林一見到阿妹，偌大的一個男人，居然「嗚」一聲哭出了聲：「妹子啊，你可終於回來了！再不回來，你嫂子與阿侄，只好去街頭討飯了，阿哥也只好去跳黃浦江了！」

一年前，傅方林已與後門一個窮人家的女兒結了婚，並有了一個未滿周歲的孩子，所以，傅方林說的倒也並非是瞎話，一家人全靠他養活呢，要是他真的逐出杜府的話，那麼，妻兒再靠誰活命？

傅月華見狀，不由再次為自己當時的一時衝動而感到疚悔不已。同時，她第一次切膚地感受到了杜月笙的殘酷無情和無邊魔力。

「月華，以後再也不要這樣了，啊？」表姐心有餘悸地說道。

「是呀，妹子，再不要這樣了。你吃苦，我們也跟著你吃苦呢！」方林竟說出了這樣的話來。

此時的傅月華已被自己的一時衝動所造成的後果而深深震驚，她只是一個勁地嗚咽著，點著頭。

杜月笙來了，見到傅月華，卻像什麼事也沒有發生，只是淡淡地向表姨子打了個招呼：「月華你回來了！」就又忙著自己的去了。令傅月華一顆懸在嗓門口的心久久難以放下：怎麼他不再提張嘯林的事了呢？難道他已放棄了這個沒有人味的打算了嗎？

幾天過去，杜月笙仍隻字不提張嘯林的事，傅月華不由暗暗竊喜，認為杜月笙經過這場風波，很可能放過自己了！

但是，月華的想法太天真了，杜月笙若無其事，好像什麼事情都沒發生，那對樓的張嘯林卻往杜公館跑得更勤了。

傅月華的斷然出逃，非但沒有使張嘯林偃旗息鼓，反而更激起了他對月華的強烈的佔有慾。自他出道以來，這個素以「白天和黑夜托著錢罐子，就是為了香床和旗袍」的大亨，不知被他糟蹋了多少的良家女子，玩過了多少的妓女娼婦，就連香花庵裡的尼姑、麗如銀行裏理亨利的洋婆子依儂·莫爾，他都沒有放過。他就像一頭專門為人家配種的種豬，不管老的少的美的醜的，只要他看上眼了，就想方設法弄到手，然後始亂終棄。

其實，使張嘯林幾近一個性變態狂的主要原因，旁人不清楚，他自己心裡最明白，那就是他做夢都在想要一個自己的種子變成的嫡親骨血。儘管他現在已擁有婁麗琴、張秀英、鄭小雲這樣一妻兩妾，領有張法堯、張法忠這樣四子二女，但一個也沒有和他的血緣有任何關係，所以當他見到杜月笙在繼陳幗英之後，又先後娶了孫佩豪、姚玉蘭兩房小妾，並讓孫、姚接連為他生下了杜維翰、杜維甯、杜維屏、杜維新等六個兒子後，他那顆從來不甘服輸的心更加狂躁不安了。他跑遍了上海的大醫院，求遍了各路名醫，甚至連民間草頭土方都用上了，無奈，這四個妻妾的肚皮，仍始終沒一人鼓起來。

走投無路，張嘯林居然把得子的渴望，寄託在了他一向不信的虛無飄渺的佛門中去了。

一般人家在過春節時，無非是送迎財神、祭祭祖宗，而張嘯林家過年，就特別複雜與隆重，因為他既要掃除晦氣，更得喜迎財神與生育神，打從臘月二十三送灶君菩薩「上天奏好事」的祭灶儀式開始，就忙碌開了。

也不知張嘯林從哪學來的，他知道眾神仙中，還有一位「廁神」。她的真名字叫紫姑，就是專司人間生育、婚嫁、婦女行經等事務的。

張嘯林因年逾半百無嫡出，所以對紫姑神仙特別虔誠，每到大年三十之夜，他先是在弄堂口擺開香案供品與紫姑神像，婦女們磕頭禮拜後，各自將神像迎到閨房裡，供在床頭上。之後，張嘯林便香湯沐浴更衣，一交亥時（夜九點到十一點），便入小妾處同房——雖是小老婆，但年輕生育力旺盛，命中率高些。幾個鐘頭後，到子時，再去與婁麗琴同房。從精力上講，雖然已是「再而衰」，到了強弩之末，但聊勝於無，說不定紫姑神保佑，種下一顆子，不會斷子絕孫。

這些事得在大年三十夜幹完，一到大年初一，若再幹這碼事，便是「不潔」了。上海的舊習俗，大年初一，禁葷禁房事，可不禁煙賭。遺憾的是，紫姑神仙似乎總是不肯垂青張嘯林，儘管他每年大年夜虔誠恭敬地行事，但他的幾個妻妾仍無一人能使他如願以償。

張嘯林撒尿不出怨夜壺漏，一方面把一肚皮的怒懟全部潑到這些來自妓院舞廳的無辜女人的身上，一方面他依然像隻種豬似的，四出尋找著可供他播種的土壤。

自從杜月笙把他的小表姨月華向他作了暗示後，他就心心掛念著此事，恨不得馬上把這個如花似玉、純真原生的花苞給開了。尤其當他得知傅月華為抗婚，居然隻身出逃飽受驚嚇的經歷之後，他的心裡更是燃起了一股非把她弄到手的強烈慾望。傅月華越是守身如玉，越是堅決抗爭，他越是喜歡與激動。大半輩子了，張嘯林還從沒遇到過如此剛烈倔強、潑辣果敢的小女子，他心知肚明，越是不易到手的東西，才格外珍貴與值錢。所以，自從月華平安回家後，他加快了向月華的進攻頻率，一有空，就往杜公館裡鑽，尋找傅月華，向她獻媚討好表忠心。

這天，他居然藏著鼓鼓囊囊的一個小包裹，來到了傅月華面前。

自從傅月華回家後，沈月英總要有意無意地給表妹與張嘯林創造見面說話的機會，所以見到張嘯林上樓，她又早早地藉口回避了。

「月華，你看我都給你帶來什麼了？」張嘯林嬉皮笑臉地挨到傅月華面前，從長衫裡面取出一隻小包裹，三下五去二解開包裹皮，露出了一隻癭木首飾盒。

癭木，又叫影木或英木，是樹木的病瘤結疤後，木質增生形成奇特的紋理與古怪的形狀朽態木，民間十分難得。做成酒樽、筆筒、首飾珠寶匣，便成為珍寶。張嘯林藏的這一隻，平日深藏保險箱內，不輕易見人，今天，為了傅月華，他不惜拿了出來，還親自帶到了月華的面前。

傅月華側目一窺，不禁眼睛一亮：這瓔木匣子橙黃色中映出山水雲彩，還有串串葡萄，風格古秀奇異，確實是自己平生從來沒見過的東西。

「這是銀杏瓔，千年得一株，是寶貝呢！」張嘯林說著，打開首飾盒。

頓時，傅月華的面龐都被裡面射出來的異彩光芒給照亮了。

瓔木盒裡，全是鑽石、玉器、珍珠，滿滿一匣子。張嘯林從中抽出一隻麂皮小錢袋，解開結，從裡面取出一顆圓型大鑽石，放在掌心上。那鑽石熠熠生輝，滿掌血色，一轉身，在電燈光下，鑽石放出的卻是藍白的光芒。

「這顆是緬甸紅寶石，是俄國沙皇在拿破崙戰爭時期賞給羅曼諾夫公爵的，它在寶石界很有名，叫血月紅寶石，十八克拉重。以前在巴黎在估過價，值十萬美元。號稱鑽石王呢！」張嘯林一邊如數家珍地說著，一邊偷偷察看著傅月華臉上的表情。

「你怎麼會有這樣寶貝的東西的？」傅月華的臉上只是露出了好奇的神色，脫口而出問道。

「這個嘛，當然是我自己買的嘍！我藏到今天，她們幾個還只是聽說而從沒看見過呢！」

其實，張嘯林這是順口騙騙傅月華的，這顆血月紅寶石，是張嘯林從賭場搏來的。那年，一個白俄到大吉場賭博，輸了九十七萬銀元，便用這顆大鑽石抵押。張嘯林見了後，便設法巧取豪奪了來，偷偷地藏在了保險箱裡。至於他剛才說的連婁麗琴、張秀英、徐小雲她們幾個妻妾都只聽過而沒見過，倒是真話。

「你說我願意把這顆寶貝，不，這箱寶貝送給誰？」張嘯林趁熱打鐵，故意追問傅月華。

傅月華的臉一下子紅了，她怎不知道張嘯林今天這番是表演給誰看的，她更聽得懂他的話中之話，但她實在討厭這個兇悍的老頭子，懶得與他周旋，所以，她只一聲冷笑答道：「我才懶得管這事呢！」

「月華！」張嘯林被傅月華深深感動了，說實話，他在風月場中轉了那麼多圈，見到過那麼多的女人，還從來沒見到過這樣不為財寶動心動的女子呢！傅月華的富貴不淫、貧賤不移、威武不屈，反把他心頭的慾火撥得更旺了，「你應該知道，只要你同意了我，別說這些身外之物了，就是我這顆心，這顆腦袋，只要你喜歡，我都在所不惜呢！」

傅月華被張嘯林的一番表演，倒有些感動了，光憑這一點，她就可以看出張嘯林對自己是真心的，他無非是比自己大了幾十歲，自己若委屈求全、眼開眼閉地跟了他，也不見得會吃多少苦頭，而像現在這樣寄人籬下也不是回事，總不能一輩子留在杜公館吧?!再說，杜月笙也肯定不會就此輕易放過自己的，更使傅月華一想起來就不寒而栗的是，如果自己真的死不屈從，那麼，她的表姐、還有阿哥阿嫂小侄子，都肯定會因此受到杜月笙的報復，那他們往後的日子還怎麼過？罷罷罷了！女人一世，無非終要嫁人的，自己的一生，看來是得不到美滿的婚姻了，倒不如遂了這大亨的願，跟他去了吧！

想到這裡，另一個傅月華在心裡對自己叫道：不，你可不能跟他的，他是一個兇惡殘忍的流氓呀！殺人不眨眼哪！

傅月華的擔憂並非沒有道理，張嘯林平時的強凶霸道，她不是沒有耳聞。

張嘯林闊綽起來以後，家裡雇了十幾個男女傭人侍候。張的脾氣十分粗暴，對傭人非常兇狠，稍不如意，便非罵即打，輕則打傷，重則打死。

張家有個男傭叫阿二，浙江紹興人，三十來歲。張嘯林剛發跡不久，他就在張家做勤務雜工。阿二為人忠厚老實，辦事謹慎細心，平時從不偷懶。

一天晚上，張嘯林約了杜月笙、陳效岐、顧嘉棠幾人打麻將，張嘯林的手氣特別臭，從晚上八點開戰，連打十六圈，只胡了幾副牌。三人見張嘯林輸得發急，又陪他再打了幾圈，直戰到第二清晨六點鐘才告結束。

張嘯林生活上有個習慣，睡覺前溫水洗把臉，這事平時都是阿二幹的。張嘯林從牌桌上站起後，即喊叫阿二：「阿二，打水來。」

阿二睡在客廳左邊的小耳房旁，張嘯林等人的麻將聲弄得他幾乎一夜沒合眼，直到四五點鐘才合眼。張嘯林一聲喊，阿二沒有醒，張嘯林即把輸了一夜的宿火，潑到了阿二的身上：「阿二，你死掉啦？」

阿二從夢中驚醒，嚇得跌跌撞撞跑到張嘯林跟前。

「娘的，老子養你吃乾飯的？」張嘯林話音未落，對著阿二就連著猛扇兩記耳光。

阿二夜以繼日工作，極度疲勞，一頭栽倒在地，鮮血從口鼻中流出。

「狗日的，還想偷懶，老子打死你！」張嘯林接著不分輕重，又對阿二的肋部狠踢了幾腳。

阿二經不住張嘯林的毒打，竟頓時氣絕身亡。

張嘯林大聲叫罵，把張宅的人全吵醒了，管家李彌子最後趕來，一摸地上的阿二，已經沒有氣了。婁麗琴見狀有些害怕，擔心吃官司。張嘯林卻滿不在乎的說道：「天大的官司，磨盤大的銀子。銅鈿就是法律，你怕個什麼？」

張嘯林一面叫李彌子派人買一口棺材把阿二收殮起來，暫擱一邊，一面另派人補充阿二的空缺。

不久，阿二的父親聽到兒子的死訊，痛不欲生。

張公館的人告訴這位老實巴交的農民：「你兒子突然得了急病，還沒來得及送醫院就死了。」

「我的阿二從小沒病沒災，怎麼會好好的說走就走了呢？」阿二的父親方寶成泣不成聲，「我就這麼一根獨苗，我方家要斷後了！」

「好了，人死不能複生，節哀順變吧！」李彌子雖說對此深表同情，也只好這樣勸慰對方。

接著，李彌子對阿二的父親說：「阿二的死，我家先生也很難過。他吩咐，讓給你一百大洋，回家把阿二葬了，剩下的錢留作養老。」

阿二的父親只好點頭同意，但他提出要為兒子守靈的要求。

李彌子同意了。

在守靈時，方寶成趁張府沒人在場，打開棺蓋，要再看兒子一眼。

他一看，兒子的左臉頰上一大塊青痕，右臉顴骨上一片傷痕，分明是遭到擊打所致。

他開始懷疑兒子的死因了，把阿二的上衣掀起，右肋骨分別印著兩個血印，他用手一摸，肋骨斷了兩根。

方寶成的悲痛變成了憤怒，他找到管家李彌子，要求見張嘯林，要求兇手為他兒子償命。

「你要知足，我們家先生已經算厚待阿二了，不要鬧得大家都不高興。」李彌子半是勸慰，半是警告。

方寶成豁成去了，哭泣道：「張先生要不給我兒子伸冤，我不活了！賠阿二一起死在張公館！」說著，就用頭往牆上撞。

李彌子怕事情鬧大，報告張嘯林，想個辦法安慰他。

「一個窮赤佬，還能翻了天？再鬧，就打斷雙腿拖出去！」張嘯林毫不在乎，不加理睬。

方寶成找了個律師，寫本訴狀告到法租界公審公廨。審判長一聽說起訴張嘯林，不敢接受此案，報告租界當局負責人沙利。

沙利說：張先生是上海法租界納稅華人會會長，判他的罪會對租界不利。但是，法蘭西民族性格中耿直、傲慢的成份更濃，不願讓貧民批評他們的徇情枉法，怕上海灘大亨。

沙利找到張嘯林，對他說：「張先生，現在有人告你打死人，我們只好接受此案，不過，張先生為我們做過不少貢獻，就給一千塊大洋，由租界出面當成一般民事案件調解算了。」

張嘯林心裡十分不願意，又不好拂了沙利的面子，答應給阿二的父親一千塊大洋，草草了結了這樁人命案。

此案發生不久，張公館又發生了一起命案。張嘯林的兒子開槍殺死了媳婦。

在張家，最驕縱的孩子就是張法堯。

他雖十分聰明伶俐，但脾氣也像張嘯林一樣十分粗暴，深得張嘯林喜愛。十八歲時，父親送他去法國留學，一去六年，獲得博士學位後才回國，張嘯林每當提起這個養子仍十分驕傲。

張法堯回國之初，沒有馬上急著去找工作，在這段時間裡，他除上賭場、吸鴉片外，再就是跳舞。在大華舞廳，他遇上姓關的交際花。這名關小姐原是一名中學生，初一那年十四歲，因家裡太窮，便在晚上悄悄出去當伴舞。伴到十八歲時，伴成了一個婷婷玉立、豐乳細腰肥臀的大姑娘，舞客們人見人愛。

因為她當初年齡較小，又沒有藝名，舞廳老闆和舞客都稱她為關囡囡。出道後，沒人問她的名字，陌生的舞客稱關小姐，熟舞客仍叫她關囡囡。

張法堯自從在舞廳結識關囡囡後，便對她一見傾心，沒多久，便把她帶到了自己豪華的張公館，兩人如膠似漆。

但張法堯此時已經結婚，有了妻室了。為了正式把關囡囡娶回家當二房，他和結髮商量。豈料，結髮說什麼也不同意，以哭鬧來阻止丈夫娶二房。他倆從白天吵到深夜，仍沒個結果，張法堯大發雷霆，一怒之下，竟拔出手槍，當場打死了結髮妻子。

親家在上海灘上也是小有名氣的商人，見女兒無緣無故命喪張家，堅決要求張法堯為他女兒抵命。

女方家裡告到法租界，法租界公審公廨受理此案。法庭下令巡捕房緝捕兇手。張嘯林得知，連忙私下找到黃金榮，請他出面調停。

巡捕房的事均由黃金榮分管。這天，黃金榮以法捕房華探督察長的身分找到張嘯林親家，說：「人死不能複生，法堯一時魯莽，才做出這種事，看在你們兩家多年友好的份上，這事就勿要再追究了。」

看到對方態度有點鬆動，黃金榮又接著說：「就算真的告死狀，人犯也是很難找到，到頭來既傷了和氣又什麼也得不到，豈不是雞飛蛋打？」

黃金榮不無威脅的話，使對方不得不考慮轉變態度，不由軟了口氣反問道：「依黃先生之見，打死人就白白算了？」

「那倒不是。」黃金榮說，「張嘯林夫婦代他兒子給你們磕頭謝罪，再給二十根金條作為賠償。」

事已至此，女方家只好收蓬轉舵，同意接受黃金榮的調停。

案發後，張嘯林給了張法堯一筆錢，讓他帶著闊囡囡到廣州去避一避。過了幾個月，張法堯又帶著姘婦去了香港，照樣逍遙法外，過著悠哉遊哉的生活。法院因原告不再催促，探目們又假裝緝獲不到凶手，也落得輕快，就把這樁人命槍殺大案擱起來了事……

一想到張家的兇殘霸道，傅月華又馬上壓下了自己剛才冒上來的閃念，並實話實說回答對方：「張先生，你勿要在我身上花心思了，你再對我真心，我也不肯的。」

「為什麼？」

「我怕。」

「你怕什麼？」張嘯林以為月華對他家中那三隻母老虎害怕呢，所以把胸脯拍得咚咚響，賭神罰咒地說道，「你什麼都不要怕，只要你到了我張家後，你就是唯一說了算的正房！有哪個敢對你有半點不是，我張嘯林不扭斷她的頸脖不姓張！」

這時候，杜月笙出現在他們面前。杜月笙望著妻表姨妹，不無真誠地說道：「張大哥的話，我都聽見了，我可以作證的。月華，你是我的妹子，難道我願意把你送去吃苦嘛？再說，有我在，看他們哪個敢欺負你，何況我們還是鄰居呢，你喊一聲，我就聽見了！」好一個狡猾的杜月笙，在不知不覺中，已把他對張嘯林的一貫尊稱「老爺叔」三字，給換成了「大哥」。張嘯林為了奪到傅月華，哪還顧得到這種雞毛蒜皮的小事。

然而，杜月笙恰恰就認為這是他的一件不亞於心病的大事情。

「大哥，我們是親兄弟、明算帳，關於月華，是我的小妹，我自會按嫁妹子的派頭，把她送到儂家來的；但儂娶我家小妹，可也必須按娶正房一樣的排場，把月華迎娶進門，一點也勿能馬虎。」杜月笙趁熱打鐵，來了個先入為主，把話說在了傅月華前面。

張嘯林心領神會：「這點還要你月笙說嗎？月華又不是一般人家的人，她的身分我明白，我要在大三元與海鮮酒舫擺上三天的喜酒，用十八輛彩車把月華迎進門！」

事到如今，見兩個大亨已半推半架地把自己捆上了這輛強盜車，傅月華還有什麼話可說呢？

五月端午節的那天，杜公館門前鞭炮喧天，張嘯林娶親的十八輛彩車，浩浩蕩蕩地排在了華格臬路面前的馬路上，逶迤曲折，堵塞了整條馬路。杜月笙更是不甘示弱，舉凡上海灘上嫁女兒所有的嫁妝，他當然一樣也不會缺：一百八十條綢緞被褥，一百八十支腳的全套紅木家具的台凳箱櫥，碗盆鍋盞、銅爐錫器、從內到外的四季衣服，更有嫁女必不可少的馬桶、腳桶、困桶、立桶、飯桶、米桶等一應俱全，裝了整整十七輛彩車。

張嘯林西裝革履，領帶筆挺，在一副新派結婚的包裝外，還披紅掛彩，胸前掛了一個大紅的繡球，弄得不倫不類，不中不洋；前來娶親，左右跟著兩排童男童女，童男們每人手裡捧著用絲絹兜著的五隻熟雞蛋，寓意五子登科；童女們每人手中則分別提著大紅棗子、大鴨梨、桂圓、各色瓜子，寓意「早（棗）生（梨）貴（桂）子（瓜）」。

這陣勢，明眼人一看就知，張嘯林求子心切已到了變態的地步了。

雖說張、杜兩家毗鄰而居，隔窗呼應，但為了顯示他們兩家的排場，表示他們對傅月華的重視這樁婚事的隆重，張嘯林把新娘子接上頭一輛高級轎車後，還陪著傅月華，指揮車輛兜了半個上海城，這才把新娘子接進家門。有關當時杜月笙嫁「妹」、張嘯林娶第四房的新聞，當時上海不少大小報紙都作了報導，可謂轟動一時。

在這場畸形的婚禮中，除了當事人傅月華心裡一百個不高興之外，還有三個人甚至有過之而無不及，那就是張嘯林的前面三個妻妾。尤其是張秀英與徐小雲，她們因當時根本沒有享受到如此厚遇，嫉妒得眼睛中快要噴出火來了。

然而，很快，充盈在張嘯林心中的興奮，也隨著夜幕降臨、客盡席散頃刻間化為了烏有。

張嘯林做夢也沒有想到，傅月華竟仍會拒絕他！

久經風月場的張嘯林，已沒有了年輕時的猴急，他把新娘子推倒在床上後，見傅月華仍無動於衷，認為這是初夜的羞澀與膽怯，便不傅月華的反抗，連撕帶扯地脫掉了新娘子身上的外衣，然後自己這才不慌不忙地寬衣脫褲，爬到床上。已是到嘴的美食了，還怕她長了翅膀飛走不成嗎?!

然而，當張嘯林如狼似虎地撲上去時，卻被傅月華狠狠一張嘴，在他胳膊上咬了一口。張嘯林大惑不解：「為什麼咬我？」昏暗中，張嘯林看不清月華那雙充滿著恐懼與不滿的眼神。

「我來了！」

「來什麼了？」

「這也不懂？」

「哦——」張嘯林如夢清醒，旋即，一股熱情被兜頭一盆冷水差點全部澆滅，怨恨使他忍不住罵了聲娘。

張嘯林還有至關重要的一件事沒有做，那就是見紅。如果在今天就把那事做了，那麼他還憑什麼認定傅月華是不是處女呢？

但張嘯林豈輕易相信傅月華的一句話，他咕聲「你別騙我呀」，便依然我行我素，在月華身上動起了手來。傅月華竭力反抗無用，不一會，就被張嘯林剝得像隻去了殼的熟雞蛋了。

「好哇，果然騙我呢！」就著昏黃的燭光一看，張嘯林不由心花怒放，迫不及待地撲了上去。傅月華拼命掙扎，可她哪是張嘯林的對手，只一會，張嘯林就猛烈地進入了她的身體。

傅月華只感到下身撕裂一般疼痛，不由失聲慘叫了起來……

一陣天旋地轉過後，張嘯林從月華身上滾了下來，順手拉亮了電燈。

亮晃晃的電燈光下，墊在傅月華身下的白絲綢上，鮮血斑斑。

張嘯林這才心滿意足地笑了，心裡說：這姓杜的確實硬氣，真的沒有戳浮屍（滬方言：嫁禍於人的意思）呢！

第十九章　車廂相會

且說蔣介石與宋美齡結婚後不多久，就把姚阿巧與小緯國母子送到了距上海不遠的蘇州城，先是寄養在他的舊部顏芝卿家中，後再移居到他專為姚阿巧母子建造的蔣公館中。

蔣公館位處蘇州城中蔡貞坊七號，共占地十餘畝，建築結構緊湊，有前後兩個大門。前大門正對著一座名叫木杏橋的小木橋，一泓碧水潺潺縈繞，河對面是寬廣的農田；後大門在公館的西側，除斜對面有一家小型的益華布廠外，居民寥寥無幾。大門是兩扇黑漆的木門，釘有白色的銅環，大門旁還有扇小門，有蘇州市警察局派來的兩名警察值崗。整個公館主建築為三層三開間的青磚洋房，東西兩間是寬敞的房間，中間是會客室。木材均用上乘的楔口地板，腹壁為柚木所制，扶梯平坦而寬闊。姚阿巧和蔣緯國及親屬居住在二樓，底樓的東房間為書房兼重要賓客的休息室，西房間為西餐室和食品間，三樓較低矮，放置箱籠、字畫、衣物等物品。主樓的北面有座天橋溝通的二層樓洋房，樓上為女傭阿金她們的住房。樓下為炊事房和就餐室。樓房東側建有自來水塔一座，水塔東面建有三間平房，那是姚阿巧念經的佛堂，屋前置有一隻大的鐵香爐。其他尚有零星平屋數間為男傭所住。主樓的東西南北，環有三個大小不等的荷花池，點綴假山亭子；園中遍植桃、李、杏、梅、枇杷等果樹，栽培各種花卉，專門雇傭一個花匠精心管理。

解放後，這座蔣介石的離宮被蘇州市人民政府所接收，改建為現在的政府招待所蘇州南林飯店。

卻說蔣介石。

畢竟他也是由血肉做成的人，身上有著七情六慾，所以，儘管他南征北戰、又有了宋美齡這樣一個如意的壓寨夫人，但由於他早年在上海嫖堂子，染下了一身花柳病，再也不會生育了。他與宋美齡結婚這麼多年，宋美齡始終沒生養過一個孩子，這對蔣介石或宋美齡來說，不能不說是一件憾事。

隨著年紀的增長，蔣介石對小緯國的思念與日俱增。同時，他也承受不了宋美齡那種嬌橫勢利的腔調，每每日子過得不舒心時，他就情不由己地想起蘇州那個溫柔嫵媚的姚阿巧，想起當年他在亭子間裡的那段貧困但又很甜蜜的日子來。

所以，每當他的專列火車途經蘇州時，要是時間允許，他總要命令專列在蘇州火車站停上十來分鐘，以便他會見一下姚阿巧母子，暫時了卻一下思念妻兒之情。

每當這時，姚阿巧總是特別激動。

因為她知道蔣介石在心底裡還沒忘她，沒有忘記小緯國。她感到自己這十幾年來對小緯國所花下的心血沒白費。

姚阿巧穿上蔣介石喜歡的深色服裝，如秋冬，她就常穿黑色綢緞夾衫和絲絨旗袍，春夏愛穿印丹士林做的衣服。她從小沒有纏過足，最喜歡穿的是繡花緞面鞋子。事前，她還要請專門為她梳理頭髮的、宮巷紫羅蘭理髮廳有名的理髮師蔡金榮，為她梳上一個她所喜愛的橫愛司髮型。同時，她也要把小緯國精心打扮一下。因為，每次蔣介石的專列要在蘇州停靠前，蔣介石總要事先拍個電報來通知一下的，所以，姚阿巧得以有時間充分地準備。然後，她們母子便在總管家顏芝卿的帶領下，去火車站會見蔣介石。

他們的每一次會見都是在蔣介石的包廂裡。

每次見到蔣介石，姚阿巧總是按捺不住滿腹的委屈與傷心，抱住蔣介石嚎啕大哭上一通，把蔣介石的眼圈也弄得紅紅的。

「冶誠，讓你受苦了。」蔣介石每當這時都要流露出深情來，緊緊握著姚阿巧的小手，說上幾句安慰的話。

「我過得還好……」姚阿巧嗚咽不能說話。

蔣介石用手帕親自為她擦去眼淚，安慰道：「冶誠，事體過去也過去了，不要總是想那麼多。我是專門來看你的，不會把你忘了。好啦，不說這個了，我們難得見上一面，應該高興才是。」

接見了姚阿巧，蔣介石才接見小緯國。

「阿爸。」蔣緯國已長大成人，他不再像小時候那樣怯生生的了。

蔣介石見到一年比一年長大的兒子，很是高興，他拉著兒子的手，笑道：「啊，我的緯兒又長高了！身體也很結實，將來是塊當將軍的好材料。」

接著，蔣介石又問了些兒子的學業情況。當他知道兒子專攻物理，成績優秀時，感到很滿意，但是他馬上又皺起眉頭道：「我兒要改行從政學軍，現在你學的那一套用不上，也吃不開。我們蔣家現在需要的是軍事家、政治家。」

「阿爸，我記住你的教導。」緯國點了點頭。

每次見面的時間都很短，匆匆一晃就過去了。

每次會見回來，姚阿巧的心情總要有幾天不能平靜。她回憶著往事，感到一切都像在夢中……

這樣的會見當然是絕對祕密的，尤其是不能給宋美齡知道。要不，非打翻醋罐子不可。

蘇州城外十三里處有個木瀆鎮，鎮旁有座靈岩山，山上有座靈岩寺。這可是座千年古寺。兩千五百年前，吳王夫差在這裡設置了行宮，眷養著美女西施，在這裡花天酒地、玩物喪志，留下了「西施洞」、「館娃宮」、「玩花池」、「玩月池」等一系列名勝古跡。自從元代智積和尚在這裡創建了靈岩寺後，這裡便成了聞名國內外的佛教聖地，香火旺盛。姚阿巧篤信佛教，便拜寺裡的當家和尚大法師印光為師，成為他膝下一名虔誠的佛門信女。

一九三六年底，「西安事變」的消息傳到了蘇州。

姚阿巧被街談巷議的傳聞與謠言弄得六神無主，寢食不安。蔣介石畢竟是她的丈夫呀，夫貴妻才榮，要是這個不安份的男人真的出了些什麼三長兩短的事，那麼，她姚阿巧的日子也不會好過多少的。但是，她一個手無縛雞之力的女流之輩，又哪裡來什麼通天之力能救男人於一旦呢？情急之中，她只得求祈虛無飄渺的佛門菩薩去了。

那天，她備了香燭與供品，帶著貼身的娘姨與男女傭人，乘上幾頂小轎，到靈岩山上去求神保佑蔣介石平安無事，消災去難。

山轎剛到山門前，印光法師便帶著一群小和尚走出山門迎接。姚阿巧向師傅行了弟子禮，便隨師傅登上大雄寶殿，點燃香燭，跪地祈禱。只見她虔誠地跪在神案前的蒲團上，捧起籤筒，口中念念有詞，然後「刷刷」搖了幾下，抽出一根籤來。執事和尚接過竹籤，按籤號扯出一條籤紙，遞給了印光法師。

印光法師知道這位信女非同一般人物，她是當今權傾朝野的蔣委員長的祕密夫人。所以他接籤紙在手後，分外認真，先是雙手合十，連念幾遍「阿彌陀佛」，然後再打開籤紙。印光法師看了看，即面露喜色，對姚阿巧說：「女施主，恭喜你了。此乃上簽，逢凶化吉，遇難呈祥。不知女施主有何相求？」

姚阿巧一聽，不由笑逐顏開，連忙向印光法師說明了來意。印光法師又問了蔣介石的生辰八字，然後伸出手掌，掐算了一番，對照籤條說：「女施主放心，今年委員長流年不利，犯著煞星，不宜西行。但有貴人相助搭救，有驚無傷。定能逢凶化吉，遇難呈祥。如施主信得過老衲，貧僧願為委員長齋戒三日，念三日佛經，求佛保佑，如此，定能平安歸來。阿彌陀佛……」

姚阿巧自是一一答應，只要蔣介石平安回來，花幾個錢何所惜也！也是被印光法師說了個準，姚阿巧從靈岩寺回家沒幾天，蘇州城裡的大、小報紙都已刊出了蔣介石平安離開西安，回到南京的消息。

姚阿巧大喜過望，當即又趕去靈岩寺焚香禱告，叩頭謝恩，並向印光法師送去一筆重金，請求法師用這筆錢給寺裡的菩薩粉添金身。

至此，姚阿巧更加篤信佛教了，更加相信佛光普照，佛法無邊了。

蔣介石回到南京後，也許是飽嘗了西安囚禁獨處之苦，不由更加思念自己的愛子。一天傍晚，蔣介石召見他的侍從室聯絡副官居亦僑。

「居副官，聽說你是江蘇吳縣人？」

「回委員長話，我是吳縣人。」居亦僑一個立正。

「你速坐小車連夜去趟蘇州，到南園找姚氏，說我想念我的緯國，第二天把他帶到南京來。」

「是！」居亦僑應命而去。

居亦僑連夜啟程，到達蘇州已是萬家燈火。司機熟門熟路地尋到蔡貞坊七號，按響了門外的電鈴。別墅裡聞聲走出一個女僕，把來人打量一番後，便引著居亦僑往裡面而去。

姚冶誠早就在主樓前迎接了，居副官說明來意，姚阿巧聽著，不由笑嘻嘻地問道：「居先生，你是啥地方人？」

「我是吳縣北橋人。」

「啊？你也是北橋人？北橋啥地方人？」姚阿巧一聽對方竟然是自己同鄉人，不由精神倍添。

「我是北橋漕湖村人。」

「啊呀呀，巧哉，巧哉！碰著同鄉哉！快，裡面坐，裡面坐。」

姚阿巧連忙吩咐女傭進屋沏茶讓坐，自己親自到廚房間燒點心招待居亦僑與司機兩人。只有逢上知己的親友，姚阿巧才會自己親自下廚，由此可見居副官的到達，姚阿巧心裡是多麼的開心了。

不一會兒，姚阿巧親自端上了兩碗水浦雞蛋，她讓居副官們一邊吃，一邊關切地詢問起蔣介石從西安回來後的情況。

居副官一邊吃，一邊說：「先生天一亮，五時光景起床，在花園裡散散步。因滿口假牙，早餐用的都是牛奶、雞蛋、麵包。十二時，先生吃中飯。他愛吃雞湯豆腐和毛氏叫人送去的奉化的家鄉菜。先生飯後，午睡兩個多小時，侍從在房裡用電唱機播放《藍色多瑙河》等世界名曲，讓先生漸入夢鄉。下午三點多鐘是先生第二次會客或開會。頭一次去辦公室是早上七點多鐘，處理文件。先看侍從室送來的軍（一處）政（二處）簡報。再用紅藍筆批一個閱字。寫得很草，是模仿王羲之《十七帖》上的『閱』字。然後看《中央日報》和上海等地的報紙，著重看侍從室秘書劃出的要點。誰若遺漏要點，先生定要追究。接著，先生對照各地電報查看牆上的軍用地圖和侍從室參謀們插好的紅綠白旗。十點過後，接見客人。下午四、五點鐘陪夫人到外邊公園裡散散步，晚上難得也要跳跳舞。先生極注意保養，平時煙酒茶三不進，口渴時只吃蒸餾水。黃埔軍校時，學生若被他聞到煙味，是要被他罵煞的……」

居亦僑因為見到頂頭上司的祕密夫人也是北橋人，心裡一高興，話也多了，想到什麼說什麼，直把一邊的姚阿巧聽得笑了起來。

「那麼，今朝居副官來有啥事體呢？」

「奉委員長命令，帶蔣二公子到南京去，委員長很想見見他。」

「這個，要問緯國的。」姚阿巧點了點頭，不顧夜已深靜，當下命阿金把正在樓上做功課的蔣緯國叫了下來。

蔣緯國見過居亦僑後，一聽原來居亦僑此番是專程來接他去南京的，不由馬上不開心起來，直通通地說：「我不去。」

姚阿巧吃了一驚：「為啥？」

「我不想去。」蔣緯國皺著眉頭說道。

這一陣來，全中國都沉浸在一片向國民黨當局呼籲請願抗日禦侮的強大聲浪中。全國人民對蔣介石採取的不抵抗主義很不滿意，社會輿論呈一邊倒的趨勢，矛頭直指向蔣介石。

對於父親老子的不抵抗主義，連蔣緯國也看不過去，對老子有一肚皮的氣，所以現在他見老子居然在這種國危人亡的重大時刻不但不著急，反而考慮起了什麼兒女情長，他當下肚皮裡的氣就不打一處來，當即予以了回絕。

見蔣二公子不願去見他老子，居亦僑副官也很尷尬：「蔣公子，委員長這一陣來真是很牽記你呢。」

「我不去，就是不去。現在兵荒馬亂，眼看國家也快要滅亡了，他倒還有這個興趣……」

「緯國！」見兒子越說越不像話，姚阿巧不由又慌又急喝令了起來，「你怎麼能這樣對待你爹爹呢？國家的事體是國家的事體，你小人家家不要瞎纏在裡面。聽我的話，明天就到南京去，住上幾天就回來嘛。」

「對對，住上幾天，仍舊由我送你回來。」居副官忙在一邊隨聲附合道。

蔣緯國還是不答應，但是聲音卻低了不少：「姆媽，我真的不想去。馬上要大考了，我這幾天學習正緊張呢！」

「這還是個理由。要是剛才的理由叫你爹爹聽到了，不把他氣得刮你我不相信。好在這位居副官是自己人，要是居副官如實向你爹爹彙報了的話……」

居副官怎聽不懂姚阿巧話裡的音，忙笑道：「夫人放心，我會掌握分寸的。再說小人家家的話麼，不能作真的。」說到這裡，居副官面露難色地向蔣緯國說道，「公子，你跟我去吧，你不跟我去，那就為難我了，委員長要朝我發火的，弄不好，還要受到處份。」

「不要緊，我不會為難你的。」蔣緯國想了想，從桌子上拿過一疊信紙，然後抽出筆，在信紙上「嘩嘩」寫下幾行字，交給了居亦僑副官，「居副官，你把這份信帶給我爹爹就沒你的事體了。」

居亦僑一看，只見上面寫道：

父親大人：

近安。只因孩兒這一陣學習緊張，身體又偶染小恙，故近日裡難以赴寧探望您老。務望老人家原諒。等過一程，我一定前去都城看望您老。

不孝兒：緯國頓首

×月×日

居亦僑與姚阿巧見狀，知道事情只能到此為止了，所以他們也不再勸說緯國。第二天一早，居亦僑便驅車打道回府了。

第二十章　春宮畸情

上海「四．一二」反革命事變後的杜月笙，就像坐上了直升飛機，步步高攀，先是他接到了蔣介石任命他為國民政府軍事少將高參的委任狀，領到了一套嶄新、筆挺的少將呢軍服與金閃閃的少將肩章，後是法國人見其身價日高，也「按質論價」，不斷抬升他：一九二七年七月，法國駐滬總領事任命杜月笙為法租界公董，又於一九二七年七月四日，由法租界納稅華人會正式推舉杜月笙為公董局華人董事，他坐上了中國人在法租界可以坐上的最高位置。所以，那時的杜月笙已不是一個簡單的流氓大亨了。

使得法租界當局感到杜月笙真是個不可多得的大能人、他們的重用提拔沒有錯的是，一九三三年四月，發生在法租界新橋街（今浙江南路）一起震驚上海灘的血案。

事情是這樣的：當時，法租界新橋街一帶執行日常巡邏任務的安南巡捕，倚仗權勢對當地居民橫加欺凌，作威作福，當地華人居民早就對其行徑敢怒不敢言，心裡都憋著一團火。

事發那天，兩個安南巡捕手提警棍，腰插手槍在新橋街上像往日一樣傲慢地巡視，忽然，他們發現一個小販正在無照私賣貨品，於是他們當即衝上去抓住了那個小販，並把小販的貨攤砸了個稀巴爛。接著，他們還不滿足，以打人取樂，他們抽出警棍，揮棍毒打那小販，直打得那小販在地下痛苦哀號，滾來滾去。兩個巡捕卻開心地哈哈大笑，仍用警棍猛力毒打。一邊的上海居民實在看不下去了，大家本來就對這幫蠻橫的安南巡捕痛恨不已，現在又見他們在光天化日之下旁若無人地毒打無辜百姓，心中的積恨再也按捺不住，便上前去阻攔他們繼續行兇。

那兩個安南巡捕平時不可一世慣了，見眾多中國居民上前阻攔，不由氣焰愈發囂張，又揮動警棍對著前來勸阻的居民亂打一通。

這下終於激怒了中國居民們，聽一聲喊打，人們紛紛湧了上來，兩個安南巡捕見勢不妙，拔出手槍向人群揮舞威脅，接著奪路而逃。

憤怒的人們呼嘯起來，吶喊著向前追去，那兩個安南巡捕慌了，便惡狠狠地轉過身來，向著追在前面的人們扣動了扳機。「砰砰砰」，一陣槍響後，當即打死兩人，又打傷數人。

一場震驚上海的駭人聽聞的血案，就這樣發生了。

血案發生後，全上海都震驚了，上海人民組成了法租慘案聲援會，向法租界當局交涉，並提出了「撫恤屍屬，賠償傷害，懲凶道歉」的條件。法租界當局那些貪財好色的「法國勇士」們見狀，嚇得手足無措，於是三請杜月笙為他們調停與處理。

杜月笙也深知眾怒難犯，更何況這一次又出了兩條人命，就連他手下一些有良心的門徒也覺得法國人這事做得太過份了。但杜月笙猶豫再三，還是昧著良心為法國人辦事了。他知道現在這事鬧得滿城風雨，全上海的百姓都眼睜睜地看著此案的最後結局呢，如果輕易處理此事，那他十個杜月笙也抵擋不住。想來想去，杜月笙只好採取暗中作梗使刁的手段，分化瓦解了事。

於是，杜月笙派親信祕密將兩個死者的家屬找來，親自進行了一番「勸告」，他願意動員法租界當局拿出一大筆撫恤金，賠償給死者家屬，了結此案。同時，他暗示威脅死者家屬：如果敬酒不吃吃罰酒，到時候一分錢拿不到，他就撒手不管了。

此案已拖了個把月，死者家屬心中的一口怨氣已稍有平息，聽了杜月笙的話，認為有理，所以他們先後答應了杜月笙的條件。

法國領事得知後，樂得出錢消災，了結了這樁天大的冤案，同時，他們更佩服杜月笙在上海灘上的「威信」與能力了。

杜月笙不但充任法國人的幫兇，同時又是法國主子與國民黨政府當局之間相互勾結的祕密通道。當時，國民黨政府迫於人民群眾要求維護國家利益的呼聲，不得不決定將中國郵政總辦一職從法國人手中收回，改由中國人擔任。這對促進中國郵政事業的發展將大有益處，更維護了合法權益。可這件事被法國駐華使館知道後，表示了堅決不同意。他們明白，如果中國政府收回了郵政總辦一職，就意味著法國人不能再壟斷中國的郵政事業，從而失去了一個源源不斷的財源，於是，他們就圖謀阻止中國政府的這一計劃。

於是，法國駐華使館又決定請出深受他們賞識的杜月笙來完成這一重大的任務。

就在杜月笙鞍前馬後為國民黨政府與法國人效勞的時候，殊不料在他的杜公館裡，後院起火，正發生著一樁令他做夢也想不到的隱事，他竟戴上了令人嗤笑的「綠帽子」。

這時的杜月笙，又娶了第四房太太姚玉蘭，並生下了第二個女兒杜美霞。別說他接二連三地不斷地有新人接替上來了，就說沒有，此時的杜月笙，也斷然再也不會染指原配夫人沈月英了。早被杜月笙遺棄在一邊的沈月英百無聊賴，只能整天抱著桿大煙槍，渾渾噩噩地打發光陰。

自從杜月笙迎進陳幗英後，每當他再娶三房、四房時，他居然還每次裝模作樣地徵求沈月英的意見：「月英，為了家族興旺，我準備再娶……」

每當這時，沈月英總是頭也不抬、神情淡漠地回答：「儂有本事，儂只管去討，管我啥事？」

話雖這樣說，但沈月英的心裡已冰到了零度以下，她越來越對自己的前程沒有信心了，甚至有了種生不如死的厭世感。好幾次，每當她受到二房、三房的排擠與中傷後，她差點吞食鴉片，來結束自己只有四十歲出頭一點的生命。

難怪杜月笙越發厭倦沈月英了，每天二兩的鴉片煙，一天一天吞食消耗著她身上的脂肪，使她變成了一個令人可怕的女人：膚色焦黃，就像一個非洲來的難民；骨瘦如柴，活如一具行走的骷髏。尤其她的面容，更是令人不敢正視：眼窩深陷，兩腮凹進，再加上本來就不高的鼻染，由於鴉片的剝蝕，上面的皮肉更薄了，打遠望去，整張臉上皺紋縱橫深刻，只有六個大小不一的凹坑。

然而，沈月英畢竟只有四十出頭一點呀，她還是一個正在當年的中年少婦呢，每當過足煙癮、靜夜獨處的時候，鬱結在她體內的原始的衝動，常使她輾轉反側，徹夜難眠，難以名狀的仇恨與報復心理，使得她狂躁不安，恨不能用一把火燒了這杜公館。

杜維藩出國留學深造去了，月華被「嫁」到張家去了，管家萬墨林是杜月笙的心腹，杜月笙另派給她的一個專門為她燒製煙泡的又是一個比她還要老的宋媽，自己更是一不喜歡麻將紙牌，二不善歌舞作樂，所以一旦煙飽癮足空閒下來，身邊連個說說話的人也沒有。

沈月英感到了前所未有的空虛與狂躁，尤其當她聽到夜間從隔壁房間裡傳來的杜月笙與其他幾個小妾狎昵放浪的聲音時，她更是把杜月笙恨得牙根發酸：都是這個忘恩負情的畜牲，喜新厭舊，把自己害成了一副活僵屍的樣子！

她還不想死，她要報復，她要抓住後半輩子人生，儘量讓自己活得滋潤一些。為此，她想到了男人，想到了自己已被壓抑了十多年的情與慾。

為什麼杜月笙這種男人可以三房四妾、喜新厭舊，而像自己這樣的女人就該一成不變、死守貞節呢？這不公平，太不公平了！何況我腰纏萬貫，身邊有著享用不盡的財富，我要這麼多的財富幹什麼呢？總不能帶到棺材裡去吧?!

但是，誰又能是她最值得信賴的男人呢?!

很自然地，她就把目光停留在了她的表弟傅方林身上。

方林年輕力壯，血氣旺盛，又是自己一手弄進杜府來的親戚，尤其是他長得那麼英俊，那麼魁梧，那麼的善解人意，知冷懂熱，只有他，才是自己排遣孤寂、報復杜月笙的唯一最佳人選！

傅方林有今天這麼一日，確實始終沒有忘了他的親表姐。這多年來，他從一個後門值勤守夜的警衛，在表姐的庇護下，一步步爬到了杜府後勤採辦的位置上，手中掌有了一定的實權；更使傅方林心滿意足的是，他自大前年結婚成家後，家裡已有了一男一女兩個孩子，雖說妻子沒有參加工作，但靠方林一個人的月薪，也可以開支家庭的開銷了，小日子雖清苦，但安逸、幸福。他們才是天倫之樂的一家子呢！所以，飲水不忘掘井人，表弟始終記掛著表姐，尤其是他面對表姐鬱鬱寡歡、冷冷清清的時候。他總隔三差五地要到樓上看看表姐，和表姐說上幾句話，寬慰一下月英的心。

「表姐，今天我又給你弄來幾兩雲南純鴉片。」這天，傅方林又從一八一號裡買到了幾兩好鴉片，便興沖沖地給月英送來了。

沈月英正一如既往地鑽在帳子裡，如饑似渴地抽吸著大煙，因抽得貪婪，兩腮上的凹坑陷得更深了，簡直可以放進兩個雞蛋了。

「還有幾口。」沈月英一邊吸著，一邊揮揮手，把宋媽退出了房間，同時，她示意表弟坐在她身邊的煙榻上。

因是表姐弟，傅方林在沈月英面前從來沒有什麼顧慮，所以像以往一樣乖乖地坐在表姐的身邊，靜靜地看著表姐吸抽鴉片。

頓時，從三十剛出頭的傅方林的身上洋溢出來的一股青春的活力，像一股春風似的，傳染到了沈月英心中，使她竟如觸摸到了那股勃勃的生機。

正是夏天，傅方林上身穿了一件黑色的香雲紗短袖衫，下身只穿了一條寬大的齊膝中褲，兩條粗壯多毛的大腿，簡直比月英的腰枝都粗了。

瞟著表弟那寬厚的背心，掃視著表弟那粗壯有力的結實的大腿，沈月英心裡一湧一熱，抿嘴偷偷一笑。姐弟倆一番寒暄後，沈月英便開始進入了她醞釀已久的正題中。

「方林，坐近點，我有話對你說。」沈月英放下煙槍，喝了一口表弟及時遞上來的碧螺春茶，向方林招招手。

方林感到有點奇怪：坐這麼近了，還怕我聽不見你說的話？心裡這麼想，但他還是不由自主地往前挪了挪：「表姐，你有什麼話要對我說？」

「你可曉得，我們沈傅兩家，並不是嫡親的表親呢。」

「這我曉得的，我的姆媽和你的爹爹，不是一個爹娘生養的，我的爹爹是後來填的房。」傅方林對他們的家世，早已有所知道了。

沈月英點點頭，望著表弟的兩眼中，露著幽幽的光澤：「不過，我們畢竟是最親的親人了，不管是在鄉下還是在上海，應該說都是這樣的。你說對嗎？」

「對對。」傅方林不知今天表姐說這些幹什麼，只是隨口敷衍。

「唉——也許，方林你心裡要說了，我們最親最親的人還是有的，那就是我們現在各自的男人女人與小人。」沈月英歎了口氣，又不失循循善誘地自圓其說道，「其實，老話早就有了，爹親娘眷總是親，這是養出來就註定了的，死了，就再也沒有了。而家主婆與男人，可是死不光的。男人只要有銅鈿，女人只要甘心情願，誰都可以再討再尋的。方林你說這個道理對嗎？」

傅方林無聲地笑了：「阿姐你講的對是都對的，我也都知道的，但是，你講它……」底下「為什麼」三個字，傅方林咽下去，沒說出來。

傅方林這一笑，憨厚又可愛，一口堅固的白牙，耀得沈月英心亂神迷，壓抑在她心底十多年的慾望，被這口牙齒與這雙裡外都充滿了力氣的大腿吊了起來，她情不自禁地把瘦如枯柴的手，放到了表弟的大腿上，充滿愛憐的撫摸著。毛茸茸的汗毛，給了沈月英感性上的愉悅，使她不由感到嗓門發乾，連連乾咽著唾沫，一顆心，也跳得更快了。

傅方林總感到今天的表姐有些異樣，怎麼說著說著就動手動腳了起來，不怕被人家撞見，跳到黃浦江裡也說不清嗎？想到這裡，他裝作怕癢似的往後坐了坐，把話頭叉了開來：「表姐，今天我上一八一號去了，那裡的生意確實好，一個高鼻頭藍眼睛的外國小夥子，聽說在美國是個流氓，叫詹什麼斯來著，膽子也真大，從外國帶進來幾台新式的吃角子老虎機，居然承包了……」

「我勿想聽，今天，我勿想聽……」沈月英兩眼直直地盯著表弟那兩片厚厚的嘴唇，盯著他嘴唇上面那兩片黑駿駿的鬍子，緩緩搖著頭。

傅方林再次感到奇怪：這些新鮮事，以後可是表姐最喜歡聽的呀！她今天怎麼啦？她要聽什麼呢？他那黑白分明的大眼睛轉了轉，便趕緊換了個話題：「哦，我又差點忘了告訴你了，昨天，我到杜家去，見到月華了，月華告訴我，說張嘯林已答應月華了，同意在北橋芮埭村到我們傅家沿家門口，鋪一條石路呢！月華告訴我，起先，妹夫還不答應，都是月華用了激將法，月華對他說，當年姐夫到北橋去了一趟，就專門在冶長涇河上造了一座太平橋呢。妹夫一聽，就跳了起來，說杜月笙會籠絡人心，我也會……」

但是，傅方林說到這裡，又說不下去了，因為他發現表姐對這事也不感興趣，只是把兩隻眼睛死死盯住自己看，盯得他心裡直發毛。

傅方林不想再坐下去了，就說聲「阿姐，我正在忙，先走了，等歇再來」，就站起身來往外面走。豈料，他剛站起身還沒走幾步，身後月英一聲喊：「方林！」

傅方林聞聲回頭一看，不由吃了一驚，但見沈月英兩眼中一片晶瑩，不知為什麼哭了，一雙眸子眼巴巴地望著自己，好像有滿腹的話要說。於是，他只好站住腳，重新回到表姐床前。

「阿姐，你是不是哪裡不舒服？」方林關切地問道。

「我這裡難過。」沈月英用手指指自己的心窩處，順便又把身子往床裡挪了挪，示意傅方林再坐下。

「是不是胸口悶呢？」傅方林一邊猜測，一邊順勢坐了下來。

沈月英沒有吭聲，只是用手帕抹了抹眼淚。

「是不是心裡有點潮？」傅方林又猜測道。

「都有。」沈月英嗔了表弟一眼。

「什麼時候有這種感覺的？我怎麼從來沒有聽到你講過呢？」

「你怎麼會關心你的阿姐呢，自己往上爬也嫌慢呢。」

「阿姐，我一直關心你的，是阿姐你幫了我，我才有今天這麼一日的，我心裡有數呢。」

「你有個屁的數，木頭人一個呢！」沈月英突然坐了起來，抓住表弟的大手就往自己胸口按，「你來摸摸，我的心裡有多少的難過。」

儘管是表姐弟，但畢竟男女有別，傅方林的手一觸到表姐那乾癟癟的胸脯，面孔就不由漲紅了，但他又怕惹表姐生氣，只好一邊慢慢把手往回抽，一邊結結巴巴地說道：「阿、阿姐，我、我馬上給你請、請郎中去，讓郎中……」

「用不著，你就是我最好的郎中！」沈月英用力抓住表弟的手，此時此刻，她的一腔本能的慾火，已徹底地燃燒起來了，燒得她渾身發熱，兩眼噴煙。

傅方林終於醒悟到表姐現在的心思了，不由一陣慌亂與恐懼，嚇得他臉色都變了。這十幾年來，沈月英一直被杜月笙打入冷宮，遺棄在一邊，這事，他不是不清楚。但他不瞭解一個正當年的人被性愛拋棄的痛苦滋味。現在，他卻分明從表姐那雙深如水潭的眼睛裡，看到了一種強烈的渴望與需求，感受到了從裡面噴射出來的濃烈如熾的情愛。頓時，一股巨大的憐憫感，伴隨著巨大的恐懼感，一齊交織著襲上了他的心頭。

傅方林一時愣怔在那裡，不知怎麼辦才好。

「方林，抱、抱我……」沈月英像塊面餅似地貼了上來，用兩手緊緊抱住了表弟的腰背，面孔貼在表弟的後頸上，吹氣如蘭地說道。

這時，傅方林發現表姐緊貼在自己後背上的胸脯，便拉風箱似的急促地起伏著，一股股鴉片的異臭味，從她嘴裡泛出，吹得他後頸脖裡直癢癢。

「阿、阿姐，快放手，被人家看、看見就不、不得了啦！」傅方林心跳如鼓，出的氣也不勻了，眼睛也直了。

「勿怕，勿怕，我不喊，宋媽絕對不敢上來的……」沈月英把表弟摟得更緊了，聲音中明顯帶上了哭音，「方林，你勿曉得，我這十幾年是怎麼過來的，那是熬呀！是煎呀！這個沒良心的畜牲，有了小老婆，就把我甩到了一邊，當我是死人了，我苦呀，我也是人呀，這十幾年，整整十幾年哪，現在，方林，只有你能救救我了，方林，你能不能救救我呀？」

傅方林的魂魄都飛到身外去了，面對這樁突如其來的、他連做夢也沒有想的事情，他實在一時上手足無措，心亂如麻。同時，他又心明如鏡，他明白現在沈月英需要他無非是性愛。

憑良心說，就算排除自己與她的這層親戚關係，就算不怕杜月笙的手槍與屠刀，光憑現在沈月英那副模樣，也無論如何激不起自己的一點性慾的，除非自己半個月沒有行房事。但那也只不過是一種人的生理上的需求，是一種動物的本能而已呀！現在，居然沈月英向自己提出了這種要求，天，沈月英居然向我提出了這種要求，這不是明擺著把自己推向火山口、推向進退兩難的懸崖邊上了嗎？

傅方林要想拒絕表姐的這種畸形的要求，但又於心不忍，開不了這個口，因為，畢竟是沈月英一手把他們兄妹倆拖到上海來，沒有她，就沒有他與月華今天的榮華富貴呀！她是我們的大恩人，是觀世音菩薩呀！我要是明白無誤地拒絕她，真不知要使她如何的傷心呢，還有，一旦使她生氣了，看透我了，認為我連這點忙也不肯的話，她以後還會對我好嗎？剛才，她不是已經把絕話都說出來了嗎？救救我，天爺！這讓我怎麼救她呀！

見傅方林猶豫不決，沈月英的眼淚像開了缺的洪水似的，嘩嘩直下，濡得方林的香雲衫短衫的後面都濕了。但她的雙手卻摟得更加緊了，她的兩條細如麻桿的大腿就像一對螳螂的大鉗，用力夾住了傅方林的後腰，她把整個身子都吊在了方林的身上了。

是的，這時候，被壓抑了十多年的原始的渴求，此時此刻，已使沈月英完全失去了理智，迫切要得到方林的性愛的渴望，就像一把澆上火油的乾柴，燃燒到了白熱化的程度了，她一邊拼命地手足並用，死死摟夾住方林，一邊夢囈般地喃喃說道：「方林，救救我，救救我吧，我求你了……只要你救我，阿姐什麼都給你，哪怕你要我的心，我的命，我也都給你……救救我吧，方林，我的心肝寶貝，這世界上，只有你才能救我了呀……」

傅方林的前額，死死地抵在床頭的銅欄桿上，抵得那麼死，以致一陣疼痛使他終於清醒過來了，尤其當他聽到沈月英說出「什麼都給你」的話之後，他心裡這才有了種豁然開朗的感覺，拿定了主意。於是，他轉過身，把自己的嘴巴湊到了沈月英的面孔上，狠心地吻了一下，又一下。

沈月英受寵若驚，一聲幸福的呻吟，微張開嘴巴，迎了上去。與此同時，她被這終於實現的夢境般的幸福擊倒了，四肢鬆開，仰面朝天倒了下去。

這時，傅方林心中的那股憐憫與那種難以啟齒的要求，促使他身不由己地撲了上去，壓在了沈月英那把似乎一用力就要散架的身體上。

清醒過來的傅方林，清楚地湊在沈月英的耳邊說道：「阿姐，勿要急，現在不行的。夜裡，我再過來……」

「方林，我的心肝，你不好騙我的呀！」

「我騙你阿姐，叫我天打五雷劈……」下面的話沒說完，已被沈月英的手用力捂住了。

「勿撒屁，勿撒屁！」激動得渾身哆嗦的沈月英漸漸平靜下來，從枕下摸出一對湖綠色的翡翠手鐲，放到傅方林的手中。

「阿姐，你這是……」傅方林心花怒放，但表面上卻強壓歡喜，故意問道。

「這是阿姐送給你的定情物，你拿著。以後，這種東西阿姐多著呢。」沈月英笑著塞到表弟的口袋裡。

「阿姐，這怎麼好意思呢？」傅方林把表姐的手與手鐲，一起緊緊地握在手中。

「你跟我就勿要客氣了。你家裡吃口多，那個殺千刀又不肯給你提工資，阿姐我都曉得呢。」

「阿姐，那我謝謝你了。」

接著，表姐弟倆就晚上何時幽會作了約定，傅方林這才得以脫身，慌忙走下小樓。

望著傅方林匆匆遠去的背影，撫摸著被傅方林壓得有點痛的胸脯，沈月英高興得把十指都快絞斷了。

是夜，傅方林不失前約，賊一樣悄悄地摸進了沈月英的房間裡。

表姐的房間後窗，有一根循落管，循落管的下面，是一個花木扶疏的小花園，一人高的圍牆，圍著花園與小洋樓房。白天，月英早在花園裡的花草間，放倒了一面小木梯，上面栓了一根繩，繩的一端，連結在後窗的窗櫺上。待等夜幕落下，沈月英只需趴在後窗上，拎起小木梯，小木梯就靠在圍牆上了。傅方林輕易地靠著這把小木梯，先翻入圍牆進入花園，然後再爬入樓上的後窗內。

如果說此時的沈月英是一桶汽油，那麼，傅方林則是一塊潮濕的木柴，按理說，他們之間是難以燃起性慾的火焰來的，但因為有了白天那對價值不菲的翡翠手鐲，傅方林再潮濕，也要發出些許火苗來。

好在有夜幕的遮擋，傅方林看不清眼下的沈月英是何模樣，他只當是在自己家中，與妻子在作愛，所以，他終於勉強行事了。

殊不料勉強的行事，卻能收到意外的效果，正因為沒有激情，所以，傅方林的時間特別長，好久好久，都不能倒下。倒是下面的沈月英樂極忘返，她如饑似渴地品嘗這久違的幸福，整個人如入仙境，飄飄欲飛，好幾次，她差點因極度快樂而呻吟失聲。

從此，這對怨女壯男，開始了他們頻頻不斷的私約。

沈月英更是猶如重新投了一次人生，再次切實地感受到了生活的美麗與活著的幸福。不管這是愛情也罷，還是性愛也罷，反正，在異性相吸的滋潤下，沈月英好像一下子年輕了不少，久違的、由衷的笑容，重又回到了她的面孔上。

但是，真應了那句若要人不知，除非己莫為的老話。儘管沈月英與傅方林盡力保守著這份只有天知地知她知他知的祕密，但後來還是給杜月笙知道了。

與此同時，在鈞培里七號黃公館裡，也進行著一場大同小異的危險的人生遊戲。不過，可惜的是，這場遊戲自始至終，黃金榮都沒有能夠察覺到。確切點說，這位「州官」沒能像杜月笙那樣，對敢於侵犯自己的「小百姓」施以他的淫威與暴行，沒能一泄心頭的憤怒。

第二十一章　後院起火

說來也巧，黃金榮一生中相伴時間最長、感情最真的三個女性，她們的名字中都有一個「桂」字。為此，一時上連有些老上海也常搞不太明白。

第一個是黃金榮剛當上巡捕、還沒出道的時候。當時，黃金榮剛二十來歲，年輕力壯，風華正茂，當時，陸家石橋北首有個暗娼人稱阿桂姐，年紀二十四五歲，面貌尚稱可人。

阿桂姐原是有夫之婦，並且已生有兩個兒子。她有丈夫名叫馬阿龍，寧波人，阿桂姐是他的同鄉。馬阿龍前年前因患中風症，留下了半身不遂的後遺症，終日臥躺在床，已成為半死不活的癱瘓人。

阿桂姐處於這種環境，為生活所迫，不得不淪為私娼，暗地裡迎新送舊。她不但自己「開門口」，而且手中還掌握著兩個比她年輕漂亮的女人，與她一起同操此業。上海小東門十六鋪一帶是水陸貨物進出口集散地，人煙稠密，商市輻輳，水上檣桅如篦，一望無際。每日進港漁船甚多，漁民們賣罷魚鮮，腰袋裡有錢，便在煙花巷裡嘗嘗「人鮮」。

阿桂姐既住在這繁華之地，只要臉上稍塗脂粉，略削雲鬢，出得門去，要勾引幾個急色的男人是毫不費力的。她與兩個年輕漂亮的暗娼相聚在一起，天一黑，便四處尋獵。

一旦遇到淫棍色鬼，或去旅館住宿，或到她家中借張床鋪，都很方便。阿桂姐還可從中抽些床鋪錢。因此，其生活上倒也不愁吃喝。

但阿桂姐出賣肉體的錢，首先要遭到那些地痞流氓、捕快的敲詐勒索。只要他們伸出手，是不會把空手縮回去的。如若對他們說個「不」字，阿桂姐的這個「私門口」就休想再開得下去！

阿桂姐為了對付這些流氓、捕快們無休無止的敲詐，不得不去尋找一個後臺，來震住這幫「白天吃太陽、晚上吃月亮」的黑心人。

當時，黃金榮雖剛當上巡捕，人又長得又黑又麻，上不了場面，但他心狠手辣，在同夥中又很講義氣，所以在同道中小有名氣。於是，阿桂姐尋靠山就把目光盯住了黃捕快。

有道是岸要靠船難，船要靠岸易；又有分教：男求女，隔座山，女要男，隔層板。阿桂姐既然看中了光棍一條槍的黃金榮，黃捕快怎躲得過她的美色巧言，三下五去二，黃金榮就輕而易舉地做了馬阿龍的替身。於是，獨身一人在外的黃捕快，就好比有了一個歸宿的港灣，每天一下班，就往阿桂姐裡鑽，優遊自在，樂不思蜀。黃捕快精血旺盛，在床上做起事來雷厲風行、風風火火，阿桂姐心舒體坦，因此，她對麻皮金榮倒動了真感情。

當時，黃金榮白天上班，阿桂姐都要叫一個外號「小南京」的到縣衙內為黃金榮送飯的，這小南京名叫金九齡，當時只有十四五歲，平日裡廝混在十六鋪一帶過著流浪生活，供阿桂姐使喚。後來黃金榮得勢，金九齡就拜他為老頭子，黃金榮當上法租界督察長後，就提金九齡為法租界花捐班班長。

黃金榮與阿桂姐姘居兩年多後，竟讓阿桂姐生了一個小男孩，因排名第三，所以名叫馬老三。當時，黃金榮還真以為是自己的骨血變的呢，但後來隨著林桂生等正式妻妾的進門，自己始終不曾生養，這才使他漸漸地明白，原來那個馬老三，並非自己的嫡出，而是馬阿龍的種子。因為當時馬阿龍人雖癱瘓了，但畢竟仍活著。

黃金榮當了幾年捕快，因精於敲詐勒索，巧取豪奪，加上平時裡沒少向上司恭獻財帛，所以越發得到上司的寵信，不久，麻皮再次得到提拔。

這時，黃金榮唯一的親姐姐黃鳳仙聽說後，親自找上門來見阿弟，並向阿弟吐露了心中的夙願，她要求作為黃家單丁獨子的阿弟，為了她們黃家的香火延續，與阿桂姐分手，然後明媒正娶，成家立業，傳宗接代，以為父母親爭氣添彩。

黃金榮聽從了親姐姐的勸阻，不多久，便看了一枝春街上的林家的獨生女林桂生。

但是，當黃金榮向阿桂姐提出分手時，阿桂姐說什麼也不同意，黃金榮耗了好大的財力與精力，都甩不掉阿桂姐，相反，阿桂姐三天兩頭大哭大鬧吵上黃金榮的巡捕房，給黃金榮難堪。為此，百般無奈之下，黃金榮就把縣衙發給他的一張大糞專辦執照，改名馬老三，作為他與阿桂姐的「拆姘費」。

這張大糞專辦執照，有著無盡的金錢潛力，阿桂姐深知它的寶貝，所以心花怒放之餘，這才同意不再糾纏黃金榮。之後，阿桂姐憑著這張大糞專辦證，果然大發其財，並成為上海灘上有名的「白相人嫂嫂」，與公共租界的糞霸頭王永康各執半邊江山，這是餘話，不多贅述。

且說阿桂姐倒也有情有義，黃金榮在與林桂生結婚的那天，她還備了份禮金，親自前往林府賀喜呢。

有關黃金榮與林桂生的故事，前面已經講過，不再重複。但有點要說明的是，黃金榮與林桂生分手，並非他們感情破裂，而是黃金榮色迷心竅，魂魄都被露蘭春勾去了。後來，林桂生一怒之下，走出家門，先是借住在金廷蓀家，與金的老母為伴，後來又另在外買了幢房子，一個單獨居住。這期間，黃金榮始終沒有忘了林桂生，經常前往探望結髮妻子，從經濟上給予桂生支持，只要桂生開口，黃金榮總一定滿足她。所以，林桂生的後半生雖孤單，但有「十姐妹」等支撐著，倒也蠻充實。至於有記載說林桂生直到一九八一年才過世，筆者倒沒有作考證，因為這畢竟與本文無大礙。

至於第三個「桂」，則是他的貼身女傭麻面張桂英了。

應該說，張桂英在黃金榮身邊相伴的時間最長了，可以說，她幾乎把一生都耗磨在了黃府中。她從起先的對黃金榮的仇恨，到後來的理解、再到暗中幫助，到最後成為黃金榮的心腹，在當時那隻染缸裡，為了起碼的生存權，為了活得好一點，人格雖被無可奈何地扭曲，一度成為黃金榮的幫兇，但她的善良的本性始終未曾被泯滅。

扯遠了。

且說露蘭春。

自從她嫁給黃金榮後，雖說整天過著皇后的日子，但她畢竟正是風華正茂的好時光，她怎甘心承受這種金屋藏嬌般的金絲鳥生活？她的心，始終嚮往著外面無垠的天空，牽掛著她的頭牌花旦與舞臺。尤其面對又麻又老的黃金榮，她更是厭惡至極，但又無可奈何。

張桂英的分析沒有錯，露蘭春為求身心的解放，確實不久後便與初戀情人薛垣大少爺明珠暗投、暗渡陳倉。為避人耳目，露蘭春仗著自己腰纏萬貫，過起了與薛垣在外面偷開房間、苟且偷歡的生活。

自從露蘭春與薛公子暗中恢復了聯繫後，她曾一度視張桂英為黃金榮的心腹，認為她是黃金榮派到自己身邊來的「眼線」，所以她想法設法，無中生有，想把這個又麻又老又可懼的張桂英從身邊驅走，另謀自己的心腹女傭。但是，自從那次張桂英主動暗中幫助她打掩護，應付黃金榮，使自己的外遇得到有效的保護後，慶幸之際，她對張桂英態度就來了個一百八十度的大轉變，她認為麻皮桂英實在是自己不可多得的一個人才，她的社會經驗豐富、處事待人細緻入微，尤其還工於心計，明白是非，一旦將計就計真的把她拉到自己身邊，倒不失為一塊絕好的擋箭牌。

所以，自從那天電話擋駕事件之後，露蘭春就動開了她進一步拉攏、籠絡張桂英的腦筋。

「桂英姐！」露蘭春在呼喚張桂英時，語調也變得格外溫柔。

「少奶奶，有什麼吩咐？」張桂英笑吟吟地來到露蘭春面前。

說實話，自從那天張桂英憑著自己的機智與聰明，冒著極大的風險掩護了露蘭春，並終於得到了露蘭春的信任與好感後，她心裡也猶如放下了一塊石頭，再也不用為自己又將被放逐到「下人」中而擔憂受驚了，所以，這一陣來，她的麻臉上重又浮上了消失已久的笑容，人也變得胖了許多。但是，露蘭春與薛垣公子的私會，仍像一塊新增長的心病，使她每當看到露蘭春打扮得山青水綠又外出偷情的時候，她的心裡總憂心忡忡，莫名恐懼。她明白露蘭春這種舉止，是有違天下之大不韙的，是黃金榮絕對不允許發生的！一旦黃金榮得知，弄出一兩條人性命來，也不是什麼為難的事，而作為黃金榮派到少奶奶身邊的自己，受牽累遭驅趕更是小菜一碟。為了露蘭春，也為了自己，所以張桂英在心底害怕露蘭春如此色膽包天，但願她能見好就收，好之為之，下不為例。

但是，又有什麼力量能阻擋這種乾柴烈火般的男歡女愛呢？別說你一個小小女傭張桂英了，歷史上，為這等風花雪月的事情甘願殉情送命也毫不足惜的事例還少嗎？為此，隨著露蘭春越來越頻繁外出私會的次數增加，張桂英心中的憂慮與恐懼也在與日俱增。

露蘭春怎體會不到張桂英現在所處的境地與心情？她自也不是頭腦簡單到連這些都考慮不到的癡情女人。所以，她設法千方百計地籠絡張桂英。

「今天下午，我又有個約會了。」露蘭春笑微微地望著張桂英，「要到晚飯後才能回家呢。」

張桂英知道，這兩天，黃金榮正為小腳阿娥鬧事而煩心呢，整天整夜在外親自處理此事，根本顧不上回家，露蘭春見縫插針，又要如魚得水了。但是，黃金榮什麼時候回家，這可是誰也說不準的，前兩次，她已根據與露蘭春心照不宣的默約，向黃金榮說了幾次謊。現在再讓自己把謊說下去，難保黃金榮會因此心生疑竇呢！所以，她聽到露蘭春又要向她「請假」時，她一時無語可答，雙眉不由皺了起來。

「桂英阿姐，這一陣來，你辛苦了，我心裡有數呢。這是我的一點點心意，你收下吧。」露蘭春心中早有準備，從提包裡掏出一根足有一兩重的金項鍊，就往張桂英的手裡塞。

「不，不能……」張桂英像被火燙了一下似的把手直往後縮，「我怎麼能要少奶奶的東西呢。」

「有什麼不能要？」露蘭春堅持著把金項鍊往張桂英的手裡塞，「我們之間，還分什麼你和我的呀！你這樣赤膽忠心地幫助我，我這點又算得了什麼。以後，我還要慢慢地答謝你呢。」

「不，不行的……」張桂英知道這根東西的真正份量，確實不敢輕易收下。

「看你看你，它燙你的手呀？」露蘭春佯裝生氣了，「還是你嫌它不值錢？或者是你看不起我蘭春妹？」

「都不是。」張桂英緩緩搖著頭，心中充滿了矛盾。憑心而論，張桂英何尚不想趁自己能幹時，多攢下一些錢，以後防防老，但是，今天這樣值錢的東西，她就是不敢拿呀！

「都不是？那你不收又是為了什麼呀？」

「少奶奶！」張桂英抬起頭來，兩眼直直盯著對方，鼓起勇氣，把心裡的話倒了出來，「有句話，我早就想跟你說了。」

「你就說吧。」

「就是我認為，你不能再經常往外邊忙去了。你要知道，老爺他不捨得你一個人在外面跑的，要是被他曉得了，他是要不開心的。」

「那我們繼續不給他曉得就是了。」露蘭春故作輕鬆地笑著，但話語裡分明把張桂英也一起扯上了，說出了「我們」兩個字，「再說，他整天整夜在外面光顧自己忙，哪有這種心思來管我們呀！」

「可是，少奶奶你不知聽說過沒有，有句老話，叫做世界上沒有不透風的牆，還有一句，叫做若要人不知……」

「除非已莫為！對嗎?!」露蘭春知道張桂英要對她說什麼了，不由沒好氣地打斷了對方的話頭。

「對對，少奶奶是明白人，不知要比我聰明多少倍呢。但是，我還想提醒一下少奶奶，要拎清自己的魂靈頭呀！」

「我的桂英姐！」露蘭春把雙手搭在張桂英的兩肩頭，像個孩子似的撒開了嬌，「可是，你不知道，我原來是拋頭露面吃開口飯的，現在一下子叫我一天到晚憋在家裡，我要憋出毛病來的呀！就是他曉得了，我想也會原諒我的。」

「不會的。」張桂英斬釘截鐵地答道，「我跟他幾十年，他的脾氣我清楚。何況他對你多麼好。要是他曉得後，少奶奶，我張桂英倒沒什麼，大不了被趕回鄉下去，倒是你，我真為你擔心呀！你不知道，他是什麼都做得出來的！」

張桂英最後幾句話，終於徹底提醒了露蘭春，恐懼感即刻包圍了她，使她瞪大雙眼，久久說不出話來。但是，她很快在自由與禁錮、奔放與封閉中作出了最後的選擇，她忍不住嗚的一聲，圈住了張桂英的頸脖，淌下了委屈的眼淚，並說出了壓抑在心底的真情話：「桂英姐，可是，可是我在家快要被憋死了，我總不能把自己的一輩子，就吊在這個黃土都埋到胸口的老男人身上呀！我從來沒有甘心情願地喜歡過他呀！我求求你了，桂英姐，你就成全我吧，幫幫我吧！我求你了，我向你下跪了……」

一個花容月貌的黃金榮夫人，一個一向心高志昂的頭牌花旦，為了她壓抑的情慾，竟不惜屈駕委尊向一個身邊的女傭人，張桂英縱然是鐵石心腸，也溶化了。於是，觸景生情，一種深深的同情與憐憫之情，使她情不自禁地長歎口氣，無奈地搖了搖頭，連忙扶住了對方。

露蘭春見張桂英又同意幫助自己了，不由如獲大赦，破涕為笑，像個孩子似的一蹦三跳走了……

日子一天天過去，露蘭春在外的私會的頻率也在一天天增加。

其實，張桂英的話，露蘭春並非沒有往心裡去，她也始終在考慮著這個棘手的問題。事到如今，她已與薛公子如膠似漆，到了不可分捨的地步，離開黃金榮之心，也越來越堅定。但是，長期以往，總不是回事呀，總有一天，東窗事發，那麻煩就大了！與其被動，不如主動，想個最理想的辦法，使自己名正言順地離開黃金榮。

這天私會時，在某大酒店的一個祕密的房間裡，露蘭春向薛垣道出了心裡話。

「垣，這一陣，我感到有點不對勁，好像是有了。」露蘭春把薛垣的手放到自己光滑如鏡的小腹上，羞澀地說道。

「是嗎？」至今仍獨身一人的薛公子又驚又喜，一時不知說什麼才好。

「他是你的。那個麻皮是不會的。」露蘭春不動聲色地強調道。

「他是我們愛情的見證與結晶呀！」薛公子激動地說道。

「可是，他也很可能是給我招來殺身之禍的禍端呀。」露蘭春說到這裡，不由情不自禁地渾身一陣顫慄，緊緊抱住了身邊的情郎哥哥。

「唉——」這個留洋歸來的大學生竟一籌莫展，不知怎麼才好。

「墮了他？」露蘭春度探著對方，察看著對方的神情。

「不！」薛垣激動地坐了起來，「決不能！我捨不得！」

「那，又該怎麼辦呀？」

「嗨！」薛垣痛苦地抱住腦袋，又束手無策了。好一會，他才想出了辦法，「私奔！蘭春，我們只有遠遠地離開上海，甚至離開中國，才能使我們的幸福人生得到完整與完美！」

露蘭春搖了搖頭：「能不能有一個兩全其美的最佳辦法呢？我的父母，你的父母都在中國，尤其你是你們薛家唯一的一個兒子，我們走了，他們四位老人家靠誰來養老送終？再說，姓黃的也不會放過他們呀！」

「那，那我們究竟應該怎麼辦呢？什麼才是兩全其美的好辦法，讓黃金榮這個老賊乖乖地放手呢？」

露蘭春急得眼淚都快流下來了：「垣，你是男人，你的主意應該比我多呀！」

薛垣狠狠抽著煙，像狼一樣在室內踱著步，煙霧彌漫了房間，嗆得露蘭春直咳嗽。

「黃金榮他平時最怕的是什麼？」薛垣站住腳，忽然向露蘭春發問道。

「你指的是人還是物？」

「都可以。」

「他最怕的大概是行裡的法國老闆。」

「他為什麼要怕他呢？」

「鴉片。老賊是專門緝查毒品的，可是，他背地裡一直販賣鴉片，他之所以有今天，就是靠販賣鴉片起家的。不過，這種事，他一直瞞著外面，他最怕他的底牌透露出去，那麼，他的日子也到頭了，到那時，法國主子也包不了他，弄不好，還要傾家蕩產，吃官司……」

「好！」薛垣聽到這裡，不由兩眼發光，「我們就抓住他的這個致命傷，做它一篇好文章！」

「那又怎麼個做法呢？」

「抓證據！只有抓到他販賣鴉片的證據，就能借機要挾他，使他就範，作為我們交換的條件！」不虧是留洋的碩士生，薛公子打開思路，靈感四迸。

「可是，什麼才是他的證據呢？我們總不能通知巡捕房，叫他們在他販賣鴉片的時候，把他們來個人贓俱獲吧？行裡的人，上上下下，可都是他的人呀！」已對黃金榮平時的行蹤有所瞭解的露蘭春，仍百思不得要領。

就在露蘭春與薛公子密謀算計黃金榮的時候，黃金榮纏上了一樁棘手的官司。

當時，在上海小東門、大東門地區，如裡鹹瓜街、外鹹瓜街、悅來街、新街、典當弄等一帶鬧市中，有近百戶「寧波堂子」（妓院），這種門口的規模雖有大小，卻有統一的組織，就是裡裡外外由清一色的寧波人組成。

來這裡的一般都是寧波來滬的商人，常到這裡吃花酒，找妓女，尋歡作樂。當時，寧波堂子在小東門的地位，高出其他的門口，不但是尋歡作樂的銷金地，而且是寧波滬商們交易的聯繫場所。

在寧波堂子裡有個叫阿娥的女子，她未滿十八歲就被賣到這裡當娼妓，因相貌端秀，又兼善於應酬，討好了不少嫖客。又由於她的一雙腳比一般婦女裹得小，因此人們給她起了個綽號，叫「小腳阿娥」。

小腳阿娥二十歲那年，在黃金榮的親手牽線搭橋下，「幸運」地做上了虞洽卿的「乾女兒」。從此，小腳阿娥漸漸地脫離了「粉頭」生活，買了幾個粉頭，自己開個門口，居然當起鴇母來了。小腳阿娥憑著自己當妓女的基本功，又有虞洽卿做靠山，因此應付自如，嫖客盈門，不到幾年功夫，她又分開了兩個門口。尤其自從她參加了「十姐妹」青幫集團後，更加有恃無恐，胡作非為了。

一天早晨，小腳阿娥的門口闖進來一個身穿黑制服、頭上歪戴著帽子的華捕，嘴上油腔滑調地進門就嚷：「啥人是老闆娘？」

當時，小腳阿娥正在樓下忙活，一見來人，便以為是來討飯錢的，便不等對方開口，給了他幾角銀毫子，把他打發走了。

誰知到了下午，這個巡捕又來了，還帶了另一名巡捕，倆人異口同聲地要找老闆娘。當時老媽子對他們說，女主人不在家，這兩人竟不聽老媽子的勸阻，擅自闖上樓堂。

正在樓上的小腳阿娥見有人竟敢私闖禁地，而且其中一個已在上午打發過了的，不由生氣了，即沒好氣地驅趕那兩個巡捕下樓。

豈料，兩個巡捕不知天高地厚，纏住小腳阿娥用言語調戲，言明不討到更多的銅鈿決不下樓。小腳阿娥大怒，破口大罵：「你們兩隻不識相的豬羅，以為這裡是堆金山銀山的地方呀？你們要錢，向黃金榮要去吧！」

兩個新來的巡捕仍不知這裡也是黃金榮「收末位」的地盤，依然賴著不走，還對小腳阿娥動手動腳，惡言相向。小腳阿娥怒不可遏，劈手兩記耳光，把上午來過的那個巡捕打得哇哇直叫，然後和另一個巡捕一起撲向了小腳阿娥，欲大打出手。

豈料小腳阿娥學過幾下拳腳，閃電般還擊中，將兩個巡捕先後打倒在地，踢下小樓。事後，那兩個巡捕弄清楚這小腳阿娥是黃金榮捋錢的幫手，嚇得從此再也不敢光顧了。但小腳阿娥卻從此記上仇了。

在小腳阿娥的堂子對面，有一個綽號叫「豆腐阿六」的人，也是寧波人。他自幼從原籍來滬，在一家包飯館做學徒，滿師後逐漸升做燒菜廚師。這個豆腐阿六為人聰明，看到寧波堂子裡每晚吃花酒的筵席數量很大，便租了一間房屋，專門承包寧波堂子的酒筵。

由於豆腐阿六的要價較其他酒菜館低廉，又適合寧波人的口味，因此生意蒸蒸日上。小腳阿娥開設的兩個門口，客人吃的酒筵也是豆腐阿六承包的。

日子久了，從未婚嫁的小腳阿娥便與獨身一人的豆腐阿六漸漸熟悉，並產生了感情。不久，倆人合資在小東門里馬路邊開了一家酒菜館，取名「寧波狀元樓」。

小東門寧波堂子生意興隆，引起了官府官吏們的注意。他們眼看到那些富商大賈們懷揣著大包大包的銀洋，走進這些堂子裡去，吊得他們饞涎欲滴，於是，他們暗中商量，寫成一紙官府文書，送到各家堂子裡。文書上寫道：

照得本縣管轄城外小東門一帶是商肆集中地區，不應有妓院隔雜其間，限令該地區各妓院在三個月內盡行搬遷。到期如不遷移，吊銷執照，勒令停業，此喻。

見到此文書，各堂子的烏龜老鴇們惴惴不安，一齊來到小腳阿娥處商量對策。

小腳阿娥當眾慷慨陳詞：「官府要將我們搬遷門口是假的，要錢敲詐是真的。我們把辛辛苦苦賺來的銅鈿去填那些瘟官無底的腰包，辦不到！再說，我們也沒有那麼多的銅鈿去孝敬他們。當今之計，只有對抗，既不搬遷，也不給錢，看他們還有什麼花招！」

龜鴇們見小腳阿娥出來抵擋，心裡有底，各自散去。

文書上寫的三個月的限期快要到了，官吏們見堂子都沒有動靜，隨即派了花捐班十幾名捕快，煞有介事地來到寧波堂子，指手劃腳地催遷。小腳阿娥見了，連忙找到虞洽卿的一個朋友任甫，請他幫忙。

任甫是個文人，肚皮裡有點墨水，見虞洽卿的乾女兒有求，虞又不在上海，便當即挺身而出，出謀劃策。任甫指教阿娥：「明日你通知各個門口，把所有的姑娘，打扮打扮，列隊到衙門前去請願，要求撤消搬遷，收回成命。他們不答應，你們就賴在衙門前不走，這叫做為生活而抗命，保證官府也奈何你們不得。」

小腳阿娥聽了軍師一番話，當即回去佈置，通知各家各戶開門口的龜鴇們，推選代表，安排計劃，準備明晨出發前去請願。

第二天上午，各堂子派出的妓女代表，竟達三百餘名，她們一個個打扮得花枝招展，在小腳阿娥和各龜鴇的帶領下，浩浩蕩蕩，穿過小東門進城，經過城隍廟，來到縣前街衙門前請願。一時上，衙門前人頭攢動，聲音嘈雜，像打翻了田雞簍頭，鬧得縣衙門前頓時熱鬧非凡。

妓女請願，這是亙古未有的奇聞，請願的代表們尚未進入衙門，早已驚動了整個縣衙裡的上下官吏和使役們，一湧而出觀熱鬧。

事情鬧到這個地步，那幾個官吏們心裡一清二楚，他們原只想敲記竹槓，卻不料龜鴇們竟使出如此一招，不得不暗暗叫苦。如今事態已經擴大，哪能瞞得過縣太爺?!幾個小吏頓時心驚肉跳，手忙腳亂了起來。

這時，小腳阿娥把妓女們在縣衙門前列好隊，自己領著幾個龜鴇，手持請願書，走進縣衙，通過門房執事把請願書送呈上去。

縣太爺見自己幾個心腹背著自己鬧出事來，要想撤職查辦，但畢竟是官官相護，他只好弄假成真，將計就計，反一口咬定這是縣衙老爺所定，要小腳阿娥們照令搬遷。

小腳阿娥她們哪裡肯服，於是，不得已，請出總後台黃金榮來壓陣。

黃金榮平時既不想得罪縣衙，更不願得罪小腳阿娥，不由進退兩難，一時沒了主張。

為了這樁公案，這段時間裡，黃金榮焦頭爛額，家都顧不上回了呢，哪還有閒情逸趣照顧露蘭春？

於是，露蘭春與薛垣正好抓住時機，後院點火。

這天傍晚，張桂英吃好晚飯，上得小樓，來到中間的客廳，打開無線電收音機，收聽「空中書場」。這天無線電中播送的是楊氏兄弟合說的長篇彈詞《長生殿》，張桂英正沉醉於鄉音之中，忽然，露蘭春回家來了。張桂英忙撇下鄉音，上前伺候少奶奶。心裡卻想：她一向不到半夜三更不回家的，怎麼今天太陽從西邊出來了？再斜乜觀察露蘭春的神色，見她果然眼神飄移，心不在焉，似有什麼心事的樣子，不由更加警覺了起來。

露蘭春擦好面孔，洗好腳，便向張桂英打了個招呼，說聲「桂英姐你早點睡吧」，便一頭鑽進了房間裡，並推動門栓，關上了房門。

這又是露蘭春平時很少見的。平時，露蘭春就算在家，也磨磨蹭蹭，時鐘不敲過十二點不上床睡覺，翻翻畫報，聽聽收音機，有時還給家人朋友寫寫信，消磨打發時間。少奶奶自有少奶奶的嬌氣，所以，露蘭春不上床睡覺，張桂英也不敢進入自己隔壁的房間，得隨時聽候少奶奶的召喚，端茶送水煮夜宵，伺候她。但今天她何以一進房間，就關門落栓，上床睡覺了呢？

張桂英見狀，不由心中疑雲更重了。

果然，不出張桂英所料，露蘭春一進房間，就開始翻箱倒櫃，似乎在尋找什麼。搗鼓了半天，仍沒有個停止。張桂英正想上前問少奶奶要不要她幫忙，露蘭春就打開房門，向張桂英招了招手：「桂英姐，你來幫我一下。」

張桂英連忙應聲走進房間。

這是黃金榮與露蘭春的新房，斗大的紅雙喜字還新鮮如昨。張桂英進門看時，已見房間裡翻得七零八落，便順口問了一句：「少奶奶尋什麼呀？」

露蘭春卻不回答，只指著擱在大櫥頂上的一只樟木箱子，對張桂英說：「來，桂英，幫我把這只箱子搬下來。」

張桂英答應一聲，架起小木梯，爬上櫥頂，用出吃奶的力氣，把這只早已開啟的箱子搬了下來。

露蘭春見箱子搬下，便親自扶著小木梯，爬上了櫥頂，然後向櫥頂上仔細觀看。

櫥頂平整無痕，只有厚厚一層灰塵。

露蘭春在東摸摸、西敲敲了一陣後，一無所獲，不由感到失望。

正想抽身退下，無意中，她的眼睛一亮。

櫥頂上，拂去灰塵，分明有一條木板拼縫有異。

露蘭春用手一推，再用尖尖的指甲一撬，「撲」一聲，這塊木板居然撬了起來，下面露出了一個淺淺的夾層！

露蘭春興奮得兩眼閃閃發光，當著張桂英的面她不能聲張，只是裝作什麼都沒有發現似的抽身退下小木梯，對張桂英說道：「好了，桂英阿姐，我還以為上面有老鼠窩呢，這兩天上面總是吱哩吱哩吵得人睡不著覺。現在看來，老鼠窩在天花板上面呢。上面什麼都沒有。桂英阿姐，你回去困覺吧。」

張桂英脫口而出：「那這只箱子要不要我仍搬回原處？」

「不勞你大駕了。等回，我自己搬吧。」

張桂英大感奇怪，認定裡面有名堂，但表面上她沒吱聲，只是應命退出房間。剛才搬下來都沒有力氣，現在搬上去你一個人就行了嗎？這是騙騙三歲小人呢！在櫥頂上，她肯定發現了她所要找的東西！

舊時大人家的家具中，通常都有在木匠製作家具時，特意精心布下的機關，供東家藏傳世之寶或祕密。如黃金榮家的這口大櫥頂上，就製作有一個夾層：掀開不為人注意的頂板，下面是一個夾層，可供主人家藏匿他們想藏匿的東西。想必剛才露蘭春已經找到了這個祕密的夾層，又不便當著張桂英的面掀開尋找，所以施了這著聲東擊西之計。

張桂英的判斷一點沒錯，待等張桂英一出房間，露蘭春就關上房門，重又爬上小木梯，掀開了櫥頂板。果不出露蘭春所料，櫥頂夾層裡果然有黃金榮藏著的她所需要的寶貝呢！

第二十二章　毒計捉姦

傅方林當時告訴表姐沈月英的話沒有錯，他的妹妹傅月華，確實向張嘯林提出了要他學一學杜月笙的樣，也為她的家鄉鋪一條路，讓她也在鄉親面前露一露臉，也不負了自己白吃了張嘯林的這個大虧。張嘯林居然一口答應了。

素有「一鈿不落虛空地」之稱的張嘯林，何以這樣輕易地答應傅月華的請求，無非是想真正得到傅月華的心，用他的話來說，就是「積點陰德，好讓老天保佑自己這個北橋女婿，早得貴子」。

新婚一月裡，傅月華沒少找張嘯林的麻煩，尤其是入夜在床上後，她不是今天推託身體不適，明天藉口來了例假，想方設法不讓張嘯林上身，就是板著面孔、哭哭啼啼任由張嘯林折騰發洩。

別看張嘯林這廝平時強凶霸道、殺氣騰騰，但他卻相信迷信，每逢農曆正月初一與月半，只要抽得出空，他總要上玉佛寺或觀音廟燒香拜佛，以求得佛祖保佑。保佑他生意興隆、財源滾滾，保佑他早得貴子、傳子接宗。也不知他從哪裡聽來的，聽說夫妻倆之間，只要有一方不情願，在房事做愛中同床異夢，那麼，送子觀音就不會對他們開恩的，不肯把小人送到他們的。所以，為了籠絡傅月華，使她甘心情願地與他同床共枕，顛鸞倒鳳，他對新娘子幾乎到了百依百順的地步。

當然，使得張嘯林格外喜歡傅月華的，還有傅月華那與眾不同的倔強與潑辣，她的明爭暗抗，恰恰就是任何妻妾所相反的，她就像一枚既香又辣的辣椒，又像一塊燙手卻可口的烘山芋，她的野性，激發了他對這個純真簡單的小女子的更強烈的佔有慾。當然，傅月華的年輕貌美，更是其中重要的因素。

為此，張嘯林在答應傅月華之後不久，就特意找到杜月笙，請他提供了蘇州北橋鄉政府的通訊地址，然後專程派人把一張一萬元的銀票，送往了蘇州。北橋鄉政府見天外又落下如此好事，當即從木瀆金山浜嚴桂祥石宕里定購了百餘方花崗岩石塊，乾脆從芮埭輪船碼頭到月華娘家傅家沿途鋪上一條像模像樣的石塊路。

這蘇州木瀆金山浜出產的花崗石，素稱金山石，它可是聞名世界的上等建築材料，其顏色白裡帶青，質地細密純淨，白色石英閃光斑和黑色雲母斑分佈勻稱，紋理縱向，石面花紋猶如白紙上撒了點點黑芝麻。它含矽量高，耐酸耐鹼性能好，防腐耐磨性能強。它比重為二・五九，磨耗度百分之十七・七七，抗壓強度每平方釐米為一千九百七十九公斤。一塊二十公斤見方的金山石，可承受七百二十噸壓力。

一九二六年一月至一九三二年春，來自蘇州金山浜的數百名石工，花了六年多的時間，用採自家鄉的金山石，順利地完成了氣勢雄偉的南京中山陵石砌石雕工程。

占地兩千多畝的中山陵，其甬道、地坪、踏步臺階、陵門、墓室、碑亭、牌坊所用的幾十萬塊各種規格的石料，全是金山石，墓道入口到墓室的三百九十二級石階，長達七百米，整個工程雄偉、莊嚴、古樸，又有傳統的民族風格，不愧為金山石陵墓的傑出代表作。從此，金山花崗石名揚全國。

當時，北橋鄉政府在施工時，把整整一條長達三里的路面上，全鋪上了五十公分長、二十公分寬的金山花崗石，一撇一捺鋪成人字形。

這又有出典了，它是仿效當年乾隆皇帝下江南時的禦道來鋪設的，叫做「一人其上，萬人在下」。歷經半年多時間，芮埭路全部竣工，當時，北橋鎮萬人空巷，前來「踏新」。從此，人們走在這條石塊路上，順暢無阻，就連下雨天，也不需穿套鞋了。為此，北橋鎮上還流傳著這麼一句俗語：芮埭一條街，下雨天可穿繡花鞋。

聽說北橋鎮政府用這一萬元銀票鋪路，後來不夠了，還向張嘯林再次申請資金，張嘯林又撥了一萬元銀票下去。這是真是假，就不得而知了。

傅月華見張嘯林對她如此言聽計從，當真不惜錢財為她的家鄉鋪路，便認為這是張嘯林確實從心底裡珍愛著自己，所以，漸漸地，她就接受了張嘯林的「珍愛」。遺憾的是，直到後來張嘯林喪命，傅月華仍沒懷上張嘯林的種子，這也是題外話了。

傅月華一顆不甘的心，總算是回歸於平靜，她也甘心認命了。但是，她做夢也沒有想到，自己的親阿哥，這時正經歷著一場令人恐怖的人生遊戲，隨時面臨著生命危險呢！

首先發現沈月英與自己表弟私通的，是杜月笙的第四房小妾姚玉蘭。

這位出生於蘇州城裡、生長在上海灘上的美女，就住在沈月英的隔壁房間，而且共一個客廳出入，共一隻樓梯上下，可謂是低頭不見抬頭見。但是，由於沈月英妒恨姚玉蘭得寵杜月笙，而姚玉蘭也不把這個無權無勢的正房夫人放在眼裡，所以，她倆儘管相鄰而居，卻是雞犬之聲相聞，老死不相往來。平日裡倆人擦肩而過，像一對烏眼雞，連個屁也不當著對方的面放。

姚玉蘭結婚後，給杜月笙生了兩個女兒，大的叫杜美霞，小的叫杜美如。杜月笙對這兩個女兒歡愛有加。尤其小女兒杜美如，長得酷似其父，聰明伶俐，能言善辯，在她十八歲生日那天，杜月笙還特許她穿上了一身皇妃婉容的服飾，拍了一張照片。

這時，沈月英早已心灰意冷，與世無爭，所以與姚玉蘭相處得還可以，畢竟都是同鄉蘇州人，又平時愛做些蘇州刺繡小品，所以在一口鄉音的親切黏合下，有了些許共同語言。姚玉蘭的大女兒杜美霞出生後，沈月英還親自用絨線編勾兩雙小巧玲瓏的虎頭鞋，送給姚玉蘭，讓姚玉蘭愛不擇手，連聲感謝。

她倆之間的矛盾，就起於杜月笙興建的杜家祠堂典禮上。

一九三一年六月九日，杜月笙在他家鄉浦東高橋興建的杜家祠堂竣工了，這一天，懷著衣錦榮歸之心的杜月笙，要在家鄉大辦落成典禮，炫耀自己在上海灘的顯赫地位。

杜家祠堂占地五十畝，為五開間三進廟宇式建築，大門口有一對五尺高的石獅，第一進屋是轎馬廳，第二進屋是大廳，供福祿壽三仙，第三進是「饗堂」。正中設供杜氏祖先牌位的神龕。

這天，天剛濛濛亮，杜公館附近的幾條馬路上就人山人海了，參加杜祠落成典禮的上萬名儀仗隊員、賓客及看熱鬧的人，把杜公館圍得水泄不通。上午八時許，隨著一陣震天動地的鞭炮聲，大隊人馬從杜公館出發，浩浩蕩蕩地向坐落在浦東高橋的杜祠行進。

走在隊伍前的是六隻儀仗大隊。第一隊是以四十九面國民黨黨旗和「杜」字旗為前導，這些三丈見方的特大旗幟每面由四人抬舉，前後左右有百輛自行車組成的車隊護衛。大旗後是租界巡捕房派出的由英國、法國、印度、越南巡捕騎著高頭大馬組成的馬隊，接著是「金榮小學」的學生和十幾把「萬民傘」，然後是一連士兵抬著的蔣介石贈送的「孝恩不匱」的金匾，後面還有一支百餘人的樂隊，一路吹吹打打，為儀仗隊平添熱鬧與歡快。

緊隨其後的五個儀仗大隊，是由公安局的保安警察大隊，陸、海軍的軍樂隊，陸軍第五師和吳淞要塞司令部分別派出的兩個步兵營，以及保衛團、偵緝隊、緝私營、救火會、童子軍等隊伍組成。每隊還配有徐世昌、段祺瑞、吳佩孚、張學良、何應欽、劉峙、熊式輝等新老軍閥贈送的金匾。

儀仗隊後面，便是送杜月笙祖宗牌位入祠的隊伍，牌位放在「神橋」裡，轎前用八面特大的銅鑼開道，周圍是四十個身穿紅綠彩衣，手捧花籃或香爐的少女。杜月笙頭戴禮帽，身著長袍馬褂，帶著兒子跟在轎後。他身後是幾百個古裝武士，手執從戲班子裡借來的長矛劍戟和鑾鈴，後面還有數千賓客和他的門徒。全隊逶迤二華里，從杜公館到金利源碼頭足足走了三小時，一路鼓樂齊鳴，鞭炮震天，所經馬路交通全部斷絕，數十萬市民夾道觀看。

這支龐大的隊伍從金利源碼頭分乘幾十艘大小輪船直抵高橋，從高橋碼頭到杜祠新修了一條長達十里的公路，路旁遍插彩旗，一里一座牌樓，送杜氏祖宗牌位的隊伍沿著這條公路行進到杜家祠堂。

第二天，舉行了杜氏祖宗牌位入祠公祭典禮，由吳鐵成、劉志陸、宋子文的代表宋子安、孔祥熙的代表許建屏、何應欽的代表何輯五執祭，國府中將參軍楊虎代表國民政府及蔣介石致詞，吳淞要塞鳴禮炮二十一響。

參加典禮的有一萬多人，其中有各地軍政大員，幫會頭子，上海工商、金融界頭面人物，以及法國總領事、日本總領事和駐軍司令，公共租界警務長等。

舉行公祭典禮那天，上海郵政局在杜祠設了一個臨時郵局，給每位參加典禮的來賓贈送一套「杜祠落成典禮紀念」的信封信紙，還發放了一萬多只紀念勳章，憑徽章可看戲吃飯。戲連演三天「堂會」，參加演出的有梅蘭芳、尚小雲、程硯秋、馬連良、言菊朋、荀慧生等名角。飯連開三天「流水席」，每次擺一千桌宴席，酒池肉林，杯盤狼籍。杜月笙為這次典禮花去數百萬銀元，三天中僅鴉片就抽掉八千兩。

這場轟動一時的杜祠落成典禮，被看熱鬧的市民稱為上海空前的「大出喪」。民國以來，上海曾有過幾次耗資巨大、場面壯觀的喪禮，如大官僚買辦盛宣懷的出喪，外國「冒險家」哈同的葬禮，宋子文母親的喪事等，但這些喪禮與葬禮與杜月笙的「大出喪」相比，簡直是小巫見大巫。

沈月英與姚玉蘭的矛盾，就是在這場「大出喪」上產生的。

當時，杜月笙的四位妻妾都出席了落成典禮。按司儀事先按排，四位妻妾須按先來慢到、大小次序來入座或站立，但姚玉蘭自恃也是「正房夫人」，而且是杜月笙所得寵的，所以竟不顧章法與規矩，爭著搶著往杜月笙身邊站，讓照相機把自己拍進去。更使沈月英不能容忍的是，當杜月笙捧著牌位放入神龕時，她竟硬是搶先一步，擠掉了沈月英，攙住了杜月笙的右胳膊。

蘇滬風情中，凡攙扶丈夫右胳膊的必是正房夫人。姚玉蘭此舉，無疑是當眾把沈月英擠到了一邊去，而把自己擠到了正房的位置上。當時，沈月英就氣了個嘴扭鼻子歪，沒等儀式結束，就一個人拉著兒子杜維藩與表弟傅方林，打道回了府。

杜月笙當時忙得暈頭轉向，哪顧得上這些妻妾中的明爭暗鬥，直到當天在高橋住下來，才發現大兒子杜維藩與夫人沈月英都不見了。

杜月笙又氣又急：這可是祭祀先靈、供放祖宗牌位的大事呀，怎麼長頭兒子可以不來呢？所以，他當天派專車又把她們母子從杜公館裡接回了高橋，惱怒之下，差點當眾給沈月英一頓老拳。

就這樣，沈月英算是和姚玉蘭結下仇怨了。

沈月英認為，自己倒無所謂，反正她自己的遭遇已經習慣了，倒是自己的兒子杜維藩，堂堂杜月笙的大兒子，人家姚玉蘭竟連這點面子也不給，自己只養了兩個賠錢貨，還像煞有介事地往前擠。她故意拉走杜維藩，當時就是想提醒提醒杜月笙的。沒想到杜月笙見狀不但不責怪姚玉蘭，反而把自己一頓臭罵，她怎不要雪上加霜，對始作俑者姚玉蘭恨之入骨呢?!

按理說，傅方林與沈月英偷情，都是從沈月英的房間後窗上下的，且又是深更半夜的進行的，除了杜公館裡的那條看院狗知道外，再無第二雙眼睛能發現。看院狗熟悉傅方林，見到他出入，自是眼開眼閉，不吭一聲，任由傅方林翻牆越窗，不把他當賊盜。

那麼，這樁祕密的偷情，又怎麼被隔壁的姚玉蘭發現的呢？

說來也是傅方林與沈月英自己不留神告訴隔壁姚玉蘭的。

沈月英與姚玉蘭的兩隻房間，只隔了一堵木板的板牆，這邊走路，那邊的地板也會隨之輕輕彈跳；這邊咳一聲嗽，那邊聽得清清楚楚。

所以，沈月英與傅方林偷情再忘情，也自會噤若寒蟬，再快活也不敢吱聲的。幹完事，傅方林就原路而退，離開小樓。

這天，傅方林白天勞累了一些，晚上再加班加點，便力不從心了，剛從表姐身上跌落下來，便昏昏沉沉地睡著了。偏巧沈月英這天也因鴉片沒抽足，再加上剛才太盡情了一些，所以，她竟也迷迷糊糊打起了瞌睡。

偏偏平時傅方林睡覺時有個打鼾的習慣，這一睡著，他的鼾聲就由輕到重、一聲高一聲低地發了出來。男人的鼾聲與女人的鼾聲，自是不一樣，粗壯渾厚，頓時，傅方林那香甜的鼾聲，就傳到了隔壁那個未眠人的鼓膜裡。

當下，還斜倚在床上看小說的姚玉蘭，就從床上直坐了起來。

隔壁房間裡，正送來一陣又一陣擾人的鼾聲呢！

這鼾聲，太陌生了，分明是一個大男人的！杜維藩早去國外留學了，就是沒去，也不會躺在自家姆媽的房間裡。而沈月英的鼾聲，她最熟悉，絕對沒有這肥豬般的哼吟的！

那麼，是杜月笙的？

更不是了！

杜月笙已多年沒踏進沈月英的房間了，就算他今晚偶而踏進去，也不會就這樣在她的房間裡鼾然大睡的，再有，杜月笙平時打出來的鼾聲，也絕對不是這樣粗厚的。

想到這裡，姚玉蘭一個激淩，睡意全消，強烈的求知慾使她躡手躡腳地下了床，走到板牆前，把耳朵貼在板牆上仔細聆聽。這不分細聆聽也罷，一細聽，她差點失聲叫起來：在這個粗壯的鼾聲中，分明還夾雜著沈月英那細細的呼吸聲呢！

沈月英偷野男人了！這個膽大包天的老煙婆，真在找棺材睡了！

姚玉蘭徹底明白過來了！

那麼，這個野男人會是誰呢？

姚玉蘭左思右想，排遍了杜公館裡所有可疑的光棍漢，也沒排出個頭緒來。她做夢也沒有想到，現在躺在沈月英床上的，竟是她的表弟傅方林！

為再次證實自己並不是在夢中，姚玉蘭故意一腳踢翻了一張小矮凳。

「咚」一聲，靜夜裡，這聲音格外驚心。

果然，這邊矮凳砸地發出聲音後，隔壁的兩個鼾聲頓時噤若寒蟬，先後全部停止了。緊接著，是一陣悉悉索索的忙亂聲。

這邊的沈月英正好睡，突然被隔壁傳來的一聲巨響所驚醒，頓時，她直坐了起來。一見旁邊的傅方林正仰面朝天、大張嘴巴睡得香，並正發出驚人的鼾聲時，她頓時魂飛魄散，猛一拳砸在傅方林胸脯上，與此同時，不等傅方林叫喚出聲，她撲上前，用手死死捂住了他的大嘴巴。

「要死了，你怎麼睡著了？」沈月英湊在傅方林的耳邊急切地輕聲說道，她的聲音都已顫抖了。

傅方林瞪著一雙茫然的大眼睛，好一會，才意識到自己現在身處何地，頓時，他也嚇壞了，手忙腳亂地穿衣套褲，連鞋也沒顧得上穿，就往腰裡一插，然後爬上後窗，踩著架在後窗下的小木梯，消失在了夜幕中。

這一晚，沈月英哪裡還睡得著，她恐懼地睜大眼睛，瞪著天花板，腦子裡翻來覆去想的只是一個問題：天爺，隔壁會聽到男人的鼾聲嗎？聽到了，我明天怎對付她？但願隔壁根本沒覺察到……

第二天一早，天剛濛濛亮，沈月英就戰戰兢兢地下了床，哆哆嗦嗦地刷牙梳洗，然後坐在房間裡，怔怔地出神。她耳聽著隔壁的姚玉蘭也起了床，聽著姚玉蘭打開房門走出房間下了樓，便也連忙打開了自己的房間門。

不一會，聽得姚玉蘭從樓下回上樓來了，沈月英連忙按住緊張的心情，也走出房間，裝做與姚玉蘭狹路相逢的樣子，在客廳裡與姚玉蘭擦肩而過。就在與姚玉蘭迎面相逢、擦肩而過的一剎那，沈月珍睜大雙眼，一眨不眨地緊張地觀察著姚玉蘭面孔上的神色。

還好，姚玉蘭臉上平靜如常，好像昨夜什麼事情也沒有發生，她依然像以前那樣連看都不看沈月英一眼，昂首挺胸地走了過去。

看到這裡，沈月英一顆懸在嗓門處的心，這才落到了心窩窩裡。

看樣子，姚玉蘭昨晚上睡得死著呢，她確實什麼也沒發現。今後，可要更加謹慎行事了，一完工，就叫他走，免得夜長夢多，惹出什麼禍事來。

沈月英心裡還這麼想著。

但是，沈月英想得太天真了，姚玉蘭可是個頗有心計的女人，她豈會被你沈月英在臉上看出一絲半點的破綻來？不過，沈月英到底偷的是哪個野男人，她卻急於想知道。她不相信這樣一個形同枯槁的老煙婆，還會有哪個野男人看得上，除非那個野男人看中了她鼓鼓的荷包呢！

姚玉蘭確信，只要自己不打草驚蛇，沈月英肯定還會繼續偷情的，那個得到甜頭的野男人，還會鑽入她的床上去的！這就是成語所說的色膽包天的道理。

但怎麼個看法呢？

杜公館的房屋裝飾是一流的，牆板都是採用鑲嵌法的工藝，拼接起來的，連條縫也不可能找到；大門與二門，都有值更人把著內外兩道關，夜幕一降下，別說野男人了，就連一條狗都鑽不進來。那麼，這個野男人，只有從沈月英的後窗裡翻進來的。

分析到這裡，姚玉蘭趁白天特意去了趟後面的小花園，果然不出所料，在小花園的圍牆下的綠草叢中，倒臥著一把小木梯，乍一看，就像是誰遺忘在那裡的。

看到這裡，姚玉蘭禁不住無聲地掩嘴笑了。

與此同時，一個惡作劇式的念頭，湧上了她的腦海中。

貓改不了偷腥，狗改不了吃屎。何況表姐給了自己那麼多的好處呢！所以，在利益的強烈誘惑下，在沈月英一次次的哀求下，傅方林只安定了沒幾天，就又重蹈覆轍了。

有道是小別勝新婚，用在偷情人中間，這句俗語更加適用！

幾天不見，沈月英如饑似渴地吸吮著性愛的甘露，久久不忍把她的情郎弟弟從懷中放走。

但千里搭長蓬，沒有不散的筵席。沈月英畢竟還是放了傅方林。

望著傅方林消失在窗戶外面後，沈月英這才戀戀不捨地關上窗戶。

剛才來的時候，傅方林已把那扇小木梯擱在了後窗上，所以回去時要比來時省力得多。他躡手躡腳地攀著小木梯，一步一步下得小樓，然後又把小木梯擱在圍牆上。

殊不料這一切，都早被暗處裡的一雙發光的眸子盡收眼底了呢！

前面說過，沈月英的房間，與隔壁姚玉蘭的房間是一幢樓，姚玉蘭打開後窗，同樣也能看到後花園裡的一切，看到圍牆外面的半條路面。所以，當這天她終於親眼看著一個身影爬上圍牆，又用那把梯子爬進沈月英的房間之後，她就開始實施自己的計謀了。

因是夜晚，又不能打手電察看那個身影是誰，所以，姚玉蘭必須再採用一個毒辣的計謀，才能進一步看清那個野男人的嘴臉。

為想出這個計謀，姚玉蘭一個人冥思苦索，動了整整半天的腦筋呢。她把一串早就買來的專門用來捕捉黃鼠狼與老鼠的彈簧夾子一一張開，然後用一根繩子串起來，打開後窗，悠著晃著就把這一串夾子放到了圍牆下面的草叢裡。待等夾子一一在地下落實停當，她這才輕輕地把繩子收了回來。

接下來，她就懷著又驚又喜的心情，等著看自己這場惡作劇所造成的效果了。

大約一、兩個鐘頭過去，隔壁的後窗輕輕拉開了，傅方林吻別沈月英，爬上了後窗，隱入夜幕中。然而，正當傅方林順著梯子爬下小樓，又舉著梯子來到圍牆面前，把木梯擱到圍牆上去的時候，突然，他腳下「叭搭」一聲悶響，一隻剛好被他踩著的黃鼠狼夾子彈跳而起，竹針粗細的鋼絲反卷過來，死死夾住了傅方林的那隻腳。

一陣鑽心刺骨的疼痛，使傅方林情不自禁地一聲呻吟，但最終還是被他強忍著熬住了。

這種黃鼠狼夾子，一旦黃鼬落入它的鋼絲夾中，任它再強壯也掙脫不開來。所以，當時傅方林只感到自己的腳板斷裂了，鋼絲深深地陷進了他的腳背皮肉中。劇烈的疼痛，使他眼冒金星，滿頭汗珠四泌。

傅方林痛得撒手扔下梯子，連忙蹲下身，用雙手使勁掰住鋼絲與木夾子，一發力，這才把自己的那隻右腳解放了出來。

與此同時，趴在後窗上的姚玉蘭聽到了外面異常的聲響，她裝作受了驚似的連忙打開後窗，擰亮了早就備下的手電筒。

「下面是誰呀？」一道雪亮的手電光，團團罩住了蹲在那裡的傅方林。

傅方林魂飛魄散，哪敢答應，他強忍著劇痛，一發力，攀上了圍牆，等姚玉蘭一聲「捉賊呀」的大叫剛響徹夜空時，他已跳下圍牆，連拐帶蹺沒命地逃了開來。

樓下的異樣聲響與隔壁房間裡的動靜，使這邊房間裡的沈月英嚇得尿了一褲襠，癱坐在床沿上，一時上，她的腦子裡一片空白，只是回響著一個聲音：「不好了，出事了！不好了，出事了！」

隨著姚玉蘭鬼哭狼嚎的大叫聲，一隊巡夜的更夫晃著手電光，循聲奔了過來。

但是晚了一步，他們只看到了一隻染有鮮血的黃鼠狼夾子與一把歪倒在圍牆內的小木梯。

「少奶奶，賊骨頭呢？往哪裡跑了？」更夫向倚在後窗上的姚玉蘭大聲發問。

姚玉蘭遲疑了一下，反而衝著更夫們大聲喝斥了起來：「你們吃乾飯的？賊骨頭早就跑掉了，你們這是賊出關門啦！」

其實，剛才在手電光的照耀下，姚玉蘭已看清了這個「賊」是什麼人，但捉賊要捉贓，捉姦要捉雙，現在人家早就跑走了，什麼證據也沒有，總不能空口說白話，授人以權柄吧?!沈月英一旦發起潑來，死也不認帳，到最後，自己還不是白吃啞巴虧?!

亂倫了，簡直亂倫了！表姐與表弟，居然睡到一起去了！叫杜月笙抓住，不生吞活剝了你們這對男女才怪呢！姚玉蘭在心裡惡狠狠地冷笑著。

第二十三章　人財兩空

露蘭春支開張桂英後，即馬上搜尋大櫥頂上那個祕密夾層。

皇天不負有心人，正當露蘭春遍搜夾層一無所獲、大為失望的時候，她的手在夾層的壁板上摸到一塊高出的紙袋，是粘上去的，若不細心搜索，不易為人發現。露蘭春摘下紙袋，一捏，當即心兒一陣狂跳，三下兩下拆開一看，真是踏破鐵靴無覓處，得來費盡了功夫，紙袋裡，安安逸逸地躺著一把三棱形鑰匙！

如果真是老天有眼，但願它就是那只保險箱上的鑰匙了！

露蘭春拿著鑰匙、爬下木梯，連忙來到房間後面的暗房裡，拉亮電燈，把鑰匙塞向保險箱上的鎖眼。

嚓！鑰匙穩當當地插入鎖眼！

找到了，是它了！露蘭春激動得淚花閃閃，心兒歡跳。

這只保險箱裡，藏著黃金榮所有的、也只有他一個人知道的祕密，就連他的總管家虞洽卿也不清楚，沒有鑰匙，露蘭春自是更無權所知了。

但露蘭春知道，這個保險箱的一把鑰匙，就掛在黃金榮的腰帶上，時刻隨身而帶，就連晚上睡覺，他也把這條佩有鑰匙的腰帶掛在床頭，或壓在枕下，須臾不離。有一次，露蘭春假裝無意，摸著這把造型與眾不同的鑰匙問黃金榮：「金榮，這是把什麼鑰匙呀？造型好奇怪。」

黃金榮直言不諱：「它是保險箱上的鑰匙。是我的全部身家性命哪！」

「難道它比我還重要麼？」

「那當然比不上你重要嘍！」黃金榮狎怩地在露蘭春的臉蛋上捏了一把，「你可是我的心肝寶貝呀！」

「你就會嘴巴上塗蜜——甜甜人！」露蘭春佯裝生氣，噘起了小嘴巴，「既然如此，就算你不放心把保險箱交給我保管，那也至少也得把保險箱打開，讓我見識見識裡面僅次於我的金銀寶貝呀！」

「金銀寶貝倒沒有，但它們比金銀寶貝還重要。」

「哦，我知道了，是房卡地契！」

「這可談不上重要兩個字。這種紙片片，人家拿去，也沒用。」

「那，是你小時候的出生證、學校的畢業證，還有結婚證、戶口簿之類的？」

「越說越遠了，這些玩意也算重要的話，一只保險箱也不夠放呀！」

「那這也不是，那是不是，到底是什麼呀？」

「心肝，以後我自會告訴你的。不但告訴你，還要全部交給你呢！」

「以後以後，不嘛，我現在就要，現在就要……」無可奈何，露蘭春只好以撒嬌裝嗔來結束這場試探。

但她心明如鏡：這只保險箱，肯定還有一把鑰匙藏在哪裡，而且在這只保險箱裡，還肯定秘藏著她和薛垣所需要的東西！

鑰匙是插進鎖孔了，但是，它的密碼是多少呢？望著保險箱上的數字羅盤，露蘭春又傻眼了。

不知道密碼，依然打不開它呀！

露蘭春冥思苦索，浮想連翩。

會不會是這老不死的出生年月呢？

黃金榮的出生年月，她倒是知道的。

於是，露蘭春開始試著把黃金榮的出生年月輸入羅盤。

可是，扭動門把手，保險箱門仍一動不動。

露蘭春乾脆把黃金榮的出生日期也輸入。

蒼天在上！當露蘭春把最後一個阿拉伯數字輸入之後，「咯搭」一聲，保險箱門果然彈跳了一下，再扭動門把手，厚重的鐵門打開了！

欣喜若狂的露蘭春用手按住差點失聲叫起來的嘴巴，兩眼貪婪地撲向箱子內。

箱子內，放著一疊疊的紙片，逐一翻檢，都是數不清的文件，如果把這些文件公開出來，盡夠上海各級法院、治安機構忙上幾年了。

這些文件中，包括各項明顯暗底的帳簿，黃金榮與各界私下往來的重要函件，以及江湖上的祕密，官場上的罪證。更使露蘭春心花怒放的是，在這一疊疊文件上，果然不出薛垣所料，有著黃金榮私下交易與販運鴉片的罪證！

露蘭春正興奮得直搓雙手，忽然，房門被人叩響了，接著，傳來了張桂英焦急的提醒聲：「少奶奶，先生回來了！」

聲音雖不大，但露蘭春現在聽來，卻不啻在她耳邊炸了一個焦雷，頓時，她腦子裡「轟」一下，全炸亂了：這老不死的，遲不回來，晚不回來，怎麼偏偏在這個時候回來了呢？要是讓他看見我正在搗鼓他的保險箱，翻看他的全部祕密，這與摸老虎屁股又有什麼兩樣？這個兇狠殘忍的老流氓一怒之下，說不定會殺人滅口呢！

露蘭春這一嚇非同小可，整個人一時都虛脫了，癱坐在地下，一時上手足無措，不知怎麼辦才好：那只該死的笨重的樟木箱，還來不及擱上大櫥頂上去，保險箱裡的祕密，她還來不及取走呢！可是，黃金榮已經回家了！

張桂英的話沒有錯，自打露蘭春這晚的異常舉止吸引了她後，她八九不離十地猜到了露蘭春如此鬼鬼祟祟地想幹什麼了。所以，出於善良的本能，她沒有回房休息，而是趴在樓窗上，有眼無心地向鈞培里大門外的那條馬路上張望著。她實在為露蘭春擔心呢，萬一這個時候黃金榮突然回家來了，這後果不堪設想呀！

也是無巧不成書，張桂英越是皇帝不急太監急，那黃金榮竟真的回來了！外面馬路盡頭，一輛亮著大小燈的「雪佛萊」的熟悉的身影，逶迤曲折地向這邊駛來了！張桂英一個激凌，意識中今天要出事，情急中，她叩響了露蘭春的房門。

「少奶奶，少奶奶，你怎麼了，你怎麼了？先生回來了呀！」見房間裡一時沒了動靜，張桂英更著急了，湊在房門上，壓低聲音叫喚著。

張桂英的再次叫喚，總算把嚇癱了露蘭春喚醒了，她一骨碌爬將起來，衝出暗房，撲過去拉開房門，然後魂不守體地對著張桂英直哆嗦，帶著哭音連聲急問道：「這下可怎麼辦呀，這下可怎麼辦呀！」

張桂英一見這陣勢，便知露蘭春確實在幹什麼了，於是，她一頭扎進房間，不管露蘭春同意不同意，就「蹬蹬蹬」幾步登上了梯子，然後，站在梯子上轉身向露蘭春命令道：「快，把箱子遞給我！」

六神無主的露蘭春，這時只好乖乖地聽從女傭的指揮，她也不知哪來這麼大的力氣，「呼」一下，就把笨重的樟木箱抱了起來，舉到了張桂英的面前。張桂英接過樟林箱，然後使出渾身的力氣，像個舉重大力士似的，把箱子舉過頭，移到大櫥頂上。

由於人與物的雙重份量太重了，再加上張桂英已使出了吃奶的力氣，所以，木梯在她的腳下顫抖著，快要斷裂了。但不管怎麼說，張桂英總算把笨重的箱子托舉到了櫥頂上，用力一推，落到了原處。

這時候，喝得醉醺醺的黃金榮，已穿過大門與二門，在保鏢與更夫們的一路護衛下，東倒西歪地上了樓梯。沉重的腳步聲，一聲又一聲，儼然聲聲砸在露蘭春的狂跳不休的心頭上。

「快，快，快……」事到如今，她只會帶著哭音重複著這麼一個單調的字。

「快躺床上去！」張桂英連滾帶跌地爬下木梯，然後把梯子塞進暗房裡，輕輕關上了暗房門。至於那只保險箱還敞著門，她就顧不上了。

一語提醒了露蘭春，她急忙連衣服也顧不得脫，就沒頭沒腦地鑽進了被窩裡。

「嘭嘭嘭！」這時的黃金榮已走完了樓梯，來到了樓上的腰門前，叩響了腰門，嘴裡含糊不清地叫喚著，「桂英，桂英，開、開門呀。」

自從露蘭春娶進門後，張桂英就重又搬到樓上客廳邊的那個小耳房裡來住了，好隨時聽從少奶奶的指派，陪伴露蘭春。所以，黃金榮哪怕喝得再醉，他也不會叫錯名字的。

但是，今晚的張桂英有特殊的緊急任務呢，她不能馬上來開門。

黃金榮敲了一陣門，不耐煩了，聲音提高了：「桂英，開門呀！怎麼睡得這麼死？桂英……」

張桂英一邊嘴裡應著「來了，來了」，一邊三下兩下捋亂了頭髮，解開了衣襟，裝作剛從床上爬起來的樣子，小跑著來到腰門前。

「桂英你睡得真、真死，我都叫、叫得喉嚨都快啞了呢！」黃金榮夾著一股濃濃的酒氣，一頭撞進客廳，然後徑直向自己的房間走去。

張桂英望著黃金榮的後背，這才不由長長地鬆了口氣。

幸虧這晚的黃金榮喝多了，所以他一進房間，連和露蘭春親熱一下都沒有，就連人帶衣倒在床上，鼾然入睡了。露蘭春見狀，一顆懸到嗓門眼的心這才訇然落地，自己也因這場驚嚇而癱軟了。

第二天，黃金榮直睡到上午九點多鐘才起床，一起床，就又坐上汽車外出忙活去了。這兩天，小腳阿娥她們的請願風波，總算在他的左右逢源的調停下，平息了。為打發這班貪官們，黃金榮不得不忍痛割愛作出了讓步：從自己每月收取的小腳阿娥她們交來的「租金」裡，抽出五分之一，上貢給官吏們。小腳阿娥她們的寧波堂子，這才得以安逸地照常營業。

黃金榮一出門，露蘭春就含著熱淚出現在了張桂英面前。事到如今，一切都瞞不過桂英姐了，昨晚上要不是這位俠肝義膽的女傭幫助，露蘭春還真不知今天還能不能安然無事地站在她的面前呢！

「桂英姐，我……」

「少奶奶，什麼都別說了。」張桂英知道對方想說什麼，連忙大度地揮揮手，「只是，以後你一個人幹不了的活，就叫我，讓我來相幫你。」

露蘭春的淚水還是淌了下來：「桂英姐，只怕以後再也不會麻煩你了。」

「怎麼？你要離開這裡？」張桂英一下子猜到了露蘭春的心思。

「唔。」露蘭春已證據在手，決定馬上離開黃府，和薛公子一起遠走高飛，再也不回這扇門了。

張桂英的臉色一下子白了，她最擔心的事情終於發生了：「少奶奶，這種事，你可要想好了呀！」

「我早就想好了。再在這只活牢籠裡呆下去，我遲早要被他折磨死的。只是，只是我不知道怎樣報答你的大恩大德呀！」

張桂英無力地搖搖頭：「我倒不要你謝。只是你走了，我今後的日子還不知怎麼過呢。」

「桂英姐！」露蘭春再也忍不住心中的感動與感謝，竟雙膝一軟，跪倒在張桂英的面前，「我會永遠記著你的，只要我一有機會，我會來接你的……」

張桂英的眼圈也濕潤了，她連忙伸出雙手，扶起露蘭春：「只要有少奶奶這句話，我死也瞑目了。」

「桂英姐——」露蘭春一頭紮在張桂英懷裡，百感交集，嗚咽了起來。

露蘭春這一走，果然再也沒有回到黃公館。

等到黃金榮發現露蘭春失蹤的時候，已是幾天過去了。

「桂英，少奶奶呢？」黃金榮感到好奇怪。

「回老爺的話，少奶奶前天出去後，就再也沒有回來過。」

「她上哪裡去了，你知道嗎？」

「她什麼也沒對我說。我也不敢問。」

「怪事，這女人怎麼像吃了熊心豹子膽了，竟連我也不說一聲，就出去逍遙了呢？」一種不祥之兆，忽地湧向了黃金榮，他忍不住罵將了開來。

然而，不等黃金榮想到更壞的地方去，露蘭春的電話已經打到他手中了：

「金榮，我們好聚好散吧。」

「什麼？蘭春你說什麼？」黃金榮懷疑自己的耳朵聽錯了。

「就是，我們離婚吧。」

「你?!」黃金榮這一驚非同小可，「蘭春，你尋什麼開心？這種開心也是能尋的嗎？」

「我不是跟你尋開心，這是我從來到你黃家那天起，就這麼想了。現在，我終於作出決定了！」

「你?!」黃金榮像被人兜胸猛擊了一掌，手中的電話筒無聲落下，蛤蟆般的大嘴張開著，久久閉不攏。

「金榮，黃老爺，你怎麼不說話了呀？你聽到沒有？」電話筒裡，露蘭春還在一聲接一聲地呼叫著。

「我會殺了你的！」黃金榮咬牙切齒一聲怒喝，把電話機連同電話筒一起狠狠抓起，用力摔在地下。

電話機的粉碎聲，驚動了樓下的保鏢們，他們不知以為出了什麼事，連忙三步兩腳竄到樓上，來到主子的面前。

「阿德哥！快給我叫阿德來！」黃金榮目眥欲裂地衝著保鏢們咆哮了起來。每當黃金榮遇到棘手的事，他第一個要找的總是虞洽卿。

「是！」保鏢們哪敢怠慢，驚槍的兔子似的轉身竄下樓去。

虞洽卿很快來到了黃金榮面前，並很快弄明白了眼前發生了什麼事。他當然要比黃金榮冷靜，很快，他作出了初步的判斷：「榮弟，露蘭春敢當面直接向你提出離婚要求，恐怕來者不善，善者不來呢！」

黃金榮也早就預料到這一點了，所以恨恨地直點頭：「阿德哥，你再分析分析，誰借給了這小婊子這麼大的膽？」

「只有兩種可能。」

「哪兩種可能？」

「一種是敢於接下她的那個人，這人肯定有銜頭，而且頭寸肯定比你大，比你硬，托得住她！」

「娘個逼！我諒他上海灘上還沒有生下來！」黃金榮破口大罵起來。

「還有一種，則是我擔心榮弟你有沒有把柄被那娘們抓住，而且這是個致命的把柄！要不，她不敢如此囂張的。」

「這……」

虞洽卿一語提醒了黃金榮，他跳起來，直奔房間中的暗房，打開保險箱。一看，保險箱中果然蕩然無存，黃金榮頓時傻了兩眼。

黃金榮清楚這些紙片片的重要性，尤其是他長期以來販賣鴉片的憑證，一旦落到法院手中，那麼，自己這輩子算是玩完了！黃金榮在上海灘上再囂張，他也無法阻擋國際法庭對他的審判，因為在這一宗宗罪惡的交易中，還牽涉到法國巡捕總房與一些洋人參與販賣鴉片的罪證！

面臨絕境，黃金榮只好聽從虞洽卿的謀策：與露蘭春私了此案。

露蘭春就盼望捏著這些鐵證，要挾黃金榮，逼迫他在離婚證書上簽字呢。所以，雙方一拍密吻，當即達成協議：露蘭春把證據還給黃金榮，黃則在離婚證書簽名同意。

但私下了斷，露蘭春總不放心，於是，她要求非有法律公證出面，才能與黃金榮明公暗私了結這段孽債。

無奈，黃金榮只得請來現在神通遠遠超過自己的門徒杜月笙，請他出面料理後事。

於是，經杜月笙出面，請來了上海會審公廳的大法官聶榕卿和上海清文局局長許源，為黃金榮、露蘭春雙方調事。露蘭春交回她卷走的全部文件，黃金榮正式簽下了解婚書，由薛垣聘禮再娶。

黃金榮在這個女人的身上跌得太慘了，為了撈回點面子，在雙方簽定協議前，他還像煞有介事地另附上了兩個規定：

一、露蘭春今後不許離開上海一步；二，露蘭春不準再度露面唱戲。

可笑這兩條規定墨跡未乾，剛在法院領到離婚證書的露蘭春就與她的心上人薛公子一起遠走高飛，離開了上海。

這回，黃金榮端的是賠了夫人又折兵，差點在這場沉重的打擊下一蹶不振，再也爬不起來了呢！使黃金榮真的爬不起來的，是緊接著跟上來的「退休」風波。

黃金榮自從進入巡捕房當包打聽以來，在外國人手下已幹了三十多個年頭，在這幾十年中為洋主子賣力賣命，好不容易得到主子的賞識，一步一步由包打聽爬到督察長的寶座，他可是費了好大的力氣的。

但只要是能往上爬，就是再費勁，黃金榮也是不在乎的。問題是再往上爬，已是不可能了。督察長上面是副總監與總監，這個寶座是要高鼻頭藍眼睛白皮膚的洋人才可以坐的，黃金榮本事再大，也沒有這個資格。

按法國人的制度，人過六十歲，就要退休，離開工作崗位。為此，早已過了這個年紀的黃金榮連瞞帶哄，拖了好多年，現在已到了再也拖不過去的地步了。

前幾天，法捕房總巡喬辨士已經傳出話來，黃金榮做過六十大壽後，就該退休了。

聽到這個「逐客令」時，黃金榮心裡已有數了，他知道有人早已暗中垂涎於他的這個督察長的寶座，買通喬辨士了。這個人不用猜，黃金榮就知道是一直與自己作對的沈德福。

面對妻離家敗的慘境，黃金榮不禁落下了傷心的眼淚。現在，要把自己苦心經營起來的捕房乖乖拱手讓給沈德福，黃金榮怎麼也想不通。想當年在費爾禮總巡家拜年，他小子出言不遜，老子一走了之，讓他到法捕房到處抓瞎，鬧得雞犬不寧。今天，我黃金榮還是有這個實力的，當年我能對付費爾禮，今天仍能對付得了喬辨士。

於是，黃金榮再度請來他的「高參」虞洽卿，請他出主意。

但是，虞洽卿不同意黃金榮再與法捕房暗中作對，一是沈德福也是個難剃的頭，他自有他的一套辦法；二是只怕與法國人徹底弄僵了，以後畢竟對黃金榮不利。他勸黃金榮見好就收，應該享享清福、養養老了。

黃金榮聽了，嘴巴上答應，心裡仍不捨得自己的那只寶座。為此，他主動向法國老闆遞上「辭呈」，試探喬辨士是不是真的捨得放走自己。

讓黃金榮徹底死心塌地的是，幾天後，當他把「辭呈」親自送到法捕房總巡喬辨士的手中時，喬辨士竟連一句客套話也沒有說，只是禮節性地徵求一下意見：「黃先生走後，你認為誰可以頂替督察長的職位呢？」

黃金榮故作沉思後，說出早就想好的話：「依卑職所見金九齡很合適。他本事大，頭腦靈活，辦過不少漂亮的案子，當督察長應該說是沒有問題的。還有，程子卿的本領也不錯。」

喬辨士「唔唔」了幾聲，便從寫字臺邊站起來，主動向黃金榮伸出手。要是往常，洋人先向自己手下的華人伸出手來，表示握別，該是多大的榮譽呀！可是，今天的黃金榮心裡百般不是滋味，難受得難以言表。

退了休後的黃金榮，面對人去屋空的黃公館，心中出現了巨大的失落感。

說不出來的煩惱與悲哀中，他居然把目光落在了李志清身上。

李志清不是別人，便是當年黃鈞培十四歲時，林桂生從蘇州娶來的那個兒媳婦。可惜，黃鈞培沒有壽，十七歲時就早早夭折了；而李志清也沒有福氣，年紀輕輕就做了寡婦，在黃家一待就是這麼多年。

這時，張桂英因露蘭春離婚一事，已幾乎被黃金榮遺忘了。幸虧黃金榮相信她，沒把露蘭春的離去和她聯繫到一起，沒發現到什麼疑點，所以，黃金榮仍讓她住在樓上耳房裡，當了個無所事事的悠閒人。

張桂英也落得清靜，一天三頓六箸後，不是聽聽空中書場，就是翻翻電影畫報。再不然，她就接過林桂生留下的觀音菩薩與經書，學著念經拜佛，從虛無飄渺中寄託自己的孤獨與寂寞，或是，她乾脆到隔壁杜公館串門去，與她那個枯瘦得不成人樣的乾女兒聊聊天，拉拉家常。

由於有了偷吃的禁果的滋潤，沈月英這一陣來氣色很好，枯黃的面皮上泛出了幾許紅暈。再加上她唯一的最親的親人兒子杜維藩留洋歸來，很有出息，不但成了家，還立了業，接替了一八一號遊樂場，腰纏萬貫，風華正茂呢！

見乾女兒前程美好，張桂英不禁黯然神傷，紅了眼圈：「月英，你真福氣，到老也有依傍了。不像我，孤家寡人，不知死後還有沒有人給我收屍呢！」

「寄娘你總是瞎猜瞎想，有我月英在，你怕什麼？再有，我還不曉得我能活得到你這麼一把年紀呢。」因為前不久傅方林莫名被人陰損了一下，沈月英總是做賊心虛，心懷鬼胎，隱隱中總擔心會有什麼禍事降臨到自己頭上呢。

沈月英的猜疑一點也沒有錯，自從姚玉蘭那夜用手電光圈住傅方林後，她馬上把這件天大的事情告訴了杜月笙。當時，杜月笙氣得臉色發青，半天沒有說出話來。

「月笙，你不相信，可以自己親眼去看的呢，姓傅的那小子的腳上，肯定留有夾傷的傷痕的。我可不是隨便瞎說的。」

杜月笙仍不置可否，好一會，他才對姚玉蘭說：「這事，你再不要對任何人講了，我自有主張。」姚玉蘭自是賭神罰咒，一口答應。

其實，杜月笙完全可以憑著傅方林腳上的新傷，論定姚玉蘭沒有說假話的。但是，光憑腳傷，是不能成為傅方林與表姐亂倫的證據的。

按理說，杜月笙也可以隨便找個藉口，懲罰傅方林的，但是，傅方林畢竟是沈月英的表弟，尤其沈月英還有一個杜維藩，是自己的大兒子，是他杜家門的第一根「香煙」呀，這事一旦叫開來，別說沈月英死也不服氣，只怕小維藩也落不了這個場面：自己親娘這麼大一把年紀了，竟與自己的表舅舅有姦情，張揚開來，這叫杜維藩的面子往哪放？他以後還怎麼在場面上做人？罷！罷罷！與其羊肉沒吃到，反染了一身膻，鬧了個沸沸揚揚、滿城風雨，活丟了杜家苦心維持了幾十年的面子，倒不如暫時咽下這口窩囊氣，施著緩兵之計，看勢頭發展再下殺手鐧。如果沈月英與傅方林迷途知返、到此為止，則也罷了；如果他們再勾勾搭搭、暗渡陳倉，到那時再下辣手也不遲！

當然，就是下辣手，也得人不知、鬼不覺，叫他們有苦說不出，有冤無處申！

想到這裡，杜月笙咬著牙關暫時咽下了這口窩囊氣。

那麼，沈月英自受到那晚的幾近警告的驚嚇之後，是不是就此懸崖勒馬、好自為之了呢？

遺憾的是，她還是實在難以把握住自己那顆幾近變態了的心。

第二十四章　葉落歸根

儘管黃金榮一再賴在巡捕房不肯退休，但他終擋不住自然規律與人為的進攻，還是在一九三九年秋冬交替之際，不得不退休讓位。時年竟已七十一虛歲！

不能不承認黃金榮在巡捕房長達半個世紀的努力一無是處，在他明珠暗投、陰奉陽違的一手遮天下，上海灘上的毒品雖在暗中廣為泛濫，但表面上畢竟一平如鏡，偶有波瀾。當然，這與原法國總巡捕費爾禮總巡眼開眼閉、一手包庇是分不開的。但是，新上任的總巡捕喬辨士與華捕督察長沈德福在這方面就顯得生疏了，儘管他倆依然相互勾結、默契配合，但終擋不住毒品在上海灘上的囂張氣焰，沈德福剛接任幾個月，即在一九四〇年元旦開始，上海灘上毒氛彌漫，震驚世界，逼得上海警方不得不傾巢而出，全力圍剿。僅當時元月份的上海一家申報上，就在一天中連續報導了有關這方面的五則新聞與消息：

滬西警方搜抄毒窟

華聞社云：滬西「歹土」之情形，時有奇聞異事發生。最近數日，忽然發生搜查毒窟，滬西毒窟到處皆有，已有一年以上之歷史，從未聞日方及偽警加以取締，一若暗中默許。乃自上星期六起始，滬西偽警忽然奉到密令，對該區毒窟，一律加以嚴厲以搜查。自清晨八時開始，即由一偽警長率領大隊偽警，如臨大敵，將五角場一帶四周包圍，挨戶搜查，將煙土煙具一律抄出，煙客則一網打盡，悉數逮解偽署。

數日以來，被搜之毒窟，達一百三十餘家，拘解之煙犯，有八百七十餘人。聞此輩煙犯，已有一百餘人交保證金若干，以後即行逍遙法外，其餘均在拘禁中。

毒案三起

前日上午十一時許，法警務處根據密報，派探徐開杏等先後破獲毒品機關三處，計：1、西門路潤安里八十八號，拘獲韓人一名，及華人邱燮生（三十七歲，本地人）、李金生（四十二歲，山東人）、劉耀堂（四十一歲，揚州人）、馬金生（三十七歲、本地人）等，並抄出巨量嗎啡。2、馬浪路一九五號拘禁韓人及無錫人孫泉河、本地人高金海等。3、喇格納路二一一弄七號僅拘獲韓人一名，均各抄出大量嗎啡，乃一併帶入捕房。除韓人三名移提日領署究辦外，昨日乃將一案六犯解送特二法院刑一庭訴究。由張民生推事將各毒犯逐一審訊後，諭知收押，候改期再訊。

土販被捕

太倉籍土販陸大遵，又名達振，今年四十七歲，自戰事後陸即憑藉特殊勢力，專在原籍銷售煙土。前日清晨五時許，陸攜帶行李數件，在法租界外灘一號碼頭，擬搭輪返鄉，被水巡捕房探員瞥見。以其形色慌張，遂命拆開行李檢查。當場抄出煙土一十四兩，乃一併帶入水巡捕房，移解法捕房。昨解特二法院，由張推事蒞刑一庭審訊一過，諭知改期再訊，被告還押。

毒犯判懲

蘇州人張長根，因幫助在逃杜姓，在新閘路仁與里九號開設吸毒機關，被新閘房偵悉，前午派探前往將張拘獲，並弋獲吸食犯史阿金、董金鳳兩名，昨晨解特一法院，依法分別起訴，田口口推事訊明，當庭判決張長根意圖營利，幫助他人出售海洛英，處有期徒刑二年六月；史阿金、董金鳳吸食毒品，各處有期徒刑十二年，抄獲毒物，照章沒收。

帶土跌斃

甬人楊秉衡，年近知命，於前日下午三時許，身上捆紮價值近千金煙土約二十兩，擬乘滬甬班寶利輪返甬，上輪，關員查見楊面現病容，告以患病之人，照章不能乘船，令其上岸，楊無奈，只得上岸，於扶梯上走下時，又見碼頭上有中西探正在搜查，乃楊於驚惶中失慎，致跌僕倒地，竟氣絕身亡。由探搜查其身畔在腰間抄出煙土，報告捕頭，將煙土及遺物帶案。一面將屍舁入同鋪分堂驗屍所，昨日報請特二法院檢察官蒞所驗明屍體，並由探報告案情，並將煙土及遺物呈案，因無從查傳屍屬，官諭屍交堂埋葬，候屬認領，遺物存庫招領，煙土由探帶回警備處，送院沒收。

一九四〇年一月十八日《申報》

黃金榮自從退休後，每天只是搓搓麻將、養養花、攢攢錢，而不再參加任何應酬。場面上的事，都交給了杜月笙與張嘯林來承接了。

現在，他見自己剛撂下擔子不久，上海灘上就因為毒品氾濫，鬧得烏煙瘴氣一團糟，不由幸災樂禍，喜不自禁。

這天，他把兒媳婦李志清召到面前。

四十多歲的李志清因未再婚嫁，又從沒有過生育，再加上平時的保養，所以依然光彩照人。黃金榮抱守女子三從四德的陳規舊習，也不準李志清再嫁，所以，她至今仍是單身一人。

「志清，我年紀大了，這個家，你看交給誰好？」黃金榮迷瞪瞪地看著風韻猶存的兒媳婦，坐在床上問道。

李志清聽來，這老賊分明是明知故問，黃金榮膝下雖有黃源濤等三個兒女，但都是領養而來的，平時他從不放在心上；現在，林桂生早一人分開獨住，言明與黃金榮老死不再往來，新歡露蘭春又與他離了婚，而自己就為了這份龐大的家財，守了這麼二十多年的活寡，難道還有第二個人有資格來接過黃金榮腰裡的這串鑰匙嗎？李志清怪異地望望黃金榮，一時不知怎麼回答才好。

「志清，你怎麼不吭聲呢？我都要急煞了。」黃金榮盯著李志清的兩眼，愈發色迷迷了起來。自從露蘭春離開之後，黃金榮一為省錢，二畢竟年事已高，泡不動堂子，惹婊子們恥笑，所以，他就再也沒有外出尋花問柳，發洩性慾。現在，他九九歸原，還是把目光落在了自己這個名義上的領子遺孀身上。現在，他再也沒有精力來把守家中這筆浮財，只想安天樂命，過個太平晚年，使自己多活上幾年了。所以，別無選擇，他很自然地作出了把全家交給李志清的決定。

但是，他又不情願就這樣把自己辛辛苦苦奮鬥了一輩子的家財，就這樣交給李志清，讓她現現成成一下子成為千萬富婆，總得要她付出點什麼才是呀！

「爹爹，你看交給啥人為好呢？」李志清反問試探老賊。

「我想，只有你，才是我最在心上的人，才有資格接過這串鑰匙。」說著，黃金榮從腰上取下那串拳頭大的鑰匙把。

李志清眼睛一亮，激動得面孔都紅了，這可是她朝思暮想的事情呀，今天，老賊終於要交給自己了！她要想上前去接，但還是故作左右為難的樣子說道：「爹爹，這副擔子太重了，我只怕我挑不起來。」

「怕什麼？有我在做你的大樹，你只管挑起來。」說到這裡，黃金榮已經慾火攻心，聲音都有些發抖了，他向李志清招招手，「來，來吧，志清，接過去吧。」

「謝謝爹爹！」李志清心花怒放，走到黃金榮面前，接過鑰匙。

就在她握住鑰匙的一瞬間，忽然，黃金榮一聲不吭，抱住李志清，就往床上按。

李志清一愣，旋即明白發生了什麼事，無奈，為了這份偌大的家當，她只好付出代價了。

「你這個老騷貨！」於是，李志清用手在黃金榮的光腦袋上拍了一下，就順從地躺了下來。

李志清當家後，先後領養了兩個兒子，大的叫成法，小的成德，還領養了一個女兒，叫黃悅明。這是餘話。

不過，好事沒人說，壞事傳千里。黃金榮與兒媳婦李志清有染的事情，終究還是傳了開來，當時流傳在上海灘上的那句「黃金榮扒灰」的謠言，想必不是假的。這也是餘話。

一九四〇年初，蔣介石為了控制和指揮上海的工作，在行政院下設立上海市統一委員會，任命杜月笙為主任委員，黃金榮也擠了一份，成為二十四名委員中的一個。其他委員有楊虎、虞洽卿、陸京士等。常務委員為杜月笙、吳開先、蔣伯誠、戴笠、俞鴻鈞五人，委員會成立後即設立駐滬辦事處，黃金榮能為自己發揮「餘熱」，自是表示擁護。

國民黨派上海市統一委員會常委吳開先、蔣介石的軍事代表蔣伯誠到上海活動，統一委員會主任委員杜月笙致函黃金榮，請黃予以協助。黃金榮立即請吳開先到漕河涇黃家花園敘談，吳開先首先說明重慶政論抗戰到底的決心，並轉達蔣介石和孔祥熙對黃金榮的問候。後來，黃金榮與金廷蓀根據吳開先的意見，兩次邀請滬上工商金融界的人士到南洋橋金的寓所赴宴，由吳代表重慶，安撫各位，告誡勿被日偽利用。作陪的有原上海各界抗敵後援會的一些負責人和租界的有關人士。

一九四〇年到一九四五年間，黃金榮與國民黨第三戰區司令顧祝同一直有聯絡，顧祝同曾派他的妻舅許某到鈞培里見黃，黃金榮則派門徒秦興炎到南京、浙江等地第三戰區所設的辦事處聯絡，為國民黨軍隊提供軍火、藥品和糧食。抗戰勝利前夕，顧祝同派何尚時為駐滬聯絡專員辦事處專員，任命黃金榮的門徒秦興炎為支隊長，正在擔任國民黨軍統派在上海的特派員的、黃金榮的兒子黃源濤為大隊長，何還與秦、黃結拜為兄弟。

這幾年裡，黃金榮的大世界遊樂場成了重慶方面和日偽分別看中的接頭據點。

這一時期，黃金榮除了在政治上左右逢源外，依然做些積陰德的事，除了辦收容所，為難民籌措糧食外，他做的另一件事就是興建城隍廟。

一九三七年十一月，日軍佔領老城廂之後，軍隊曾駐紮在城隍廟內，對廟宇大肆破壞。一些相信城隍菩薩的上海市民們無處進香，失去了精神寄託，黃金榮手下的一批倚賴城隍廟這塊進財招寶之地生存的徒子徒孫們也焦急萬分。他們紛紛來到黃公館，求黃金榮再開發新的財路。有人提議何不利用打鐵浜的空地再造個城隍廟。一句話，使黃金榮茅塞頓開。

原來在上海開戰前，上海就有了祭祀城隍老爺的風俗，但是因為城隍爺秦裕伯的墓地在浦東的陳行，所以上海人每年三次祭奠活動都要擺渡到浦東去。

有一年，當祭奠隊伍擺渡到黃浦江江心時，突然一陣狂風襲來，人仰船翻，死去多人，一時，民間流傳說這是墓主擋駕辭神，從此祭奠儀式不再過江東去，人們只在黃浦江東首、今延安路外灘設一祭壇，向東遙拜。天長日久，沿江一帶開闢出大片的墓地。

黃金榮決定在這塊荒地上建一個新的城隍廟，由於汪偽政權內有不少門徒，所以這件事情很快就得到了日偽當局的批準。

一九四〇年冬，黃金榮正式集資興建新城隍廟。

新廟只用了一個多月的時間就建好了，其簡單程度可想而知。而且為了趕在新年初一向社會開放，城隍爺的塑像也沒時間雕塑了，只好從老城隍廟移來一尊小神像，權作替代。其他神像竟都是畫在了牆壁上的。這個新城隍廟只有一個神殿，四周則是陋木搭建的商場，銷售各種商品。廟門兩邊還有專售花草、金魚的攤頭。從此，新城隍廟成了上海人遊玩和購物的場所。

就在黃金榮建新城隍廟的同時，他又不聲不響地在委託蘇州北橋鎮偽政府，用建新城隍廟時克扣下來的錢，在北橋洋塘下中段造了一只庵，取名淨心庵，並在庵四周買下十幾畝庵田。

這都是黃金榮根據張桂英的意願做的。

黃金榮與李志清姘居的事，騙得了別人，卻瞞不掉與他們朝夕相處的張桂英。儘管外面多有傳說，但那畢竟是風聞，唯有張桂英才是唯一的見證人，是活口。

自從露蘭春離開黃公館後不久，張桂英就被黃金榮派到李志清身邊，專門伺候新上任的內當家李志清。張桂英與李志清一向相安無事，再加上她們都是蘇州人，所以，比她人要親昵一些。尤其是張桂英清楚自己在黃家的身分與地位，為此，她一到李志清身邊，很快就與李志清親如姐妹了。

但再親如姐妹，這種「阿公扒灰」的亂倫之醜事，還是令所有人嗤之以鼻的。所以，每當黃金榮來找李志清時，張桂英總識相地回避三尺，只當自己是瞎子與聾人，沒看見，也沒聽見：都六十一歲的人了，就圖個安安逸逸度過晚年吧。萬一不慎撞見，吃苦受難的最終是自己。

然而，你越是想回避，越是回避不了。

這天，張桂英外出有事回家，走上小洋樓，看見黃源濤不知為了什麼事，正像掐了頭的蒼蠅似的滿樓亂轉，嘴裡「爹爹、爹爹」地叫個不停。原來，因為一件急事。他正四下尋找黃金榮呢！

張桂英心中有數，黃金榮與李志清自勾搭成奸後，如膠似漆，經常纏綿繾綣在一起，而且不分白天與黑夜。此時此刻，正是下午午睡的時候，他倆肯定又鑽在黃金榮的房間裡雲雨呢。所以，為防止黃源濤這個愣頭青闖進房去鬧個三方都尷尬，張桂英就對黃源濤撒了個謊：「濤少爺，老爺正在外面忙著呢，沒回來。」

「不，他沒出去，就在家裡呢。」豈料，黃源濤哪看得懂裡面的花樣經，執著強調道，「吃過飯，我親眼看見爹爹往樓上跑的，上去了就沒下來。想必現在正在房間裡困覺呢！可是，我有急事要與爹爹商量呀！」說著，就要往黃金榮的房間裡闖。

張桂英嚇得連忙擋在他前面，再次解釋道：「濤少爺，老爺真的出去了，就剛才，我看見他出去的。」

「姆嬷，你會不會看花了眼？剛才我一直在門口坐著呢，根本沒看見爹爹出去。再說，爹爹的汽車也停在院子裡呢，他會上哪裡去？」

這時，躲在房間裡的黃金榮與李志清聽見了，又急又慌，叫苦不迭。這種亂倫的事一旦被源濤發現，事情就麻煩了，丟人現眼是小事，黃源濤以此向嫂子爭財產、分他應得的一份家當是大事！為防萬一，黃金榮迫不得已，讓李志清鑽入後房間躲一躲。李志清本來就為這種偷雞摸狗、名不正言不順的事情而惱火呢，說什麼也不肯掉這個身價，不肯東躲西藏像做賊。黃金榮一聽，急得老臉都黃了，急忙捂住李志清的嘴，連推帶搡往後房間趕。

這時，外面的黃源濤更加急不可耐了，說聲「爹爹怎麼睡得這麼死？會不會身體不適有病呀！」便欲撥開張桂英往房間裡闖。

張桂英急得仁中都吊了起來，不得不拉下臉，一把拉住黃源濤，話中有話地嗔怪道：「濤少爺，爹爹的房間是可以亂闖的嗎？實話告訴你吧，老爺剛才進房午睡時，曾關照我任何人都不準進入的。哪怕是你也不準！老爺的脾氣你又不是不知道？還是你先下樓去，等會讓老爺來找你吧！」

黃源濤見一向和風細雨的張桂英，今天居然一反常態，如此發急，於是，再笨再不開竅的他也頓有所悟了，有關爹爹與嫂嫂關係曖昧的風聲，他也並非沒聽到，只是他從來沒往心裡去。現在見張桂英這副猴急樣，他終於有了種恍然大悟的感覺。於是，黃源濤的臉紅了紅，說聲「那就等會讓爹爹來找我吧。我在樓下大門口等他，有要事與他商量呢」，這才灰溜溜地下了樓。

張桂英滿心以為自己的挺身而出，巧妙地保護了黃金榮與李志清的姦情，沒使之暴露，李志清總會萬分地感激自己的，但是，她恰恰想反了，李志清非但沒有感謝她，反而因為張桂英抓住了她與黃金榮的把柄，非要黃金榮趕走張桂英。這下，張桂英可算是俏媚眼做給了瞎子看，還被「瞎子」反踢了一腳。

「老不死的，我說，你還是趕快想個辦法，讓張桂英離開這裡吧，留在這裡，遲早是個眼中釘。」一天，心中另有計謀的李志清開始動員黃金榮。

黃金榮卻不以為然：「我和你的想法恰恰相反，桂英這人老實厚道嘴巴緊，留她在身邊，正好為我們遮眼睛呢！」

「遮眼睛？」李志清大為不滿，「你是遮眼睛了，可我在她面前就抬不起頭來了呀！你不知道，自從那天我發現她原來什麼都已早知道之後，我再看見她，只感到頭也抬不起，面孔上火辣辣呢！這樣的日子，你叫我怎麼熬得下去呀！」

「我的小祖宗，你怎麼這樣說不聽的呀？」

「你聽不聽我的話？」李志清動怒了。

「這個嘛……」

「別這個那個的搪塞我，你要不聽我的話，從今起，你就別想再碰我一指頭，免得……」李志清甩出了殺手鐧。

「好，好，我聽你的。可是，你叫她往哪裡去呢？」
「退休呀！就對她說，她已六十多歲的人了，再叫她為我們家做傭人，我們良心說不過去。我們再給她一筆錢，就讓她回北橋老家去安度晚年吧。」
「行，我試試看。」黃金榮硬著頭皮答應了下來。
「什麼試試呀，而是關照她呀！」
於是，黃金榮找到了張桂英。
有道是人非草木，孰能無情。畢竟有四十多年的朝夕相處，黃金榮實在開不了這個口，支支吾吾了半天，只從大嘴巴裡擠出一句話：「桂英姐，我記得，儂今年六十一歲了。」
「是的。」張桂英詫異地望著黃金榮，不知道他說這話是什麼意思。
「去年，那個喬辨士就以我超過了六十歲，要我退休了，其實，我心裡明白，我是還能在行裡做幾年的。」
張桂英本是頭頂拍一記、腳下動三動的機靈人，她頓時聽出了黃金榮的言外之音，不由當下紅了眼圈：「老爺，我在黃家沒有功勞也有苦勞，自己身邊也沒個一兒半女，叫我退休了以後往哪裡去呀？」
「我已為儂想好了。我想，儂最好還是回蘇州去。我給儂一筆養老費，儂靠著它也能過個安逸日子了。」
「坐吃山乾海要空，現在銅鈿日升夜跌，只怕你給我的養老費用不了幾年，就全泡湯了呢。」
「那，我再給你在鄉下買十幾畝田，你再叫人幫你種種，你收個租米，這下總踏實了吧？」
張桂英的眼淚終於忍不住，流了下來。她聽黃金榮說出這種話，便知道他已經作出了決定了，自己再強，也強不過去了。所以，她一聲長歎，嗚咽道：「只好這樣了，誰叫我命苦呀——」

「勿要這樣，想開點！」黃金榮也動了感情，紅了眼圈，「我比儂大了整整十歲，我要比你先走的。我只怕我一走後，你在這裡的日腳更難過。還是趁我健在，你尋個好地方蹲下來吧。」

張桂英一聽也有道理，連連點頭稱是。

忽然，黃金榮想起了什麼：「桂英姐，前幾天，我好像看見你在看一本經書嘛！」

張桂英一聲苦笑：「那是杜家月華給我的，當時，她想到庵裡出家去的。看見我信佛，就送給我看看的。」

「有了！」黃金榮來了靈感，「我乾脆在鄉下你的老家旁邊，幫你造只庵，再以庵的名義，在旁邊買下十幾畝庵田，你就乾脆以庵為家，出家吧！」

此話正中張桂英下懷，這風風雨雨近半個世紀來，她早已把人情世事看得淡薄了，她正想找個清靜安逸的地方，了卻自己的餘生呢！

所以，聽到這裡，她感動得哭出了聲：「老爺，那我多謝儂哉！」

就這樣，在當年建造新城隍廟的時候，黃金榮趁湯下麵，派專人趕到蘇州北橋鄉政府，三下五去二地落實了這件事。

就在上海新城隍廟落成開光的那一天，位處北橋鎮張桂英娘家的洋塘下中段的田畈裡，也豎起了一只兩間進深、三開間門面的庵，黃金榮為它起名叫「淨心庵」，與此同時，他還在庵四周當真買下了十幾畝水田。

直到如今，這只雖說破舊不堪的「淨心庵」，還座落在北橋鎮北面的洋塘村村落中間呢！

一九四〇年年底，張桂英與沈月英、傅月華灑淚告別後，一步三回頭地離開了上海灘。

臨行時，黃金榮問她還有什麼要求？張桂英望著掛在樓下客堂裡的那張黃金榮的畫像，不好意思地說道：「我想也叫這個姓王的畫匠幫我畫一張畫像。」

「啊呀，王一亭已經過世了呀！你怎麼前幾年不早說的呢？」黃金榮惋惜地說道。

「唉——」張桂英兩眼盯著畫像，不無遺憾地歎了口氣。

黃金榮靈機一動，湊在張桂英的耳邊不無調皮地說道：「不過，桂英姐儂真格歡喜我，我就把我送給儂。」

張桂英面孔上的麻點都因高興而漲紅了，連忙點點頭：「我要把他掛在我的床前，讓他壓壓邪。」

這天，黃金榮親自把張桂英送到了火車站，又關照兩個保鏢，再把張桂英一路護送到蘇州北橋鄉下，送到淨心庵裡。兩個保鏢因當天來不及趕回上海，還在淨心庵裡住了一夜。

當天，北橋鄉的一些保長、甲長聞訊，還特意來到洋塘村的淨心庵，前來奉承了一番呢。

張桂英對自己的這個人生歸宿十分滿意，不久，她就在蘇州定慧寺的師太指點下，進行了剃度受戒禮，正式成為了一個尼姑。

直到如今，當地幾個上年紀的老人們還說得出一些有關這個麻皮尼姑與淨心庵的故事來。他們說，有一年，日本鬼子下來「清鄉」，一路殺人放火，來到淨心庵。當時，日本強盜也想燒了這只庵的，但當他們舉著火把進得庵來，看見掛在尼姑床前的這張黃金榮的畫像，知道此庵有些來頭，就罷了手，嘰裡咕嚕了幾句，乖乖地離開了。

她有個阿侄，當時也有五十歲了，曾多次到淨心庵裡來認姑母，可是，大概因為張桂英毀了面容，她不好意思認阿侄，也許是她恪守佛門「出家無家，六親不認」的佛訓，所以，她始終不承認自己是北橋人。她臨死都仍說著一口嫺熟的上海話。

麻面尼姑張桂英是在一九四八年臨解放前過世的，享年七十歲整。

張桂英回家當尼姑之前，沈月英和傅方林、傅月華都來送過她，當時，她們四個人抱頭痛哭了一場。沈月英邊哭還邊說：以後，她也要回到娘家去的，要和桂英姐搭檔相伴人生。

但是，沈月英的這種起碼的想法，也是一句空話，因為這世界上的所有事情，並不是憑任何人的主觀願望所能達到的，就像張桂英從來沒有想到自己會有這樣一個歸宿一個樣。

第二十五章　甘戴綠帽

傅月華的自天而降，表面上看是吹吹打打、熱熱鬧鬧，實際上她從進入張公館那天起，就早已惹火上身，身邊埋下了妒嫉仇恨的暗箭了。一是同樣作為小妾，她卻享受到了大房進門時的風光與待遇，儼然明媒正娶的正房夫人；二是張嘯林居然把她捧若至寶，百依百順，還花錢為她的鄉下娘家修橋鋪路。當然，在婁麗琴、張秀英、徐小雲三個妻妾中，對此眼睛裡恨不得滴出血來的還是張秀英與徐小雲，因為她的出現，硬是生生地把張嘯林從她們身邊奪去了，使她們頃刻成了一塊被人用髒了拋棄了的破抹布。

華格臬路上的張公館，與杜公館一樣，是處洋房別墅。

進得小洋樓，樓下的客廳裡，張嘯林學著黃金榮家的擺設，在正面供置了關羽的雕像，左右掛著那副「師臥龍」的對聯，供桌上那只偌大的銅香爐，是張嘯林當年親自從老城隍廟的景鐵軒買來的，裡面終日香煙繚繞，烏煙瘴氣；對聯兩邊的白瓷直筒花瓶裡，一瓶插著五顏六色的雞毛撣子，另一瓶裡豎著三兩支雉雞尾毛，讓人看著覺得有點不倫不類。

客廳左右各有一扇門，各通東廂房與西廂房。東廂房原是傭人住處，現在一隔為二，分別住著二房張秀英與三房徐小雲；西廂房為餐廳。兩廂房後邊是廚房與衛生間。上得樓去，走進樓梯口一隻房間，一股甜香襲人而來，房內的箱籠櫥櫃、大床、化妝台井然有序，清清爽爽，一塵不染。這是張嘯林與婁麗琴的臥室；臥室邊上是一大間招待室，作為搓麻將、推牌九、打梭哈的娛樂之地，有時，還要放上幾張圓臺面，暫作宴客的餐廳。過了招待室，進入樓上的西廂房，也是一間佈置奢華的臥房，裡面擺設著全套紅木家具。這裡先後住過張秀英與徐小雲，但遺憾的是，她們都先後搬到樓下的西廂房裡去了，傅月華人還沒娶進門，徐小雲就含著眼淚搬出了這裡。當時，有人問張嘯林，騰出西廂房派啥用場？張嘯林竟大言不慚地直言相告：「此處是我掃榻以待嬌娃的地方呢！」後來，人們才知道，原來張嘯林要接待的嬌娃不是別人，便是他的第四房小妾、杜月笙的表姨妹傅月華。

然而，張嘯林把張秀英與徐小雲雙雙逐下洋樓後，還沒有完，他又把目光瞄在了頗有幾分姿色的年輕的徐小雲身上了。

這天，他忽然帶著徐小雲與傅月華，去了莫干山，說是避暑。

早在日本人進攻上海的時候，張嘯林就藉口到莫干山避暑，以避日本人進攻之難去了。臨走前一天，他把家中所有金條、珠寶、英鎊、法郎、美元以及文件契約，統統存入國際飯店的地下金庫。

這座金庫始建於一九三二年，面積一百多萬平方米，四面佈滿了大大小小三千四百多只保險箱，全用幾釐米厚的鋼板製成。庫房圓形鋼門直徑兩米，厚達六十五釐米，重達九噸，需要兩位大力士緩緩拉動機關，方能啟動開關。庫房保護恒溫，裝有煙霧報警與防盜設備。

現在，張嘯林又要上莫干山避暑去了，而且只帶了三房與四房兩個小妾。自從傅月華來之後久未受寵的徐小雲，自是欣喜若狂。

在莫干山，張嘯林有一幢別墅。

就是當年他為保黃金榮，而特意為盧永祥建造的那幢別墅。

盧永祥在東渡日本前，就把別墅連同契據與室內家付等統統完璧歸趙，還給了張嘯林。盧永祥與日本駐滬軍人和日本政界人士交往密切，在上海的日本橫濱正金銀行和英商匯豐銀行均有大量存款，有著用不完的金錢。而這別墅他又帶不走，所以，他落得做個順水人情。

張嘯林收回別墅後，加以擴建修繕，並命名為「林海幽居」。

莫干山位於錦繡江南的滬甯杭金三角腹地，距杭州六十公里，離上海兩百四十公里，有「江南第一山」的美稱，有「三勝」、「四優」的特色。那「三勝」，即是竹盛，品種之多，品位之高為全國第一；泉多，峰峰皆水，步步有泉；雲幻，雲海茫茫，變幻莫測。「四優」是指「綠」、「涼」、「清」、「靜」四大特點。張嘯林的「林海幽居」坐落在山嶴裡。進大門以後，只見篁竹千竿，綠葉萬簇，光線一下子變成青色了。鋪滿了落葉和青草的軟軟的地上，流著一條彎彎的手臂粗細的泉水，在石頭和樹根上面叮叮咚咚作響。小泉邊上長著搖搖欲墜的滿天星；貼著地面的是一大片紫色小花，依傍在深綠色的闊葉上，人們叫它勿忘我。這兒，曾邀過黃金榮、杜月笙等人來休閒過，也作過楊度為調停《申報》與《新聞報》兩家糾紛事的談判地點，當時上海灘兩大報業鉅子史量才與汪伯奇也在此住宿過，凡是住過此「幽居」的人，都稱讚不已，令張嘯林更加得意，也更用心思收拾得盡善盡美，作為他的「大三窟」之一。

有道是狡兔三窟，張嘯林更是狡之又狡。他有「小三窟」——上海的張公館、三馬路上的花園旅館、真如鎮上的紫雲庵；「大三窟」——指的是上海、杭州、莫干山。張嘯林這次上莫干山，還有一個不可告人的目的，即他要在這裡額外招待一個特別的客人。

張嘯林帶著兩個小妾一到「林海幽居」，先是沐浴，換上一身白紡綢褲褂，接著捧一只宜興紫砂茶壺，由傭人領著，在徐與傅的左右攙扶下，來到新修築的「竹軒」。

竹軒在小樓東南隅上，四周是箭竹叢圍著，籬芭門上，懸著用大毛竹刻成的「竹趣」兩個大字。園內種著各種竹子：摘竹、剛竹、淡竹、雅竹、桂竹、水竹、紫竹、慈竹、苦竹、甜竹、撐篙竹、青皮竹、麻竹等，張嘯林對竹的種類並不在意，而感興趣的是一些特種竹——黑色竹桿的墨竹、有斑點的湘妃竹、大肚子的佛肚竹、月月生筍的月月竹、酷似少女的鳳尾竹。還有一種方竹，在貴州、四川等山地生長的竹，此竹竹身呈四方形，而「幽居」裡的工人，用板做成方形空模，套在出土的毛筍上，讓它在空模中生長成方形。在這一片竹林的深處，有一個竹子搭成的小亭子，內設竹桌竹凳。竹亭內有一副對聯：「綠竹入幽徑，青籮拂行衣。」亭子上也有塊匾，刻著「竹幽」兩字。

過了「竹幽」亭，便是一座兩層的小樓，門上高懸一個竹匾，上書「竹軒」兩個隸書大字。進門是客廳，三面壁上掛著一些名人題竹的名句，有劉長卿的「始憐幽竹山窗下，不改清明待我歸」，有謝靈運的「白雲抱幽石，綠被媚清蓮」，還有鄭板橋的「一節複一節，於枝攢萬葉。我自不開花，免撩蜂與蝶」。從客廳右角上樓梯，樓上布置亦別具一格，那又是竹的世界：竹門、竹台、竹椅、竹床、竹席，連枕頭也是細竹篾絲編成的。壁上一副對聯，擬得亦很得體：

風起有聲聽竹韻
月上無意聞花香

上山的第一夜，張嘯林與兩個小妾就住在「竹軒」裡。

第二天，他祕邀的那個神祕的客人，就驅車來到了「林海幽居」。來客是日本人永野修身，一進門，就與張嘯林緊緊地握住了手：「張先生，你可真會享福呀，這裡可真是個世外桃源！」永野修身的漢語講得十分嫻熟。

「山野僻壤，不要見怪，請進，請進。」張嘯林笑逐顏開，把日本客人迎進內屋。

「我有件禮物送給張先生。」永野說著，向大門外打了個手勢，「開進來吧。」

一輛卡車開進門來，車上裝著兩對梅花鹿。

「這是從日本奈良運來的。」永野一邊指揮工人將鹿卸下車，一邊介紹著。

奈良是日本馴養梅花鹿的基地，又名叫鹿城。

「張先生的林海幽居再養上一群奈良鹿，更是錦上添花，美不勝收了。這四隻奈良鹿，兩雄兩雌，配好對的，我可打包票，不上兩年，便會成群的。日本的鹿能在中國生長繁衍，象徵中日提攜，共存共榮啊！」

永野修身坐在客廳裡，喝著龍井茶，侃侃而談。

張嘯林嘴裡敷衍，心裡卻直打小九九，等待著永野把話題引到他此行的正題上來。

可是，眼看都進入晚餐了，這個日本人還是東扯西拉，就是不談中日戰局，不說上海的戰事。張嘯林幾次要把話題往上面引，永野也故意避而不談。張嘯林百思不得其解。

夜已深了，張嘯林不得不把永野送進他的房間。

回到自己的臥室，張嘯林心裡怎麼也安靜不下來，他信步走到隔壁徐小雲住的房間裡，吩咐道：「小雲，去，給那個日本人送一套睡衣去。」

「唔。」徐小雲拿出張嘯林穿的一套睡衣，就準備出門。

「慢，你把自己的睡衣也帶上。」

「做啥？」徐小雲不由皺起了眉頭。她知道張嘯林又想讓她幹什麼了。

萬國禁煙會議之後，上海灘上一時禁煙呼聲高漲，銷煙的火焰燒得蓬蓬勃勃。當時，隨著禁煙令一起到上海的，還有一位專門監視鴉片銷毀的政府官員張一鵬。

當時，三鑫公司的生意正紅火，杜月笙、張嘯林正想借此大顯身手，大發橫財，豈能讓這一紙令給斷送了?!為此，張嘯林專門把張一鵬請到家中，大擺宴席，招待張一鵬。

張一鵬起先刀槍不入，什麼金銀財寶、美元現鈔，他一概不收，後來，張嘯林走投無路，第一次把腦筋動到了本來就是從滿庭芳裡贖出來的、因也不會「下蛋」而早使他玩膩了的徐小雲身上。

那時的徐小雲，比現在年輕漂亮，身穿一件白色的軟緞旗袍，苗條而不失豐腴的身腰被緊裹著，胸口隆起的乳峰高聳筆挺，兩條雪白的大腿隨著走動時時隱時現，看打扮才二十出頭，看長相十八左右，一張粉臉，嫩得滴水，一對大眼睛顧盼神飛。滿庭芳裡調教出來的她，當時端的是媚而不俗，儀態萬方。

就那夜，徐小雲被張嘯林逼著鑽進了張一鵬的臥室裡，用她南方女人的特有魅力，把張一鵬給溶化了，使得張嘯林從此暢通無阻，再也不受張一鵬的監視與嚴禁了。

現在，張嘯林分明是要故技重演了。

果然，張嘯林開口見喉嚨了：「你先服侍他換上睡衣，之後你也換上，陪他，過夜……」

「我不要。」徐小雲心頭升起一股妒火，「你怎麼不讓老四去呀？非要我去？我不去！」徐小雲本來就對傅月華的得寵懷著一肚皮怨懟與妒嫉呢，現在見張嘯林果又露出了他破天荒地把自己帶到這裡來逍遙的真正目的後，自是心裡一千一百個不情願。

「我的贛小雲！」張嘯林只得好言哄騙，「你還看不出來嗎？剛才在飯桌上，你敬的酒，他杯杯乾，可對老四就沒這面子了。再說，他那個碼子，老四也配不上……」

「我說呢，有好事，還輪得到我呀！」徐小雲醋意十足，「你那副肚腸我還不曉得？那是你憐香惜玉，寶貝你的老四，卻把我當作破貨送人情！」

說著，徐小雲竟一屁股坐下，不走了。

張嘯林只得求她了：「我的姑奶奶，就幫我一次忙吧。你把這位客人招待好了，我們以後有享不完的榮華富貴呢！」

「那你拿什麼謝我呢？」

「我再給你做一件旗袍，料子款式你自己定。若是能迷倒這東洋人，再送一只鑽戒，好不好？」

「不能給老四也買！」

「好，一言為定。」

徐小雲這才扭著屁股，風擺楊柳般地而去。

張嘯林與徐小雲的這番策劃，傅月華都一一看在眼裡，聽在耳中，她心裡有種說不出來的恐懼與憤怒，同時，她對徐小雲寄予了深深的同情。儘管平時徐小雲對自己總是冷嘲熱諷，使她生氣，但同病相憐，她害怕有朝一日張嘯林會把這種齷齪的念頭動到自己的身上。為此，她想儘早懷上張嘯林的種子的想法，更迫切了。她知道只有自己有了姓張的骨血後，張才不會逼她為娼。

其實，不管張嘯林使不使這招「美人計」，這個直接身負日本天皇重任的永野修身，都不會改變他此行的目的的，原來，永野修身是想把張嘯林拉下水，成為他們日寇的忠實走狗呢。

永野向張嘯林透露，上海戰事一結束，馬上成立中日親善市政府，張嘯林正是市長的合適人選。他又說日本當局很器重張的才能與威望，戰後的上海灘，只有張出，才能擺平。張嘯林聽了，心裡如吃蜜糖般的甜滋滋，可是嘴上卻說自己才疏學淺，生意人一個，從政沒經驗，市長位子不便立刻接受，容他三思而定。永野見張嘯林尚有顧忌，暫不當場拍板，給張一段時間考慮，爾後再答覆他。

不過，張嘯林見自己「前程無量」而沾沾自喜之時，有一個人卻把牙齒磨得更響了，她就是徐小雲。這次不上莫干山也罷，一上，她便進一步看清了自己和傅月華兩人在張嘯林心目的地位與份量，與傅月華相比，她簡直比妓女也不如，妓女付出勞動後，還可以得到一些物質上的回報，而自己一次次為張嘯林出賣身體，換來的仍是冷棄一邊的結果。為此，她心裡更恨傅月華了，她認為都是傅月華的出現，才使她落到這種地步的，而且照此下去，她這輩子永遠別想翻身了！

於是，徐小雲恨從心頭起，惡從膽邊生，她發誓一定要設法除掉傅月華，拔除這個擋在她前面的絆腳石。就在張嘯林在莫干山認賊作父、賣國求榮的時候，杜公館裡埋伏著的那包禍水，終於無可阻擋地洩露了。

自從傅方林受人暗中陰損後，有一段時間沒能也不敢再與沈月英暗渡陳倉，但是一個月的時間不到，他腳上的創傷剛痊癒，沈月英又慾心難泯，把他找去了。有上次那場危險墊底，為此，已對表姐厭倦的傅方林以此為藉口，婉言拒絕了沈月英：「表姐，我看，我們之間的這樁事，斷了吧。」

「你怕了？」

「是的。」方林點點頭，「長此以往，我看遲早會發生什麼塌天大禍的。弄不好，什麼時候掉了骷髏頭也不知死呢。」

「不要怕，我早已想出了一個好辦法，既安全，又絕密。」

「什麼好辦法？」

「我們學學露蘭春，到外邊去！」

「這……」傅方林沒想到沈月英慾壑難填，竟要拉他到外邊去魚水偷歡，一時不知怎麼回答。

「怎麼，這樣也不行嗎？姓杜的不是配給你一部汽車的嗎？我們就坐著汽車，跑得遠遠的。就是有人問，我們也有理由，就說我在家太悶了，讓表弟陪著去外面轉轉，這可是天經地義的事情，誰會起懷疑呢？」原來，這一個月來，沈月英早把下一步計劃都周密地策劃好了呢。

傅方林沒有理由再拒絕了，再拒絕，沈月英一定會覺察到他有厭倦她的意思了。不過，憋了一會，他還是找到了理由：「阿姐，你是知道的，我是不會開車的。」

沈月英怎聽不懂他的潛臺詞：不會開車，就須有他人開車，那樣，不就多了一隻眼睛了嗎？這事還絕密得了嗎？但是，沈月英連這種細枝末節也早都考慮好了呢。所以聽得表弟憂心忡忡，不由淫蕩地笑了起來：「你就放一百個心吧，開車的小毛頭，我可早就把他買通了！」

「你、你怎麼買通的？」

「還有什麼比銅鈿銀子更起作用了？再說，當時小毛頭到這裡來開汽車，還是你介紹進來的，我是看在你的面子上同意的呢。」

話說到這份上，傅方林再也沒有任何理由了。

從此，沈月英白天也可以光明正大地跟著表弟的汽車，在上海城郊亂跑一通了，遠到蘇州園林，近到昆山周莊，如脫韁野馬、出籠小鳥，飛了個自由自在，無拘無束。

司機小毛頭確實是當時傅方林介紹進杜府的，專為採辦傅方林當車夫，對於傅方林，他本已感恩報德在心頭，再加上沈月英又是杜老闆的大老婆，所以，縱然他平時對傅方林與沈月英姐弟之間的曖昧交易也有所風聞，但只是眼開眼閉，只當什麼也不知道。特別是從此後，沈月英經常今天一只金戒指，明天幾百元銅鈿的收買他，他更是落得做個順水人情，一到目的地，沈月英與傅方林穿山越水尋歡作樂，他就躺在車上睡大覺；有時候，外面沒有棲身之地，他乾脆知趣地騰出汽車，自己遠遠地躲到一邊去，把並不寬敞的車廂作為他倆的銷魂之地。

施恩圖報賴小人，知恩不報非君子。小毛頭眼見自從汽車上多了個杜太太後，自己的日子一天比一天富裕起來，一向以幫人家縫窮洗衣的窮妻子的手指上竟也有了金光閃閃的金戒指之後，內心對杜太太與傅內勤的感激之情與日俱增，他不但自覺不當「電燈泡」，平時還主動為他們把門望風，回到杜公館，就是有人打探詢問，他也胡編亂造予以搪塞。小毛頭的忠心耿耿，使得沈月英與傅方林更加信任他了。

但是，小毛頭也是人，他也有他的思想與靈魂，他知道自己所幹的這一切，是潛伏著極大的危險性的，萬一這事穿綳，讓杜月笙知道自己居然做了「活烏龜」，那麼，除了那對男女要受懲罰外，自己的日子也決不會好過，弄不好，丟了小命也說不定。所以，那天他傍晚回家，一見到管家萬墨林已恭候在他家的時候，他的心就縮成了一團。

「萬、萬管家，你、你怎今天有、有空來我家坐、坐呀？」小毛頭慌得兩手直哆嗦，連為萬墨林續水也控制不住，好幾次把水倒在了茶杯外面。

「無事不登三寶殿。小毛頭，你猜猜我今天特地一個光臨寒舍有什麼事嗎？」揮走小毛頭妻兒後，萬墨林不陰不陽地笑著問道。

「是不是讓我跑長途？」小毛頭揣測著對方的神色猜想道。

「不，這種事情太小了，犯不著我親勞大駕。」

「那，調我開貨車？」這一陣來，小毛頭已在沈月英那裡得到了不少的好處，他正想腳底抹油，離開這個是非之地呢。

「這種事也不值一提的。」萬墨林臉上的笑容消失了。

「那，小的就猜不到了。」小毛頭的心再次吊了起來。

「今天我來，是想借你的骷髏頭一用呢。」萬墨林勃然變色，太陽鏡後的兩眼中射出一雙寒光，直逼小毛頭。

「萬、萬總管，尋、尋開心呢……」小毛頭的聲音已經變了，說不成一句囫圇話。

「我吃飽了沒事，專門跑到這裡來跟你尋開心的嗎？」萬墨林拍案而起。

「萬、萬總管你……」

「現在，我暫且把你的骷髏頭，仍寄在你的肩胛上。就看你會不會對我說實話了。」萬墨林平了平氣，複又坐下。

「萬總管，你有什麼事要問，我一定老老實實地回答你。」事到如今，做賊心虛的小毛頭已完全嚇倒了。

「是關於大太太的事。」

「大太太的事？」

「大太太和姓傅的事！」萬墨林的嗓門又高了起來。

見萬墨林一針見血、擊中要害，小毛頭憋了半天的一泡尿，終於嚇得失去了控禁，熱乎乎地尿了一褲襠。

於是，他一五一十、老老實實地把沈月英與傅方林的私情，如竹筒倒黃豆似的全部倒了出來。

「小毛頭，既然你都說出來了，那你可知道這是犯的什麼罪呀？」

萬墨林居然隨身帶來了筆墨硯臺，一五一十記下小毛頭的招供後，還讓小毛頭在供狀上面按了個手指印。

「萬總管，你救救我，救救我的命吧。我也是沒有辦法呀，杜太太和傅內勤的話，我不敢不聽呀……」小毛頭「撲通」一下，跪倒在萬墨林面前。

「要我救你一命也不難，只要你幫杜老闆做一件事。」

「只要能活命，我一百樁也做得到！」

「下次，等那對狗男女再在外面鬼混的時候，你馬上報告我。他們去哪裡了？現在在哪裡？一一提前密告我！」

「可是，萬總管，他們每次去哪裡，自己事先也不知道，只是上了車後，才隨便決定的。」

「笨蛋！這難道也要我教你嗎？只要他們一泡在一起，你就馬上想方設法告訴我。」說到這裡，萬墨林收起筆墨，就出門而去了，臨走到門口時，他又回過頭，衝著小毛頭陰毒地一笑，「要死要活，都在你自己手中了！」

小毛頭怔怔地望著萬墨林揚長而去，好半天，才被褲子檔裡的濕漉漉、冰涼涼給激得回過神來。

又是一個秋高氣爽的好天氣，在通往蘇州的公路上，小毛頭駕著「雪佛萊」風馳電掣。眼看汽車都穿過蘇州城了，坐在後面摟在一起的沈月英與傅方林才作出決定：「小毛頭，到木瀆天平山去！」

「是。」小毛頭腳下一點油門，車子箭般竄出蘇城南門。

小毛頭沒去過天平山，但沈月英早年就去過天平山了，她知道現在正是上天平山看紅楓的最佳時節。天平山是蘇州園林中一有名的旅遊勝地，那裡有當年乾隆皇帝南巡至此親筆題詞的高義坊、高義園、禦碑亭，還有北宋名臣范仲淹母親出家的咒缽庵、臥言堂及范氏高祖的墓葬群，范仲淹在此有衣冠塚，范仲淹的後代於萬曆年間從福建攜歸所植的三百多棵六角楓。直到如今，天平紅楓仍為中國四大紅楓觀賞地之一：第一處在北京香山，第二是南京棲霞山，第三處是湖南長沙岳麓山，第四處就是這裡的蘇州天平山了。

有關天平山紅葉的特色，在山前紅楓林前有碑文記載：

深秋時節，楓葉紅霜轉黃，複而變紅，呈中黃、橙黃、曙紅、血牙紅、深紅色，俗稱五彩楓。此時的天平山，層層片片，燦若黃菊，絢似紅霞，蔚為壯觀。因其歷史、氣勢、色彩都較北京香山、南京棲霞山、長沙岳麓山等觀賞紅葉勝地為勝，乃刻「天平紅楓甲天下」碑，以志紀念。

此時沈月英的心情，就像那天平山紅楓一樣熱烈奔放，五十多歲的人了，乾枯苦澀了大半輩子，沒想到在步入晚年的時候，卻如此多情多彩，煥發了青春的活力。情不自禁中，她哼起了家鄉的評彈開篇《杜十娘》。

緊依在她身邊的傅方林卻不是那種滋味，他畢竟要比表姐小了好多歲，再加上沈月英又黑又瘦，已沒有一點女人的豐腴與性感，他只是勉為從事，應付而已，所以他只是表面上敷衍了事，心裡卻總感到不踏實，有種不祥的預感懸在那裡。

車到天平山腳下，小毛頭把車停在停車場，就閉上了眼睛，仰躺在座椅上休息了起來。眼看沈月英與傅方林雙雙攜手鑽進茂密的楓林中間後，他這才急忙驅車掉轉車頭，直向不遠處的金山浜小鎮而去。

在小鎮上，一定有郵政代辦所。

果然，郵政代辦所裡，有著一台壁掛式電話機，小毛頭付了鈔票，就馬上掛通了杜公館。

萬墨林已守候在家中的電話機旁邊了，聽得電話鈴響，他馬上知道了沈、傅兩人現在的去向。一看掛鐘，才下午一點多鐘。萬墨林二話沒說，馬上直奔下樓，叫上一輛「奧斯汀」，命令司機以最快的速度，載著他與兩個打手直奔蘇州而去。

從上海到蘇州，是一條普通的沙石公路，小轎車一個單程，沒有三個鐘點拿不下來。由於萬總管心急火燎連連催促，再加上那位司機車技高超，所以，他們只用了二個多鐘頭，就橫穿蘇州城，駛上城郊的彈石路。

天平山位於蘇州城西十五公里，海拔兩百二十一米，面積五十五公頃，南北接連靈岩、支硎等山。此山高峻奇險，山中白雲繚繞，所以又稱白雲山。在山半腰，有一石屋，乍看似有人工痕跡，但存在時間已十分久遠。此屋掩映在綠蔭中間，屋內有石床石凳，十分隱蔽與幽雅。

沈月英與傅方林遊玩了紅楓林後，又登山及頂，攀上了高高的山頂，領略了遠處蘇城與腳下木瀆鎮的全景，這才手挽著手徐徐下山。

這時，西天的太陽已開始下墜，晚霞與山下的紅楓林融會在一起，使整座天平山都像燃燒起來了。他倆被眼前的大自然風光所陶醉，情不自禁在緊緊擁抱在一起，像回到了青春年少的時代，站在石屋前面，笑著跳著，親吻著，樂不可支。

就這時候，萬墨林驅使著「奧斯汀」，呼嘯著駛進了天平山腳下。

打老遠，就一眼看見了杜公館那輛熟悉的「雪佛萊」。萬墨林留了個心眼，先把車子停在遠離停車場的地方，然後命令一保鏢獨自下車，裝作閒散遊客的樣子，向「奧斯汀」走去。

不一會，那保鏢回到「雪佛萊」上，向萬墨林稟報：此時，沈月英與傅方林還在山上，小毛頭估計：看樣子，他倆今晚又要像以前那樣，在木瀆鎮上住下來了。

萬墨林聽了，從牙齒縫裡迸出幾個字：「盯住他們。」

萬墨林知道，天平山山高林深，景點眾多，光靠他們幾個人上山搜尋，很難找到沈月英她們。現在，他們只好遠遠地盯著她們，一旦沈月英她們住下來，到那時，他們就可以來個甕中捉鱉了。

拿定主意，萬墨林讓司機把車退到山側面，掩藏在一片樹林裡。

果不出小毛頭所料，沈月英與傅方林直到太陽完全落山後，才雙雙走下山來，坐到汽車上。沈月英開口就說：「小毛頭，今夜我們在木瀆鎮上過夜了。」

小毛頭巴不得她們住下來呢，答應一聲，便把車駛出了天平山。

儘管此時此刻他心跳如鼓，意識到一場急風暴雨就在眼前，但這是遲早要發生的事，還是讓杜月笙早點除掉了他心中的這塊仇恨完事。

木瀆鎮是個具有兩千五百年歷史的古鎮，當年吳王夫差為建造珍藏越國美女西施的館娃宮，在此囤積了大量珍貴的從雲貴兩地運來的木材，以致這裡木塞以瀆，才有了這個叫木瀆的千年古鎮。

是夜，沈月英一行就住在木瀆鎮上的石家飯店，包下了飯店樓上的兩個房間。

於是，一場無可遏制的慘劇發生了。

這天半夜，當沈月英與傅方林正抱作一團鼾然甜睡的時候，萬墨林帶著兩個保鏢破門而入，在床上堵住了這對表姐弟。

「給我上腔！（滬地方黑話：對人施加壓力，尋釁的意思）」萬墨林一聲低喝，兩個如狼似虎的打手就一擁而上，把魂飛魄散的傅方林從床上拖了起來。

沈月英驚叫著撲上來，被一個保鏢一把推出三丈遠。

棍棒如雨點般落下，砸得傅方林鬼哭狼嚎，滿地打滾。

沈月英慘叫著再度撲上，卻被萬墨林一把死死扯住了。

「表嫂，我是給你面子呀！按老爺的意思，是一起把你給做了的！」萬墨林冷笑著威脅沈月英。

皮包骨頭的沈月英哪拗得過萬管家，一屁股坐在地下，哭天搶地哭嚎起來：「救命哪！打煞人哉——快來人救命哪——」

等到鎮上警察所的幾個黑皮聞訊，在石老闆的帶領下衝上樓來，傅方林已被打得奄奄一息，躺在地下只有出氣的份，沒有進氣的理了。

「我們是上海行裡來的。是奉命來捉這個壞人的。」萬墨林抽出一張巡捕房里弄來的「派單」，在木瀆警察的面前晃了晃。

上海行裡如雷貫耳，木瀆警察要不聞風喪膽才怪呢，於是，幾個黑皮連忙賠上笑臉，退了下去。

當晚，萬墨林就帶上沈月英與傅方林，連夜驅車直回上海。

這時，傅方林的雙腿已明顯被打斷了，連一步路也走不了，是兩個保鏢架著他，才把他拖到車上的。

兩輛車到達上海杜公館，已是翌日大白天亮。

萬墨林上樓向杜月笙報功，杜月笙只是臉無表情地點了點頭，然後有氣無力地命令道：「把姓傅的扔回他家中，那張臭逼，則關在廚房間旁邊的柴屋裡，不許出來，一天三頓，送進去，也不要讓她餓死了。」

「是！」

「慢。」杜月笙忽然又想了什麼，「那個開車的小子呢？」

「他在樓下。這次，要不是他……」

「還誇他？」杜月笙面色鐵青，狠狠瞪了萬墨林一眼，「這樁奸情，他已曉得了一個多月了，他為什麼非要老子上門才說出來？」

萬墨林連連點頭：「這小子，確也是該死呢！」

「聽說，還為他們望風呢？」

「是的，是望過風的。」

「把這雙望風的狗眼睛給我挖了！」杜月笙惡狠狠地命令道。

「是！」萬墨林不敢為那個倒黴的小毛頭申辯，只好下去傳達聖旨。

杜月笙出了這口心頭惡氣，但因此事畢竟有損他的面子與聲譽，所以，他廢了傅方林與小毛頭後，為遮人耳目，還特意在次日的《申報》上發了一條假新聞：

車禍一起，幸傷無亡

據悉，日前杜公館一「雪佛萊」在外出私幹的時候，在途經蘇州天平山木瀆鎮時，與一貨車相撞。車內司機與一隨從，雙雙受傷，所幸並無死亡，只是兩人均已殘廢……

杜月笙此計可謂陰險毒辣，一句「私幹」兩字，便把他所應承擔的傅方林與小毛頭今後的傷療費與養家費，全部賴掉。更可憐的是司機小毛頭，從此雙目失明，徹底喪失勞動力，全靠自己那個縫窮妻子養家糊口了。這是餘話。

傅方林同樣如此，礙於與表姐通姦偷奸，終是醜聞，所以有苦說不出，拖著斷腿回到家中，足足養了半年的傷，才能站直身子，但已落下後遺症，成了一個名符其實的拐腳漢。這也是餘話。

沈月英的肉體上雖無傷痛，但她的心卻為此遭受重創，幾近死亡。

她先被杜月笙關在柴屋裡，後為避人嫌疑，又移到樓上房間，整日派人看守，不得擅自外出，再無自由而言。沈月英整日困在斗室，無可奈何，仍只得以鴉片來麻木自己的神經，整日渾渾噩噩，有天無日。

為此，她的煙癮愈來愈大，發展到後來，一天竟要吸抽三兩多鴉片才能安逸。

後來，直到杜維藩娶第二房小妾的那天，兒媳婦要見公公婆婆，圖個吉利，在維藩的一再請求下，杜月笙才把沈月英放出牢籠，給了她一點自由。這是後話了。

第二十六章　最後解脫

「阿姐，阿姐！」這天，傅月華又來探望沈月英了。

自從阿哥莫名其妙地因「車禍」受傷後，她心裡總壓著一個謎：為什麼「車禍」發生後，杜公館裡的那五輛轎車都好好的，沒有一輛受損壞？為什麼司機小毛頭身體其他部位都沒受傷，唯獨兩隻眼睛都瞎了？為什麼車禍之後，再也不見阿姐出門轉轉，而是整天到晚關在房間裡悶抽鴉片？

這裡面，有疑問呢！

傅方林出事的第二天，傅月華就去探望阿哥了。傅方林躺在醫院裡，雙腿上著石膏，吊在床沿上，兩眼失神地望著天花板，愣愣出神。

阿妹喊了他幾聲後，他才發現了月華。

「阿哥，怎麼這樣倒霉，兩條腿都是粉碎性骨折？你其他部位沒傷著吧？」看了X光片，傅月華驚詫不已，擔心極了。

傅方林緩緩地搖搖頭，表示只有兩條腿受了重傷，其他部位都沒問題。

「醫生怎麼說了，什麼時候能解石膏？」

傅方林又茫然地搖搖頭，無從回答。

傅月華就去向醫生打聽。但是，聽到的答覆卻使她淚如雨下。醫生說，因是粉碎性骨折，兩條腿上的骨頭碎成了七八塊，所以殘廢是無疑的，以後要影響走路。

看著前兩天還生龍活虎、身穿黑制服、腰插小手槍的阿哥，一下子變成了殘廢人，傅月華心痛至極。

「聽說小毛頭的兩隻眼睛瞎了？」好一會，傅方林才開口說話，但關心的卻是別人。

傅月華點點頭：「剛才我在醫院門口看見他女人的，哭哭啼啼，說倒了十八輩子大黴了，撞碎的車窗玻璃飛濺開來，偏偏把他的兩隻眼睛都戳瞎了。」

傅方林聽了，面如土色，禁不住渾身顫抖了起來。

「可是，阿哥，剛才我去看了，杜公館裡的幾輛汽車，一輛都沒碰壞，你們是和哪種車子撞的？怎麼只傷人，不傷車呢？」

傅方林依然無從回答。

「聽說，當時阿姐也在車子上，她受傷了沒有？」

一提到沈月英，傅方林的氣就不打一處來，都是這個貪得無厭的女人，為了自己的快活，害了他後半世人生。所以，他乾脆不去想她，閉上眼睛。

偏偏傅月華不識相，還要打破砂鍋問到底：「阿哥，這起車禍直蹊蹺，我懷疑有人在暗算你們呢。你們到天平山去做啥呀？是被人家騙去的嗎？」

「你讓我安靜一些好不好！」突然，從沒對小妹粗聲大氣的傅方林，今天突發無名火，橫眉豎目一聲喊，硬是把傅月華嚇了一大跳。

為不影響阿哥的治病，月華只好含著眼淚離開了醫院。

今天，她再次來探望表姐。

幾天不見，沈月英整個人都瘦得落了形，躺在床上，像具木乃伊。

房間裡彌漫著濃烈的大煙味。

「阿姐，這一陣好點了嗎？」
「這裡痛。」沈月英指了指胸口，有氣無力地答道。
「是不是那天車禍撞傷的？」
沈月英點點頭，又搖搖頭。
「要不要到醫院去拍張片子？」
「不要緊，我自有毛病自得知，死不了的。」
「阿姐，前天，維藩當上中匯銀行的副總經理了。」傅月華不想惹表姐生氣，就挑她高興的話說。
豈料，沈月英手一擺，指了指剛剛熄滅的鴉槍說道：「給我裝只煙泡吧。」說著，一陣劇烈的咳嗽，嗆得她面孔都紅了。
「阿姐，你就少抽幾口吧。」
「是呀是呀，太太，你剛抽了兩筒了呢。」一邊專為沈月英裝煙槍的老女傭走近前，趁機勸說道。
「我就是要抽，勿管儂啥事體！」忽然，沈月英向老女傭發起了無名火，「抽煞了拉倒，大家省心！」
傅月華一怔，看出了也聽出了表姐的言外之音。前一陣，表姐還有說有笑像換了個人，這場車禍一發生，她就這樣意氣消沉，還總是亂發無名火，想必這次車禍傷透了表姐的心呢！
好在沒多久，杜維藩又要結婚了，沈月英堅持著參加了兒子的婚禮，與杜月笙並肩坐著吃喜酒，還給了新兒媳婦一只厚厚的見面禮紅包。這一天，沈月英的面孔上才露出了一些笑容。
但婚事一過，她又故態復萌，重又整天閉門不出，與鴉片為伴。
大約是半年後的一天，傅月華聽說沈月英吐血了，人都已虛弱得連坐都坐不起來了，便急著去探望她。

果然，沈月英更不像人形了，倚在枕頭上，嘴巴張得大大的，像條脫水的鯉魚一樣大喘氣。床前一隻痰盂裡，汪著一片鮮紅鮮紅的血痰。

「大姐，給我阿姐看過郎中了嗎？」傅月華心頭掠過一絲不祥之感，把那老女傭拉到一邊低聲急問道。

「看過了，郎中說，她這是煙癆，再加上肺病，好不了，再好的藥，也沒有用了。」老女傭無奈地低聲回答道。

「她自己曉得嗎？」

「不敢對她說。但是，她自己好像是早就曉得了，就昨天，她偷了幾個煙泡，想生吞下去呢！幸虧被我看見，一把搶了。」

「啊呀！」傅月華驚叫起來，她知道，生吞鴉片是要斃命的，難道她已不想活到要自殺的地步了嗎，

「大姐，你、你可是千萬當點心，再不能被她拿到煙泡了！」

「是的，是的。現在，我每裝好一個煙泡，就看著她抽完再離開。她趕我走，我也勿走，就怕她又暗中把煙泡積起來。」

傅月華又急又悲，只好忍著眼淚，來到表姐床前說些寬慰的話。

「阿姐，你想吃點什麼？我來去買。」

但是，沈月英什麼都不想吃，只想抽鴉片。

傅月華就破例親自再裝了一筒鴉片泡，遞到她嘴邊，並為她點上了火。

一筒鴉片抽完，沈月英的精神好像恢復了不少，面孔上泛起了潮紅色。深陷在眉骨裡的兩隻眼睛，幽幽地望定傅月華，使月華看著感到好可怕。

「阿姐，你有什麼話要對我說？」

「月華，你阿哥的腿傷，好點了嗎？」

「好多了，都能下床走走了。」

「蹺不蹺？」

傅月華難過地點點頭，實話實說：「蹺的。醫生說，殘廢是肯定存在的了。」

「唉——」沈月英一聲長歎，「是我害了他——」

「不，阿姐，怎麼這事能怪你呢？」

「是我害了他。」兩滴混濁的眼淚，從沈月英的眼窩裡滾了下來，「看來，我要到下世裡才能補償他了。」

傅月華又聽出她話中有話了，不由追問道：「阿姐，你心裡有事體，沒有告訴我吧？」

「妹子！」忽然，沈月英伸出雞爪似的手，用力握住了傅月華的手，「當年，我要是不帶你們離開鄉下到上海，就好了，就好了呀！」

傅月華恍然大悟，原來表姐竟是為這事而疚愧，於是，她安慰沈月英道：「阿姐，你想到哪裡去了呀，你帶我們到上海來，我們開心都來不及呢。誰又能曉得會出車禍的呀？再說，這也是命呀。」

「是的，是命，是命。」沈月英無力地點著頭，手下抓得更緊了，「妹子，你給我帶個口訊給方林，好嗎？」

「唔。」

「你就對他說，我對不起他，下世裡，一定補給他。」

「阿姐，看你又瞎說一通了。」

「還有，」沈月英掙扎著欠起身，面孔上露出一絲羞澀的紅暈，把嘴巴湊到表妹的耳朵邊輕聲說道，「這對嵌寶金手鐲，是我身邊最後一樣值銅鈿的東西了，你帶給你阿哥，就說是我對他的補償。」說著，沈月英從枕頭底下摸出一個紅綢包，塞到傅月華手裡。

傅月華捏著這個沉甸甸的紅綢包，一時不知說什麼好，只感到今天的表姐說話做事都怪怪的。

「方林殘廢了，不能做了，家裡要開銷，日腳肯定不好過的呀。你叫他把手鐲賣了，買點米……」

傅月華難過地點點頭，把手鐲放在口袋裡。

在告別表姐出門的時候，忽然，沈月英又喊住了她。

「阿姐，還有什麼事要關照我嗎？」

「如果方林腳好了，就叫他來看看我，我想看看他，好嗎？」沈月英終於說出這話時，像個羞澀的小姑娘，都不敢正視一眼傅月華。

就這一瞬間，傅月華突然如夢方醒，明白了什麼。她用力地點點頭，答應了下來。

當天，她就把手鐲與沈月英的托言帶給了阿哥方林。

傅方林拈著紅綢包，欲哭無淚，欲喊無聲，什麼也沒有說。

就在傅月華探望表姐的第二天，沈月英與世長辭了，臨咽氣前，吐了半痰盂的鮮血，還有留給人世間的最後一句話是：「我該死，我害人呀！」

當時，杜月笙正在香港，家裡的一切事務都交給萬墨林掌管。也許沈月英畢竟是杜月笙的第一夫人，就這樣草草大殮讓外面看了有失杜公館的面子，所以，萬墨林認真操辦了表嫂的喪事。

沈月英的葬禮聽說辦得倒隆重，當時大殮後，萬墨林還在功德林素菜館辦了近百桌素菜宴。

「真正的上海太太呀，要四高！」自從張嘯林又把徐小雲作為肉餌，送給日本中將土肥原後，徐小雲顯得更加有恃無恐了，有時，張狂起來，連張嘯林也要讓她三分，對她賠笑臉。所以，偶而幾個妻妾碰在一起，徐小雲就把壓抑著的對傅月華的一肚皮怨懟與妒恨，趁機發洩了出來，當著傅月華的面，指桑罵槐、含沙射影，極盡諷刺挖苦之能事。

「哪四高呀？我可只聽說奶子高、鞋跟高、屁股高，沒聽說還有四高呢。」二太太張秀英馬上做了應聲蟲，斜乜著一邊的傅月華，故意問道。

「還有一高，就是肚皮高呀！」

「對對，肚皮高，肚皮高！」

「哈哈哈……」

妻妾們的冷嘲熱諷，傅月華怎麼聽不懂，肚皮高就是懷孕的意思。

她們見傅月華自嫁給張嘯林這麼多年，也和她們一樣始終沒有懷孕，就抓住這個現實做起了文章，作為了嘲笑奚落月華的話題。

傅月華只當沒聽見，懶得與她們爭吵。

可是，後來的話就越來越難聽了。

「鄉下人就是鄉下人，七石缸，門內大。有本事到門外去比一比。」

「是的是的，不要偷雞摸狗，只會吃吃自己的表哥表弟，亂倫呢！」

「也別怪人家，外面的世界，哪裡輪得到她？人家看得上這種鄉巴佬？」

「但是，鄉下白相人，獨吃自己人，早晏要吃出毛病來的。一頓家生，敲得腳踝斷，害了人家終生。」

「這就叫賊不改性偷食貓，三天不打狗皮倒灶！」

「哈哈哈……」

傅月華再消息閉塞，聽到這裡，也都聽明白了，頓時，屈辱與羞愧，氣得她小腹一鼓一鼓，眼淚都差點流了出來。有道是冷粥冷飯好吃，冷言冷語難受，她沒想到自己與徐小雲她們從來沒有個牙齒高低的，今天她們居然搭了檔攻擊自己，心裡那個怨呀，沒處說。

還是大房婁麗琴公正，見徐小雲囂張得實在不像話，就站出來指責徐小雲：「我說小雲呀，都是半斤對八兩，五十步笑一百步，何必窩裡鬥呢？還是和氣生財，相安無事為好。」

現在，徐小雲連張嘯林也不怕了，還怕你大房？所以，她愈發張狂起來了，拉著張秀英身上的一件新旗袍，像剛發現似的大驚小怪地叫道：「哦唷唷，你這件旗袍老嗲格，織綿緞的吧？」

張秀英感到莫名其妙：「是的，是我上個月買了料作叫裁縫店裡量體定做的。」

「看不出，看不出，都到這種地步了，還月子裡的產婦賣逼——硬撐呢！穿這麼好的料子，也不怕裡外不相襯？」徐小雲轉著彎嘲罵婁麗琴呢！

張秀英聽出了徐小雲話中的骨頭，不由瞟著婁麗琴掩嘴竊笑。

婁麗琴不比傅月華，她哪裡會怕你徐小雲，幾句轉彎抹角罵她的話，把她氣得嘴牽鼻頭歪，當即指著徐小雲，白著面孔切齒怒罵道：「狗嘴裡落不出象牙來！你不就是承了東洋人的卵泡嗎？神氣個什麼呀？」

「放你娘一百八十個黃狼屁！」徐小雲見婁麗琴揭破了自己的底，不由惱羞成怒撲了過去，「老娘踏痛你的尾巴了？輪得到你來指手劃腳？」

「指手劃腳？還要動手動腳呢！」婁麗琴的火竄到天靈蓋上了，跳起來，也撲了上去。

頓時，兩人撕扭在一起，又哭又叫打了起來。

傅月華本想跑得遠遠的，見狀，她只好連忙隔到她倆中間，連勸帶拉地勸開了架。不料，徐小雲捉不牢跳蚤打草苫，把一股怒火全潑到了傅月華的頭上，反手抓住傅月華的頭髮狠勁撕扯：「都是你這個鄉下人，害得老娘吃夾檔！」

傅月華受此冤枉，氣得直嗚咽。

幸虧張嘯林聞聲趕來，一聲怒喝，這才制止了這場撕打。

徐小雲連哭帶罵，指著傅月華與婁麗琴開口見喉嚨：「有種，你們等著！」

傅月華總以為徐小雲這只不過是一時氣頭上說的，沒想到第二天，徐小雲的報復就兌現了。

這天，傅月華發現自己曬在天井裡的一棒衣褲，都不知被誰塗上了番茄醬，不說白洗了，只說這火紅的番茄醬塗在內褲的檔部，晾在光天化日下，要多難看有多難看。

傅月華委屈得放聲大哭。

這時候的張嘯林，已偷偷地甘心情願地拜倒在日本強盜的面前了。自從他上次假客氣，推掉了「上海大道市政府」市長的一職後，又受土肥原的特聘，擔任了由日寇一手組織的「新亞和平促進會」的會長，專門為日軍採購軍需品，同時，任命俞葉封為常任秘書，程效欣、高鑫寶等人為理事，在短短半個月的時間裡，就發展了兩百多個會員，大多是投機商人。在會上，張嘯林作了分工：為日本軍隊收購和運銷急需的煤炭、大米和棉花等重要物資，他自己包辦從上海運煤到華中的「貿易」，負責糧食採購；俞葉封專門收購棉花，負責蘇南、江浙一線；程效欣、高鑫寶負責協助張嘯林。

不僅如此，張嘯林還與東北的日軍勾結，並與漢奸殷汝耕取得默契，把中蘇恢復邦交後，由蘇聯運到中國的全部枕木調到東北遼沈碼頭卸貨，再由他與杜月笙合作組織的霖記木行業務主任趙南生派一心腹在東北坐鎮，辦理卸貨與交接事務。

霖記木行當時設在上海愛多亞路九十七號，由張嘯林任董事長，杜月笙為總經理，俞肇桐為常務監理，負責主持日常業務。

在日本軍需補給上，張嘯林為日本帝國主義立下了汗馬功勞，不久，張嘯林又組織了長城唱片公司，委派鄭子褒全權負責，目的是想拉攏文藝界、新聞界一些人士，為他公開當漢奸吹噓捧場。

然而事與願違，「張嘯林當了日本走狗」，「張嘯林叛逆，遺臭萬年」之類的鄙視、唾罵聲四起。為此事，張嘯林差點與萬墨林翻了臉。

那時，杜月笙的兒子杜維翰和張嘯林的兒子在一個小學讀書。有一天放學的路上，杜維翰問張的兒子：「外面都在講二伯伯當漢奸了，是真的嗎？」

張嘯林的兒子回家後，把這話告訴了父親。張嘯林一聽，火冒三丈，怒氣衝衝地走到與杜公館相連的院子裡，衝著樓上喊道：「二樓！二樓！」

二樓住的是杜月笙的二房姨太太、杜維翰的生母陳幗英，聞聲，陳幗英探身詢問：「二伯伯，有啥事體？」

「三囡呢？」張嘯林氣呼呼地問道。

杜維翰急忙跑到陽臺上：「二伯伯，我在這裡。」

張嘯林大聲怒問：「是不是你講我當了漢奸？」

杜維翰一聽嚇得連話也說不囫圇了：「我、我只是聽、聽人家說、說的。」

「啥人說的？你給我講出來！」

杜維翰害怕了，只好往總管家萬墨林身上推。

張嘯林立刻找到萬墨林，惡狠狠地問道：「墨林，你敢說我是漢奸？」

萬墨林問得丈二和尚摸不著頭腦，連忙分辯：「張老闆誤會了，墨林怎麼敢這樣胡說八道呢？」

「哼！還想賴帳？小囡嘴裡吐真話，維翰不會誣賴你的！」

萬墨林見張嘯林不相信，連忙賭神罰咒聲明自己確實沒說過。

但是，張嘯林還怒氣衝衝不罷休，要找杜月笙查個清楚。最後，還是婁麗琴把他勸開了。

張嘯林一面做婊子，一面確實還想立牌坊。

自從偽上海市市長的交椅被傅筱庵搶佔，他把目光瞄向了偽浙江省省長的寶座。回鄉當土皇帝，正是他夢寐以求的。同時，日本人為酬謝與利用張嘯林，也正準備在浙江建立一個偽省政府。

就在張嘯林精心準備組織實施自己的汪偽浙江省主席的美夢時，國民黨特務機關已做出決定，在上海灘上除掉張嘯林。

黃金榮就比張嘯林來得識時務。

一九三八年夏天，日本駐華海軍武官海軍少將佐藤專門來到漕河涇黃家花園，動員黃金榮出任上海市維持會會長，可是，狡猾的黃金榮獲悉後，事先讓手下為他打了一針氯丙嗪，穿著棉衣，他推託自己年事已高，身體又有病，裝腔作勢地婉拒了佐藤。

但是，黃金榮顧頭不顧腚，忙亂中，李志清趁他不備，席捲了他的大量金銀細軟與現鈔，逃到香港去了，害得黃金榮真的大病了一場。

張嘯林露骨的認賊為父的舉動，杜月笙與戴笠瞭解得清清楚楚，杜月笙覺得黃金榮已老朽昏庸，在上海灘難成氣候，唯有張嘯林野心勃勃，大有取而代之的勢頭。再說杜月笙在上海的幫會勢力，張嘯林也是心明如鏡，萬一張嘯林翻臉，就會嚴重威脅到杜月笙埋伏在上海的利益。所以，這天當戴笠專門在漢口宴請杜月笙的祕密會議上，戴笠單刀直入地地杜月笙說：「杜先生，大帥（指張嘯林）是不是轉不過身來？」

杜月笙謹慎地回答：「這也談不到是否轉不過身來的問題，我想或許是我們相隔較遠，傳聞失實吧。他是個生意人，不太關心政治，再說，他得罪的人太多，有人趁機造謠，也說不定的。」

戴笠見杜月笙為張嘯林的袒護，就站起身，用雙手拍了拍杜月笙的肩膀說道：「杜先生，你要大義滅親呀！」

杜月笙心裡一驚，他知道戴笠的軍統早已在上海設立了一個別動小組，他的得意門生、抗戰前曾任上海警備司令部稽查處經濟組長的陳默，就擔任著這別動組組長呢。尤其有關專門除奸的行動，蔣介石也早有手令傳達：「凡背中央通敵、投敵、資敵者，殺無赦！」

所以，杜月笙聞此，表了這樣一個模棱兩可的態：「我的人決不會去殺他的。」言下之意：張嘯林可以殺，只是他的人不便參與。

戴笠怎聽不懂杜月笙的話，陰險地一笑，沒再說話。

會議後，國民黨軍統別動小組即投入具體執行暗殺的行動：

偽上海特區法院院長范罡，當他從法院回到威海衛路家門口時，被冷槍擊中斃命；

偽維新政府軍政部部長周鳳歧，正要準備去南京粉墨登場，在上海大馬路上被一陣亂槍打死；

漢奸商人陸佰鴻，在他寓所外的汽車裡斃命；

「上海市民協會主席」顧馨一，在一次慶功晚餐上，飲彈身亡；

偽「上海市政督辦公署秘書長」任保安，坐在家裡的馬桶上，被門簾後的一根短槍擊中數彈；

偽「上海財政局局長」周文瑞，在今福州路望平街遭狙擊負重傷，兩星期後，偽和平運動促進會委員長李金標又被行刺，僥倖保全性命。

面對這一樁樁驚心動魄的暗殺事件，張嘯林心驚肉跳，但他仍不想懸崖勒馬，只是加強了防備措施。他把百步穿楊的神槍保鏢林懷部拉得更緊了。

林懷部是張嘯林的貼身保鏢，山東人，綽號三和尚，其父曾在北洋軍閥時期做過旅長。後因父死家貧，便來到上海投考法捕房巡捕，並拜張嘯林的汽車司機王文虎為「過房爺」。

後來，林懷部在法捕房因犯過被開除。張嘯林知道他的槍法準確，能擊中拋在空中的銀元，又能在三五十步外射中撲克片的「A」的紅心，經過王文虎的保薦，遂用他為貼身保鏢。

這天，一輛外地來的黑色小汽車緩緩駛進張公館的大院，林懷部即上前將車門打開，經來者自我介紹，林懷部獲悉此人係偽杭州錫箔局局長吳靜觀。林懷部將吳靜觀領到三樓張嘯林的房間。

下樓後，林懷部叫另一個汽車夫關好院子大門。

汽車夫關好大門，不樂意地嘟噥了一句：「關門，管我什麼事。」

林懷部一聽，火冒三丈，罵道：「你這婊子養的，骨頭作癢了，叫你關門，是看得起你，不識抬舉。」

「你算什麼東西，也不撒泡尿照照，老媽子養的小癟三，還要你來抬舉我！」汽車夫回罵了一句。

「你再說一遍，我揍你娘的！」

「我怕你？」

兩人愈吵愈凶，正在三樓談得投機的張嘯林聽到吵鬧聲，怒氣直升，跑到窗前，將半個身體伸到窗外，衝著下面喝道：「你們一天到晚吃飽了沒事做，吵什麼，活得不耐煩了？」

豈料，張嘯林罵聲未落，林懷部竟拔槍翻手一揚，「砰」一聲槍響，一顆子彈正好從張嘯林張著的嘴巴中射入，穿過枕骨而出。張嘯林一聲慘叫，仰面朝天，倒了下去，當即斃命。

吳靜觀見狀，魂飛魄散之際，立即撥通了日本憲兵隊隊部。等到日本憲兵隊的人趕到，林懷部早在國民黨特工人員的幫助下，遠走高飛了。

張嘯林突然斃命，張公館裡一片混亂，妻妾兒子們鬼哭狼嚎，如一群掐了腦袋的蒼蠅。張秀英、徐小雲趁機混水摸魚，搶奪浮財，婁麗琴則挺身而出，進行阻擋。但是，現在的婁麗琴已隨著張嘯林的突然死亡，再也沒人怕她了。

婁麗琴大怒，指揮幾個她的親眷大打出手，拿著兇器，追殺張秀英與徐小雲，口口聲聲要殺了她倆。徐小雲單槍匹馬，被追得魂飛魄散，滿樓逃命，最後，她居然走投無路，逃進了傅月華的房間裡。

傅月華見狀，怔了一怔，但還是在徐小雲那雙充滿哀求的眼睛下軟了下來，居然把徐小雲塞進了床底下。

「那婊子呢？我非殺了她不可！」婁麗琴像頭瘋了的母獅子似的滿樓亂竄，帶著殺手四下找人。

傅月華站在房門口，竟一臉茫然地直搖頭：「沒、沒見她上樓呀！」

婁麗琴怎會想到受夠徐小雲欺侮的傅月華，竟會做出保護仇人的舉止來呢?!吼叫了一陣後，就率眾呼嘯下樓去了。

「月華妹，多謝你救了我，多謝……」待樓上安靜下來，徐小雲疚愧萬分，跪倒在傅月華面前。

傅月華無聲地流著眼淚，搖了搖頭：「都是苦命人，謝個什麼呀。」

「月華妹，這下可怎麼辦？這下可怎麼辦才好呀！」徐小雲見她們的靠山頽然倒塌，手足無措，急得只會嗚咽。

「我也不知道。」傅月華心頭也是一片茫然。

張嘯林被殺之後，張公館就此解體，幾個養子養女及各妻妾居然在日本中將肥原的監視下，瓜分了浮財（含變賣了的房產等不動產財產在內），就作了鳥獸散，各奔前程。

起先，傅月華與婁麗琴等妻妾還各住在自己的房間裡，淒淒戚戚地苦熬光陰，但後來因為徐小雲居然三天兩日把日本鬼子引進張公館裡來了，她們嚇得再也呆不下去，這才一個個卷著自己簡便的行李，就在公館門前灑淚分了手。

婁麗琴後來去了何方，傅月華不知道。

但哪裡又是傅月華的人生最後歸宿，她心裡已有了底。

離開張公館後，傅月華就來到了華臬格路上的阿哥家。

這時候的傅方林，因為身體殘疾，而開始自暴自棄，吸食上了白粉。這天，傅月華踏進阿哥家時，只見皮包骨頭的阿哥正蜷縮在房間一角，手裡托著一張錫箔，嘴裡含著一根麥柴管，湊在油燈火上呑吸毒品呢！

「阿哥，你在幹什麼？」傅月華大驚失色，上前搶奪，但傅方林一閃身，躲了開來。

「你，你別來管我，寵寵他娘也管不了我。」傅方林臉上浮著異樣的怪笑，嘴裡含含糊糊地答道。寵寵他娘是他的妻子。

「不！阿哥！你不能這樣，不能這樣的！你這是作死呀！」傅月華上前搶奪，但傅方林不知哪來這麼大的力氣，用力一把，將妹子推到牆角裡。

傅月華失望而又痛苦地嚎啕大哭了起來。

吸毒者哪個會有好下場？一旦染上毒癮，哪怕金山銀山，也頃刻傾家蕩產呀！傅方林才吸了幾個月的碼啡，便已深陷毒坑，不能自拔，把家裡僅有的一點積蓄都吸光了，無奈，可憐他的妻子只得重為馮婦，四出為富戶人家當洗衣娘、縫窮婦去了。

傅月華縱然身上還帶著一些金銀細軟，但她怎敢再脫手寄存在阿哥家呢？為了幫助阿哥重新振作起來，她硬著頭皮，走進了杜公館。

此時，躲避抗戰烽火的杜月笙，正攜家帶小先躲在香港做寓公，後受國民黨政府「開發大西北」的號召，以考察工商實業為名，離開香港，來到重慶，繼而打算作一次川、陝遨遊呢！他依然過著荒淫無恥、揮金如土的寄生蟲生活。

由於張嘯林與傅筱庵的相繼被暗殺，他現在外出，身邊總有四個保鏢衛護著，生活上四個太太忙前忙後照顧著。其中，要數姚玉蘭最受其寵愛。杜家的汽車，除了杜月笙本人一輛以外，四個太太各有一輛，子女有二輛，雜務車一輛。司機十六個，夜班衛隊四個，門警六人，巡路二人，大餐間待客茶房四人。有了車和傭人，杜家的人就不需要事事親自去做，家裡的裡裡外外只要說句話，就會有人辦好。杜月笙的六個兒子和兩個女兒，有的已結婚成家，像杜維藩；有的還在上學。哪位太太的孩子上學、放學都由哪位太太的汽車接送。凡本家人，每月都有一個不小數額的花費，而且必須花完，以顯體面。比如規定孩子們每月衣服兩套，有的衣服做好，根本不上身子就棄之一邊了。

杜公館人去屋空，只有幾個護家的警衛在門前打盹。大門的兩邊依然掛著那幅黎元洪的秘書長饒漢祥書贈給他的對聯：「春申門下三千客，小杜城南五尺天」。

警衛見張太太光臨，邊忙告訴傅月華：「杜老闆一家去了香港，現在家裡作主的都是萬總管。」

無奈，傅月華只好再硬著頭皮去找萬墨林。

這時，靠著杜月笙的親戚關係，憑著自己鞍前馬後為杜月笙賣命的功績，萬墨林早在上海開了一家「萬昌米號」，並依靠杜月笙的勢力，很快發展成為上海規模最大的一家米店。杜月笙臨去香港前，把家交給他一手管理，他一有空就往自己的米店跑，光顧著發自己的國難財去了。

「萬總管。」傅月華終於在萬昌米店見到了萬墨林。

「哎呀，這不是……月華嗎？」萬墨林見到傅月華，再沒有了以往的熱情與笑臉，只是不陰不陽地迎上前來，以前，他見到傅月華，可是一口一聲「張太太」的，「你找我，有什麼事嗎？」

傅月華壓根不計較這種雞毛蒜皮，陪著笑臉答道：「萬總管，我無事不登三寶殿，今天特意前來叩見你，主要是想托你讓我的阿哥回到杜公館裡來。」

「你說什麼？」萬墨林故作驚詫地瞪大了眼睛，「月華，怎麼給你想出來的？你沒看見杜老闆一家早都到香港去了嗎？」

「我知道。」傅月華忍著心頭的氣說道，「我想，方林是應該回杜公館上班的，他不上班，叫他一家人怎麼活命呀？」

「嘖嘖嘖！」萬墨林像嚼破了一顆魚膽似的苦著臉，推託道，「可是，可是你看方林這樣子，還能值更嗎？」

「他路還是能走的，再說，就算他不再能像以前那樣了，但他畢竟是因公受的傷，你總不能一腳把他踢在門外吧？」傅月華心頭的怒氣再也壓制不住，聲音也提高了。

「因公受傷？哈哈哈……」萬墨林聽到這裡，不由放聲大笑，「傅月華呀傅月華，你怎麼到現在還不清楚呀？你回去問問你阿哥去，他到底是因什麼受的傷。」

「不管怎樣，他好壞總還是杜老闆的妻表舅吧？」傅月華聽得出萬墨林話中的話，氣得不由渾身直打顫。

「老皇曆了，都哪個朝代的老皇曆了！現在，你們的表姐也過世了，這門本來就拐彎抹角的親戚，還有什麼用？算了算了，月華，你就省了這條心吧。」

「萬總管！」傅月華氣得眼淚都掉下來了，「你不要這樣狗眼看人低，今天哪怕杜老闆在這裡，也不會這麼絕情絕義、不講情面的！」

「那你去找杜老闆去吧。我可作不了這個主。」萬墨林說著，一轉身拂袖而去。

傅月華絕望了，她一路嗚咽著往回走，回到了阿哥家。

說實話，自從張嘯林一死，她就心中拿定了主意：出家，回到當年的那個曇花庵去。但是，現在她看著傅方林一家饑寒交迫的樣子，尤其看到才幾歲的親侄子寵寵，看到傅方林那種自尋沒路的樣子，她就再也邁不開這個步子了。寵寵是她們傅家唯一的一根「香煙」，她實在不忍心眼看著這寵寵在這種環境下承受摧殘，葬送了如花似玉的未來。她決心在幫助阿哥一家跳出苦海，遠離死亡的陰影後，自己再去自己嚮往已久的地方。

但是，回到家中，看到阿哥那種不死不活的樣子，她又走投無路了。雖憑著自己隨身攜帶的這點分得的金銀細軟與銀票，也足夠一家四口人度日了，然而，坐吃山乾海要空呀！就算把這些身外之物留給嫂子了，嫂子也架不住阿哥幾乎喪失人性的威逼，遲早都要被阿哥變成一縷縷毒煙的。

「給我銅鈿！給我銅鈿！」每當傅方林毒癮發作的時候，他更是變成了一匹失去理智的野獸，在家裡狂吼大叫，砸桌摔凳，嚇得寵寵娘倆縮成一團只會大哭小喊，連傅月華也阻止不了他。無奈，傅月華只好一次次地違心地掏出身邊的存貨，去外面弄來毒品平定變態了的阿哥。

「阿哥，我求求你了，你就再也不要碰那毒品了！」傅月華苦苦哀求，聲淚俱下，「你就看在寵寵娘倆的份上，戒了這毒吧！」

傅方林過足了毒癮，倒也恢復了理智，每次聽到小妹的苦苦哀求，他都無力地點點頭，同意一定戒毒。可是，一旦毒癮捲土重來，他又故態復萌，咆哮怒吼聲傳得整條街巷都聽得見。

這天，傅月華再次咬著牙關花錢弄來一點白粉、把阿哥的情緒平定下來後，幾近絕望的她竟「撲通」一聲跪倒在了傅方林的面前：「阿哥，小妹最後一次求你了，如果你不聽我的勸，還不肯戒掉這毒癮，那麼，明天小妹就帶著嫂子與寵寵離開這個家，再也不回來，再也不要看見你了。」

傅月華聲淚俱下的哀求，使傅方林終於於心不忍地流下了眼淚。

「小妹，阿哥害苦寵寵娘倆了，也連累你小妹了，阿哥不是人，不是人呀！」

「阿哥，只要你狠下心腸戒掉毒品，我們一家人還是會好好地在一起的。」

「小妹，我聽你的，我聽你的。」

「阿哥，我已打聽好了，在閘北提籃橋那邊，有個日本人開的戒毒所，只要住進去兩個月，毒癮就會全部戒掉的。」終於聽見阿哥同意戒毒了，傅月華滿面帶著淚花笑開了。

「兩個月，要多少銅鈿？」傅方林想了想問道。

「五條黃魚（指金條）一個月。」嫂子搶在小姑面前答道。

「不！」一聽要十條黃金條，傅方林倒抽口冷氣，連連搖頭。

傅月華嗔了嫂子一眼，怪她嘴快，接著，她繼續勸慰傅方林道：「阿哥，你勿管這些事了，妹子這點銅鈿還是拿得出來的。」

可是，傅方林還是失望地直搖頭。

夜已深了，傅方林還一個人躺在床上翻來覆去睡不著。

「月華，小妹。」

「阿哥，你怎麼了？」傅月華來到阿哥一個人睡的房間，著急地問道。

「阿哥睡不著，想與小妹說說閒話呢。」傅方林從床上坐了起來，枯瘦的面孔在油燈下就像一隻乾萎了的絲瓜，兩個深陷的眼窩裡，一對眼珠閃著幽幽的光亮。

「是想好了明天去閘北的事吧？」

「我說，小妹，我們當時要不離開北橋就好了，對嗎？」傅方林突然這樣問道。

傅月華不由心裡咯噔一跳：這話好熟悉，好像在哪裡聽到的。仔細一想，哦，想起來了，是幾個月前表姐沈月英對自己說過的呢。

「我們不出來，日腳雖苦一點，但肯定是安逸的。小妹你說對嗎？」

簡直是表姐附在阿哥的身上了，怎麼他倆說出來的話如出一轍呀？望著阿哥異樣的神情，月華不由不寒而慄。

「阿哥，過去的事情，就不要再提它們了。」

「是的，是的。不過，反過來說，靠著表姐，我們也算過上幾年好日子的。」

「唔。」傅月華沒有否認。

「香的辣的都吃過了，洋房小車都住過了，這一輩子，也心滿意足了。」傅方林輕鬆地說著，笑著。

傅月華聽著，心裡卻湧上一陣難言的酸楚，她知道這是阿哥又像以前那樣哄自己開心了。

「色即是空，空即是色，人生嘛，到頭本來一切都是空的。」傅月華這一陣一直心掛佛門，不自由主地這麼說道。

「小妹，我記得你今年四十歲還不到。是吧？」

「是的。我比你小了十一歲。」

「你還年輕呢，小妹，聽阿哥一句勸，以後有了合適的，就再做個人家。」

「阿哥，我可不想再嫁人了。」

「不要這樣想。一個女人，身邊有自己的小人，老了才不會受孤獨。所以，阿哥還要勸你，現在身邊有了銅鈿，就不要亂用了，留著，以後做人家再用。」

「可是，阿哥，你再這樣吃下去，我這點私房錢也遲早要被你吃光的。」

「所以，我從明天起，再也不吃了，不吃了！」

「你同意到戒毒所去了？」

「唔。」

「阿哥，你這樣才是我小妹的親阿哥呢！」傅月華高興得站了起來，「你不要看一次要拿出去這樣幾條黃魚頭就心疼，但如果你再不戒掉毒品，以後就不知要再拿出去幾十條黃魚頭呢！」傅月華循循善誘，給傅方林算起帳來了。

傅方林臉上露出了難得的笑容：「這樣，我才可以向我們地底下的爹娘有個交帳呢。」說到這裡，傅方林似乎提醒了自己：「哦，小妹，說起爹娘，我就想起來了，以後，假如我回不了鄉下，不能在清明節那天在爹娘面前磕三個頭，就拜託你代我多燒一把香。」

「哎呀，阿哥，看你說到哪裡去了！」傅月華嗔怪道，「要去你自己親自去，我可不肯代你的。」

正這時，隔壁的龍龍嗚哩哇啦地起床小便了，傅方林聽見，竟披上衣服下了床：「這個小囝呀，尿一急，就這樣。」傅方林今天精神特別好，竟然拖著鞋皮出了自己的房間。

「龍龍撒完尿仍要困的，勿要去弄醒他。」

「勿會的，勿會的。」傅方林一邊說著，一邊走到了隔壁的房間裡。

隔壁昏黃的油燈下，方林妻子抱著龍龍在小便，一條白白的水線，準準地射在痰盂裡，激起一陣「叮咚叮咚」的好聽的音樂聲。

「這小赤佬！」傅方林蹲下身子，眉開眼笑地用手撥弄著兒子的小雞雞。接著，又從妻子懷裡抱過小寵寵，在兒子的小臉蛋上用力親著，親著。

小寵寵被老子的毛刺刺的鬍子戳痛了，哇哇地抗議著，哭叫著。

傅月華連忙奪過寵寵，放回到嫂子的身邊。

「這個小囝。」傅方林心滿意足地回到自己的房間。

夜更深了，隔壁傳來了傅方林勻稱的鼾聲，傅方華如願以償的笑了。這晚上，她做了一個夢，夢見阿哥生龍活虎地走出戒毒所，又像以前那樣，舉起了門前打穀場上的那只幾百斤重的石碌碡，而自己似正坐在家門前河中的那艘自助小渡船上，正用勁地往彼岸前進呢。忽然，不知怎的天上就下起了鵝毛大雪，頓時，滿天皆白……

夢做到這裡，傅月華就醒過來了。她心裡一陣莫名的恐慌。因為她聽老一輩會詳夢的人說過，夢見大雪，是厄運臨頭的預兆，家中很可能會走老人……

也是不可不信，也不可全信，傅月華的這個不祥的夢，居然當真兌現了！第二天凌晨，起早上廚房間燒早粥的嫂子，撕心裂肺地慘叫了起來。

她的阿哥傅方林，不知昨晚什麼時候偷偷來到廚房間，喝下了灶頭上的半甏鹽鹵水……

傅方林穿著他最好的衣服，七孔淌血，就仰面躺在廚房灶頭前的柴堆上，他的懷中抱著的鹽鹵甏，居然完好無損沒摔碎。他和衣躺在那裡，瘦得顴骨高聳、兩腮深陷的臉上，竟還帶著一絲解脫之後的輕鬆的微笑呢。

「阿哥呀——」從小相依為命的阿哥就這樣去了，從小又當爹又當媽、一把尿一把屎地把自己拉扯大的阿哥就這樣永遠地離開了人世，傅月華五臟俱裂、天旋地轉……

在往阿哥的墳頭上灑下最後一把黃土之後，傅月華從懷中拿出一桿嶄新的煙槍，用顫抖的雙手，裝上一筒鴉片，然後點著了，煙嘴朝下，插入了墳前的泥土中。這時的傅月華的眼淚已流乾了，她只緊緊地抱著小寵寵，像傻了似的直著兩眼愣在那裡。

料理完阿哥的喪事後，傅月華終於決定要去她想去的地方了，她把身上所有的積蓄都拿了出來，交給了嫂子：「嫂子，這點銅鈿，你收下吧……」

「不，妹子，我不能要……」

「收下吧，嫂子，我用不著了！你拿著它，撫養寵寵，用得著。你要讓寵寵上學讀書，讓他將來識文斷字，有出息……」

傅月華最後親了一下小寵寵，直起身來時，她的臉上已不再有淚珠與悲傷，她給嫂子與小侄留下最後一個欣慰的微笑，然後頭也不回地離開了阿哥家，離開了上海，離開了這片曾留下過她只有悲哀與痛苦的傷心地。

傅月華去哪裡了？讀者諸君都知道。不過，大家也許沒猜到的是，如今太湖西山島上的曇花庵，物是人非，當家的智如已經涅槃，接替她的當家尼姑是原來那個善良溫柔的凡心師傅。

近十年沒見，凡心師傅依然一眼就認得傅月華，見傅月華神情自若地向自己走來，她只是微微一笑，向月華雙手合十豎起了手掌。

「了緣，吾師善天機，當年她說你十年後仍會回來的，如今，慈鳥散去複又來了，阿彌陀佛，善哉善哉……」

傅月華聞聲當即匍伏在地，雙手直伸、五體投地，向凡心師傅一步一伏地而去。她的臉上，平靜如水。

「苦海無邊，回頭是岸哪！了緣，你終於回來了。」

「是的師傅，從此，我脫離了苦難，可以專心皈佛我佛祖了。」

傅月華雖說神情平靜，但心頭終久還是掀起了一片波浪，望著高高在上的觀音菩薩，她的兩眼濕潤了。

傅月華總以為自己這後半輩子可以仰仗佛門的庇護，吃素出家，在佛門這片清淨絕塵的虛空世界裡安然直到往生。但是，她怎麼也沒有想到，這最終仍是她的一種主觀上的美好願望，到最終，她仍逃脫不了塵世的煩囂與追殺。這是後話。

一九四五年，在日寇剛宣佈投降之初，杜月笙在上海的親信萬墨林、朱文德等人就四處活動。軍統分子、曾名列「杜門」的凌元等人，就以「地下先遣軍」、「挺進隊」、「別動隊」等名義，到處「接收」偽銀行、機關、工廠，並以「肅奸」為名拘捕人員，勒索財物。不久，杜月笙就從重慶回到了上海，參加國民黨上海臨時參議會議長的競選。

一九四六年八月十三日，杜月笙參加了參議會選舉大會，並以一百二十八票的最高選票，當選為第一任議長。當時的杜月笙在上海灘上，再次甚囂塵上，權勢炙手，據一九四七年杜月笙自己寫的一份履歷表上的反映，足可知他當時的顯赫：

姓名：杜鏞　表字：月笙　籍貫：上海　年齡：六十

擔任職務：上海市參議會參議員、上海地方協會會長、中華民國紅十字會總會副會長、上海慈善團體聯合會董事長、上海市社會救濟事業協會董事長、中華民國機製紡織工業同業聯合會董事長、上海市商會監事、上海市銀行商業同業公司會常務理事、上海市輪船商業同業公會理事長、第四區麵粉業同業公會理事長、國營招商局理事、中國銀行、交通銀行董事、中國通商銀行董事長兼總經理、中英銀行、浦東銀行、國信銀行董事長、上海華商證券交易所董事長、華商電氣公司董事長、沙市紗廠、萊豐鄉廠、恒大紗廠、中國紡織公司董事長、西北毛紡廠董事長、長達輪船公司、上海市輪渡公司董事長、華豐造紙公司董事長、大中華橡膠公司董事長、上海魚市場理事長、通濟貿易公司董事長、正始中學主席校董、浦東中學主席校董、復旦中學校董、大東書局主席董事、《申報》董事長、《商報》董事長、《中央日報》常務董事、《新聞報》董事

業餘娛樂：評劇

家族狀況：子女十人，其中三人在美學習教育、紡織、銀行，均已歸國；一人在中央軍校畢業。現都在金融、實業兩界服務。

杜月笙當時頭銜之多，可以說是中外罕見。

一九四九年一月間，杜月笙憑著自己敏銳的政治嗅覺，把杜美路二十六號的那幢豪華的住宅，以四十五萬美元的價格，賣給了美國駐滬事館，離開上海，去香港「養病」了。當年三月八日，杜月笙為次子杜維垣在香港完婚；三月二十三日，在蔣介石的勸說下，杜月笙回到上海；四月二十三日，中國人民解放軍解放了南京，同年五月一日，杜月笙攜帶姚玉蘭、孟小冬等家眷，在萬墨林、顧嘉棠的簇擁下走出愛西路杜宅，逃離上海，赴香港定居。一九五一年八月十六日下午四時五十分，杜月笙在香港堅尼地公寓十八號的家中去世，時年六十三歲。蔣介石從臺灣派員專程送來他口述、由人代筆的巨幅挽聯，上書「義節隸昭」幾個大字。

黃金榮沒有離開大陸，解放後，他先在人民的監督下，到他自己創辦的「大世界」門口掃地，後在一九五一年被上海市軍管會責成在家寫悔過書。這份悔過書以《黃金榮自白書》的名義，刊登在一九五一年五月

二十日的《文匯報》和《新聞報》頭版上，還配以黃金榮的照片。

一九五三年六月二十日下午，黃金榮在上海永川醫院去世，時年八十六歲。

第二十七章　火中涅槃

一九四九年五月初夏。

中國人民解放軍解放全中國的隆隆炮聲震憾大地，蔣家王朝岌岌可危。

一架雙翼型運輸機，降落在蘇州城南日軍遺留下來的青陽田機場上（今蘇州市南門外青陽田橋）。姚阿巧奉命離開大陸，蔣緯國親自來到蘇州十全街蔡貞坊七號蔣介石的離宮，接著母親一起飛去了臺灣。

到臺灣後，她先是住在桃園大秦紡織廠附近，與蔣緯國的岳父石鳳翔為鄰。蔣緯國每到週末或節假日，總要由臺北專程去桃園探望這位孤寂的養母，給老人一些慰藉。

一九五二年，蔣緯國奉派赴美國考察，此時，石靜宜懷孕在身，回娘家休息。巧了，正好與婆母相鄰。姚阿巧知道後，分外高興，從此，她能天天與兒媳婦見面了。她常親往隔壁親家看望兒媳婦，送些石靜宜喜歡吃的小菜。

說實話，見到石靜宜，姚阿巧就像見到了兒子緯國，因為她喜歡這個知書達禮的兒媳婦。

還是在蘇州時，兒媳婦與兒子首次從重慶回蘇州看望她，她就看出來石靜宜是個孝敬老人的賢妻良媳，雖說在蘇州與婆母僅僅相處了三天，但她處處以一個兒媳婦的身分來要求自己，除了每天親自下廚幫助女傭阿蘭、阿金做些家務外，還伺候婆母，親手盛飯菜侍候婆用餐，有時，她還接過阿金手裡的木梳，親自替婆母梳頭。

石靜宜的作為，引起了好的效果，更博得了姚阿巧的歡心，她多次誇獎石靜宜：「靜宜不愧為大家閨秀，處事通情達理，是一個非常賢惠的好兒媳婦。」老腦筋的姚阿巧還常常對人說：「按照家規，在外面結婚的人都不算數，將來回到老家溪口，還得行大禮，拜祖先，補辦婚禮。」

然而，好景不長，一九五二年十一月二日，噩耗從天而降：就在姚阿巧急著要抱孫子的時候，石靜宜突然在醫院預產期間暴死慘亡！

這不亞於一個晴天霹靂，直打得姚阿巧魂飛魄散，昏厥了過去。

至於石靜宜究竟是如何死的，是為什麼死的，姚阿巧一概不知，但是，就是從那時起，她的性情變得暴戾古怪了起來，動輒就發火罵人。這除了與兒媳婦的暴死有關外，還有一個原因，那就是蔣緯國政治上總不得意，屢受蔣經國的排擠有關。

一九五五年，蔣緯國在孤獨中偶然結識了一位中德混血兒邱愛倫小姐，不久，他們便決定結婚。邱愛倫的父親、國民黨前中央信託局副局長邱秉敏提議婚禮在臺北舉行，蔣緯國一口同意。姚阿巧見自己唯一的精神依靠終於又要成家了，心裡開心多了，脾氣也好多了。

她特意請來美容師，把自己著意打扮了一番，準備屆時以婆母的身分出席兒子的婚禮。

但是，她偏偏忘了十多年前緯國與石靜宜結婚時的那場風波了，她忘了蔣介石是決不會同意讓她以婆母的身分在兒子的婚禮上拋頭露面的。

蔣介石堅決不同意蔣緯國在臺北舉行婚禮，說是在臺北舉行婚禮必然鋪張浪費，他建議在日本成婚。姚阿巧再笨，蔣介石的這番用意她還是一下子就領會了，想當年在國難當頭之際，蔣緯國與石靜宜在西安舉行婚禮如此隆重，為何現在又要反對什麼鋪張浪費了呢？這不明明是礙於她姚阿巧嗎?!

姚阿巧的精神再一次受到了沉重的打擊。

就在蔣緯國不得不奉父命在日本、由他的同父異母的胞兄戴安國的主持下舉行婚禮之時，姚阿巧這回是真的病倒了。

好在緯國與邱愛倫舉辦過婚禮一回臺北，就馬上前往桃園探望了姚阿巧，這才使姚阿巧的心情略略好轉了些。

蔣緯國與邱愛倫結婚後，姚阿巧與石家斷了關係，再住在一起也有所不便，於是，她就遷到了離蔣緯國的裝甲兵司令部駐地清泉崗不遠的台中市居住了下來。蔣經國、蔣緯國對姚阿巧十分敬重，但無奈姚阿巧的心情每況愈下，身體也衰老得很快。她一直和侄媳婦王桂寶（姚金和之妻）生活在一起。

一九六三年起，蔣緯國出任國民黨陸軍指揮大學校長，工作較忙，加上經常出國去歐美、日本訪問，與姚阿巧見面的機會越來越少。不過，他每次出國回來總要特意捎些外國的名貴特產孝敬母親。

這時的姚阿巧已八十二歲，垂垂老矣。人老了，最牽心掛腸的是自己的血土之地，姚阿巧也不例外。那幾年中，每當蔣緯國前往台中看望母親的時候，姚阿巧總要癡癡地拉著兒子的手，無數遍地向兒子傾吐此時此刻她心中的唯一夙願：「緯國，我想回蘇州，想到北橋去一趟，到老家去看看。」

「好兒子，我天天做夢都夢著冶長涇，夢著我爹爹開的那個煙紙店。你能不能陪我一起回去走一趟？姆媽就這個心願，去了，我死也口眼閉了。」

每當這時，蔣緯國總支支吾吾，難以回答姆媽。他知道姆媽沒有文化，不懂政治，不知道那無情的海峽，已徹底斬斷了孤島與大陸的聯繫，姆媽這輩子恐怕是永遠回不到蘇州了。但是，為了慰藉母親那顆孤獨而又寂寞的心，面對母親這唯一的、最起碼的要求，他只得含糊其詞、連哄帶騙：「姆媽，這一陣，我正忙著呢，等過一陣，我一有空，就陪你到蘇州去。到辰光，我親自推著輪椅，陪你到北橋，看看冶長涇……」

「可是，你總是忙的，總是沒空的。」姚阿巧對兒子的回答十分不滿意，「公事做不完的，姆媽你只有一個呀。」

「我曉得的，我曉得的。」蔣緯國用一口純熟的蘇州話，繼續搪塞著母親。

一九六五年年底，姚阿巧明顯患上了老年癡呆症，她常常坐在輪椅裡，一個人無緣無故的哭上一場，要不，就是兩眼怔怔地瞪著一個地方，半天不吭一聲。到後來，她幾乎辨認不出來到她面前的熟人了，常把張三叫成李四。但儘管如此，只要蔣緯國一走到她面前，哪怕一個月都沒有見過面了，她仍會精神亢奮起來，腰板挺直，一點也不含糊地叫道：「緯國——，你啥辰光陪我回蘇州？啥辰光呀？我要死了，我明天就要死了呀！」

蔣緯國見狀，只會淚濛雙眼，繼續哄騙母親：「姆媽，您不要瞎說，您要活一百歲，一百歲！懂嗎？過幾天，我肯定陪您回蘇州去！」

「昨天夜裡，我碰著桂英了，還有月英，她們叫我一起回北橋去。說北橋的路鋪好了，好開汽車了！」姚阿巧的腦子裡又糊裡糊塗起來了，把她夢想或是夢境，全當成了真的。

一九六六年，姚阿巧在台中逝世，終年八十五歲。

噩耗傳來，蔣緯國雖說早在預料之中，但心頭仍異常震驚與痛苦，他立即驅車趕回台中，車行半路上，他忽然想到有件心事必須辦，便調轉車頭，直奔臺北市陽明山官邸。

蔣緯國到臺北後，一下車，就即求見蔣介石，向他彙報，準備把這位被長期遺棄、冷落的孤寡老人的後事辦得隆重一些。

蔣介石聽了兒子的話，陰沉著臉，坐在太師椅上，久久不發一言。

「阿爸，姆媽雖是我的養母，但她待我比親生兒子還要好，她就是我的親媽呀！」蔣緯國意在提醒蔣介石：你們畢竟夫妻一場，應該讓姚阿巧死後也能挽回一點體面呀！

蔣介石沉默了半晌，才從牙縫裡擠出一句話：「你趕緊回去，把你義母的後事辦好，但要顧全我們蔣家的聲譽，不必大肆聲張。」

蔣緯國幾乎不相信自己的耳朵，氣得大喊了一聲：「阿爸！」

蔣介石沒再答理，躺在椅子上雙目緊閉。

蔣緯國好像看見阿爸的眼穴裡淌出了兩滴豆大的淚珠。

至此，蔣緯國再也不忍心與父親頂撞，悶悶地離開了陽明山官邸。

此時，母親姚阿巧的喪事，已由他的表兄姚金和安排停當，無須他多操心。令他不解的是，直到今日全臺灣的報刊廣播對曾是蔣介石夫人、又是蔣緯國養母的病故的消息隻字不提，連一則十幾個字的簡訊也沒有發！

蔣緯國催促司機開足馬力，向台中駛去。

當他走進姚公館，看到義母的靈柩時，他再也按捺不住痛苦的心情，「撲通」一聲跪在地下，放聲痛哭了起來。

蔣緯國燃燭敬香，邊燒紙錢，邊傷心地慟哭。守靈的姚金和夫婦幾次勸他節哀，不要哭壞了身體，可是越勸，蔣緯國哭得越厲害。

哭吧，哭吧！你那滿肚子的委屈、滿肚子的不平都用哭聲與眼淚來發洩吧！

一個倍受精神摧殘的女人就這樣默默無聞地去了。

一個曾經享受過榮華富貴、也經受過更多的辛酸悲哀的女人就這樣去了。

姚阿巧病故後，倒是有一位國民黨元老做了首詩來悼念她，此詩不知能否寫出姚阿巧生前的無限淒涼：

扶桑歲月影蹤遙，
昔日恩情一筆銷。
峨眉結義誰無子，
泣血台中不認姚。

其實，這首詩不但是姚阿巧寂寞淒涼一生的寫照，也是對張桂英、沈月英、傅月華這三位女性的共同總結。她們來自同一個時代，來自同一個家鄉，承受著同樣的人間淒苦悲哀，有著同一種催人淚下的不幸的命運。她們是那個特殊年代裡所產生的特殊女性。

這個時代已遠離我們而去，她們也早已從寂寞中來，又從寂寞中去了。作為她們家鄉的後代，應該儘量記下點她們的影子，留下些她們或許生前沒來得及控訴的血淚。同時，也想告訴後人：在那個群魔亂舞、山河破碎、黑梟狂囂的黑暗時代裡，確實發生過這樣無奈而又真實的故事，確實有著這樣一群本已被壓在社會最底層卻還要遭受百般蹂躪、生不如死的女性。

就在姚阿巧去世的沒多久，那場史無前例的瘋狂的烈火，也燒到了祖國大陸的蘇州太湖西山島上，蔓延進了曇花庵。

這天，西山鎮手工業造反兵團的造反派們，呼嘯著衝進了曇花庵，把正在庵堂裡做功課的凡心與了緣兩人拖了出來。

這時的傅月華已是六十虛歲，並早在一九四八年冬在木瀆靈岩山接受了妙真法師的剃度。

面對這場突如其來的無產階級文化大革命，她與所有受到衝擊的人們一樣感到困惑，尤其面對一尊尊佛像被摧毀、一卷卷經書被焚燒，她更是心中充滿了痛苦與悲哀。她怎麼也想不到自己總以為這輩子可以安安逸逸、平平靜靜地走嚮往生了，在這晚年來到之際，卻又不再太平了！

更讓了緣百思不得其解的是，造反派們在施行了一通暴行後，臨走時留在庵內庵外牆壁上的大幅標語——

「打倒舊上海反動惡霸張小（嘯）林的臭婆娘！」

「傅月華不投降，就叫她滅亡！」

「揪出青洪幫埋藏在西山的定時炸彈傅月華！」

傅月華確實要想不通了，當年，她隻身離開上海來到西山，只有嫂子一個人知道。嫂子為人木訥善良，她只知道小姑是去蘇州出家了，至於她在哪個庵裡出家，她一無所知。自己到這裡來也十多年了，從來沒有哪級政府找過自己。這消息，人們又是怎麼得知的呢？

「傅月華，你是不是張小林的小老婆？」過了幾天，造反派把她押到了座落在元山鎮上的兵團司令部，路過一隻房間裡，她又親眼看見了關押在裡面的石公寺主持、吳縣第一、二屆政協委員海燈法師。

傅月華搖搖頭。她不承認的原因很簡單，因為造反派們一上來就把張嘯林的名字寫錯了，寫成了「張小林」，再有，佛門出家無家，應該六親不認，尤其對於過去的是非恩怨，眼前的喜怒哀樂，都一概不必關心了。

「你還不老實？上海揚浦區手工業革命造反派的戰友們，都檢舉到我們這裡來了！」

「敵人不投降，就叫他滅亡！你不老實，就拉出去遊街示眾！」

造反派的頭頭們聲嘶力竭，唾沫橫飛。

可是，傅月華神態自若，任憑他們怎樣謾罵威脅，始終不開口。

造反派們一無所得，把傅月華就關押在他們兵團的隔離室裡。

還讓她「接受現場教育，觸及醜惡靈魂」。

這所謂的現場教育，就是讓她觀看造反派他們批鬥「反動惡僧範無病」（海燈法師）的情景。

海燈法師同樣神色從容，平靜如水。

造反派們給海燈法師戴上了一隻偌大的用馬糞紙糊成的、上尖下大的高帽子，這只高帽子一直戴到海燈法師的兩肩上，只在中間臉部探了一個洞，剛好透出海燈法師的面孔，這樣還不算，還在高帽子的四周粘滿了條狀的紙片片，上面大書著「打倒牛鬼蛇神寂誠」等他幾個徒弟的名字；因海燈法師有武功，所以，造反派們唯恐法師反造他們的反，所以居然在他頸脖裡掛上了一塊小學校裡拿來的大黑板，上面寫上了「打倒反動惡僧範無病」等字樣，還在上面打了鮮紅的叉叉；還用竹簽粗細的鉛絲捆住了海燈法師的雙手腕。

出於無奈，海燈法師只好聽從造反派們的命令，親筆寫了一份「我的自白」，貼在了鎮上大街上那排用蘆葦搭成的大批判專欄上。

據當時讀過這份「自白」的老西山人說，海燈法師這份「我的自白」用像四張大報那麼大的報紙拼接起來的灰白紙，洋洋灑灑寫了十六七張，貼滿了大批判專欄。海燈法師在這份「自白」中，如實回顧了自己當年跟舅舅學武藝開始，直到後來出家、雲遊八方、最後落腳西山島石公寺的整個過程。

惜乎當時的海燈法師在全國還沒出名，他只是一普通的僧人，再加上這種大字報形式的東西人們早已司空見慣，所以，當時竟沒有一人抄錄下這篇絕對真實的海燈人生簡歷，沒有保存下片言隻字，這著實是令後人汗顏與後悔的。

也許傅月華受海燈法師的影響，又也許她想儘早回到曇花庵，所以後來傅月華在造反兵團司令部裡，向審訊她的造反派們口述「交代」了她當年的那段淒苦悲哀的經歷。

但是，造反派們並沒有因為傅月華的「老實交代」而「坦白從寬」，他們依然把傅月華關押在兵團司令部裡那間潮濕陰暗的斗室裡，沒日沒夜地逼她「徹底坦白交代」。面對無休止的關押和批鬥，傅月華可以承受，唯有不能承受的是，造反派們竟逼著傅月華「開戒吃葷」！

他們在端給傅月華吃的一天兩頓中，米飯裡拌上豬油，饅頭中夾上了肉片。

傅月華已出家近二十年，她始終遵循著佛門僧尼的清規戒律，自打來到曇花庵那天起，她就滴葷不沾了，長期以來的生活習慣，已使她見魚肉葷腥為污穢，甚至一聞到就直打噁心。造反派送來的不無惡作劇的葷腥飯菜，她怎麼能上口呢？所以，整整一個星期裡，她寧可以白開水為主食，粒米不沾。

然而，出家人畢竟也是凡身肉胎，一天兩天不吃不喝還頂得過去，這樣一個星期下來，傅月華已餓得頭昏眼花、渾身無力，連坐也坐不動了。但是，傅月華還是堅持著採取靜功打坐的方法，堅持著不讓自己倒下去。

造反派見他們的惡作劇根本起不到效果，無計可施，又見快要鬧出人命來了，這才不得不把傅月華釋放回庵。

但是，曇花庵裡已是人去屋空，凡心與另外兩個小尼姑，都不知被造反派們趕到哪裡去了。後來人們才知道，凡心雲遊八方不知了去向，而兩個小尼姑則還了俗，被分配到當地的生產隊務農了。

傅月華拖著麵團般柔軟的身子回到曇花庵後，就盤膝端坐在曾供奉過觀音菩薩的庵堂正壁前，雙手掌心向上，然後眼對鼻、鼻對口、口對心地端坐在那裡，再也不吃也不喝。

也不知過了多少天，當人們再看見她時，發現這個了緣師傅早已不知什麼時候「往生」了。令當地人們稱奇的是，氣絕身亡的傅月華仍保持著生前的面容、仍保持著端坐在那裡的姿勢，她的清瘦的面龐上，蕩漾著一種安詳放鬆的微笑，好像剛擺脫了一樁繁重的體力勞動。

也許只有傅月華自己才知道，她在臨死前仍有一樁心事沒能得到解答，那就是究竟是誰洩露了她在曇花庵出家的祕密。

一個陳舊的時代遠離我們而去了。

一個狂熱的年代也遠離我們而去了。

它們都將一去永不再複返。

但是，我們卻是永遠不能忘記它們的。

我們不能忘了過去，更不能忘了在過去的那個時代裡，確有過千千萬萬個像張桂英、姚阿巧、沈月英、傅月華那樣一輩子被壓在封建主義、殖民主義、帝國主義這三座大山底下從沒抬過一次頭的中國女人，她們沒有自由，沒有自己，連起碼的自尊也被那些視她們為股掌之中玩物的人們盡悉剝奪。儘管她們曾用各自羸弱的肩膀，掙扎著推動了歷史前進的巨輪，儘管沒有她們便沒有了人類，沒有了這個世界。

寫此文，意在提醒每一個讀者不要忘記那個黑暗的年代，不要忘卻曾在暗無天日下痛苦煎熬了一生的她們，因為——忘卻了過去就意味著背叛。

釀小說66　PG1343

十里洋場的亂世情緣
——記蔣介石、杜月笙、黃金榮、張嘯林的四位蘇州妻妾

作　　者　湯　雄
責任編輯　陳思佑
圖文排版　周妤靜
封面設計　楊廣榕

出版策劃　釀出版
製作發行　秀威資訊科技股份有限公司
114 台北市內湖區瑞光路76巷65號1樓
電話：+886-2-2796-3638　傳真：+886-2-2796-1377
服務信箱：service@showwe.com.tw
http://www.showwe.com.tw
郵政劃撥　19563868　戶名：秀威資訊科技股份有限公司
展售門市　國家書店【松江門市】
104 台北市中山區松江路209號1樓
電話：+886-2-2518-0207　傳真：+886-2-2518-0778
網路訂購　秀威網路書店：http://www.bodbooks.com.tw
國家網路書店：http://www.govbooks.com.tw
法律顧問　毛國樑　律師
總 經 銷　聯合發行股份有限公司
231新北市新店區寶橋路235巷6弄6號4F
電話：+886-2-2917-8022　傳真：+886-2-2915-6275

出版日期　2015年5月　BOD一版
定　　價　470元

Printed in Taiwan

國家圖書館出版品預行編目

十里洋場的亂世情緣：記蔣介石、杜月笙、黃金榮、張嘯林的四位蘇州妻妾 / 湯雄著. -- 一版. -- 臺北市：釀出版, 2015.05
面；　公分. -- (釀小說；PG1343)
BOD版
ISBN 978-986-445-008-4(平裝)

857.7　　104006783

讀者回函卡

感謝您購買本書，為提升服務品質，請填妥以下資料，將讀者回函卡直接寄回或傳真本公司，收到您的寶貴意見後，我們會收藏記錄及檢討，謝謝！
如您需要了解本公司最新出版書目、購書優惠或企劃活動，歡迎您上網查詢或下載相關資料：http:// www.showwe.com.tw

您購買的書名：________________

出生日期：________年________月________日

學歷：□高中（含）以下　□大專　□研究所（含）以上

職業：□製造業　□金融業　□資訊業　□軍警　□傳播業　□自由業
□服務業　□公務員　□教職　□學生　□家管　□其它____

購書地點：□網路書店　□實體書店　□書展　□郵購　□贈閱　□其他

您從何得知本書的消息？

□網路書店　□實體書店　□網路搜尋　□電子報　□書訊　□雜誌
□傳播媒體　□親友推薦　□網站推薦　□部落格　□其他________

您對本書的評價：（請填代號　1.非常滿意　2.滿意　3.尚可　4.再改進）

封面設計____　版面編排____　內容____　文／譯筆____　價格____

讀完書後您覺得：

□很有收穫　□有收穫　□收穫不多　□沒收穫

對我們的建議：________________

請貼
郵票

11466
台北市內湖區瑞光路 76 巷 65 號 1 樓
秀威資訊科技股份有限公司 收
BOD 數位出版事業部

....

（請沿線對折寄回，謝謝！）

姓　　名：＿＿＿＿＿＿＿＿　年齡：＿＿＿＿　性別：□女　□男

郵遞區號：□□□□□

地　　址：＿＿＿＿＿＿＿＿＿＿＿＿＿＿＿＿＿＿＿＿

聯絡電話：(日) ＿＿＿＿＿＿＿＿＿＿ (夜) ＿＿＿＿＿＿＿＿＿＿

E-mail：＿＿＿＿＿＿＿＿＿＿＿＿＿＿＿＿＿＿＿＿